HEYNE <

Das Buch

Die achtzehnjährige Cassie Iverson lebt im Paradies – denn nichts weniger ist Amerika im Jahr 2014: Die Wirtschaft boomt, es gibt keine sozialen Ungleichheiten, und das Land feiert in diesem Jahr ein ganz besonderes Jubiläum: hundert Jahre Frieden. Aber der Preis für dieses scheinbar so perfekte Leben ist hoch, ist das Land doch auf dem technologischen Stand der 1950er-Jahre stehen geblieben und eine freie Kommunikation der Menschen untereinander unmöglich. Das weiß niemand besser als Cassie selbst, denn ihre Eltern wurden acht Jahre zuvor ermordet, weil sie die Wahrheit hinter der heilen Welt entdeckten: Die Erde wird von einer geheimnisvollen außerirdischen Macht kontrolliert. Einer Macht, die keine Gnade kennt, wenn es darum geht, den Status quo zu erhalten. Auch Cassie weiß davon, und als die Mörder ihrer Eltern eines Tages vor dem Haus ihrer Tante auftauchen, wo sie mit ihrem kleinen Bruder lebt, muss sie fliehen. Für Cassie beginnt eine gefährliche Odyssee quer durch die USA, an deren Ende sich das Schicksal der Menschheit entscheiden wird …

Der Autor

Robert Charles Wilson, geboren 1953 in Kalifornien, wuchs in Kanada auf und lebt mit seiner Familie in Toronto. Er zählt zu den bedeutendsten Autoren der modernen Science-Fiction. Er hat zwölf Romane veröffentlicht, darunter den Bestseller *Die Chronolithen*, der 2001 auf der *New-York-Times*-Bestenliste stand. Neben zahlreichen Nominierungen wurde er mehrfach für seine Romane ausgezeichnet, unter anderem mit dem Philip K. Dick Award, dem John W. Campbell Award und dem Hugo Award. Zuletzt ist von Robert Charles Wilson im Heyne Verlag die *Spin*-Trilogie erschienen.

Robert Charles Wilson

KONTROLLE

Roman

Aus dem Amerikanischen
von Friedrich Mader

WILHELM HEYNE VERLAG
MÜNCHEN

Titel der amerikanischen Originalausgabe:
BURNING PARADISE

Der Verlag weist ausdrücklich darauf hin, dass im Text enthaltene externe Links vom Verlag nur bis zum Zeitpunkt der Buchveröffentlichung eingesehen werden konnten. Auf spätere Veränderungen hat der Verlag keinerlei Einfluss. Eine Haftung des Verlags ist daher ausgeschlossen.

FSC
www.fsc.org
MIX
Papier aus verantwortungsvollen Quellen
FSC® C014496

Verlagsgruppe Random House FSC® N001967

Deutsche Erstausgabe 02/2017
Redaktion: Tamara Rapp

Printed in Germany
Umschlaggestaltung: Nele Schütz Design, München,
unter Verwendung von shutterstock / stockmdm
Satz: Schaber Datentechnik, Austria
Druck und Bindung: GGP Media GmbH, Pößneck

ISBN 978-3-453-31658-4

www.diezukunft.de

»Der Geist glaubt von Natur, und der Wille liebt von Natur, sodass sie in Ermangelung eines wahren Gegenstandes sich an einen falschen hängen müssen.«

– Blaise Pascal

ERSTER TEIL

UNAUSSPRECHLICHE WAHRHEIT

»Die Natur ist bewusstlos, doch sie beherrscht die Kunst der Täuschung.«

Ethan Iverson:
Der Fischer und die Spinne

1

Buffalo, New York

Alles, was danach kam, hätte sich vielleicht anders abgespielt – oder wäre möglicherweise gar nicht geschehen –, wenn Cassie in dieser Nacht nicht wach gelegen hätte.

Sie wollte schlafen und hatte es auch versucht. Pflichtbewusst war sie um halb zwölf ins Bett gegangen, doch jetzt war es schon nach drei Uhr, und ihre Gedanken kreisten und kreisten. Schließlich stand sie auf und schaltete das Licht an. Sie schlüpfte in eine graue Trainingshose und ein gelbes Flanellhemd und tappte barfuß über den kalten Parkettboden im Gang zur Küche.

Es kam nicht oft vor, dass sie allein in der Wohnung war. Wenn man von Thomas absah natürlich. Thomas war ihr zwölfjähriger kleiner Bruder, der in seinem Zimmer nebenan fest schlief. Cassie und Thomas lebten bei ihrer Tante Nerissa, und für Cassie war das hier immer noch Tante Ris' Apartment, obwohl sie inzwischen schon seit fast sieben Jahren hier zu Hause war. Normalerweise hätte ihre Tante um diese Zeit auf dem Ausziehsofa im Wohnzimmer gelegen, doch heute Abend hatte sie sich mit jemandem zu einer Verabredung getroffen, und das hieß, dass sie vielleicht erst am Samstagnachmittag zurückkommen würde.

Cassie hatte sich über die Gelegenheit gefreut, endlich mal allein zu sein. Sie war achtzehn, hatte im Frühjahr ihren Highschool-Abschluss gemacht und arbeitete jetzt tagsüber drei Straßen weiter im Kaufhaus Lassiter. Rechtlich und auch sonst in jeder Hinsicht war sie erwachsen, auch wenn Tante Ris noch immer eine überfürsorgliche Haltung erkennen ließ. Auch diesmal hatte sie vor dem Ausgehen ein völlig unnötiges Theater gemacht: *Kommst du alleine klar?* Ja. *Ganz bestimmt?* Natürlich. *Und du passt gut auf Thomas auf?* Sicher! Jetzt fahr schon und amüsier dich. Mach dir keine Sorgen um uns!

Cassie und Thomas hatten einen netten, entspannten Abend zusammen verbracht, der wie im Flug verging. In der Wohnung gab es keinen Fernseher, und sie hatte nach dem Essen Musik laufen lassen. Wie üblich machte Bachs *Wohltemperiertes Klavier* ihren Bruder schläfrig, während es Cassies Kopf durchdrang wie das Läuten einer göttlichen Glocke, die noch in ihr nachhallte, als Thomas schon längst im Bett lag und es im Haus unheimlich still geworden war. Schließlich hatte sie außer der Lampe auf dem Beistelltisch im Wohnzimmer alle Lichter gelöscht und sich mit einer Schüssel Popcorn und einem Buch auf dem Sofa eingerichtet, bis ihr die Augen zufielen.

Warum schlich sie dann jetzt herum wie eine nervöse Katze? Cassie öffnete den Kühlschrank. Auf nichts darin hatte sie Lust. Der Linoleumboden unter ihren Füßen war kalt. Sie hätte Pantoffeln anziehen sollen.

Schließlich schob sie einen Küchenstuhl ans Fenster und setzte sich hin. Als sie die Ellbogen auf das verstaubte Fensterbrett stützte, bemerkte sie hinter der Baumwolljalousie die

Leichen von sechs Sommerfliegen. »Widerlich«, murmelt sie leise. Der November hatte Kälte und Stürme gebracht, und wie tastende Finger stahl sich durch das einfache Fenster ein Hauch spätherbstlicher Luft herein.

Das Fenster zeigte auf die Liberty Street. Tante Ris' Apartment lag über einem Geschäft, das Gebrauchtmöbel reparierte und verkaufte, in einem zweistöckigen Backsteinbau, der sich in nichts von den anderen im Block unterschied. Die unmittelbaren Nachbarn waren ein chinesisches Restaurant links und ein schmuddeliger Antiquitätenladen rechts. Von ihrem Platz aus konnte Cassie das breite Schaufenster des Supermarkts und ein halbes Dutzend andere Geschäfte bis hinauf zur Pippin Street und zur Antioch Avenue sehen. Nicht viel Verkehr um diese Zeit, doch die Nachtclubs im Vergnügungsviertel machten gerade erst zu. In anderen rastlosen Freitagnächten – selbst zu besten Zeiten hatte Cassie höchstens einen unruhigen Schlaf – hatte sie beobachtet, wie irgendwelche Kerle in betrunkener Selbstvergessenheit über rote Ampeln fuhren und den Motor aufheulen ließen, um ihre Männlichkeit auszuleben. Doch jetzt lag die Straße wie ausgestorben da. Kein Fußgänger weit und breit.

Nein, nicht ganz. Da war ein einzelner Passant: ein Mann, der allein am Ende der schmalen Gasse zwischen dem Supermarkt und dem Antiquariat Tuck's stand.

Cassie hatte ihn zunächst nicht entdeckt, weil an den hohen Masten der Straßenlampen Fahnen wehten. Diese waren vor zwei Tagen von der Stadt aufgezogen worden. Der Waffenstillstand von 1914 wurde jeden November mit einer Parade begangen, doch diesmal machte die Stadt (wie auch der Staat, das Land und die ganze Welt) eine *richtig* große Sache aus dem Jubiläum: hundert Jahre Frieden. Relativer Frieden. Annähernder Frieden.

Den Waffenstillstandstag hatte Cassie immer geliebt. Neben Weihnachten war das für sie der schönste Feiertag. Sie erinnerte sich noch gut, wie ihre Eltern sie in Boston zur Parade mitgenommen hatten – erinnerte sich an die Straßenverkäufer, die in Papier eingeschlagene geröstete Esskastanien anboten, an die unwahrscheinlich bunten Trachten der Schulkinder auf den Umzugswagen, an das lärmende Durcheinander der Highschool-Blaskapellen. Durch den gewaltsamen Tod ihrer Eltern hatte Cassie Dinge über die Welt erfahren, die bei einer Parade zu Ehren des Waffenstillstandstags keine Beachtung fanden. Trotzdem fühlte sie noch immer eine bittersüße Sehnsucht nach dieser Zeit.

Eine im frischen Wind flatternde Jubiläumsflagge zeigte den Mann im Schatten immer nur kurz, bevor sie ihn wieder verdeckte. Jetzt, da sie ihn bemerkt hatte, konnte Cassie den Blick nicht mehr von ihm abwenden. Dabei war seine Erscheinung ganz durchschnittlich. Wahrscheinlich ein Geschäftsmann, der passend zur Jahreszeit einen grauen, bis zu den Knien reichenden Mantel und einen Filzhut trug. Was Cassie beunruhigte, war das Gefühl, dass er zu ihr hinaufgeschaut und sich sofort abgewandt hatte, als sie auf ihn aufmerksam wurde.

Andererseits, was war schon dabei? Um diese Zeit war außer ihrem vielleicht kein einziges anderes Fenster in der ganzen Straße beleuchtet. Warum sollte ihm das nicht auffallen? Nur eine tief verwurzelte Gewohnheit machte sie misstrauisch. Tante Ris und die anderen Überlebenden der Korrespondenzunion aus der Gegend hatten Cassie geheime Regeln eingeschärft, deren erste die einfachste war: *Vorsicht vor Fremden, die Aufmerksamkeit bekunden.*

Der einsame Unbekannte sah nicht mehr hinauf zu ihrem Fenster, doch sein Interesse galt anscheinend weiterhin dem

Haus, in dem sie wohnte. Sein Blick wirkte seltsam leer und starr – bei genauerer Betrachtung sogar leicht irre. Cassie spürte einen Knoten im Magen. So was musste natürlich ausgerechnet dann passieren, wenn Tante Ris nicht da war. Wobei eigentlich nichts *passiert* war. Trotzdem hätte sie jetzt gern jemanden gehabt, um eine zweite Meinung einzuholen. Sollte sie sich wirklich Sorgen machen wegen eines einsamen Mannes, der nach Mitternacht auf der Straße stand und dem Wind trotzte? Die Vorstellung der leeren Zimmer um sie herum und der vielen Schatten darin machte es Cassie schwer, die Sache nüchtern abzuwägen.

Sie war so in diese Gedanken versunken, dass sie erschrak, als der Wind die Jubiläumsfahne erneut hochriss und den Blick auf den Unbekannten freigab. Er war mehrere Schritte weit aus der Gasse heraus auf den Gehsteig getreten und stand jetzt mit den Spitzen seiner braunen Schuhe direkt am Bordstein zur Liberty Street. Sein Gesicht war wieder nach oben gewandt, und obwohl Cassie seine Augen nicht erkennen konnte, malte sie sich unwillkürlich die Anspannung aus, mit denen sie das Haus erkundeten. Schnell zog sie den Kopf ein und huschte durch die Küche, um die Deckenleuchte auszuschalten. Jetzt konnte sie *ihn* aus dem Schatten heraus beobachten.

Bis zu ihrer Rückkehr zum Stuhl am Fenster hatte er sich kaum merklich bewegt. Ein Fuß stand auf dem Gehsteig, der andere schon auf der Straße. Was kam als Nächstes? War er womöglich bewaffnet? Hatte er vor, die Straße zu überqueren, das Haus zu betreten, an die Wohnungstür zu klopfen? Sie einzuschlagen, wenn niemand öffnete? Wenn es so weit kam, wusste Cassie, was sie zu tun hatte: Thomas holen und mit ihm über die Feuertreppe fliehen. Und, wenn sie sicher sein konnte, dass ihnen niemand folgte, zum Haus des nächsten

Korrespondenten rennen ... auch wenn der nächste Korrespondent der unsympathische Leo Beck war, der in einem billigen Apartment fünf Straßen weiter Richtung See wohnte.

Doch nun schien der Mann wieder zu zögern. Hätte ein Mörder gezögert? Natürlich hatte sie keinen echten Grund, ihn für einen Killer oder ein Simulakrum zu halten. Seit der Serie von Morden vor sieben Jahren hatte es keine Gewalt mehr gegeben. Wahrscheinlich war der Mann bloß betrunken und enttäuscht nach einer glücklosen Nacht in den Bars, oder vielleicht litt er genauso an Schlaflosigkeit wie Cassie. Das Interesse an dem Haus, in dem sie wohnte, war sicher nur eine optische Täuschung; möglicherweise hatte er bloß sein Spiegelbild im Schaufenster des Möbelgeschäfts Pike Brothers angestarrt.

Jetzt machte er einen weiteren Schritt hinaus auf die Straße. Genau in diesem Moment bog von der Pippin Street ein Auto in die Liberty Street. Eine dunkle Limousine, ob blau oder schwarz konnte sie im fahlen Licht der Straßenlampen nicht genau erkennen. Der Wagen kam schlingernd um die Ecke geschossen, und der Motor heulte laut auf. Der Fahrer war offenbar betrunken.

Der einsame Unbekannte schien nichts davon zu merken. Als wäre er zu einem Entschluss gelangt, schritt er über die Straße, während das Auto auf ihn zuraste. Cassie wollte ihren Augen nicht trauen, als sie vom Wagen zu dem Passanten blickte und unwillkürlich die Bewegungslinien der beiden überschlug. Das Auto musste doch in letzter Sekunde ausweichen! Oder konnte der Fremde gerade noch rechtzeitig zur Seite springen?

Weder das eine noch das andere geschah.

Die Jubiläumsflagge knatterte zweimal im Novemberwind. Cassie drückte die Stirn gegen die kalte Glasscheibe. Ihre

Hände umklammerten das fliegenübersäte Fensterbrett, und sie beobachtete mit klopfendem Herzen, wie aus der Möglichkeit eines Zusammenstoßes in Sekunden etwas Unvermeidliches und zuletzt eine grausige Tatsache wurde.

Die Stoßstange des Autos traf den Fußgänger auf Höhe der Knie. Er wurde umgerissen und kippte unter die Kühlerhaube, als hätte sie ihn verschluckt. Einen schrecklichen Moment lang verschwand er einfach. Cassie, die dem überwältigenden Drang widerstand, die Augen zu schließen, sah bloß den doppelten Ruck der Wagenaufhängung, als die Räder den Mann überrollten. Dann hörte sie das Kreischen der Bremse. Das Auto schlitterte seitlich weg, ehe es zum Stillstand kam. Aus dem Auspuff qualmte weißer Rauch und wirbelte im Wind davon. Der Fahrer stellte den Motor ab, und kurz darauf kehrte auf der Liberty Street wieder Stille ein.

Der Passant war nicht bloß verletzt – er lag im Sterben oder war wahrscheinlich schon tot. Cassie zwang sich hinzusehen. Sein Genick musste gebrochen sein, denn der Kopf war so verdreht, dass er auf seine linke Schulter zu starren schien. Die Brust war zerquetscht und aufgerissen. Nur seine Beine schienen völlig unversehrt. *Ein gut erhaltenes Paar Beine.* Ungeduldig schüttelte Cassie den abstrusen Gedanken ab.

Die Autotür schwang auf, und der Fahrer taumelte heraus. Ein junger Mann in einem zerknitterten Anzug. Er trug keine Krawatte, und sein Hemdkragen stand offen. Er musste sich auf die Motorhaube stützen, um sich zu stabilisieren. Zweimal schüttelte er den Kopf. Er starrte auf die sterblichen Überreste des Passanten, dann wandte er den Kopf ab, als hätte er in gleißendes Licht geblickt. Die Flagge mit der Aufschrift WIR FEIERN EIN JAHRHUNDERT FRIEDEN knatterte so laut über ihm, dass es für Cassie fast wie ein Schuss klang. Schließlich öffnete der Fahrer den Mund, wie um etwas zu sagen. Stattdessen krümmte er sich nach vorn und erbrach seinen Mageninhalt auf den Asphalt der Liberty Street.

Das war allerdings nichts im Vergleich zu den Hinterlassenschaften des Toten. Jede Menge Blut. Überall Blut. Aber nicht nur. Noch etwas anderes war aus ihm herausgequollen: eine sirupartige grüne Flüssigkeit, die in der Nachtluft dampfte.

Still und starr stand Cassie da, während sich das gerade beobachtete Geschehen in ihrem Kopf mit der Erinnerung an andere Todesfälle vermischte, die viele Jahre zurücklagen.

Weil sie sicher sein musste und sich keinen Fehler erlauben durfte, warf sie hastig eine Jacke über und eilte die Treppe von Tante Ris' Wohnung hinunter in das kleine geflieste Foyer.

Die Tür zur Straße öffnete sie nur einen Spalt breit. Solange Thomas noch schlief, wagte sie es nicht, das Haus zu verlassen. Sie wollte sich nur vergewissern, dass sie richtig gesehen hatte.

Kalte Luft rauschte an ihr vorbei. Die Jubiläumsfahne knallte wütend und unstet. Der Fahrer lehnte schluchzend an der Motorhaube seines Autos. Die ganze Straße entlang gingen in den Wohnungen im ersten Stock Lichter an. Wie bleiche, verhüllte Monde erschienen in den Fenstern Gesichter. Es war nur noch eine Frage der Zeit, bis die Polizei kam.

Cassie steckte den Kopf so weit aus der Tür, dass sie einen guten Blick auf die Leiche hatte.

Eine der letzten Monografien, die die Korrespondenzunion nach den Morden in Umlauf gebracht hatte, trug den Titel *Hinweise zur Anatomie der Simulakra*. Der Verfasser dieser Schrift war Werner Beck, der wohlhabende Vater von Leo Beck. Natürlich hatte Cassie sie damals nicht gelesen, weil sie noch zu jung war. Doch letzten Winter hatte sie zwischen Tante Ris' Andenken ein Exemplar entdeckt und es sorgfältig studiert. Teile daraus konnte sie auswendig. *Neben Skelett und Muskulatur gibt es Lunge, Herz und Verdauungstrakt, die die einzigen erkennbaren inneren Organe des Simulakrums bilden. Diese Organe sind umhüllt von einer amorphen grünen Matrix, die ihrerseits mit Schichten von Fettgewebe und menschlicher Haut bedeckt ist. Der rudimentäre Kreislauf zieht bei schweren Verletzungen relativ geringe Blutungen nach sich, und selbst hoher Blutverlust muss bei einem Simulakrum wohl nicht unmittelbar zum Tod führen. Die grüne Substanz füllt unterschiedslos große Teile der Brust und der Bauchhöhle sowie des Schädels. Bei Luftkontakt verdampft sie und hinterlässt einen elastischen Film aus eingetrockneten Zellen.*

Das hatte Werner Beck notiert, und er musste es wissen: Er hatte zwei dieser Wesen in seinem Haus mit einer Schrotflinte verwundet und dann die Geistesgegenwart besessen, eine Obduktion vorzunehmen.

Das Zeug auf der Straße passte zu dieser Beschreibung, und Cassie versuchte, es mit der gleichen soldatenhaften Ungerührtheit zu betrachten wie Beck. Blut, aber nicht so viel, wie man hätte erwarten können. Gelbliches Fettgewebe. Und diese grüne Matrix, nach allen Seiten verschmiert. Cassie konnte sie riechen, und in ihr stieg eine flüchtige Erinnerung an ihre Mutter auf, die Rosen gezüchtet und Cassie manchmal zur Gartenarbeit eingeteilt hatte. Im Alter von acht Jahren hatte Cassie einen endlosen Nachmittag lang Läuse und Fransenflügler von den Blättern und Stielen der Alba-Rosen gezupft, bis ihre Hände mit einer duftenden Schicht aus Chlorophyll, Lehm, Laubresten und Insektenteilen bedeckt waren. Selbst nachdem sie sie mit Seife und Wasser gewaschen hatte, haftete das Aroma noch mehrere Stunden an ihren Fingern.

Und genauso roch der Überfahrene.

Jetzt trat Mrs. Theodorus, die über dem Schuhgeschäft auf der anderen Straßenseite wohnte, in einem rosa Nachthemd und flaumigen weißen Pantoffeln auf den Gehsteig. Sie schien kurz davor, den weinenden Fahrer zu schelten, weil er sie aus dem Schlaf gerissen hatte, doch beim Anblick des Toten verschlug es ihr die Sprache. Lange starrte sie ihn reglos an. Dann presste sie die Hand vor den Mund, um einen Schrei zu unterdrücken.

Durch all diese Geräusche – Mrs. Theodorus' erstickten Schrei, das Schluchzen des Fahrers, das Knattern der Flagge – hörte Cassie das ferne Heulen einer Polizeisirene, das sich rasch näherte.

Höchste Zeit zu verschwinden, dachte sie. Und plötzlich wurde sie ganz ruhig. Es war eine mechanische Ruhe, so exakt wie Algebra, unter der die Panik dahinglitt wie ein Hai in einem sonnenbeschienenen Meeresarm. Den Luxus von Panik konnte sie sich jetzt nicht leisten. Ihr Leben stand auf dem Spiel. Und das von Thomas.

In einer Krise muss man immer vom schlimmsten Fall ausgehen. Das hatte ihr Tante Ris beigebracht, und Cassie versuchte, sich an diese Anweisung zu halten. Das hieß, sie musste damit rechnen, dass wieder ein groß angelegter Angriff im Gang war. Und diesmal sollte anscheinend niemand, der mit den Korrespondenten in Verbindung stand, verschont bleiben. Wenn nicht durch eine glückliche Fügung dieser Unfall dazwischengekommen wäre, hätte sich das Simulakrum, dessen Überreste jetzt die Liberty Street bedeckten wie grünrotes Kompott, Zutritt zur Wohnung verschafft und Cassie und Thomas umgebracht. Tante Ris war vielleicht schon tot, auch wenn Cassie diesen Gedanken gleich wieder von sich schob.

Bestenfalls würde Tante Ris morgen in das leere Apartment zurückkehren und feststellen, dass sich ihr Leben erneut verändert hatte – unwiderruflich und zum Schlechteren.

Ich könnte doch auf sie warten, überlegte Cassie. Eine Verabredung am Freitagabend bedeutete zwar normalerweise, dass ihre Tante nicht vor Samstagmittag heimkam, doch sie konnte auch schon früher auftauchen. Und womöglich bestand keine unmittelbare Gefahr mehr, da das Simulakrum, das es auf sie abgesehen hatte, nicht mehr lebte. Einige Stunden hin oder her, das machte doch sicher keinen Unterschied.

Ja, vielleicht ... Andererseits war Cassie seit dem Tod ihrer Eltern auf genau so einen Moment vorbereitet worden, nicht zuletzt von Tante Ris persönlich, und sie konnte sich nicht dazu überwinden, sich über die Regeln hinwegzusetzen. *Packen, warnen und fliehen* – so lautete die Vorschrift. Der erste Punkt war einfach. Wie ihre Tante und ihr kleiner Bruder hatte Cassie jederzeit fertig vorbereitete Sachen in ihrem Zimmer. Sie schloss die Haustür, stürmte nach oben und zerrte den Koffer unter dem Bett hervor. Erst letzten Monat hatte sie ihn überprüft und neu gefüllt, um sicher zu sein, dass ihr die Kleider darin noch passten. Nun stellte sie ihn aufs Bett und zog sich eilig an. Da es draußen kalt war und der Winter bevorstand, schlüpfte sie in zwei Hemden und streifte einen alten Wollpullover darüber. Im Kommodenspiegel erhaschte sie einen Blick auf sich: blass, unförmig und verängstigt. Aber was spielte es für eine Rolle, wie sie aussah?

Tante Ris hatte eine Nummer hinterlassen, unter der sie im Notfall zu erreichen war – und von einem Notfall konnte man hier sicher sprechen. Trotzdem zog Cassie gar nicht in Erwägung, die Nummer zu wählen. Denn das war eine weitere Regel: *keine Telefonanrufe.* Unter solchen Voraussetzungen musste alles Wichtige unter vier Augen besprochen werden – oder gar nicht. Selbst ein scheinbar harmloser Anruf von dieser Nummer wäre ein Warnsignal für die Wesenheit, die sie als Hyperkolonie bezeichneten. Dort draußen in der Dunkelheit, bewusstlos, aber äußerst aufmerksam, würde sie es hören. Und sofort Maßnahmen ergreifen.

Cassie konnte natürlich eine Nachricht hinterlassen, doch auch in diesem Fall musste sie ihre Worte sorgfältig wählen.

Sie holte ihren Rucksack aus dem Flurschrank und füllte ihn mit einfachen Lebensmitteln aus der Speisekammer: ein halbes Dutzend Müsliriegel, Apfelsaft in Tetrapaks, eine Tüte mit gemischten Nüssen und Rosinen. Einer spontanen Regung folgend, nahm sie auch noch ein zerrupftes Taschenbuch aus dem Regal im Flur und stopfte es in eine Seitentasche. Der Verfasser dieses Werks mit dem Titel *Der Fischer und die Spinne* war ihr Onkel. Cassie hatte es schon zweimal gelesen.

Unerbittlich verstrich die Zeit. Sie schnallte sich ihre Uhr ums Handgelenk und bemerkte, dass seit dem Tod des Sims fast zwanzig Minuten vergangen waren. Die Polizei war längst unten auf der Straße. Wirbelnde rote Lichter blinkten durch die Jalousien. Vermutlich wunderten sich die Beamten über die Leiche des Opfers – zumindest über das, was noch nicht in die Nachtluft verdampft war. Und der Rechtsmediziner, der die Aufgabe hatte, die sterblichen Überreste zu untersuchen, würde letztlich vielleicht an seinem eigenen Verstand zweifeln. Mit Sicherheit war keine Meldung in der Morgenzeitung zu erwarten. Der betrunkene Wagenlenker würde nie vor Gericht gestellt werden. Das war eine ausgemachte Sache.

In der Küche nahm Cassie einen Stift und einen Zettel und überwand das Zittern ihrer Hand, um zu schreiben:

Liebe Tante Ris,
ich muss los – du weißt ja, warum.
Wollte mich nur noch mal bedanken (für alles).
Ich werde gut auf Thomas aufpassen.
Ich umarme dich
Cassie

Es wäre gefährlich gewesen, mehr zu sagen, doch ihre Tante würde auch so verstehen: »Ich muss los« war der zwischen ihnen vereinbarte Code für Alarmstufe Rot. Trotzdem war es nicht genug, nicht *annähernd* genug. Wie hätte es das auch sein können? Sieben Jahre lang hatte sich Tante Ris um sie gekümmert, voller Güte, Geduld und, wenn auch vielleicht nicht mit Liebe, so doch mit etwas sehr Ähnlichem. Es war Tante Ris gewesen, die Cassie nach dem Tod ihrer Eltern beruhigt hatte, wenn sie aus Angstträumen hochschreckte, und es war Tante Ris, die sie auf sanfte Weise mit der Wahrheit über die Korrespondenzunion vertraut gemacht hatte. Auch wenn sie mit ihrer Fürsorglichkeit für Cassies Geschmack ein wenig zu weit ging, Tante Ris hatte ihr geholfen, eine Balance zu finden zwischen der Welt, wie sie erschien, und der Welt, wie sie wirklich war. Zwischen der Welt, die Cassie geliebt hatte, und der Welt, vor der ihr graute.

Ein lapidares Danke reichte da nicht aus. Sie zögerte, weil sie noch so viel mehr sagen wollte. Doch wenn sie es versucht hätte, wären ihr die Tränen gekommen, und für so etwas hatte sie jetzt keine Zeit. Also klebte sie den Zettel mit seiner unbeholfenen Botschaft an die Kühlschranktür und konzentrierte sich auf die Notwendigkeiten des Augenblicks.

Schließlich schlich sie auf Zehenspitzen in Thomas' Zimmer und weckte ihn mit einer Hand an der Schulter.

Sie beneidete ihren jüngeren Bruder um die Fähigkeit, tief, still und zuverlässig zu schlafen. Sein kleines Zimmer war ausnahmsweise einigermaßen aufgeräumt. Thomas' Spielsachen saßen ordentlich in einem Holzregal, seine Kleider hingen frisch gewaschen im Schrank. Er selbst lag auf dem Rücken und hatte die Bettdecke bis zum Kinn hochgezogen, als hätte er sich nicht mehr bewegt, seit Cassie ihn vor einigen Stunden zu Bett gebracht hatte. Vielleicht hatte er sich wirklich nicht bewegt. Zwölf Jahre alt, das Gesicht immer noch kindlich rund. Mit dem blonden, leicht zerzausten Haar, sah er aus wie ein Cherub in einem gelben Pyjama. Er erwachte, als würde er nach langer Abwesenheit in seinen Körper zurückkehren.

»Cassie.« Er blinzelte sie an. »Was ist los?«

Sie forderte ihn auf, sich anzuziehen und seinen Koffer unter dem Bett hervorzuholen. Sie mussten das Haus verlassen. Sofort.

Obwohl er noch ganz benommen war, wusste er, was die Stunde geschlagen hatte. »Tante Ris …«

»Sie ist nicht da. Wir müssen ohne sie aufbrechen.«

Sie hasste die Furcht, die in seinen Augen aufblitzte, und empfand sie als Vorwurf. Am liebsten hätte sie gerufen: *Ich kann doch nichts dafür! Es ist nicht meine Schuld – mir bleibt keine andere Wahl!*

Vielleicht noch schlimmer war der Ausdruck verängstigter Resignation, der sich nun über sein Gesicht legte. Thomas war zu jung, um sich gut an die Ermordung seiner Eltern zu erinnern. Doch das Wenige, das er noch wusste, hatte sich nicht nur in sein Gedächtnis, sondern in seinen ganzen Körper gebrannt. Er setzte sich auf und stützte sich mit einer Hand auf die Matratzenkante. »Wohin gehen wir?«

»Zu Leo Beck. Danach sehen wir weiter. Jetzt zieh dich erst mal an. Schnell! Du weißt Bescheid. Und nimm warme Sachen, okay?«

Er nickte und richtete sich auf wie ein Soldat beim Morgenappell. Bei diesem Anblick wäre sie fast in Tränen ausgebrochen.

Das hohe Fenster am Ende des Flurs öffnete sich auf eine hölzerne Feuertreppe, die an das verrußte Mauerwerk geschraubt war und hinab zur Gasse hinter dem Haus führte. Dadurch konnten Cassie und Thomas geschützt vor den Blicken der Polizei hinuntersteigen. Ohnehin waren die Beamten immer noch damit beschäftigt, den Hergang des Geschehens auf der Liberty Street zu analysieren, und machten sich bestimmt keine Gedanken, was hinter dem Haus passierte.

Als sie das Fenster aufmachte, erhaschte Cassie einen Blick auf ihr Spiegelbild in der verstaubten Scheibe. Eine junge Frau in einem viel zu großen Pullover und mit wachsamen Augen, die unter einer schwarzen Rollmütze hervorlugten – der Mund zu groß, die Brauen zu dunkel und dicht, unattraktiv auf eine Weise, die Cassie entgegenkam: Sie musste nicht damit rechnen, wegen ihres Aussehens angestarrt zu werden, und das war ihr mehr als recht.

In der Highschool hatten die anderen Schüler nicht nur ihr Aussehen, sondern sie selbst für merkwürdig gehalten. Hinter ihrem Rücken hatten manche Jungen sie als »toten Fisch« bezeichnet. Und es stimmte tatsächlich, dass sie es meisterhaft verstand, nichts von sich preiszugeben. Bei einem Korrespondenzkind gehörte das einfach dazu. Es gab Wahrheiten, zu denen man sich nie bekennen konnte, Gefühle, die immer verborgen bleiben mussten. Deshalb war es in Ordnung, ein toter Fisch zu sein, Abstand zu wahren von den Cliquen in den Schulgängen und den Wochenendtreffs und sich auf dem Weg von einem Unterrichtsraum zum nächsten schief anschauen zu lassen. Selbst dass man verspottet wurde, war manchmal nicht zu vermeiden. Ihr langweiliges Äußeres half in dieser Hinsicht und bildete eine wertvolle Schranke zwischen ihr und den anderen. Sie tat alles, um nicht aufzufallen: meldete sich im Unterricht nie von sich aus, erwartete und forderte keine echte Freundschaft, machte ihre Hausaufgaben gut, aber nicht außergewöhnlich gut.

In Gegenwart anderer Leute aus Korrespondenzkreisen konnte sie etwas aus sich herausgehen. Aber auch diese Gesellschaft hatte ihr nie viel gegeben. Korrespondenzkinder bildeten meistens eine verschworene Gruppe, waren schroff und auf komplexe Weise verkorkst. Und Cassie sah sich da selbst nicht als Ausnahme.

Sie biss sich auf die Lippe und holte tief Luft. Dann kletterte sie über das niedrige Fensterbrett auf die Feuertreppe, hob die beiden Koffer heraus und half schließlich ihrem Bruder hinüber. Die verwitterte Holzplattform bebte unter ihrem gemeinsamen Gewicht. Die Gasse unten zog sich als ziegelgesäumte Asphaltbahn hin, leer bis auf eine einsame Mülltonne und den böigen Novemberwind. Auch das war ihr recht.

Sie verscheuchte jeden Gedanken daran, was sie zurückließ. Unten angekommen, packte sie Thomas fest an der Hand – er reagierte mit einem leisen »Au« – und führte ihn vor zur Ecke, wo die Gasse in die Pippin Street mündete. Dort bog sie nach links ab, um zum Haus des unsympathischen Leo Beck zu laufen. Hinein in eine Zukunft, die sie sich gar nicht ausmalen wollte.

2

Vermont, auf dem Land

Früh am Morgen, nicht lange nachdem die ersten Sonnenstrahlen die kahlen Äste der Ahornbäume berührt hatten und allmählich die Frosthaut aus den Schatten vertrieben, näherte sich ein Mann dem Farmhaus von Ethan Iverson. Der Unbekannte war allein und ging so langsam, dass Ethan reichlich Zeit blieb.

Ethan verfolgte das Vorankommen des Fremden auf einem Bildschirm im Speicher, wo er seine Schreibmaschine, seine Korrespondenzunterlagen und ein kleines Arsenal von Schusswaffen aufbewahrte. Beim Schrillen des Alarms war er gerade in der Küche damit beschäftigt gewesen, sein Standardfrühstück aus Eiern und Schinken in einer Eisenpfanne zu braten. Jetzt wurde das Gericht unten auf dem Herd kalt, und die Eier erstarrten im Fett.

Ethan lebte seit sieben Jahren in dem Farmhaus – seit sieben Jahren und drei Monaten inzwischen. Manchmal sprach er wochenlang mit niemandem außer der Kassiererin im Lebensmittelgeschäft Kierson und dem Angestellten im Buchladen Back Pages, seinen zwei unvermeidlichen Anlaufstellen, wenn er nach Jacobstown fuhr, um seine Vorräte aufzustocken. Wie er festgestellt hatte, war ein nützliches Mittel für einen allein lebenden Menschen, der nicht den Verstand verlieren wollte, ein strikt eingehaltener fester Tagesablauf. Jeden Abend stellte er den Wecker auf sieben, jeden Morgen zog er sich nach dem Duschen an und hatte bis acht sein Frühstück beendet, gleich, an welchem Wochentag und zu welcher Jahreszeit. Und genauso gewissenhaft achtete er auf die Instandhaltung der zahlreichen Bewegungsmelder und Videokameras, die er schon bald nach seinem Einzug auf dem Grundstück installiert hatte.

Sieben Jahre lang hatte dieses System nichts von Belang angezeigt. Ausnahmen hatten lediglich einige verirrte Jäger und Pilzsammler gebildet, dazu ein religiöser Flugblattverteiler, der der Auffassung war, dass die vielen gut sichtbaren BETRETEN-VERBOTEN-Schilder auf dem Gelände für einen Stellvertreter Gottes keine Gültigkeit besaßen, ein zu allem entschlossener Volkszähler und bei zwei Gelegenheiten ein Mitglied der Schwarzbärenfamilie, die hinter der westlichen Grenze von Ethans Grundstück lebte. Bei jedem Anschlagen des Alarms war Ethan hinauf in den Speicher geeilt, wo er den Eindringling auf dem Bildschirm beobachten und sein Gefahrenpotenzial abschätzen konnte. Und jedes Mal bisher hatte sich der Eindringling als harmlos erwiesen.

Er schaltete um auf eine neue Kamera. Der Unbekannte näherte sich in gleichmäßigem Schritt auf dem unbefestigten Zugangsweg. Der Mann, den Ethan auf dem Monitor erblickte, wirkte völlig gewöhnlich, wenn auch ein wenig fehl am Platz. Er wirkte wie höchstens fünfundzwanzig, das Haar braun, der Kopf unbedeckt, leicht übergewichtig, nach Art eines Stadtbewohners gekleidet in eine graue Jacke und schwarze Schuhe, die ihren Glanz in der feuchten Erde des

Wegs eingebüßt hatten. Dem Aussehen nach hätte er ein Immobilienmakler sein können, der Ethan fragen wollte, ob er nicht vielleicht Lust hatte, sein Grundstück zu verkaufen. Doch Ethan war sich ziemlich sicher, dass der Typ nicht mal ein Mensch war.

Natürlich hatte das Äußere des Mannes überhaupt nichts zu sagen. Es sei denn, man wollte die ins Auge springende Harmlosigkeit als strategisches Mittel deuten. Was Ethan hingegen aufmerksam machte – und vielleicht sogar absichtlich darauf ausgelegt war, ihn aufmerksam zu machen –, war, dass der Fremde beim Passieren der Kameras in jedes einzelne Objektiv blickte, als wüsste er genau, dass er beobachtet wurde, und als wollte er Ethan sein Kommen ankündigen.

Während sich der Mann der Tausendmetergrenze näherte, dachte Ethan über die Wahl der Waffen nach.

Hier oben verfügte er über ein ansehnliches Arsenal. Überwiegend Jagdbüchsen, weil man sie problemlos und legal erwerben konnte. Aber er verfügte auch über zwei militärische Pistolen. In dem Gestell beim Fenster stand ein voll geladenes Remington-Elchgewehr mit deutschem Zielfernrohr bereit, mit dem er dank jahrelangem Üben so vertraut war, dass er den Eindringling mit einem einzigen Schuss durch das kleine Speicherfenster leicht hätte erledigen können. Dank ihrer besonderen Anatomie waren Simulakra weniger verletzungsanfällig als Menschen, doch sie waren längst nicht unangreifbar. Ein gut gezielter Kopfschuss genügte.

Ethan überlegte. Das war sicher das Einfachste in dieser Situation. Den Eindringling erschießen, dann eine Tasche packen und abhauen. Denn wenn ihn die Hyperkolonie aufgespürt hatte, war es Selbstmord zu bleiben. Und wenn er ein Sim tötete, musste er bald mit dem Auftauchen der nächsten rechnen.

Falls es sich hier überhaupt um ein Sim handelte. War er sich seiner Sache völlig sicher? Zumindest so sicher, dass er einen hohen Geldbetrag darauf gewettet hätte. Doch ein Instinktgefühl reichte nicht, um das Todesurteil über jemanden zu sprechen.

Mit einem bedauernden Blick wandte er sich von dem langen Gewehr ab. Stattdessen griff er nach einer Schrotflinte und einem Gerät, das an eine klobige Pistole erinnerte, mit dem man jedoch über zwei Kupferstifte einen Stromschlag von dreihundert Kilovolt verabreichen konnte. Aufgrund eigener Forschungen war er zu der Auffassung gelangt, dass dies eine wirksame Waffe für den Nahkampf gegen ein Simulakrum war, ohne für einen Menschen tödlich zu sein. Allerdings hatte er noch keine Gelegenheit gefunden, diese Theorie auf die Probe zu stellen.

Den Blick auf den Bildschirm gerichtet, versuchte er, seine Angst abzuschütteln. Er hatte von Anfang an damit gerechnet, dass dieser Tag kommen würde. Er hatte sich darauf vorbereitet und ihn sich in seiner Fantasie tausendmal ausgemalt. Warum zitterten ihm dann jetzt die Hände? Die Antwort war so naheliegend, dass er nicht danach suchen musste. Trotz aller Vorsichtsmaßnahmen, trotz seiner hohen Feuerkraft und der sorgfältig geplanten Fluchtrouten zitterten seine Hände, weil sich hinter dem Mann, der auf sein Haus zusteuerte, möglicherweise eines jener Wesen verbarg, die vielen seiner Freunde und Verwandten das Leben genommen hatten – ein Wesen, das kein Bewusstsein hatte und mit der gleichen Beiläufigkeit den Tod bringen konnte wie ein Blitzschlag.

Er schob die Schockpistole in seinen Gürtel und vergewisserte sich noch einmal, dass die Schrotflinte geladen war. Zur Sicherheit steckte er zwei zusätzliche Patronen in die Hemdtasche. Plötzlich spürte er den Drang, seine Blase zu leeren, doch dafür blieb keine Zeit mehr.

Der Tod schritt die knarrende Außentreppe herauf und läutete höflich an der Tür. Ethan stieg nach unten, um ihm zu öffnen.

Die innen grünen Männer (und Frauen – Ethan durfte nicht vergessen, dass einige von ihnen auch Frauen waren) hatten ihn seine Ehe und seine Karriere gekostet. Und diese bemerkenswerte Leistung hatten sie an einem einzigen Tag des Jahres 2007 vollbracht.

Damals war Ethan ordentlicher Professor an der University of Massachusetts in Amherst gewesen, Autor von mehreren positiv aufgenommenen Fachartikeln und von zwei relativ erfolgreichen populärwissenschaftlichen Büchern, ein angesehenes Mitglied seines Instituts und ein aktiver Forscher mit großem Rückhalt in der Studentenschaft. Sein Fachgebiet war die Entomologie, doch in letzter Zeit hatten ihn seine Projekte in den Bereich der Paläobotanik geführt, die sich mit fossilen Pflanzen beschäftigte. Er arbeitete in einem Team, das Sporen in zehntausend Jahre alten antarktischen Eiskernen isolierte. Darüber hinaus betrieb er auch geheime Forschungen, die für die Korrespondenzunion von Interesse waren.

Die Korrespondenten waren Wissenschaftler und Akademiker, die ihre Ergebnisse nie in offiziellen Fachjournalen veröffentlichten. Die Union war eine geschlossene Gruppe, deren Mitglieder sich zur strikten Geheimhaltung verpflichtet hatten. Schon als Student war Ethan von seinem Doktorvater am Massachusetts Institute of Technology eingeführt worden, dessen Intelligenz und Moral Ethan vorbehaltlos bewunderte. Dennoch war er anfangs skeptisch. Korrespondenzunion – das klang nach einem exzentrischen, äußerst altmodischen Relikt aus den klösterlichen Hallen von Oxford und Cambridge. Und er hätte sie umstandslos als Witz – und zwar als ziemlich läppischen Witz – abgetan, wenn die dort vertretenen Namen nicht eine andere Sprache gesprochen hätten. Mathematiker, Physiker, Anthropologen, viele von ihnen mit ausgezeichneten Referenzen. Und die Liste der Toten, falls sie der Wahrheit entsprach, war noch beeindruckender: Dirac, von Neumann, Fermi …

Man hatte ihn vor der Gefahr gewarnt, die er durch die Verbindung mit der Gruppe einging. Es galten strenge Regeln. Die Korrespondenten durften über ihre Angelegenheiten nur per Post oder unter vier Augen kommunizieren. Wer sich mit Äußerungen über die Union zu weit aus dem Fenster lehnte, musste mit Repressalien rechnen, allerdings nicht vonseiten anderer Mitglieder, sondern aus anderen, unbekannten Kanälen. Wenn Ethan gegenüber der falschen Person eine falsche Bemerkung machte, konnte es passieren, dass seine Forschungsprojekte ohne ersichtlichen Grund abgelehnt wurden, dass er in Fachkreisen und bei Prüfungsausschüssen in Ungnade fiel und dass er vielleicht sogar seine Professur verlor. Er war sich dieser Risiken bewusst und ließ daher nach seinem Beitritt zur Union größte Vorsicht walten. Doch niemand hatte ihn davor gewarnt, dass er getötet werden könnte. Dass seine Familie gefährdet war.

Das Massaker im Juni 2007 überlebte Ethan nur durch Zufall. Man hatte ihn in letzter Minute zur ESA-Konferenz eingeladen, und er wartete gerade auf dem Flughafen in Boston auf seinen Flug nach Phoenix, als im Boardingbereich die ersten Meldungen über den Fernseher flimmerten. Wie gebannt starrte er auf den Bildschirm, auf dem nacheinander Fotos gezeigt wurden. Es war, als würde sich eine eisige Hand um sein Herz schließen, denn er kannte diese Gesichter alle:

Benson aus Yale, Kammerov aus Cornell, Neiderman aus Edinburgh, Linde aus Sankt Petersburg. Und so weiter, insgesamt ein Dutzend. Die Bildunterschrift lautete: UNIVERSITÄTSMORDE. Ethan trat auf den Fernseher zu, ihm war bereits schlecht vor Grauen. Trotz der niedrigen Lautstärke konnte er genug von dem Gemurmel des Nachrichtensprechers verstehen, um sich in seinen schlimmsten Befürchtungen bestätigt zu sehen. *Es gibt keine eindeutigen Beweise für eine Verbindung zwischen den zahlreichen Morden, die am Mittwoch auf drei verschiedenen Kontinenten begangen wurden, doch es scheint kein Zufall zu sein, dass so viele bekannte Akademiker und Gelehrte in derart kurzer Zeit einen gewaltsamen Tod fanden … Die örtlichen Behörden stehen im intensiven Austausch mit dem Polizeiressort des Völkerbunds, um festzustellen, ob diese Todesfälle Teil eines größeren Zusammenhangs sind …*

Anscheinend stammten die Meldungen von den Nachrichtenagenturen. Die Morde in Asien und Europa waren in der Nacht passiert, die in Amerika lagen erst wenige Stunden zurück. Und Ethan brauchte nicht die Hilfe des Völkerbunds, um »einen größeren Zusammenhang« zu erkennen. Alle genannten Opfer hatten der Korrespondenzunion angehört.

Er suchte sich ein Münztelefon und rief in seinem Büro in Amherst an. Als Korrespondent wusste er natürlich, dass Telefone unzuverlässig waren. Selbst Ortsgespräche wurden als Teil des weltweiten Telekomnetzes routinemäßig durch die Radiosphäre geleitet. Trotzdem hoffte er, dass ein kurzer Anruf nicht auffallen würde. Während er wählte, kam über den Lautsprecher die Aufforderung, in die Maschine nach Phoenix einzusteigen. Er ignorierte sie.

Ethans Sekretärin Amy Winslow meldete sich nach dem dritten Klingelton. »Professor Iverson! Alles in Ordnung bei Ihnen?«

Mit betont neutraler Stimme teilte er ihr mit, dass es ihm gut ging. Bevor er weitersprechen konnte, fragte sie, ob er schon in Phoenix war oder vielleicht noch zurück ins Büro kommen konnte. Etwas Furchtbares war passiert. Tommy Chopra war erschossen worden! Ein Hausmeister hatte ihn tot aufgefunden! Überall war Polizei, redete mit Leuten, sammelte Spuren!

Ethan konnte seinen Schock nicht verbergen. Tommy Chopra war einer seiner Studenten. Ein Frühaufsteher und zwanghafter Perfektionist; Ethan hatte ihm den Schlüssel zu seinem Büro überlassen, und er war oft schon vor Sonnenaufgang dort, um Daten zusammenzutragen, während der Rest des Campus erst allmählich erwachte. Nach Amys Schilderung war er irgendwann vor sieben Uhr morgens erschossen worden. Niemand hatte den Mörder gesehen.

Bloß dass er nicht Tommy umbringen wollte, sondern mich.

»Können Sie zurückkommen und mit der Polizei reden?«

»Natürlich. Rufen Sie bitte bei der Konferenz an und sagen Sie für mich ab. Die Nummer steht in der Broschüre auf meinem Schreibtisch. Ich bin so schnell wie möglich bei Ihnen.«

Das war natürlich eine Lüge. Ethan hatte nicht vor, jemals wieder einen Fuß in sein Büro zu setzen.

Stattdessen fuhr er mit dem Auto die zweistündige Strecke zu der Wohnung im Süden von Amherst, in der Nerissa seit der »Trennung auf Zeit« von ihm lebte – so nannte sie den Probelauf für ihre Scheidung. Er hatte ihr versprochen, nicht unangemeldet hereinzuschneien, doch angesichts der Umstände musste er diese Vereinbarung über Bord werfen. Obwohl er keine Ahnung hatte, was die Ereignisse für den Fortbestand der Union bedeuteten, lag der nächste Schritt für ihn auf der Hand. Er musste Nerissa über die Ereignisse aufklären, damit sie verstand, warum sie ihn vielleicht nie wiedersehen würde und was sie als Nächstes zu tun hatte.

Der innen grüne Mann wartete geduldig auf der Veranda. Drinnen betrachtete Ethan sein Bild auf einem Monitor über der Tür, der mit einer im Dach versteckten Kamera verbunden war. Er bemühte sich, nicht zusammenzuzucken, als der Unbekannte erneut direkt in das Objektiv schaute.

Wenn das ein Simulakrum war, folgte es einer neuen Strategie, denn es war weder bewaffnet, noch hatte es einen Hehl aus seinem Erscheinen gemacht. Dadurch wurde es in Ethans Augen allerdings nicht ungefährlicher. Im Gegenteil.

Zu der Kameraschaltung gehörten ein Mikrofon und ein Lautsprecher. *Nie mit einem Sim sprechen* – das war eine der Regeln, die Ethan ausgehend von seinen und Werner Becks Theorien über die Funktionsweise der Hyperkolonie für sich aufgestellt hatte. Aber was war die Alternative? Die Tür aufreißen und jemandem eine Schrotladung ins Gesicht jagen, der trotz allem *vielleicht* ein harmloser Unbeteiligter sein mochte?

Er schaltete das Mikrofon ein. »Egal, was Sie verkaufen, ich bin nicht interessiert. Sie befinden sich auf einem Privatgrundstück. Bitte verlassen Sie sofort das Gelände.«

»Hallo, Dr. Iverson.« Die Stimme des Sims klang ruhig und näselnd und hatte einen leichten New Yorker Akzent. »Ich weiß, wer Sie sind, und Sie wissen, was ich bin. Aber ich bin nicht hier, um Sie anzugreifen. Wir haben ein gemeinsames Interesse. Darf ich es erklären?«

Hinter diesen Worten stand kein Bewusstsein, das durfte Ethan nicht vergessen. Nichts außer eine Reihe hoch entwickelter Algorithmen, die auf ein strategisches Resultat zielten. Ein Dialog mit so einem Wesen war ungefähr so nützlich wie der Versuch, mit einem Voltaire-Zitat einen Skorpion abzuwehren. Trotzdem, Ethan war einfach neugierig. »Haben Sie eine Waffe dabei?«

Das Simulakrum bedachte die Kamera mit einem herzlichen Lächeln. »Nein, Sir.«

»Können Sie das beweisen? Vielleicht fangen Sie damit an, dass Sie Hut und Jacke ablegen.«

Das Simulakrum nickte und nahm den Hut ab. Es hatte braunes Haar und eine kahle Stelle oben am Kopf. Es schlüpfte aus der Jacke und deponierte sie ordentlich gefaltet neben dem Hut auf einem verblichenen Gartenstuhl.

»Jetzt noch Hemd und Hose«, forderte Ethan.

»Muss das sein, Mr. Iverson?«

Er schenkte sich die Antwort. Die Stille zog sich in die Länge. Schließlich knöpfte das Simulakrum sein Hemd auf. Wie die Hose gesellte es sich zu Hut und Jacke, und zum Vorschein kam ein bleicher, dickbäuchiger Körper, der von dem eines Menschen nicht zu unterscheiden war.

»Auch die Schuhe und Socken.«

»Es ist kalt hier draußen, Dr. Iverson.« Trotzdem folgte das Wesen der Anweisung. Zuletzt stand es bloß noch in seiner weißen Unterhose da.

Ein Monster in Unterwäsche, dachte Ethan.

»Kann ich jetzt reinkommen und mit Ihnen reden?«

Ethan riss die Tür auf, sodass nur noch das Fliegengitter zwischen ihm und dem innen grünen Mann war. Ethan richtete den kurzen Lauf seiner Schrotflinte auf die Brust des Wesens.

Das Sim fixierte die Waffe. »Bitte nicht schießen.«

»Was wollen Sie?«

»Nur ein paar Minuten Ihrer Zeit. Ich möchte Ihnen etwas erklären.«

»Wie wär's mit der Kurzfassung gleich hier?«

»Sie und einige andere Mitglieder der Korrespondenzunion sind in unmittelbarer Lebensgefahr. Das ist keine Drohung. Ich bin nicht Ihr Feind. Wir haben gemeinsame Interessen.«

»Warum sollte ich Ihnen das glauben?«

»Ich kann es erklären. Ob Sie mir glauben, liegt ganz bei Ihnen. Darf ich reinkommen?«

Ohne die Position der Waffe zu verändern, zog Ethan mit der freien Hand das Fliegengitter auf. »Schön langsam.«

Das Simulakrum trat über die Schwelle. »Wollen Sie jetzt ständig mit dieser Schrotflinte auf mich zielen?«

»Ich glaube nicht.« Ethan nahm das Gewehr in die linke Hand und ließ den Lauf sinken.

»Vielen Dank.«

»Es geht auch so.« Ethan riss die Schockpistole aus dem Gürtel und presste die Stifte in den wabbeligen Bauch des Sims, als er abdrückte.

Dreihundert Kilovolt. Der innen grüne Mann brach zusammen wie ein gefällter Baum.

3

Buffalo, New York

Durch den Marsch gegen den Wind zu Leos Adresse wurde Cassie warm. Ihr Bruder, dem die Angst allmählich anzumerken war, umklammerte ihre linke Hand so fest, dass sie blaue Flecken befürchtete. Dabei hatte Thomas schon seit seinem siebten Lebensjahr nicht mehr die Hand seiner Schwester gehalten. »Bald kommt die Sonne raus«, sagte sie, um ihn abzulenken. Sie kamen an einer schwerfälligen Maschine vorbei, die auf ihrer langsamen Fahrt Ströme von Seifenwasser in die Kanaldeckel schickte. »Die Straßenreinigung ist schon unterwegs, siehst du?« Thomas zuckte die Achseln.

Buffalo war eine wohlhabende Stadt, doch an den alten Gebäuden hier in der South Side war dieser Wohlstand vorübergegangen. Das niedrige Wohnhaus, in dem Leo lebte, saß gedrungen wie ein müder Troll auf seinem Eckgrundstück, tätowiert vom Ruß, der in den Jahrzehnten vor der Verschärfung der Umweltschutzgesetze aus den Fabriken und Raffinerien in West Seneca und Lackawanna herübergeweht war. Hier musste Cassie vorsichtig sein, denn es war möglich, dass die Simulakra es auch auf Leo abgesehen hatten. Sachte zog sie die äußere Metalltür auf und trat in den Hausflur. Drinnen war es warm, und ein Geruch nach Kohl und saurer Milch wallte ihr entgegen. Hastig überflog sie die Namen der Mieter. Eine Taste hatte sich aus der Klingeltafel gelöst und baumelte wie ein herausgerissenes Auge aus ihrer Fassung. Gleich darunter befand sich der Knopf, neben der BECK, LEO stand.

»Sind wir hier sicher?« Thomas' Frage spiegelte Cassies eigene Befürchtungen wider.

Unterwegs hatte sie ihm von dem Sim erzählt, das auf der Liberty Street von einem Auto überfahren worden war. Das bedeutete, dass sie und Thomas sofort die Wohnung verlassen mussten, auch wenn Tante Ris sie nicht begleiten konnte. *Wo gehen wir dann hin?* Cassie hatte keine klare Antwort auf seine Frage. *Das kommt darauf an.*

Ich muss doch in die Schule.

Nicht mehr. Wir haben sozusagen Ferien.

Aber Thomas ließ sich nicht so leicht trösten, dazu war er zu intelligent. Und nein, sie konnte nicht behaupten, dass sie hier sicher waren. Im Grunde war nicht einmal auszuschließen, dass Leo Beck tot auf dem Boden seiner Zweizimmerwohnung lag. Trotzdem, als Überlebende der Union hatte sie die Pflicht, das nächste potenzielle Opfer zu warnen, wenn es möglich war. Sie behielt die Treppe hinter der inneren Flurtür im Blick, bereit, beim Anblick eines verdächtigen Unbekannten sofort zu fliehen. Erneut drückte sie die Klingel.

Kurz darauf meldete sich Leo, und er klang alles andere als erfreut. »Egal, wer das ist, wenn du noch mal läutest, komm ich runter und verpass dir einen Tritt in deinen blöden Arsch.«

Thomas riss die Augen auf.

»Hier ist Cassie Iverson«, sagte sie hastig. »Ich muss mit dir reden, Leo.«

Schweigen. Nach längerem Warten öffnete sich klackend die elektronische Sperre der Innentür. Mit Thomas im Schlepptau hastete Cassie die Treppe hinauf in den ersten Stock, wo im Korridor die Blumentapete von den Wänden blätterte. Leos Apartment hatte die Nummer 206. Sie klopfte leise, um die Nachbarn nicht zu wecken.

Nicht Leo öffnete die Tür, sondern Beth Vance.

Eine Überraschung, andererseits auch wieder nicht. Schon beim letzten Überlebendentreffen hatte Cassie beobachtet, dass Leo und Beth mehr als nur freundschaftlich miteinander umgingen. Beth war die Tochter von Carl Vance, dessen Frau ordentliche Professorin an der New York University und ein Mitglied der Korrespondenzunion gewesen war. Amanda Vance war bei den Attentaten 2007 ums Leben gekommen.

Beth war nur ein Jahr älter als Cassie, gab sich jedoch viel erfahrener und stilbewusster (was ihr normalerweise auch gelang, wie Cassie zugeben musste). Beth war groß und geradezu melodramatisch dünn. Das strohgelbe Haar hatte sie modisch kurz geschnitten. An diesem Morgen trug sie Jeans und ein Flanellhemd, in die sie wohl gerade erst geschlüpft war. Das Hemd gehörte vermutlich Leo. Sie bedachte Cassie mit einem herablassenden Blick.

»Ich muss zu Leo«, sagte Cassie.

Beth verdrehte die Augen und rief: »Ja, es ist die Iverson. Und ihr kleiner Bruder.«

Leos Stimme kam von irgendwo aus der Wohnung: »Ihr *was*?«

»Der kleine Bruder!«

Als wüsste sie nicht genau, wie Thomas hieß.

Cassie reichte es jetzt. Sie drängte sich an Beth vorbei und schleifte Thomas hinter sich her. In diesem Moment trat Leo barfuß aus dem Schlafzimmer. Er steckte in einer schwarzen Denimhose und einem ärmellosen Unterhemd. Er war einundzwanzig Jahre alt und ungefähr eins fünfundachtzig groß. Auf konventionelle Weise attraktiv, bis auf die Augen, wie Cassie schon öfter aufgefallen war: die Art, wie sie in den Winkeln nach unten zeigten, als wären sie verkehrt herum eingesetzt worden. Das verlieh ihm ein leicht eingebildetes Aussehen.

Dabei war er gar nicht eingebildet und mit Sicherheit auch nicht dumm. Nachdem er Cassies und Thomas' Gesichter gemustert hatte, holte er tief Luft. »O verdammt. Es ist wieder was im Gang, oder?«

Nur mühsam brachte Cassie ein Nicken zustande. »Ja, genau.«

»Und ihr seid als Erstes hierhergekommen?«

»Tante Ris ist aus. Ja. Wir haben noch mit niemand gesprochen.«

Sie erzählte, was sie vom Küchenfenster aus gesehen hatte, ohne die grässlichen Details auszusparen, obwohl Thomas bei ihrer Schilderung die Furcht anzumerken war.

»Okay.« Leos Gesicht wurde ernst. »Danke, Cassie.« Er wandte sich an Beth. »Alles, was du behalten willst – such es schnell zusammen und wirf es ins Auto.«

»Ins Auto?«

»Wir fahren sofort los.«

Thomas kauerte neben ihr auf dem verschlissenen Sofa, während Leo und Beth sich in fliegender Hast fertig machten.

Cassie fragte sich, wie viel er von dem Ganzen begriff. Tante Ris hatte dafür gesorgt, dass Thomas nicht ahnungslos blieb. Er wusste von dem Massaker 2007, zumindest in allgemeiner Form. Er wusste, dass er außerhalb der Familie nicht über bestimmte Themen reden durfte, zum Beispiel über den Tod seiner Eltern. Und er wusste, dass der Koffer unter seinem Bett aus einem bestimmten Grund dort abgestellt worden war. Diese bedrückenden Informationen hatten ihn reservierter und zaghafter gemacht, als die meisten Zwölfjährigen es waren. Thomas sprach bloß selten über diese Dinge, nur gelegentlich kam er mit Fragen, die ihn beunruhigten, zu Cassie: *Stimmt es, dass die Radiosphäre lebt? Wie kann uns die Hyperkolonie hören, wenn wir am Telefon reden? Warum will sie die Menschen umbringen?* Cassie hatte sich immer bemüht, ihm möglichst aufrichtig zu antworten. Das hieß, dass sich Thomas oft mit »Keine Ahnung« zufriedengeben musste.

Beth blieb skeptisch, und als Leo mit ihr aus dem Schlafzimmer kam, musste er noch immer gegen ihre Einwände ankämpfen. »Cassie würde in so einer Sache nie lügen«, sagte er dankenswerterweise. »Das ist Alarmstufe Rot, verdammt noch mal.« Er stopfte mehrere Lebensmitteldosen zu den Kleidern in seiner Sporttasche. »Wir waren immer darauf vorbereitet, dass das passieren kann. Wenigstens sind wir zusammen.« Die letzte Bemerkung sollte Beth wohl besänftigen, doch sie erwiderte sie nur mit einem gereizten Blick. Wenigstens das Packen ging schnell und reibungslos. Nach allem, was Cassie in der Wohnung sah, schien Leo mit Ausnahme zweier Bücherregale nicht viel zu besitzen. Und Beth hatte nur eine kleine Tasche dabei, in der vermutlich nicht viel mehr war als ein Schminkset, Tampons für den Notfall und zwei Kondome.

»Und wo steht das Auto?«, fragte Beth.

»Zwei Straßen weiter. Meinst du, wir brauchen sonst noch was?«

Beth schaute sich unzufrieden um und schüttelte den Kopf. »Okay, dann los.«

»Was ist mit denen?« Beths Wortwahl war ziemlich grob, doch Cassie hatte sich schon das Gleiche gefragt.

»Wir können die beiden nicht hierlassen. Was meinst du, Cassie? Ihr könnt natürlich machen, was ihr wollt. Trotzdem seid ihr mit uns bestimmt besser dran als allein auf der Straße.«

»Ja.« Thomas hatte sich zu Wort gemeldet, bevor Cassie antworten konnte. Sie nickte bloß. Leo wusste so gut wie jeder andere, was die Stunde geschlagen hatte. Auch wenn sie ihn nicht besonders sympathisch fand – er war der Sohn von Werner Beck, dem einflussreichsten Mann in der Union. Es war sicherer, wenn sie zusammenblieben.

So verließen sie das Gebäude. Draußen stahl sich das Morgenlicht in die Straßen. Schon traten die ersten Arbeiter aus den alten Wohnhäusern. Stämmige Männer und einige wenige Frauen, die meisten wohl unterwegs zu den Produktionsstätten in Lackawanna und West Seneca. Einmal, als sie mit Tante Ris durch dieses Stadtviertel fuhr, hatte sich Cassie laut gefragt, ob die nach Hause stapfenden Männer die Welt tatsächlich für so blühend und fortschrittsorientiert hielten, wie sie im Sozialkundeunterricht immer dargestellt wurde. »Wahrscheinlich nicht«, hatte Tante Ris geantwortet. »Schließlich wirken sie nicht besonders inspiriert, oder? Sie sind noch lange nicht reich. Aber immerhin haben sie Arbeit. Die Stahlwerke und Maschinenfabriken zahlen einen Lohn, der zum Leben reicht, und Zusatzleistungen. Ohne Alkohol, Alimente oder einfach nur Pech könnten sich viele von diesen Menschen wahrscheinlich sogar eine bessere Wohngegend leisten. Langfristig könnte ihr Leben leichter werden. Und sie bekommen Hilfe, wenn sie welche brauchen.« Anders ausgedrückt: Im Sozialkundeunterricht wurde zum größten Teil die Wahrheit gesagt.

Tante Ris hatte immer gewissenhaft darauf geachtet, auch dem Teufel sein Recht zu lassen.

Leos Auto war ein alter Ford, dessen brauner Lack mit Rostblasen überzogen war. Der Wagen war vermutlich älter als Thomas. Etwas Besseres konnte sich Leo nicht leisten mit dem Geld, das er mit seiner abendlichen Arbeit in einem Restaurant verdiente. Sein Vater war zwar berühmt für seinen Reichtum, doch er lehnte es ab, ihn zu verhätscheln. Und ab jetzt würde Leo sowieso keine Tische mehr bei Julio's abräumen. Cassie hievte ihr und Thomas' Gepäck neben die wenigen Sachen von Beth und Leo in den leeren Kofferraum des Autos, dann ließ sie sich mit ihrem Bruder auf die Rückbank gleiten.

»Und wo fahren wir jetzt hin?«

Beths Frage war berechtigt. Cassie wartete gespannt auf eine Antwort, denn früher oder später musste auch sie in diesem Punkt zu einer Entscheidung gelangen.

»Erst mal zu dir. Wir schauen nach, ob mit deinem Vater alles in Ordnung ist. Sobald wir mehr wissen, können wir weitersehen.«

Nach dem Massaker im Jahr 2007 waren zehn Korrespondenzfamilien nach Buffalo geflohen. Die meisten stammten aus dem Umkreis von Harvard, dem Massachusetts Institute of Technology und der University of Massachusetts. Tante Ris, die alle persönlich kannte, organisierte den Exodus.

All diese Familien waren zum Ziel von Anschlägen geworden. Alle trauerten um den Verlust von Ehemännern oder Vätern, Müttern oder Ehefrauen. Für sie war es einfach ein Gebot der Vernunft, nicht weiter in den Häusern oder Wohnungen zu bleiben, in denen ihre Liebsten ermordet worden waren. Auch wenn sie vielleicht nicht in unmittelbarer Gefahr waren – die Attentate hatten ausschließlich auf aktive

Mitglieder der Union gezielt –, war ihnen auf eindringliche Weise ihre Anfälligkeit vor Augen geführt worden. Das letzte allgemein verbreitete Korrespondenzdokument, ein Brief an die überlebenden Angehörigen von Werner Beck, geizte nicht mit düsteren Warnungen und Tipps zur Wahrung der Anonymität.

Ähnliche Enklaven von Überlebenden gab es im gesamten Land und auch anderswo auf der Welt. Obwohl die derart zersplitterte Korrespondenzunion nur noch ein Schatten ihrer selbst war, blieb ihre emotionale und bisweilen auch finanzielle Unterstützung von unschätzbarem Wert. Nur bei den Treffen der Überlebenden konnte man Trauer und Zorn, die vor Fremden sorgfältig verborgen werden mussten, offen zum Ausdruck bringen und auf Verständnis hoffen.

Allerdings hatte die unvermeidliche Geheimhaltung auch eine zersetzende Wirkung, vor allem auf die Kinder dieser Familien. In diese Kategorie fielen Cassie und Thomas. Leo und Beth ebenfalls.

Zum Beispiel in der Schule. Bis zum Abschluss im Frühjahr hatte Cassie die Millard Fillmore Secondary School besucht, und es verging kein Tag, an dem sie nicht daran erinnert wurde, dass sie eine Außenseiterin war, die ihre Normalität nur vortäuschte, ein Flüchtling von einem anderen, dunkleren Ort. Besonders der Geschichtsunterricht war eine Qual für sie. Vor dem Massaker von 2007 hatte sie mit Duldung ihrer Eltern an das Märchen vom technologischen und gesellschaftlichen Fortschritt glauben dürfen, in dem die Lehrbücher so gern schwelgten: die Entdeckung der Funkwellen verstärkenden Schicht über der Erdatmosphäre (der sogenannten Radiosphäre) Ende des neunzehnten Jahrhunderts; der Große Krieg und seine Folgen, die Abschaffung der Rassentrennung in den Vereinigten Staaten in den Dreißigerjahren, die europäischen und eurasischen Friedensverträge, die Gleichberechtigung der Frauen in den Fünfzigerjahren … und vor allem die tröstliche Gewissheit, dass die Welt von Tag zu Tag ein wenig reicher und gerechter wurde. Erst nach dem Tod ihrer Eltern hatte Cassie die Wahrheit erfahren: dass die Geschicke der Menschheit von einer unsichtbaren Hand gelenkt wurden, deren Wirken trotz ihres scheinbaren Wohlwollens gleichgültig, oft grausam und manchmal sogar mörderisch war.

Aufgrund dieses Wissens war zwischen ihr und ihren Mitschülern eine Kluft entstanden. Ihre wenigen Freundschaften waren eigentlich kaum mehr als vorübergehende Verbindungen zu anderen sozialen Außenseitern – beispielsweise zu Annie Jessup, die ein künstliches Bein aus Edelstahl trug, oder zu Patricia Kossuth, die bei ihren seltenen Sprechversuchen unkontrolliert stotterte. Und wozu taugte Freundschaft denn überhaupt, wenn Cassie gezwungen war, so viel von sich zu verheimlichen? Die einzigen Menschen ihres Alters, denen Cassie wirklich ihr Herz ausschütten konnte, waren die Korrespondenzkinder, doch die hatten alle eine ähnliche Geschichte wie sie und brachten ihr daher nur oberflächliches und häufig unaufrichtiges Mitgefühl entgegen.

Trotzdem hatte sie detaillierte Pläne für ihre Zukunft geschmiedet. Nach ihrem Schulabschluss hatte sie eine Stelle im Kaufhaus Lassiter an der Main Street angetreten, um die Studiengebühr und die Lehrbücher für ein Semester an der New York University bezahlen zu können. Ihr Ehrgeiz war, im Hauptfach Biologie zu studieren und den Schwerpunkt dabei letztlich auf die Wirbellosenfauna zu legen. Natürlich waren die Karriere ihres Onkels und seine Bücher über Entomologie dabei ein großes Vorbild für sie. Sie beabsichtigte, nach dem Abschluss an einem kleinen ländlichen College zu lehren, ein ruhiges Leben zu führen und einen bescheidenen Beitrag zur Summe menschlichen Wissens zu leisten. Dabei malte sie sich aus, in einem Zimmer voller Bücher zu sitzen und durchs Fenster den Wechsel der Jahreszeiten auf einem Campus voller Bäume zu beobachten. Vielleicht musste sie allein bleiben, doch immerhin konnte sie mit einem zufriedenen, nützlichen und *sicheren* Leben rechnen.

Eine beschämende Illusion, die heute wie eine Seifenblase zerplatzt war. Die innen grünen Männer waren zurückgekehrt, und es würde keinen geschützten Raum geben, kein Fenster, durch das sie den Winterschnee betrachten konnte. Die Ereignisse der letzten Stunden bedeuteten, dass sie den Rest ihres Lebens in strikter Anonymität verbringen musste – wahrscheinlich unter einem falschen Namen, mit Gelegenheitsjobs, die weder Erfahrung noch Dokumente erforderten, und vielleicht sogar in wechselnden Apartments und an wechselnden, unbekannten Orten. Und das Gleiche, begriff sie mit verzögertem Kummer, galt auch für ihren Bruder.

Thomas legte den Kopf an ihre Schulter und schloss die Augen. Die Bewegung des Autos und die Aufregung hatten ihn schläfrig gemacht. Ein Segen, wie Cassie fand. Sachte streichelte sie ihm übers Haar und ließ ihn dösen.

Leo schielte beim Fahren immer wieder in den Rückspiegel, um sicherzugehen, dass sie nicht verfolgt wurden. Die Strecke zu Beths Adresse führte im dichter werdenden Verkehr quer durch die Stadt. Cassie fühlte mit Beth, die bleich und still auf dem Beifahrersitz hockte. Eigentlich hatte sie für Beth immer nur tiefe Abneigung empfunden, die diese von Herzen erwiderte. Doch jetzt saßen sie alle im selben Boot.

»Wenn mein Vater …« Beth stockte. »Ich meine, wenn er nicht zu Hause ist, wenn wir ihn nicht finden, was machen wir dann?«

»Kommt darauf an«, antwortete Leo.

»Und selbst wenn er zu Hause ist, ich will nicht bei ihm bleiben. Wir haben mal darüber geredet, was zu tun ist, wenn die Sims zurückkehren. Er hat falsche Ausweise für uns beide und angeblich auch genug Bargeld, damit wir eine Weile irgendwo untertauchen können, vielleicht in Florida. Aber ich will nicht in Florida leben, verdammte Scheiße! Und ich möchte nicht mehr mit ihm zusammenwohnen.«

»Schön«, sagte Leo sanft. »Das musst du entscheiden. Aber wenn er zu Hause ist, müssen wir ihn auf jeden Fall warnen.«

»Und wohin dann?«

»Nach Westen.«

»Wohin nach Westen?«

»Zu meinem Vater.«

Leos Vater: Werner Beck, Mäzen der Korrespondenzunion und derjenige, dessen Rolle der eines Anführers in dieser eigensinnigen und chaotischen Organisation am nächsten kam. Berühmt für seine Intelligenz, seine Gründlichkeit und seine schwierige Persönlichkeit. Cassie erinnerte sich noch genau, wie Tante Ris ihn einmal charakterisiert hatte: *sehr scharfsinnig, aber auch durch und durch autoritär.*

Sie bogen von der Schnellstraße in ein Viertel mit hohen Wohngebäuden, die viel netter wirkten als Leos Behausung. Im Rückspiegel erhaschte Cassie einen Blick auf Beths Gesicht, das zu einer Maske stummer Beklommenheit geronnen war.

Die Korrespondenzkinder in Cassies Bekanntenkreis hatten einander Spitznamen gegeben. Cassie hieß »Waschbär«, wahrscheinlich wegen ihrer verquollenen Augen nach einer typischen schlaflosen Nacht. Beth war in jüngeren Jahren »Engel« gewesen, doch in letzter Zeit hatte man ihr fiesere und drastischere Bezeichnungen verpasst. In der Schule war sie mit zahlreichen Jungs herumgezogen, die meisten mit Lederjacken- und Schnappmesserausstattung. Auch Leo war in dieser Hinsicht kein ganz unbeschriebenes Blatt, wenngleich er nach Beths Maßstäben einen Schritt in Richtung Seriosität darstellte. All dies wusste Cassie nur aus Gerüchten, die sie nach Möglichkeit ignorierte.

Jedenfalls hätte kein Engel jemals so verängstigt ausgesehen wie Beth jetzt. Beim ersten Anblick blitzender Lichter einige Straßen weiter ging ein Ruck durch ihren Körper, und sie erstarrte.

Cassie ging es nicht anders. Sie hatte die unausgesprochene Hoffnung in sich getragen, dass sie Beths Vater wohlbehalten antreffen würden, dass der Tod des Sims auf der Liberty Street lediglich eine Anomalie war, dass auch Tante Ris nichts zugestoßen war, dass ein Schein von Normalität oder zumindest *Kontinuität* in Cassies Leben zurückkehren würde …

Doch jetzt stand vor Beths Haus ein Krankenwagen, flankiert von Polizeifahrzeugen, und als sie langsam vorbeirollten, bemerkte sie zwei Sanitäter, die eine verhüllte menschliche Gestalt auf einer Transportliege durch die Foyertür schoben.

»Halt an«, flüsterte Beth.

»Das geht nicht.«

»Leo, verdammte Scheiße!«

»Ich kann nicht anhalten, Beth. Wir sind sowieso schon viel zu nah dran.«

»O Gott!«

Als er beschleunigte, achtete er darauf, kein Aufsehen bei den Polizisten zu erregen. Beth drosch mit der Faust aufs Armaturenbrett und brach in ersticktes Schluchzen aus. Zum Glück war es so leise, dass Thomas nicht aufwachte. An der Ecke bog Leo links ab und fuhr zurück Richtung Schnellstraße.

Nachdem sie an einer National-Oil-Station in Cheektowaga vollgetankt hatten, fädelte sich Leo in den Verkehr auf der Interstate ein, die dem langen Bogen des Lake Erie nach Cleveland folgte. Thomas döste unruhig mit dem Kopf an Cassies Schulter, während sie die vorbeiziehenden Ausfahrtschilder betrachtete, die die freundlich klingenden Namen kleiner Orte verkündeten: Mount Vernon, Wanakah, Pinehurst. Die Strahlen der Novembersonne zogen schräg über ihr Gesicht. Von Zeit zu Zeit öffnete Leo das Fenster auf seiner Seite einen Spalt, um eisig frische Luft hereinzulassen. Auf der vierspurigen Autobahn funkelte der Glimmer im Sonnenlicht.

Cassie schwieg aus Respekt vor Beths Trauer. Leo hatte bereits alles gesagt, was zu sagen war, unter anderem auch, dass der Tote auf der Transportliege vielleicht gar nicht Beths Vater war. Beth hatte sich in eine mürrische, kalte Gleichgültigkeit zurückgezogen. »Ich will nicht darüber reden.« Lange Zeit herrschte Stille im Auto.

Nach dem Überqueren der Staatsgrenze verließ Leo die Interstate, um auf kleinere Straßen zu wechseln, wo sie seiner Meinung nach besser vor Verfolgern geschützt waren. Kurz vor Medina, Ohio, stoppte er wieder an einer Tankstelle, damit sie tanken und das WC besuchen konnten. Wortlos lösten sich Cassie und Beth auf der Damentoilette ab. Zurück beim Auto, klagte Thomas über Hunger. Cassie ging in den Laden und kaufte zwei Schokoriegel mit Mandeln für ihn und sich sowie eine Flasche Orangensaft zum Teilen. Dazu ein Spielebuch mit Rätseln, Labyrinthen und Denkaufgaben. Er fixierte es voller Verachtung. »Fahren wir jetzt wieder nach Hause?«

»Nein. Das weißt du ganz genau.«

»Und wo schlafen wir dann?«

»Wahrscheinlich in einem Motel. Dauert bestimmt nicht mehr lang.«

Als die Sonne allmählich Richtung Horizont driftete, schaltete Leo die schwache Heizung des Autos ein. Lodi, Mount Gilead, Cardington. *All diese winzigen Städtchen,* dachte Cassie. Hier eine Hauptstraße, eine Eisenwarenhandlung, ein chinesisches Restaurant mit einem Neondrachen. Da eine ordentlich weiß gestrichene Kirche mit einem Holzturm. Dort das letzte trockene Laub des Herbstes, vom Wind an den Bordstein und auf Fensterbänke geweht.

Durch Vorhänge an kleinen Fenstern schimmerte gelbes Licht. In diesen Häusern lebten Menschen, die von der Welt nie etwas anderes wahrnahmen als die Außenhaut. Früher hatte auch Cassie zu ihnen gehört. Das war die Welt, aus der sie verbannt worden war: warm wie eine Winterdecke, die man selbstverständlich und gedankenlos überstreifte. Sie liebte sie mit der Liebe einer Vertriebenen. Und als sie in verblassenden Farben am Auto vorüberzog, war Cassie versucht, ihr zum Abschied zuzuwinken.

4

Vermont, auf dem Land

Sobald das Sim außer Gefecht war – die Schockpistole hatte auf spektakuläre Weise ihre Wirkung bewiesen –, schleppte Ethan das Wesen hinunter in den Keller.

Egal, was er als Nächstes tat, auf jeden Fall musste er sich beeilen. Das Sim war unbewaffnet gekommen und hatte um eine Unterredung gebeten. Möglicherweise war es also wichtig, den Grund dafür herauszufinden. Aber er durfte keine Zeit verschwenden. Offenkundig wusste die Hyperkolonie genau, wo er lebte. Das hieß, seine Auszeit auf der Farm war vorbei. Mit jeder Sekunde, die er blieb, wuchs die Gefahr für ihn.

Immerhin war sein Grundstück weiterhin mit Kameras, Stolperdrähten und einer Alarmanlage gegen unverhoffte Eindringlinge geschützt. Ethan fesselte das bewusstlose Simulakrum mit Klebeband, dann stieg er nach oben, um sich sein weiteres Vorgehen zu überlegen.

Er holte die Jacke und das Hemd des Sims von der Veranda und durchsuchte sie. Beide trugen Markenbezeichnungen einer Warenhauskette und konnten daher überall im Land gekauft worden sein. In der Jacke steckte allerdings eine Brieftasche – das war ungewöhnlich.

Die Mörder von 2007 hatten keine Ausweise mit sich geführt, und unter anderem aus diesem Grund war es den örtlichen und überregionalen Ermittlern nicht gelungen, irgendetwas Brauchbares über sie herauszufinden. (Ein wesentlicher Faktor war sicherlich auch, dass die wenigen bei den Attentaten getöteten Sims äußerst unkonventionelle Leichen hinterlassen hatten.) Vorsichtig öffnete Ethan die Brieftasche.

Er zog hundertfünfzig Dollar in Zehnern und Zwanzigern und mehrere Karten heraus, unter anderem zwei Kreditkarten, einen Sozialversicherungsausweis und einen Führerschein. Die Dokumente waren alle auf den Namen Winston C. Bayliss ausgestellt. Auf dem Führerschein war als Adresse Major Street 22 in Montmorency, Pennsylvania, vermerkt, und das beschichtete Foto hatte tatsächlich Ähnlichkeit mit dem Wesen im Keller.

Interessant. Zum größten Teil waren die Simulakra immer noch ein Rätsel. Keiner der überlebenden Korrespondenten hatte feststellen können, wie sie ihr menschliches Aussehen vortäuschten und in welchem Ausmaß sie die menschliche Gesellschaft unterwandert hatten. Wie konnte es sein, dass ein künstlich erzeugtes Monster eine Sozialversicherungsnummer besaß? Hatte es dem echten (und jetzt wahrscheinlich toten) Winston Bayliss seine Identität gestohlen? Oder waren die Dokumente einfach allesamt gefälscht?

Wie musste man sich das Ganze vorstellen? Ein nichtmenschliches Ungeheuer, das in einer Kleinstadt in Pennsylvania ein stilles Leben führte und auf den richtigen Augenblick zum Zuschlagen wartete? Oder, noch absurder, ein nichtmenschliches Ungeheuer, das auf seiner eigenen Druckerpresse heimlich falsche Ausweispapiere produzierte? Und warum hatte Bayliss (*nennen wir ihn mal so*, dachte Ethan) diese Dokumente mit hierhergebracht, wo sie Ethan in die Hände fallen konnten?

Doch das waren im Grunde nur Fußnoten zu einer viel bedeutenderen Frage: Warum war Bayliss unbewaffnet und offenbar schutzlos hier aufgetaucht?

Es ist kalt hier draußen, hatte das Wesen gesagt. *Kann ich jetzt reinkommen und mit Ihnen reden?*

Und noch etwas: *Sie wissen, was ich bin.*

»Ja, ich weiß, was du bist.« Durch das lange Alleinsein hatte sich Ethan angewöhnt, laut zu denken. Seine Stimme hallte von den Wänden des Farmhauses wider. »Und ich weiß auch, dass es keinen Sinn hat, dir zuzuhören.«

Nicht den geringsten Sinn, denn wenn Ethans Forschungsergebnisse und die Vermutungen der Korrespondenzunion zutrafen, war es überhaupt nicht Winston Bayliss, der da sprach. Es war die Hyperkolonie, die Winston als ihre Marionette benutzte. Und die Hyperkolonie log natürlich. Genauer gesagt, ihre Äußerungen waren darauf berechnet, ihre Interessen zu fördern. Die Unterscheidung zwischen Wahrheit und Falschheit war für die Hyperkolonie unwesentlich und vielleicht nicht einmal wahrnehmbar. Sie erzeugte menschliche Sprache ausschließlich mit dem Ziel, Menschen in ihrem Verhalten zu manipulieren.

Oder durfte er doch auf nützliche Informationen hoffen, wenn er Bayliss zuhörte?

Es gab wohl nur eine Möglichkeit, das herauszufinden.

»Was wollen Sie mit der Waffe, Dr. Iverson?«, fragte das Simulakrum.

Es war wieder wach. Das Wesen trug nur seine Unterhose und war mit straffen Klebebandstreifen sicher an den Stuhl gefesselt. Obwohl auch der Kopf festgebunden war, konnte es nach Ethan und dem Revolver schielen, den er mitgebracht hatte. Das Wesen ähnelte in bestechendem Ausmaß einem verängstigten, leicht schwabbeligen Weißen, der in der kühlen Kellerluft bibberte.

Ethan ging nicht auf die Frage ein. Für ihn ging es im Moment um etwas ganz anderes: Er musste sich vergewissern, dass er hier tatsächlich einen dieser innen grünen Männer vor sich hatte und nicht etwa einen irregeleiteten oder verrückten Menschen. Er zielte mit dem Revolver auf das linke Bein des Wesens. Irgendwo zwischen Knie und Fußgelenk.

»Warten Sie«, protestierte Bayliss. »Das muss nicht sein.«

Ethan drückte ab. In dem engen Kellerraum hallte die Detonation schmerzhaft laut wider. Die Kugel durchschlug Bayliss' Bein und riss ein Loch in den Boden hinter ihm. Ethan achtete nicht auf das Dröhnen in seinen Ohren. Aus der Wunde quoll hellrotes Blut, dazu in einem langsameren Strom eine zähflüssige grüne Substanz. Durch das verletzte Gewebe schimmerte bleich und feucht ein Knochensplitter.

Nach dem Schuss wurde Bayliss' Ausdruck teilnahmslos und nachdenklich. Ethan kniete sich hin und umwickelte die Wunde mit Klebeband, um die Blutung zu stillen. Er rümpfte die Nase, als ihm der faulige Blumengestank des grünen Zeugs entgegenschlug.

»Das war nicht nötig«, sagte Bayliss.

Von wegen. Immerhin konnte sich Ethan jetzt ganz sicher sein, womit er es zu tun hatte. »Sie wollten mir etwas erzählen.«

Das Simulakrum zögerte, als müsste es sich seine Antwort überlegen. Ethan wertete das als Schauspielerei: Diese Wesen logen mit ihrer Mimik genauso mühelos wie mit Worten. »Wir haben ein gemeinsames Interesse, Dr. Iverson. Es ist kompliziert …«

Ethan drückte Bayliss den Lauf des Revolvers an den Kopf. »Reden Sie einfach.«

»Sie wissen, was ich bin. Ich gehöre zu der Art von Wesen, die vor sieben Jahren viele Ihrer Kollegen getötet haben. Aber ich vertrete andere Interessen.«

»Sinnloses Geschwafel.«

»Die meisten Mutmaßungen der Korrespondenzunion treffen zu. Die radioreflektive Schicht um die Erde ist tatsächlich eine aktive, lebende Entität. Eine kluge und richtige Schlussfolgerung. Diese Entität bildet den Körper dessen, was Sie als Hyperkolonie bezeichnen. Die Hyperkolonie ist also ein Lebewesen, auch das eine korrekte Hypothese. Doch wie jedes Lebewesen ist auch die Hyperkolonie sterblich. Und sie ist anfällig gegen Ansteckung und Prädation. Ich vertrete ein autonomes parasitäres Netzwerk, das die Hyperkolonie befallen hat und um ihre Kontrolle kämpft. Als Insektenforscher begreifen Sie das sicher. Deswegen bin ich allein und unbewaffnet zu Ihnen gekommen.«

Im Grunde hatte das Sim nur wiedergegeben, was die Union bereits deduziert hatte. Nur die Geschichte mit dem »parasitären Netzwerk« war neu. Die Auseinandersetzung mit der Frage, wie plausibel das war, musste Ethan auf später verschieben. »Was genau wollen Sie?«

»Ich will Ihre Hilfe. Ich kann es erklären, aber dafür brauche ich ein wenig Zeit.«

»Warum sollte ich Ihnen helfen?«

»Sie würden damit eine humanitäre Katastrophe verhindern. Und vielleicht Ihrer Nichte das Leben retten.«

Erschrocken spannte Ethan den Finger fester um den Revolverabzug.

»Das war keine Drohung«, setzte Bayliss hinzu.

»Was wissen Sie über meine Nichte?«

»Hier ist es nicht sicher. Weder für Sie noch für mich. Bringen Sie mich weg, und ich erkläre Ihnen alles.«

Von den vielen demütigenden Aspekten in Ethans Leben seit den Ereignissen des Jahres 2007 war der vielleicht schlimmste die Maske des durchgeknallten Spinners, die er hatte annehmen müssen. Er besaß weder Telefon noch Fernseher noch Radio; er lebte innerhalb einer Absperrung bizarrer Sicherheitsgeräte; er hatte ein ganzes Arsenal von Handfeuerwaffen und Gewehren im Speicher. Und jetzt saß auch noch ein Gefangener in seinem Keller, der mit Klebeband gefesselt war und eine Schusswunde im Bein hatte. Wie würde ein Außenstehender das bewerten? Als offensichtlich psychopathisch. Als brutal und bedrohlich.

Seine letzte Begegnung mit Menschen, die seine Vorstellungen teilten, lag schon Jahre zurück. Die meisten seiner früheren Freunde und Kollegen waren entweder tot oder lebten völlig isoliert. Sollte er jemals seine geistige Gesundheit beweisen müssen, konnte er sich nicht auf lebende Zeugen berufen. Immerhin hatte er noch seine Briefe, seine Korrespondenzdokumente, seine unveröffentlichten Forschungsarbeiten. Allerdings hätten diese den Anschein von Wahnsinn nur bestätigt.

Bei seiner Exfrau Nerissa hätte er mit Verständnis rechnen können, genau wie bei den anderen Überlebenden aus den Reihen der Korrespondenzinsider. In seiner Einsamkeit hatte ihn manchmal das starke Bedürfnis heimgesucht, mit ihr zu reden. Doch es wäre viel zu gefährlich für sie gewesen, wenn er Kontakt zu ihr aufgenommen hätte. Nur mit Werner Beck, dem geistigen und finanziellen Schrittmacher der Union, hielt er noch briefliche Verbindung. Und Beck war sogar noch paranoider als Ethan.

Das Sim namens Winston Bayliss hatte durchblicken lassen, dass das Leben von Ethans Nichte Cassie in Gefahr war, ohne Einzelheiten zu nennen. Wie alle anderen Äußerungen aus dem Mund dieses Wesens konnte das eine Lüge sein. Genauso gut konnte es aber auch zutreffen. Eine äußerst beklemmende Vorstellung. Ethan hatte die Tochter seiner Schwägerin vor sieben Jahren zum letzten Mal gesehen. Er erinnerte sich an Cassie als stilles Kind – schwermütig und nachdenklich, dennoch liebenswert. Inzwischen war sie schon achtzehn.

Was konnte die Hyperkolonie von Cassie Iverson wollen?

Wahrscheinlich eine unbeantwortbare Frage, von der er sich nicht ablenken lassen durfte. Als er vom Keller in die Küche hinaufstieg, warf er einen Blick auf die Uhr. Seit der Ankunft des Sims war eine Stunde verstrichen. Zu viel Zeit. Unwillkürlich stellte er sich vor, im ganzen Farmhaus Petroleum zu verschütten und alles in Brand zu stecken. Drüben in der Flurkammer warteten die vollen Kanister. Einfach alles abfackeln – das Haus, die Scheune, Winston Bayliss. Dann sofort in den Ford steigen und wegfahren. Natürlich konnten die verkohlten Überreste des Skeletts und des Schädels zu Fragen führen, falls man sie entdeckte, doch zu diesem Zeitpunkt wäre Ethan sicher schon längst über alle Berge und für rein *menschliche* Instanzen nicht mehr aufspürbar.

Doch wenn er im besten Fall darauf hoffen durfte, den Rest seines Lebens in noch abgeschiedenerer Einsamkeit zu fristen, war es vielleicht das Schlauste, sich mit dem Haus gleich selbst zu verbrennen.

Ich will Ihre Hilfe, hatte Winston Bayliss zu ihm gesagt. *Damit würden Sie Ihrer Nichte vielleicht das Leben retten.*

Er konnte dem Wesen dort unten im Keller nicht vertrauen. Darauf lief es unterm Strich immer wieder hinaus.

Er zögerte, fixierte den Revolver in seiner Hand. Das Sim zu töten mochte ein taktischer Fehler sein, aber dafür war es zumindest eine Art von Rache.

Als er bereits auf die Kellertreppe zusteuerte, schlug erneut die Alarmanlage an.

5

Unterwegs

Leo, dem sein Vater jedes Jahr eine reiche Auswahl an falschen Ausweispapieren und dazu passenden Kreditkarten zur Verfügung stellte, mietete ein Zimmer in einem Motel. Auf drei Seiten der schäbigen, doch um diese Jahreszeit sehr ruhigen Absteige erstreckte sich ein Kiefernwald, an der vierten befand sich ein leerer Swimmingpool hinter einem Maschendrahtzaun. Leo und Beth meldeten sich als Paar an, sodass Cassie vom Auto aus mit Thomas an der einen Hand und ihrem Koffer in der anderen zu dem Zimmer huschen musste, um vom Empfang aus nicht bemerkt zu werden. Am wolkenlosen Himmel verblasste schon der Sonnenuntergang, und trotz ihrer eher flüchtigen Astronomiekenntnisse vermutete Cassie, dass der helle Stern am Horizont die Venus war. Sie erhaschte nur einen kurzen Blick darauf, ehe sich die Tür schloss. Ein klares, kaltes Auge.

Im Zimmer roch es leicht nach Schimmel und Lysol. Auf der zerschrammten und mit Flecken von abgestellten Gläsern beschmutzten Kommode stand ein kleines Fernsehgerät, das Thomas mit unverhohlener Sehnsucht anstarrte.

Tante Ris besaß aus Prinzip keinen Fernseher. Hin und wieder hatte Cassie Einwände erhoben – man konnte die Sendungen doch ansehen, solange man nicht vergaß, dass sie auf subtile Weise irreführend waren –, doch ihre Tante hatte sich nicht erweichen lassen.

Irgendwie verstand Cassie das auch. Alle Rundfunk- und Fernsehsignale wurden durch die Radiosphäre geleitet. Das galt seit den Tagen von Marconi und Edison. Sie erinnerte sich an eine Fotografie aus ihrem Geschichtsbuch. Es zeigte Marconi und seinen Mitarbeiterstab auf einer experimentellen Antennenstation in Neufundland, die einen, wie sie es nannten, »Resonanzkontakt« zu einer Schwesterstation im französischen Saint-Malo vorführten. Marconis schwache Signale waren von der Radiosphäre verstärkt und von seinen Antipoden in Frankreich exakt aufgezeichnet worden. Natürlich sprach damals noch niemand von Radiosphäre. Dieser Begriff wurde erst in den Zwanzigerjahren des zwanzigsten Jahrhunderts geprägt, um eine in großer Höhe befindliche Grenzschicht zu bezeichnen, die den erstaunlich nützlichen Effekt hatte, Funksignale je nach Stärke und Frequenz des Signals um den Erdball zu verbreiten. Woraus diese Schicht bestand und wie sie funktionierte, blieben offene theoretische Fragen, deren Klärung natürlich auf subtile Weise behindert wurde. Trotzdem stürzten sich die Rundfunkingenieure voller Begeisterung auf diese neue Möglichkeit. Weltweite Radioausstrahlungen begannen 1921, bald nach dem Großen Krieg. 1935 folgten Fernsehsendungen in primitivem Schwarz-Weiß. In einem verstaubten Antiquitätenladen hatte Cassie einmal so ein Empfangsgerät gesehen: ein lächerlich kleiner Glasbildschirm in einem lächerlich großen Holzkasten; der Besitzer behauptete, dass das Ding noch funktionierte.

Es war also allgemein bekannt, dass sämtliche Rundfunk- und Fernsehausstrahlungen über die Radiosphäre liefen. *Nicht* allgemein bekannt war hingegen, dass die Radiosphäre der ausgedehnte Körper eines Lebewesens war und dass die Signale bei der Durchleitung durch diesen Körper nicht unbedingt unverändert blieben.

Vor drei Jahren hatte Cassie im Flurschrank, wo Tante Ris die Sachen aufbewahrte, die sie nicht mehr brauchte, die sie aber nicht wegwerfen wollte, einen Karton mit Monografien der Korrespondenzunion entdeckt. Diese Schriften stammten aus dem Besitz von Cassies Eltern und waren wahrscheinlich nach den Morden als eine Art makabres Erbe zu Tante Ris gelangt – so ähnlich wie Cassie und Thomas. Aus diesem Grund hatte sie keine Gewissensbisse, den Karton zu durchwühlen und alles zu lesen, was ihre Aufmerksamkeit weckte.

Die meisten Monografien mit Titeln wie »Intrazellulare Signalübertragung bei isolierten ätherischen Zellkulturen« waren für sie unergründlich, und sie legte sie gleich wieder weg. Doch in einer Schrift ging es um Fernsehübertragung, und sie begriff fast jedes Wort. Der Autor, ein Fernsehingenieur, hatte Studioaufnahmen nächtlicher Nachrichtensendungen mit seinen eigenen Aufnahmen derselben Sendungen verglichen, wie sie nach der öffentlichen Ausstrahlung erschienen. Cassie stellte sich vor, dass er das Filmmaterial Bild für Bild mit fanatischer Aufmerksamkeit verglich, so wie Thomas sich in seine Rätselbücher vertiefte, um die Unterschiede zwischen zwei Zeichnungen zu entdecken. In allen Fällen stieß der Autor auf zahlreiche Veränderungen von geradezu beängstigender Subtilität. Das eklatanteste Beispiel war ein Fehler (ein kurzer Bildausfall), der das Wort »Hass« in einem Bericht über ethnische Spannungen in Uganda verschleierte. Weitaus weniger deutlich waren die vielen winzigen, kaum messbaren Modifizierungen, die das Auftreten und die Stimmen der Reporter und Nachrichtensprecher betrafen. Was diese feinen Veränderungen im Ausdruck und Tonfall bewirken sollten, konnte der Autor nicht sagen, wenngleich er »eine allgemeine Abmilderung des emotionalen Affekts« feststellte. Im Grunde war es bloß ein weiteres Indiz auf dem langen Weg zur Entschlüsselung der geheimnisvollen Hyperkolonie (wie die Ansammlung von winzigen lebenden Zellen, die die Radiosphäre bildeten, in Korrespondenzdokumenten genannt wurde). Immerhin war das eine Erklärung für den Argwohn, mit dem ihre Tante dem Fernsehen und Radio begegnete. Was aus dem Lautsprecher drang oder auf dem Bildschirm erschien, war verfälscht und vergiftet, letztlich nur eine ausgeklügelte, hinterhältige Lüge.

Auch wenn Cassie diese Auffassung teilte, fand sie Tante Ris' absolute Ablehnung irritierend. Dem Fernsehen konnte man nicht vertrauen, sicher. Aber daraus musste man noch lange nicht die Konsequenz ziehen, es überhaupt nicht zu verfolgen. Die Sendungen, von denen ihre Mitschüler erzählten, klangen interessant, und Cassie galt als leicht zurückgeblieben, weil sie nicht im Bild darüber war. Thomas ging es ähnlich: Für ihn war Fernsehen eine seltene Kostbarkeit, auf deren Verbot er mit Unverständnis und Trotz reagierte.

Jetzt wanderte sein Blick vom dem Gerät im Motelzimmer zu Cassie. Sie seufzte. »Na los. Schalt schon ein.« Immerhin musste man nicht befürchten, von dem Ding beobachtet zu werden. Kurz darauf hockte Thomas im Schneidersitz auf dem Bett und grinste über die doofen Witze in *Piggy's Island*, eine Sitcom über eine Gruppe schiffbrüchiger britischer Schüler.

Neben dem Fernseher stand ein Telefon aus weißem Kunststoff, der mit der Zeit die Farbe von alten Knochen angenommen hatte. Auch dies ein Gerät, mit dem Cassie weniger anzufangen wusste als normale Leute. Ein durchschnittlicher Mensch konnte nach dem Hörer greifen und ein Gespräch führen, ohne sich lange mit der Tatsache herumzuschlagen, dass alle Anrufe, auch ortsgebundene, grundsätzlich durch die Radiosphäre geleitet wurden. Als normaler Mensch hätte Cassie jetzt versuchen können, Tante Ris zu erreichen. Aber so ein Anruf hätte für beide Seiten ein unkalkulierbares Risiko mit sich gebracht. Am besten, sie dachte gar nicht an Tante Ris, wenn es irgendwie ging.

Leo und Beth zogen sich auf die andere Seite des Zimmers zurück und unterhielten sich so leise, dass Cassie sie nicht hören konnte. Immer wieder warf Beth genervte Blicke in Cassies Richtung, während Leo eindringlich auf sie einredete und mit seinen großen Händen beruhigende Gesten machte. Nach einer Weile ignorierte Cassie die beiden einfach.

Schließlich schnappte sich Leo seine Jacke. »Beth und ich gehen mal raus und holen was zu essen. Sollen wir euch sonst noch was mitbringen?«

Eigentlich nicht. Cassies Notfallkoffer war gut und klug sortiert. »Ich steuere was bei.« Sie griff nach ihrer Handtasche.

»Heute Abend zahl ich. Spar dein Geld. Später müssen wir vielleicht zusammenlegen.«

Kurz darauf war Cassie allein mit ihrem kleinen Bruder. Sie zwang sich, das Geschehen in *Piggy's Island* zu verfolgen. Die zwei Protagonisten Piggy und Ralph hatten einen Fallschirmspringer entdeckt, der in einem Baumwipfel festsaß. Um ihn herunterzuholen, verfielen sie auf die Idee, ihn mit Kokosnüssen zu bewerfen. Thomas schaute mit finsterer Miene zu und lachte nur ein einziges Mal auf. Cassie fand es unheimlich, wie der Laut die spätherbstliche Stille durchschnitt.

Nach einer Stunde Fernsehen wurde Thomas allmählich schläfrig. Erst das Geräusch von Stimmen, als Beth und Leo hereinkamen – und vor allem der Pizzageruch – machten ihn wieder munter. Er schnappte sich zwei Stücke aus der Schachtel und richtete sich wieder vor dem Bildschirm ein.

Beth aß nur wenig und verkündete dann, duschen zu wollen. Kaum hatte sie sich im Bad eingeschlossen, bat Leo Cassie, kurz mit ihm hinauszugehen. Cassie war bestürzt und machte sich sofort Sorgen. Sicher gab es schlechte Nachrichten. Vielleicht hatte Beth ihn dazu überredet, sie und Thomas am nächsten Busbahnhof abzusetzen. Nun, wenn es so war, konnte sie es auch nicht ändern. Sie überließ Thomas seinen Pizzafreuden und streifte sich die Wolljacke über die Schultern, um Leo hinaus ins Dunkel hinter der Tür zu folgen. Mit stoischer Ergebenheit wartete sie darauf, zum Teufel gejagt zu werden.

Leo nahm eine Zigarette aus der Schachtel in seiner Tasche. Er zündete sie an, schüttelte das Streichholz aus und blickte hinüber zu den Silhouetten der Kiefernwipfel, die sich vom mondblauen Himmel abhoben. »Mach dir keine Gedanken wegen Beth.« Er atmete Rauch in die Novemberluft. »Sie muss verarbeiten, was mit ihrem Vater passiert ist. Was *vielleicht* mit ihm passiert ist. Eigentlich mag sie ihn gar nicht, aber … du verstehst schon.«

»Ich glaube«, sagte Cassie.

Sie kannte Leo und Beth schon seit Beginn ihrer Teenagerzeit. Die beiden gehörten zu den älteren Nachkommen der Korrespondenten und bewegten sich daher in etwas anderen Kreisen als sie. Die Überlebenden der Union, die nach

Buffalo übergesiedelt waren, benahmen sich wie eine Familie: zänkisch, nicht immer einig, zusammengeschweißt von gemeinsamen Geheimnissen. Bei den regelmäßigen Treffen ignorierte Leo sie meistens, doch sie ihrerseits hatte ihn genau beobachtet.

Zum Beispiel diese Angewohnheit mit dem Tabak. Wenn er rauchte, so vermutete Cassie, dann aus dem gleichen Grund, weshalb er auch Taschenbuchausgaben von Künstlerromanen mit sich herumschleppte und sein Interesse für die Live-Musik in Clubs und Cafés im Stadtzentrum bekundete. Das definierte ihn als *anders*, ohne dass er etwas erklären musste. Es machte sein Anderssein zu etwas, das er sich ausgesucht hatte.

Doch zumindest heute Abend spielte er ihr nichts vor. Er hustete. »Beth ist nicht gerade erfreut darüber, dass wir dich und Thomas dabeihaben.«

»Mhm.«

»Ich wollte bloß sagen, mach ihr keine Vorwürfe. Sie kann nicht über ihr eigenes Unglück hinaussehen. Früher oder später beruhigt sie sich schon wieder. Also, nimm es nicht persönlich.« Erneut sog er den Rauch in die Lunge und ließ ihn aus den Nasenlöchern wabern. Auf dem Highway donnerte ein Laster vorbei. »Du kannst natürlich machen, was du willst, Cassie. Trotzdem bin ich der Meinung, wir sollten vorerst zusammenbleiben. Zumindest bis wir nach Ohio kommen.«

Das überraschte sie. »Bis wir deinen Vater treffen, meinst du.«

»Genau. Denn diesmal ist es anders. Wenn die Sims Leuten wie deiner Tante nachstellen, dann müssen sie es auf alle abgesehen haben, die irgendwas über die Union wissen. Auf dich, mich, Beth, sogar auf Thomas. Hast du einen Plan für so einen Fall?«

»Ich habe zwei Garnituren Ausweispapiere, und ich bin volljährig. Und ich hab genug Bargeld, um mich eine Zeit lang durchzuschlagen. Ich kann mir irgendwo eine Arbeit suchen und mich möglichst unauffällig einfügen.«

»Unauffällig einfügen«, wiederholte Leo mit einem Lächeln, das Cassie ärgerte. »Bist du sicher, dass die Ausweisdokumente noch geheim sind?«

Sie zuckte die Achseln. »Nichts ist mehr sicher.«

»Ja. Genau deswegen bin ich der Meinung, wir sind besser dran, wenn wir uns gegenseitig Rückendeckung geben. Zumindest bis Ohio.«

»Wahrscheinlich. Gut, und was passiert dann in Ohio? Was erwartest du, wenn du bei deinem Vater an die Tür klopfst?«

Leo ließ die Zigarette fallen und zertrat sie mit dem Schuhabsatz. Dann vergrub er die Hände in den Jeanstaschen. »Du kennst ja den Ruf meines Vaters.«

»Ich weiß nur, dass er viel Geld hat. Und eigenwillige Ansichten.«

»Von allen Leuten, die 2007 überlebt haben, war er der Einzige, der nicht bloß den Schwanz einziehen und sich verkriechen wollte. Einmal hat er mir erzählt, dass die Sims uns nicht angegriffen hätten, wenn sie keine Angst vor uns hätten. Und wenn sie Angst vor uns haben, heißt das, wir haben die Macht, ihnen zu schaden. *Ihm.*« Er wandte das Gesicht zum Himmel. »Diesem *Wesen*. Würdest du ihm nicht auch gerne schaden, Cassie?«

»Sicher, wenn ich es für möglich halten würde. Aber …«

»Was?«

»Na ja, ich muss mich um Thomas kümmern. Und ohne dir nahetreten zu wollen – ich glaub nicht, dass du wirklich weißt, wovon du da redest.«

Leos grimmige Miene schmolz zu einem Lächeln. »Du hast recht, was deinen kleinen Bruder angeht. Trotzdem, Cassie, bleib bei uns. Ich meine es ernst. Zumindest so lange, bis wir ganz sicher sind, dass uns niemand auf den Fersen ist. Vielleicht bis du die Möglichkeit hast, mit meinem Vater zu reden. Falls …«

»Falls er überhaupt noch lebt.«

»Falls er noch lebt, ja. Danach kannst du dir einen Job in irgendeiner dämlichen Kleinstadt suchen. Wenn du das wirklich willst.« Er öffnete die Tür und hielt sie ihr auf, als Cassie wieder ins Zimmer trat.

Das sind keine dämlichen Kleinstädte, dachte sie. Vielleicht gab es Leo ein Gefühl von Überlegenheit, wenn er so etwas sagte. Aber deswegen hatte er noch lange nicht recht. Im Grunde steckte hinter so einer Bemerkung nur der blanke Neid.

All diese kleinen Orte und auch die Städte dort draußen im Dunkeln, mit den vielen Menschen hinter ihren gelben Fenstern, für die die Normalität und Berechenbarkeit ihres gesamten Daseins eine Selbstverständlichkeit war. Wie einfach und befriedigend wäre es, sie dafür zu hassen! Doch Cassie erinnerte sich noch viel zu gut an die Zeit, als ihr eigenes Leben genauso war, als sie sich am Waffenstillstandstag voller Stolz erhob, um die Fahnen der Vereinigten Staaten und des Völkerbunds zu grüßen – und mit ihnen alles, was sie zu repräsentieren schienen: ein Jahrhundert des Friedens, den unaufhaltsamen Fortschritt von Freiheit und Wohlstand. Dinge, an die sie noch immer gern geglaubt hätte.

Thomas hockte zusammengesunken auf dem Bett, und ihm fielen schon fast die Augen zu, obwohl er noch immer wie gebannt auf den Fernsehbildschirm starrte. Gerade lief eine Nachrichtensendung, und eine Frau in einem adretten blauen Kostüm berichtete von Missernten in Tansania. Im Hafen von Daressalam waren umfangreiche Lieferungen der Internationalen Getreidereserve eingetroffen. Die Miene der Sprecherin drückte Mitgefühl aus. Doch das konnte eine von der Hyperkolonie vorgenommene Anpassung sein, eine subtile Verstärkung oder, wie die Leute vom Kino es nannten, ein Spezialeffekt.

In ein Handtuch gewickelt trat Beth aus dem Bad. Von den Haaren tropfte ihr Wasser auf die Schultern. »Schalt diesen Scheiß aus«, forderte sie Cassie auf. »Und schaff deinen Bruder runter vom Bett. Ich will schlafen.«

6

Vermont, auf dem Land

Mit dem Revolver, der bis auf die Kugel, die er auf das Wesen unten im Keller abgefeuert hatte, immer noch voll geladen war, stürmte Ethan zur Tür. Gerade noch rechtzeitig, um zu beobachten, wie sich auf dem ungepflasterten Zufahrtsweg holpernd ein dreckverschmierter blauer Ford Elektra näherte. Das Heck brach in einer Staubwolke aus, als der Wagen nur wenige Meter vor seiner Veranda stoppte. Die Fahrertür flog auf, und eine Frau sprang heraus. Ethan blinzelte vor Schreck, als er sie erkannte.

Nerissa.

Vor sieben Jahren hatte er sie zum letzten Mal gesehen. Doch schon in den Monaten vor den Attentaten waren sie voneinander getrennt gewesen, und ihre Ehe bestand nur noch auf dem Papier. Dennoch löste ihr Anblick jetzt ein Gefühl tiefer Sehnsucht in ihm aus, das sich nur schwer unterdrücken ließ. Er senkte den Revolver und trat durch die Tür.

Ihr Kleidergeschmack hatte sich nicht geändert, auch wenn erkennbar war, dass sie sich in aller Eile angezogen hatte. Sie trug Bluejeans, ein kariertes Baumwollhemd und ein breites, orangefarbenes Tuch, das ihr bis zu den Hüften baumelte. Eine Brille – die war neu; früher hatte sie Kontaktlinsen getragen – verstärkte die Wirkung ihrer ohnehin schon großen Augen. Natürlich war sie älter geworden, doch mit Ausnahme einiger schwach ausgeprägter Falten sah sie noch immer genauso aus wie damals auf der Uniparty in Amherst, wo er sie kennengelernt hatte.

Während sie zielstrebig auf ihn zusteuerte, schlug seine spontane Begeisterung in Furcht um. Sie stieg die Verandatreppe herauf. Dann war sie nur noch wenige Zentimeter vor ihm, und er schloss sie unwillkürlich in die Arme.

»Meine Güte«, flüsterte er. »Ris, Ris, es ist nicht sicher hier!«

Sie ließ die Umarmung über sich ergehen und löste sich wieder von ihm. »Ich komme nicht ohne Grund, Ethan.«

»Du verstehst nicht. Du musst weg. So schnell wie möglich. *Ich* muss weg.«

»Dann fahren wir zusammen. Es ist wegen Cassie.«

Zum zweiten Mal an diesem Tag, dass der Name seiner Nichte fiel. Er konnte sich nicht überwinden, Ris in die Augen zu sehen. »Komm rein«, murmelte er.

Am Ende der fachbereichsübergreifenden Party, auf der er Nerissa Stewart zum ersten Mal begegnet war, wurde ihm klar, dass er sich verliebt hatte – vielleicht nicht unbedingt in sie, denn er kannte sie ja kaum, aber doch in ihre quirlige Neugier und in den Blick, mit dem sie ihn fixierte wie ein Rätsel, das es zu lösen galt. Sie war Lehrbeauftragte für Englisch mit Schwerpunkt William Blake. Seit seiner Highschool-Lektüre des Gedichts *Tyger* hatte Ethan nichts mehr von diesem englischen Romantiker gelesen. Umgekehrt fand sie Ethans entomologische Arbeit genauso verwirrend. Später sollte er einmal sagen, dass er in Gedichten keine Wahrheit und sie in Wirbellosen keine Poesie fand. Doch das war bloß eine vorgefertigte Formulierung für Leute, die wissen wollten, warum sie sich getrennt hatten. In Wirklichkeit hatten sie in den kurzen Jahren ihres Zusammenseins nicht wenige poetische Wahrheiten miteinander geteilt.

Und in den sieben Jahren seit dem letzten Gespräch mit ihr hatte Ethan ihr Wiedersehen zahllose Male im Kopf durchgespielt. Er schämte sich für diese Fantasie, konnte ihr jedoch nicht widerstehen, vor allem wenn das Haus eingeschlossen im Schnee lag und er der Dynamik seiner Gedanken ausgeliefert war. Manchmal bekamen diese Fantasien auch eine erotische Färbung. Kein Wunder, denn der Sex war immer gut gewesen, ein solides Fundament für die ansonsten zerbrechliche Architektur ihrer Ehe. Und wenn der Wind gegen die Mauern des Farmhauses tobte wie ein zorniger Stier, konnte es leicht passieren, dass er diese Szenen wiederaufleben ließ. An einfacheren Tagen malte er sich aus, wie er sich bei ihr entschuldigte, wie sie einander verziehen und zusammen lachten. Doch all dies spielte im Moment keine Rolle. Sie mussten mit einer Notsituation fertigwerden. Mit einer Notsituation, die kein Zaudern duldete.

»Cassie ist weg«, sagte sie. *»Verschwunden«*, meine ich. »Ich kann dir alles erklären, aber … hast du vielleicht Kaffee da? Ich hab seit gestern keinen Kaffee mehr getrunken. Ich bin hierhergefahren, ohne zu schlafen. Auf die Toilette müsste ich auch mal.«

Er entschuldigte sich für den Zustand seines Bads, und während sie sich für ein paar Minuten zurückzog, bemühte er sich, seine wild durcheinanderwirbelnden Gedanken zu sortieren. Cassie war verschwunden. Das hieß, er war nicht der Einzige, der Besuch bekommen hatte. Der Schrecken war zurückgekehrt. Dieses verdammte Monster im Keller!

Und er hatte es leben lassen. Ein Fehler, den er bald zu korrigieren gedachte. Aber zuerst musste er mit Nerissa sprechen. Ihr zuhören, sie beraten. Damit sie ohne Gefahr wieder fahren konnte. Und zwar möglichst schnell.

Schließlich setzte sie sich an den Küchentisch und nahm eine Tasse lauwarmen Kaffee entgegen, ohne überhaupt hinzuschauen. Bevor er sich richtig gefasst hatte, legte sie schon los: »Ich weiß, du hast mich nicht erwartet. Eine Vorankündigung war allerdings schlecht möglich. Ich war mir nicht mal sicher, ob ich dich hier noch antreffe. Ist lange her, dass du mir die Adresse gegeben hast. Ich hatte Angst, dass du weggezogen bist. Für mich ist es auch merkwürdig, hier zu sein und dich zu sehen. Aber ich bin wegen Cassie hier. Ich muss dir erzählen, was passiert ist. Vor … mein Gott … erst vor zwei Tagen. Dann können wir gemeinsam entscheiden, was wir machen.«

»Wir haben leider wenig Zeit.«

»Dann lass mich einfach reden.«

Nerissa berichtete, dass in der Liberty Street ein Simulakrum aufgetaucht war. Sie war in dieser Nacht nicht zu Hause gewesen und fand bei ihrer Rückkehr die Wohnung leer vor. Am Kühlschrank hing ein Zettel von Cassie mit einer kurzen Nachricht. Daraufhin hörte sich Nerissa bei den Nachbarn um und reimte sich so zusammen, was passiert war. In den frühen Morgenstunden, noch lange vor der Dämmerung, war direkt vor dem Apartment ein Mann bei einem Verkehrsunfall ums Leben gekommen. Nach den zögernden Formulierungen der Nachbarn – »Sie werden mich jetzt bestimmt für verrückt halten« – bestand kaum ein Zweifel, dass der Tote ein Simulakrum war.

Anscheinend hatte Cassie, die schon immer einen leichten Schlaf hatte, den Unfall beobachtet. Und wie allen Kindern von Überlebenden war ihr eingehämmert worden, sofort zu reagieren, wenn ein Sim auftauchte.

»Wahrscheinlich nahm sie an, dass es sie töten wollte. Und vielleicht war es tatsächlich so. Also ist sie mit Thomas und dem vorbereiteten Koffer zum nächsten Kontaktmann der Union gelaufen, um ihn zu warnen. Dummerweise war dieser Kontaktmann Leo Beck.«

»Werners Sohn?«

»Leo ist einundzwanzig und genauso ein Querdenker wie sein Vater. Die Leute aus der Union waren die einzige Familie, die er je gekannt hat, aber ich glaube, dass er uns mehr gehasst als geliebt hat. In Cassies Kreisen war er allerdings recht populär. Vermutlich fanden sie ihn, was weiß ich … weniger *passiv* als uns andere Korrespondenten.«

Auf ähnliche Weise hatte auch Leos Vater, Werner Beck, Stellung bezogen. Werner war davon überzeugt, dass die Hyperkolonie für menschliche Angriffe anfällig war und dass das gesammelte Wissen der Korrespondenzunion eine Waffe darstellte, die man gegen gegen die Kolonie einsetzen konnte. Eine durchaus reizvolle Vorstellung, wie Ethan fand. Zumindest bis man sich überlegte, wie viele Menschen so ein Vorgehen mit dem Leben bezahlen mochten.

»Als Cassie ihm von dem Sim berichtet hat, wird Leo davon ausgegangen sein, dass wir alle angegriffen werden – dass Sims unterwegs sind, um die Union bis zum letzten Mitglied auszuradieren.«

»Bist du denn sicher, dass es *nicht* so ist?«

»Natürlich nicht. Alle sind total verängstigt. Für so einen Fall haben wir klare Verhaltensmaßregeln aufgestellt: Wird man angegriffen und überlebt, warnt man einen Menschen und taucht dann unter. Ich schätze, das Sim auf der Liberty Street hatte es auf mich abgesehen. Also habe ich mich an

Edie Forsythe gewandt. Sie hat mich überredet, erst mal bei ihr zu bleiben, und mit Sue Nakamura gesprochen. Von Sue aus machte es dann die Runde. Soweit wir wissen, sind insgesamt nur zwei Sims aufgetaucht. Eines wurde vor meiner Wohnung überfahren; das andere wurde von Carl Vance mit einem Kopfschuss getötet, als es an seine Tür klopfte und um eine *Unterredung* bat. Unglaublich. Übrigens war das Sim, das Carl erschossen hat, unbewaffnet. Bei dem Unfallopfer weiß ich es nicht. Alles ziemlich seltsam. Aber Leo ist abgehauen, und er hat Carls Tochter Beth und Cassie mitgenommen.«

Ein unbewaffnetes Sim, das um eine Unterredung bat ... »Trotzdem hättest du nicht herkommen dürfen, Ris.«

»Ich bin noch nicht zu Ende. Die Sache ist die, dass Leo seinen Vater vergöttert. Sie waren die ganze Zeit in engem Kontakt. Und alle, die Leo kennen, sind der Meinung, dass er auf dem Weg zu Werner ist und ihm vielleicht bei irgendeinem irrsinnigen Vorhaben helfen will.«

»Möglich, aber ...«

»Hör mir bitte zu. Abgesehen von seinem Sohn hält Werner Beck Distanz zu den überlebenden Familien. Manchmal schreibt er oder schickt Geld, er versorgt uns regelmäßig mit falschen Ausweispapieren, aber alles ohne Absenderadresse. Du bist ein echter Korrespondenzinsider, und er hat dich immer geschätzt. Du weißt bestimmt, wie man ihn erreichen kann. Und falls du es weißt, musst du mir helfen. Wir müssen zu ihm, Ethan, unbedingt. Wir müssen hinfahren und Cassie nach Hause holen.«

Sie setzte sich zurück und wischte sich mit einer ruckartigen Bewegung der linken Hand das Haar aus den Augen – eine Geste, die er vergessen hatte und die ihm jetzt sofort wieder vertraut war.

»Ris … die Situation ist komplizierter, als du vielleicht ahnst.«

Ungeduldig starrte sie ihn an.

Er räusperte sich. »Ich habe auch Besuch bekommen.«

Die Überlebenden von 2007 hatten den Begriff »Simulakrum« geprägt, um die Angreifer zu beschreiben. In seinen Monografien bezeichnete Werner Beck sie manchmal als »Myrmidonen«. Damit nahm er Bezug auf eine Passage aus Ovids *Metamorphosen*, in der Zeus Ameisen in Menschen verwandelt, um die Insel Aigina neu zu bevölkern. Ethan gefiel der Verweis auf Insekten natürlich, und auch Nerissa hätte die Anspielung aufgrund ihrer literarischen Bildung erkannt. Da jedoch niemand sonst mit dem Ausdruck etwas anfangen konnte, setzte sich allgemein das Wort Simulakrum – kurz Sim – durch.

In aller Kürze erzählte er Nerissa von dem Sim im Keller, das bei ihm aufgetaucht war: worum es ihn gebeten, und was es als Gegenleistung angeboten hatte. Sie hörte ihm mit gespannter Aufmerksamkeit zu und wirkte eher überrascht als schockiert, bis er erwähnte, dass er dem Wesen ins Bein geschossen hatte.

»Das hast du wirklich getan?«

»Ich musste sichergehen, dass es kein Mensch ist. Ist das so schwer zu verstehen?«

»Nein, bloß … Früher hast du Schusswaffen doch immer gehasst.«

Das traf immer noch zu. Mit einer Pistole oder einem Gewehr in der Hand hatte Ethan das Gefühl, eine Verantwortung zu übernehmen, die sich kein vernünftiger Mensch anmaßen sollte. Doch nach seinem Einzug in das Farmhaus hatte er sich in einer Anlage bei Jacobstown zum Schießunterricht angemeldet und festgestellt, dass er kein schlechter Schütze war. An das Gewicht der Waffe hatte er sich genauso gewöhnt wie an den Gestank nach rohem Sperrholz und angeschmortem Stahl. Die Rotwildjagd mit einem langen Gewehr war schon schwerer zu verdauen. Vom Töten wurde ihm übel. Doch auch dagegen hatte er sich mit der Zeit abgehärtet. »Seitdem sind ein paar Jahre vergangen. Ich habe dazugelernt.«

»Entschuldige bitte. Red weiter. Was hat das Sim gesagt?«

»Es hat Cassie erwähnt und ...«

»*Was?* Es kannte ihren Namen? Mein Gott, warum hast du das nicht gleich erzählt?«

»Ich erzähl's dir ja jetzt.«

»Verdammt, Ethan!« Sie stand so ruckartig auf, dass fast ihr Stuhl umkippte. »Und dieses Wesen lebt noch?«

»Ja, aber ...«

»Ich muss mit ihm sprechen.«

»Ris, es kann nicht die Wahrheit sagen. Es kann nicht unterscheiden zwischen Wahrheit und Lüge. Das weißt du doch. Es benutzt Worte, um Menschen zu manipulieren.«

»Ja, das war deine Theorie. Deine und die von Werner Beck.«

»Das ist die Funktionsweise der Hyperkolonie.«

»Trotzdem *könnte* es die Wahrheit sagen.«

»Wenn wir versuchen, es zu befragen, geben wir ihm damit nur die Möglichkeit, uns zu manipulieren.«

»Und warum hast du es dann nicht einfach umgebracht?«

Gute Frage. *Weil es ein menschliches Gesicht hat? Weil ich genauso leicht zu manipulieren bin wie alle anderen?* »Das hatte ich gerade vor, als du gekommen bist.«

»Trotzdem, ich will mit ihm reden.«

»Ris ...«

»Sofort! Wir dürfen keine Zeit verschwenden.«

Da hatte sie recht. Er führte sie hinunter in den fensterlosen Keller.

1

Unterwegs

In der ersten Nacht teilte Leo die Schlafplätze ein. Er bestand darauf, dass Cassie und Beth sich das Doppelbett teilten, und sie folgten seinem Wunsch, Beth mit mürrischer Miene. Das billige Sofa an der Wand des Motelzimmers war groß genug für Thomas, der sich mit einem zusätzlichen Pullover als Kissen und Cassies Wintermantel als Decke einrollte und sofort einschlief. Leo wollte unbedingt auf dem Boden nächtigen. Eine alberne Geste der Ritterlichkeit, weil das Bett auch für drei gereicht hätte. Aber vermutlich meinte er es gut.

In den nächsten achtundvierzig Stunden wiederholte sich zäh der Ablauf des ersten Tages. Leo kaufte eine Straßenkarte von Rand-McNally und berechnete eine Strecke, die er als »indirekt« bezeichnete. Das Torkeln eines Betrunkenen auf zweispurigem Asphalt, das jeden potenziellen Verfolger aus der Bahn werfen sollte. Leo saß auch zumeist am Steuer und ließ sich immer nur ein oder zwei Stunden von Cassie oder Beth ablösen. Sie aßen in Lokalen am Straßenrand oder in kleinen Restaurants. Cassie schien es allmählich, als würden sie durch Dutzende identischer Kleinstädte fahren, wo immer ein Bach in einen Fluss mündete und sie sich jedes Mal versucht fühlte, mit Thomas auszusteigen, zur nächsten Bushaltestelle zu laufen und sich eine Fahrkarte für ein unbekanntes Ziel zu kaufen, das sie sich kaum vorstellen konnte: Terre Haute, Cincinnati, Wheeling. Alles Orte, an denen sie niemand Besonderes sein konnte und nie an die Korrespondenzunion denken musste.

Doch das war bloß eine Fantasie, die Cassie gleich wieder verscheuchte. Nach dem ersten, zweiten und dritten Tag auf der Straße dämmerte ihr die bittere Wahrheit. Beth und Leo waren beide mit der Möglichkeit konfrontiert, Waisen zu sein. Beth hatte mit eigenen Augen die Transportliege gesehen, die aus dem Haus ihres Vaters getragen worden war, und Leo näherte sich von Stunde zu Stunde einem Ort, der sich unter Umständen als Mordschauplatz entpuppen würde. Cassie selbst war bereits eine Waise (ein Wort, das sie hasste) und musste jetzt auch noch davon ausgehen, ihre Tante Ris verloren zu haben. Am zweiten Tag ihrer Fahrt stoppte Leo bei einem Lokal, in dem Zeitungen aus dem ganzen Land verkauft wurden: die *New York Times*, der *Plain Dealer* aus Cleveland, die *Washington Post*. Cassie holte sich die *Buffalo News* und überflog sie, fand jedoch keinen Bericht über irgendwelche Morde. Der Vorfall auf der Liberty Street wurde mit keinem Wort erwähnt, und auch in den Todesanzeigen entdeckte sie keine vertrauten Namen. Aber das musste nichts heißen. Überhaupt nichts.

Jetzt sind wir ganz auf uns allein gestellt, dachte sie. Leo und Beth, Cassie und Thomas. Was sie zusammenschweißte, waren Unsicherheit und Angst. Und Schuldbewusstsein, denn seit dem dritten Tag hatten sie Blut an den Händen.

Alles begann mit Leos Paranoia und einem Geständnis von Beth.

Cassie fiel nichts Besonderes auf, bis sie den Parkplatz des Motels verließen, in dem sie übernachtet hatten. Sie hatte schlecht geschlafen, genau wie Thomas. Wenn sie – ungefähr alle halbe Stunde – aufwachte, hatte sie bemerkt, wie sich ihr Bruder rastlos herumwälzte oder mit offenen Augen still dalag und den Blick durch das mondhelle Zimmer gleiten ließ. Bisher hatte Thomas eine fast übermenschliche Geduld bewiesen und sich nur selten beschwert, selbst wenn er Hunger hatte oder müde war. Aber vielleicht war das gar nicht so gut. Möglicherweise deutete es vielmehr auf einen emotionalen Schock. An diesem Morgen waren seine Augen rot und verquollen, und er wollte nichts, als sie ihm zum Frühstück einen Müsliriegel und ein Glas Orangensaft anbot. Sie versprach ihm, dass sich heute alles ändern würde. Heute, hatte Leo gesagt, würden sie wieder auf die Interstate zurückkehren und den direkten Weg zu dem Haus einschlagen, in dem Werner Beck wohnte. Keine verschlungenen Nebenstraßen mehr. Thomas zuckte bloß die Achseln.

Leo war fast genauso einsilbig wie ihr Bruder, als er vom Parkplatz auf die zweispurige Landstraße bog. Von ihrem Platz auf der Rückbank konnte Cassie nur Leos Hinterkopf und einen Teil seines Gesichts im Rückspiegel erkennen. Scheinbar endlos zog sich das Asphaltband hin, und die Bäume am Straßenrand streckten ihre fingerartigen Äste zum Himmel, der flach wirkte wie getöntes Glas. Immer wieder schielte Leo in den Spiegel und hinüber zu Beth.

Nach einer Weile brach er schließlich sein Schweigen. »Ist einem von euch ein Typ mit dunklem Anzug, großer Brille und altmodischem Hut aufgefallen?«

»Wo genau?«, fragte Cassie.

»In einem Restaurant oder Motel, wo wir angehalten haben.«

Cassie hatte niemanden bemerkt, der so aussah. Beth schüttelte den Kopf. Thomas ignorierte die Frage und starrte weiter gleichgültig aus dem Fenster.

»Er war nämlich in der Lobby, als ich bezahlt habe«, erklärte Leo. »Und er kam mir irgendwie bekannt vor. Ich dachte … ich weiß auch nicht. Na ja, vielleicht völlig unwichtig.«

»Meinst du, er hat uns verfolgt?«

Leos Ausdruck war ernst. Inzwischen wusste Cassie diese Miene mit den tiefen Falten um den Mund zu schätzen. In den Kreisen von Überlebenden in Buffalo hatte sie erlebt, wie er bei läppischen Streitigkeiten wild zu brüllen anfing, und ihn für diese Unbeherrschtheit verachtet. Doch seit sie gemeinsam unterwegs waren, hatte sie eine nachdenklichere Seite an ihm kennengelernt. Dieses ernste Gesicht signalisierte eher Zweifel als Wut. »Schon möglich«, antwortete er. »Auf jeden Fall müssen wir vorsichtig sein.«

»Ja, natürlich. Immer.« Trotzdem konnte sich Cassie nicht an einen Typen mit großer Brille und Hut erinnern.

Zwanzig Minuten später warf Leo einen Blick in den Spiegel und fluchte. Cassie schaute sich um. Hinter ihnen fuhr ein Auto, allerdings so weit weg, dass es verschwand, wenn die Straße eine Kurve machte, und erst wieder auftauchte, wenn die Strecke wieder gerade wurde. Ein mitternachtsblauer, von Straßenstaub gesprenkelter Wagen mit hohem Heck. Möglicherweise schon einige Jahre alt. Cassie kannte sich mit Autos nicht aus, auch Marke und Modell hätte sie nicht angeben können.

»Genau wie gestern«, knurrte Leo.

»Du hast diesen Wagen schon mal gesehen?«

»Oder einen ganz ähnlichen. Scheiße!«

»Dann halt doch einfach an«, schlug Beth vor. »Lass ihn vorbeifahren.«

Leo wartete, bis sie zu einer kleinen Tankstelle mit zwei Zapfsäulen kamen, wo er ein paar Minuten warten konnte, ohne Aufsehen zu erregen. Cassie und Thomas zogen die Köpfe ein, doch sie lugte hinaus, um das Auto beim Vorbeifahren beobachten zu können. Es wurde nicht langsamer und nicht schneller. Ordentlich ausgerichtet auf der rechten Spur rauschte es vorbei. Im Wagen saß nur der Fahrer: ein Mann in mittleren Jahren mit übergroßer Brille und einem schäbigen, altmodischen Hut.

Erst nach zehn Minuten ließ Leo das Auto wieder an und rollte mit knirschenden Reifen über den Splitt zurück auf die Landstraße. »Möglicherweise haben sie uns aufgespürt«, erklärte er. »Also nehmt es mir bitte nicht übel, wenn ich diese Frage stelle: Hat jemand von euch versucht, zu Hause anzurufen, um rauszufinden, was in Buffalo passiert ist? Thomas vielleicht?«

Cassie konnte nicht leugnen, dass sie mit dem Gedanken gespielt hatte. In jedem Motelzimmer und in jedem Restaurant, wo sie angehalten hatten, stand gut sichtbar ein Telefon. Nur ein einziger Anruf trennte sie davon zu erfahren, ob Tante Ris noch lebte oder gestorben war. Ja, es war eine ständige irrationale Versuchung, als hätte man einem hungrigen Menschen einen Teller mit vergiftetem Essen hingestellt. Aber von so einem Gericht ließ sie lieber die Finger. »Nein«, sagte sie.

»Thomas, was ist mit dir?«

Die Frage schien ihn zu erschrecken. »Was?«

»Hast du in letzter Zeit jemand angerufen?«

»Nein. Seit wir unterwegs sind, nicht mehr.«

»Bist du ganz sicher? Du kannst es mir ruhig verraten. Ich bin nicht sauer oder so. Ich muss es bloß wissen, verstehst du?«

»Klar«, antwortete Thomas zaghaft.

»Also. Hast du jemand angerufen oder mit jemand gesprochen?«

»Nein. Aber *sie*.«

Er schielte zu Beth.

»Du dreckiger kleiner Lügner«, zischte Beth.

»Ich hab dich gesehen.«

»Wen interessiert's, was du dir für Zeug einbildest!«

Leo nahm die rechte Hand vom Steuer und legte sie Beth auf den Schenkel. Ob er sie besänftigen oder zum Schweigen auffordern wollte, war für Cassie nicht zu erkennen. »Wann war das?«

Thomas warf Cassie einen fragenden Blick zu.

»Na los«, sagte sie leise. »Erzähl es ruhig.«

»Im Motel. In der ersten Nacht.«

»Auf dem Zimmer?«

»Nach dem Essen. Draußen. Sie war in einer Telefonzelle.«

»Ich hab eine geraucht«, protestierte Beth. »Komm schon, Leo, das ist doch Quatsch!«

»Hast du beobachtet, wie sie telefoniert hat?«

Thomas zögerte. »Ich weiß nicht. Ich *dachte*, sie telefoniert. Ich hab durchs Fenster geschaut. Und es war schon ziemlich dunkel. Ich dachte, sie hat den Hörer in der Hand.«

»Ich war in der Telefonzelle«, fauchte Beth. »Zum *Rauchen*, kapiert?«

Eine Weile war nur das Brummen des Motors und das asthmatische Röcheln der Heizung zu hören. Dann sagte Leo: »Mir geht's nicht darum, jemand zu verurteilen. Ich muss es einfach wissen. Ich meine, es hat weder geschneit noch geregnet – warum bist du dann zum Rauchen in eine Telefonzelle gegangen?«

Diesmal dauerte das Schweigen noch länger und lastete schwerer auf allen. Schließlich sagte Beth: »Ich habe mit niemandem gesprochen!«

»Aha, verstehe. Aber du hast angerufen?«

»Es war wegen meinem Vater. Ich dachte mir … wenn er abhebt, weiß ich wenigstens, dass er nicht tot ist.«

»Klar. Und?«

»Was und?«

»Hat er sich gemeldet?«

»Ach so. Nein.«

»Mhm.«

Beth biss sich auf die Unterlippe und starrte durchs Fenster. »Tut mir leid. Das war blöd von mir, ich weiß. Wird nicht wieder vorkommen.«

»Also gut.« Leo nahm die Hand von ihrem Bein. »Ich hoffe, du hast aus diesem Fehler gelernt.«

Die Straße schlängelte sich durch hügeliges Waldland Richtung Interstate. Noch vor wenigen Wochen, sinnierte Cassie, hatten hier bestimmt prächtige Herbstfarben geleuchtet. Jetzt hatte der November alle Äste entlaubt und die Wiesen braun zurückgelassen.

Leo stoppte an einem bekiesten Parkplatz mit Blick auf ein breites Tal. Tief unten wand sich ein Fluss durch einen Flickenteppich aus baumreichen Kleingärten und Bauernhöfen. Sicher hatte der Fluss einen Namen, doch Cassie kannte ihn nicht. In der Luft zogen zwei Truthahngeier ihre Kreise.

Cassie stieg mit Thomas aus – angeblich, um die Aussicht zu bewundern. Der eigentliche Grund war allerdings, dass sie Leo und Beth Gelegenheit zu einem Gespräch unter vier Augen geben wollte.

Cassie hatte nie große Nähe zu Beth empfunden, aber jetzt tat sie ihr leid. Über ein Jahr lang hatte Cassie bei den Treffen der überlebenden Familien beobachtet, wie sich Beth gezielt und systematisch bei Leo einschmeichelte. Sie vertrat seine Ansichten, als hätte sie sie schon immer geteilt, lächelte, wenn er lächelte, und spottete über alles, was er nicht mochte. Die Feindseligkeit gegen ihren Vater, die Gereiztheit gegenüber der ängstlichen und abgeschlossenen Welt der Überlebenden, sogar die Levis mit den zerschlissenen Umschlägen und der Secondhand-Modeschmuck – alles war darauf berechnet, Leos Sympathie zu gewinnen. Und Cassie empfand es als besonders abstoßend, wie bereitwillig Leo auf dieses Theater hereinfiel.

Die wenigen Tage auf der Straße hatten ein Loch in diese Fassade gerissen. Trotz des angeblichen Widerwillens gegen ihren Vater hatte Beth einen Telefonanruf riskiert, nur um von ihm zu hören. Das war sicherlich nicht besonders schlau von ihr, trotzdem hatte Cassie viel Verständnis für diese Handlungsweise.

»Am liebsten würde ich einfach wieder nach Hause fahren.« Thomas warf einen Stein und lauschte, als er den Hang zum Tal hinunterhüpfte. Er beugte sich über den Plastikzaun, der Touristen vor einem gefährlichen Sturz bewahren sollte. Nicht dass um diese Jahreszeit Touristen herumgelaufen wären.

»Ja, ich weiß«, erwiderte Cassie. »Ich auch.«

»Was meinst du, wann werden wir wieder richtig irgendwo wohnen?«

»Kann noch eine Weile dauern. Du musst Geduld haben, okay?«

Thomas nickte. Natürlich hatte er bereits heldenhafte Geduld bewiesen. »Ich glaube, Beth hasst uns.«

»Zumindest benimmt sie sich so. In Wirklichkeit hat sie bloß Angst.«

»Na und? Ich hab auch Angst. Deswegen muss ich mich noch lange nicht aufführen wie ein Vollpfosten.«

Cassie lachte. »Da hast du nicht ganz unrecht.«

Unterschätzte sie Thomas und behandelte ihn zu sehr wie ein Kind? Als Cassie in seinem Alter war, hatte sie davon geträumt, dem Jugendkorps beizutreten, dem Zweig des Völkerbunds, der junge Menschen zur Überwachung von Wahlen in ferne Länder schickte, wo neue Parlamente gebildet wurden. Sie hatte sich ausgemalt, Wahlurnen gegen marodierende Banditen zu verteidigen (was Korpsmitglieder natürlich nie taten). Die Ermordung ihrer Eltern hatte all diese Illusionen zerstört. Hegte Thomas vielleicht ähnliche Hoffnungen? War das nach allem, was passiert war, überhaupt noch möglich?

Sie überlegte, ob sie ihn fragen sollte. Doch bevor sie ihn darauf ansprechen konnte, wandte sich Thomas mit ernstem, aufmerksamem Gesicht nach hinten. »Da kommt ein Auto.«

Eine Sekunde später hörte es auch Cassie. Furchtsam drehte sie sich um. Leos Warnungen hatten ihren Argwohn geweckt. Bestürzt bemerkte sie, dass der Wagen in den Parkplatz einbog und gleich neben den zwei Toiletten hielt. Es war derselbe Wagen, der ihnen vorhin gefolgt war, oder ein sehr ähnlicher. Dann öffnete sich die Fahrertür. Ein Mann in mittleren Jahren stieg aus, streckte sich und massierte sein Kreuz. Er trug eine große Brille und einen altmodischen Hut.

Der Mann, der ihnen vielleicht gefolgt war, betrat die Herrentoilette. Cassie und Thomas rannten hinüber zu ihrem Auto. In diesem Augenblick stiegen Leo und Beth aus. Leo öffnete den Kofferraum und fing an, in seiner Tasche herumzuwühlen. Er wirkte angespannt, und seine Arme bewegten sich ruckartig. Als er sich wieder aufrichtete, sah Cassie, dass er das Gesuchte gefunden hatte.

Dass Leo eine Pistole besaß, war im Grunde keine Überraschung. Sicher hatte ihn sein Vater dazu ermutigt und ihm vielleicht sogar – auf legale oder illegale Weise – geholfen, eine zu beschaffen. Trotzdem fuhr ihr jetzt der Schreck in die Glieder. Sie wollte lieber nicht darüber nachdenken, wozu das führen konnte. Auch Leo selbst schien verunsichert. Der Lauf der Pistole zitterte.

Offenbar hatte er vor, den Mann zur Rede zu stellen, und Cassie erkannte an seinem Gesichtsausdruck, dass er nicht mehr davon abzubringen war. Ob es klug war oder nicht, Leo wollte das durchziehen. Sie konnte nur zuschauen. Oder ihn in seinem Vorhaben unterstützen.

Sofern er einen genauen Plan hatte, hielt er sich nicht damit auf, ihn zu diskutieren. Cassie, Thomas und Beth duckten sich hinter das Auto, während sich Leo neben der Tür zur Toilette postierte. Mit einem Finger vor den Lippen signalisierte er ihnen, leise zu sein. Cassie schielte hinüber zu Thomas, dessen Augen so groß geworden waren, dass sie fast mit einer Panikreaktion rechnete. Doch er blieb völlig reglos, sein Mund fest geschlossen. Gab es denn keine Möglichkeit, ihn vor diesem Anblick zu schützen? Auch der Mann mit der großen Brille war vielleicht bewaffnet, falls er ein Sim war. Doch ein besseres Versteck als hinter dem Auto gab es nicht, wenn sie nicht den Hang hinunterhüpfen oder in der Baumgruppe auf der anderen Straßenseite Schutz suchen wollte. Minuten vergingen, und Cassies Sinneseindrücke wurden immer intensiver: die kalte Luft, die Sonne auf den Schultern, der Ölgeruch des Wagens, das Klopfen ihres Herzens. Endlich schwang die rohe Holztür der Toilette nach außen, und der Mann mit dem Hut trat blinzelnd ins Nachmittagslicht. Erst mit ein wenig Verzögerung bemerkte er Leo und bedachte ihn mit einem schiefen, fragenden Lächeln.

Ohne lang zu fackeln, stieß Leo ihn an die Betonwand und zeigte ihm die Pistole. »Sie sind uns gefolgt.« Cassie hörte ein Knurren in seiner Stimme, das vielleicht Zorn, aber wahrscheinlich eher Angst widerspiegelte. Jetzt, nachdem die Konfrontation unvermeidlich geworden war, stand Beth mutig auf und trat hinter Leo. Auch Cassie machte mehrere Schritte in seine Richtung, wie um eine kaum verstandene Pflicht zu erfüllen. Vorher schärfte sie Thomas noch ein, in Deckung zu bleiben.

»Sie sind ein verdammtes Sim«, rief Beth. »Uns können Sie nichts vormachen.«

Die wässrigen Augen des Mannes blinzelten hektisch hinter den Brillengläsern. »Was bin ich?« Sein Blick zuckte von Leo zu der Pistole. »Was wollen Sie von mir? Wollen Sie Geld?« Er griff nach seiner Brieftasche.

»Lassen Sie die Hände unten«, forderte Leo. »Wir wissen, dass Sie uns gefolgt sind.«

»Ihnen gefolgt?« Der Mann schien drauf und dran, es abzustreiten. Dann überlegte er es sich anders. »Also gut, das stimmt. Aber es ist nicht … ich meine, ich habe gehört, wie Sie sich im Motel den Weg zur Interstate beschreiben ließen. Da muss ich nämlich auch hin. Wissen Sie, ich kann mir Wegbeschreibungen ganz schlecht merken. Da dachte ich mir, ich bleibe einfach hinter ihnen. Das ist alles, ehrlich. Ich wollte mich bloß nicht verfahren. Ist das ein Problem für Sie? Dann entschuldige ich mich. Und wie gesagt, wenn Sie Geld …«

»*Scheiß* auf dein Geld«, fauchte Beth. Sie stellte sich neben Leo. »Er lügt. Er ist ein Sim.«

»Vielleicht«, sagte Leo, »aber …«

»Was, aber? Du musst die Sache regeln.«

»Ihn erschießen, meinst du?«

»Scheiße, ja! Erschieß ihn! Und zwar gleich, solange es keine Zeugen gibt!«

Der Wind blies, und die Bäume am Hang schüttelten ihre kahlen Äste. Plötzlich spürte Cassie eine Hand am Arm. Thomas. Sie bückte sich und flüsterte: »Lauf zum Auto. Steig hinten ein und duck dich auf die Rückbank. Mach die Augen zu. Los!«

Der Mann mit dem Hut und der Brille wirkte zunehmend verzweifelt. Er streckte die Hände mit der Innenseite nach oben aus, und sein Gesicht war so blass wie der Dunst über dem Flusstal. »Hey, was soll das?«

Leo zielte auf die Brust des Unbekannten. Seine Miene war verkniffen vor Konzentration, die Augen wurden zu Schlitzen. Er hatte wirklich vor zu schießen. Er hatte den Mann dabei ertappt, dass er ihnen gefolgt war, er hatte das Urteil über ihn gefällt und wollte es jetzt vollstrecken.

»Wenn es unbedingt sein muss«, rief Cassie, »dann schieß ihm ins Bein.«

Leos Hand zuckte. Cassie konnte den Blick nicht abwenden von dem schimmernden Metall der Waffe in Leos bleichen Fingern.

»Wenn er ein Sim ist«, fuhr sie fort, »finden wir es auf diese Weise raus. Wenn nicht … kommt er wenigstens mit dem Leben davon.«

Leo nickte und senkte den Lauf der Pistole. Der Schuss krachte so laut, dass sie erschrocken aufächzte. Auch Leo selbst schien bestürzt. Er taumelte einen Schritt zurück und starrte auf die Waffe, als hätte er sich daran die Hand verbrannt. Wie eine plötzliche Rauchwolke stieg aus einem fernen Baum eine Schar Stare auf.

Der Mann mit der großen Brille und dem altmodischen Hut sackte zusammen. Sein Mund stand offen, kein Laut drang heraus. Eine Hand rutschte hilflos über die Betonmauer der Toilette, dann fasste sie nach dem rechten Bein, das unter dem Knie zertrümmert war. Schockiert entdeckte Cassie das Schimmern des nackten Knochens. In einem hektisch pulsierenden Schwall floss das Blut aus der Wunde.

Nichts Grünes mischte sich in das Rot.

Cassies Magen zog sich zu einem Knoten zusammen. Trotzdem zwang sie sich hinzuschauen und wischte sich wütend die Tränen aus den Augen. Wie angewurzelt stierte Leo den Mann an. Beth war zurückgewichen und sackte gegen die Toilettenmauer.

Schnell spähte Cassie nach der Straße: alles leer.

Der Mann auf dem Boden umklammerte mit beiden Händen seinen Unterschenkel. Er hatte die Augen verdreht, nur noch das Weiße war zu sehen. Nach einem leisen Stöhnen wurde er wieder stumm.

»Oh«, flüsterte Leo. »Er ist kein …«

Kein Sim. Cassie spürte eine schwerelose Klarheit, als wäre die Welt um sie herum in ein plötzliches grelles Licht getaucht. »Wir müssen die Blutung stillen.«

»Wie?«

In der Schule hatte sie einen Erste-Hilfe-Kurs besucht, doch Schusswunden waren da nicht besprochen worden. Sie musste raten. »Abbinden. Wir müssen das Bein abbinden.«

Leo nickte schwach, dann fingerte er an seinem Gürtel herum und bückte sich schließlich nach dem Bein des Verletzten. Der Mann wehrte sich nicht und rührte sich kaum noch. Die große Brille saß schief auf seiner Nase, und der Hut war bis zum Rand des Abhangs gerollt.

Als Cassie sich daran erinnerte, dass sie Leo aufgefordert hatte, dem Mann ins Bein zu schießen, wurde ihr schlagartig erneut übel. Sie hatte noch nie mit angesehen, wie jemand aus kurzer Distanz angeschossen wurde. Wenn überhaupt, dann hatte sie sich ein regelmäßiges Loch vorgestellt, nicht dieses grauenhafte Gemetzel. Allerdings wäre es noch schlimmer gekommen, wenn sie nicht den Mund aufgemacht hätte.

Leo hob das verletzte Bein und schlang seinen Gürtel um die blutgetränkte Hose. Seine Hände zitterten so heftig, dass er kein Loch für den Dorn fand. »Hier, lass mich«, sagte Cassie. Sie wunderte sich selbst über die Ruhe, mit der sie sich hinkniete und den Gürtel festzog. Allmählich ebbte das rhythmische Pulsen des Bluts aus der Wunde ab. Trotzdem war es eine verheerende Verletzung. Anscheinend hatte die Kugel eine Arterie getroffen. Der Mann benötigte dringend ärztliche Hilfe.

Im Eingangsbereich der Toiletten bemerkte Cassie jetzt ein Münztelefon. »Beth, ruf die Polizei.«

»Was?«

»Er braucht einen Krankenwagen. Ruf die Polizei!«

Bett starrte auf das Telefon, ohne sich vom Fleck zu rühren. »Ich glaube, das sollten wir besser lassen. Werden wir dann nicht verhaftet? Wir werden verhaftet!«

»Beth, der Mann stirbt sonst.« Der Kopf des Unbekannten war nach hinten gesackt, und er atmete ruckartig durch den offenen Mund, fast als würde er schnarchen. Die Augen gingen blicklos ins Leere. Cassie legte ihm einen Finger an den Hals, um seinen Puls zu ertasten. Seine Haut war kühl und schweißnass. Sie spürte nur ein schwaches, unstetes Klopfen.

»Okay, wir müssen überlegen«, sagte Leo. »Cassie … ich wollte ihn nicht so schwer verletzen.«

»Ich weiß.«

»Er ist uns gefolgt. Er hat es zugegeben.«

»Ich weiß! Aber er braucht Hilfe!«

»Vielleicht könnten wir später anrufen, wenn wir schon ein Stück weg sind.«

Und in Sicherheit, meinte er wohl. Kein schlechter Plan, aber: »Dafür reicht die Zeit nicht mehr. Schau ihn dir doch an, Leo!«

»Wir können nichts mehr für ihn tun.«

»Natürlich nicht! Er braucht einen Arzt!« Dann begriff sie: »Du willst einfach weiterfahren und ihn hier liegen lassen?«

»Von wollen kann keine Rede sein. Uns bleibt einfach keine andere Wahl.«

»Nein! Wir haben auf ihn geschossen, und jetzt müssen wir ihm helfen! Gleich, auf der Stelle!«

»Cassie, hör zu … was ist mit Thomas?«

Schuldbewusst blickte sie sich um. Ihr Bruder stand hinten beim Auto. Nicht nah genug, um die Verletzung genau zu erkennen. Trotzdem hatte er sicher beobachtet, wie auf den Mann geschossen worden war. *Wie er erschossen worden war,* verbesserte sie sich, denn darauf lief es hinaus, wenn sie ihn einfach hier zurückließen. Andererseits hatte Leo recht. Wer sollte sich um Thomas kümmern, wenn sie verhaftet wurden? Wie konnte sie ihn dann noch beschützen?

Der Mann auf dem Boden stieß ein matschiges Gurgeln aus, dann verstummte er. Seine Hände bewegten sich nicht mehr, und er blickte ausdruckslos hinauf zum Himmel. Cassie bemerkte, dass sein Körper plötzlich ganz schlaff wurde. Ihr Kopf füllte sich mit dem Rauschen des Windes in den kahlen Bäumen.

»Ist er tot?«, krächzte Beth.

Erneut tastete Cassie nach dem Puls. Nichts. Sie rappelte sich hoch und wich torkelnd zurück.

»Wir müssen ihn verstecken«, sagte Leo. »Früher oder später wird er sowieso entdeckt. Für uns ist es besser, wenn sie ihn nicht so bald finden.«

»Wo willst du ihn denn verstecken?«, fragte Beth.

Leo deutete auf eine Stelle, wo der Plastikzaun vom Wind oder von leichtsinnigen Touristen zu Boden gedrückt worden war. »Hilf mir mal, Beth.«

Beth schluckte schwer, dann nickte sie.

Fassungslos beobachtete Cassie, wie die beiden den Mann an den Armen packten und ihn zum Abhang schleiften. Die Schuhe zogen eine unregelmäßige rote Spur hinter sich her. Cassie scharrte Kies über die Stelle, wo der Unbekannte gelegen hatte, um die Blutlache zu verbergen. Bald waren auch ihre Schuhe verschmiert. Hatten sie auch nichts vergessen?

»Der Hut«, fiel ihr ein.

Beth lief noch einmal zurück und warf den Hut hinunter in das weite Tal. Er segelte im Wind dahin, bis sie ihn aus den Augen verloren.

»Wir müssen ihn runterwälzen«, sagte Leo.

»Durchsuchen wir zuerst seine Taschen.«

Cassie wandte sich ab. Sie konnte nicht mit ansehen, wie Leo die Leiche auf die Seite drehte, damit Beth an die Brieftasche kam. Sie steuerte auf Thomas und das Auto zu und versuchte vergeblich wegzuhören, als die Leiche durch wilde Sumachsträucher und über brüchiges braunes Gras den Hang hinabrollte. Allmählich wurde das Geräusch leiser, bis es schließlich ganz verstummte. Irgendwo in den Wäldern schrie eine Krähe.

Später, als sie nach Einbruch der Dunkelheit unter glitzernden Sternen dahinglitten, fasste sich Beth ein Herz und sah sich an, was sie aus den Kleidern des Toten geborgen und eingesteckt hatte. Eine Lederbrieftasche mit zweihundert Dollar in bar. Und ein Arzneifläschchen mit der Aufschrift Bisoprolol. »Das ist ein Herzmedikament«, erklärte Leo. »Anscheinend war er herzkrank.«

Nachdem alle verräterischen Etiketten entfernt waren, warf Leo in einer namenlosen Kleinstadt, in der alle Geschäfte nachts geschlossen hatten, die Brieftasche und die Pillen in einen Abfalleimer vor einem Postamt. Später kaufte Beth in einem Tankstellenladen abseits der Interstate mit dem Geld des Toten frische und getrocknete Lebensmittel, die sie im Kofferraum verstaute.

Als sie weiterfuhren, saß Cassie mit Thomas wieder auf der Rückbank. Irgendwann im Verlauf der Nacht fragte Thomas, ob der Mann mit der großen Brille wirklich tot war. »Ja«, antwortete sie. Es hatte keinen Zweck, ihn anzulügen. Sie konnte Thomas vor vielen Dingen schützen, aber nicht vor der deutlich sichtbaren Wahrheit.

Danach sprach ihr Bruder kein Wort mehr. Zusammengesunken lehnte er mit dem Kopf an Cassies Schulter, die Augen geschlossen. Nicht schlafend, aber auch nicht völlig wach, verkroch er sich in seinen müden Körper, während der Wagen dahinrollte. Er war der einzige Unschuldige in ihren Reihen. Sie hatte ihn nicht davor bewahren können, Zeuge dieser Tat zu werden. Wenigstens klebte an seinen Händen kein Blut.

8

Vermont, auf dem Land

Von all den albtraumhaften Ereignissen der letzten drei Tage war dies wohl das bizarrste und surrealste, überlegte Nerissa, als sie Schritt für Schritt die Stufen zum Keller des Farmhauses ihres Exmannes hinunterstieg, wo ein Wesen auf sie wartete, das zugleich mehr und weniger als ein Mensch war.

Sie war körperlich und emotional erschöpft. Die Entdeckung, dass Cassie und Thomas spurlos aus dem Apartment verschwunden waren, hatte wieder alle Ängste in ihr aufleben lassen, die sie seit dem Massaker von 2007 so sorgfältig unterdrückt hatte. Während der Fahrt von Buffalo hierher hatte sie nicht einmal zum Tanken angehalten, und als es nicht mehr anders ging, fragte sie sich unwillkürlich, ob der pickelige Teenager an der Zapfsäule *einer von ihnen* war. Mit diesem reflexhaften Verfolgungswahn hätte sie Thomas und Cassie schützen können, wenn sie konsequent dabei geblieben wäre. Doch nach sieben ruhigen Jahren hatte ihre Wachsamkeit nachgelassen. Einmal ausgehen und woanders übernachten, hatte sie sich gedacht, das musste doch möglich sein. Eine kleine Belohnung, nach allem, was sie klaglos für die Kinder ihrer Schwester getan hatte. Hatte sie sich das nicht verdient?

Dann die Heimkehr in die leere Wohnung, die fehlenden Koffer in Cassies und Thomas' Zimmer, die geplünderte Küche: ihre Antwort.

Aber sie schwor sich, die beiden aufzuspüren. Sie wollte sie nach Hause holen und ab jetzt immer gut auf sie aufpassen. Werner Beck und die Verhaltensregeln der Korrespondenzunion konnten ihr gestohlen bleiben. Die Union war sowieso tot. Das Einzige, was noch übrig war, was noch zählte, war die Familie.

Vor ihr stapfte Ethan die Holzstufen hinab. Er redete noch immer über das Sim und darüber, dass man ihm nicht trauen konnte. Doch die Worte zogen an ihr vorbei wie nichtssagendes Rauschen. Nerissa war das alles egal. Sie wollte einfach diesem Monster ins Gesicht sehen und es so lange bearbeiten, bis sein verlogener Mund etwas wie die Wahrheit ausspuckte.

Natürlich war ihr klar, dass Ethan recht hatte. Einem Simulakrum – oder besser gesagt der Hyperkolonie, zu der es gehörte – konnte man nicht glauben. Es war kein Mensch. Es war nicht einmal ein Tier. Das hatten Ethan und Werner Beck nachgewiesen.

Kurz nach ihrer Verlobung hatte Ethan Nerissa von der Korrespondenzunion erzählt. Er hatte ihr seine Mitgliedschaft gestanden wie einen Ausbruch von Herpes, eine peinliche Wahrheit, die er ihr nicht verschweigen wollte. Zunächst sah sie in der Union etwas Banales: eine Art Freimaurerveranstaltung für Mathematiker, einen akademischen Herrenclub mit einer weltfremden Verschwörungstheorie als Existenzberechtigung. Die Ideen, die Ethan verlegen vorgebracht hatte, wirkten denkbar unglaubwürdig. Die radioreflektive Schicht (die für Nerissa ohnehin bloß eine technische Abstraktion war) sollte ein Lebewesen sein? Und noch dazu eins, das auf subtile Weise die Geschicke der Menschheit lenkte? Beim besten Willen – wie hätte sie so etwas für wahr halten sollen?

Ernst nahm sie das Ganze erst, als er sie in sein Labor geleitete und ihr die Zellkulturen zeigte. Damals arbeitete er seit einiger Zeit mit Eiskernproben aus der Antarktis, um Pollen zu studieren, die sich dort vor langer Zeit mit dem Schneefall abgelagert hatten. Dies war jedoch nur der offizielle Vorwand, den alle Forschungsprojekte der Union benötigten, wie er ihr erklärte. Vorhaben, die bestimmten Themen zu nahe kamen, erhielten aus unerklärlichen Gründen keine finanzielle Förderung oder wurden im Gutachterverfahren gekippt. Ganze berufliche Karrieren waren vernichtet worden, ehe die Korrespondenten mit der Zeit lernten, Diskretion zu wahren. Mit den Namen, die er in diesem Zusammenhang nannte, konnte Nerissa allerdings nur wenig anfangen: Wer zum Beispiel war Alan Turing?

Die gesuchten Pollen befanden sich tatsächlich in den Eisbohrkernen. Ethan ordnete die Proben bestimmten Arten bestäubender Insekten zu und konnte somit Schlussfolgerungen auf deren Umwelt ziehen. Seine Ergebnisse wurden in der Fachzeitschrift *Ökologische Entomologie* veröffentlicht. Unerwähnt blieben in seinem Bericht allerdings die winzigen Kügelchen, die er ebenfalls aus dem Eis isoliert hatte: mikroskopisch kleine Chondrite mit hohem Kohlenstoffgehalt, die Spurenelemente einer komplexen organischen Substanz umschlossen.

Wegen ihrer relativ geringen Anzahl waren diese kaum von Staub zu unterscheidenden Kügelchen leicht zu übersehen. Doch in tausend Jahren abgelagertem Eis waren sie durchgängig präsent. Die Union stellte die Hypothese auf, dass sie von der radioreflektiven Schicht über die Atmosphäre eingesickert waren und dass die Radiosphäre selbst aus Billionen solcher Körnchen bestand, die in einer Art Wolke gleichmäßig um die Erde verteilt waren. Die Wolke war so dünn gestreut, dass sie nur einen Bruchteil des Sonnenlichts blockierte und für das bloße Auge unerkennbar blieb. Dennoch musste es sich nach Ethans Berechnungen um eine gigantische verteilte Masse handeln.

Ohne die Gesteinsmembran der Körnchen zerfielen die darin eingeschlossenen winzigen Bruchstücke organischer Substanz, wenn sie mit Luft in Berührung kamen. Doch Ethan gelang es, messbare Mengen davon in Klimakammern mit Inertgasen zusammenzutragen, in denen Temperaturen und Strahlenwerte vorherrschten wie im Weltraumvakuum. Fügte man einige Moleküle Kohlenstoff und Eis hinzu, verband sich die Substanz damit. Versorgte man sie mit ausreichend Rohstoffen, baute sie von sich aus neue Steinkörnchen zusammen, die eine größere Komplexität besaßen als die alten, aus dem Eis isolierten Kügelchen: vielschichtige Kristallisationen, feinädrige Bahnen aus Kohlenstoff und Silikon …

Zum Zeitpunkt ihrer Trauung – eine unspektakuläre standesamtliche Zeremonie, gefolgt von einem Abendessen im Veranstaltungssaal eines Country-Clubs – hatte Ethan bereits Proben seiner Kulturen für weitere Studien an Werner Beck und andere weitergegeben, die er vage als »Computerspezialisten« bezeichnete. Auch wenn Nerissa versuchte, nicht zu viel davon an sich heranzulassen, musste sie zugeben, dass die Arbeit ihres Mannes zu einem bedeutenden und beunruhigenden Fazit führte: dass ein uralte und wahrhaft *kosmische* Macht die menschliche Kommunikation beeinflusste.

Bloß was hieß das in praktischer Hinsicht? Wenn der relative Wohlstand und Frieden des zwanzigsten Jahrhunderts eine Folge dieser Intervention war – wie die Korrespondenten schon lange vermuteten –, war ein zu genaues Nachforschen dann überhaupt sinnvoll? Schließlich war die Menschheitsgeschichte davor alles andere als ermutigend verlaufen: endlose Zyklen von Krieg, Hungersnot, Aberglauben, Seuchen …

Letztlich fiel es Nerissa nicht schwer, diese ausgefallenen und spekulativen Ideen beiseitezuschieben. Also konzentrierte sie sich auf ihr Leben – ihren Lehrauftrag an der University of Massachusetts, ein im Entstehen begriffenes Buch, ihre noch junge Ehe –, ohne sich groß um die Beschaffenheit dieser verdammten Radiosphäre zu scheren.

Und in den Jahren vor dem Blutvergießen war sie mit dieser Art der Verdrängung auch gut gefahren.

Ethan berichtete ihr, dass sich das Monster in seinem Keller Winston Bayliss nannte. Nerissa fragte sich, wie es zu diesem Namen gekommen war. Hatte es einen echten Winston Bayliss gegeben, den das Sim getötet und ersetzt hatte? Oder hatte das Monster sich diesen Namen nach einer sorgfältigen Analyse von Telefonverzeichnissen zugelegt?

Eine unergründliche Frage. Und letztlich völlig unwichtig.

Das Monster trug eine weiße Unterhose, und sein bleicher Bauch hing über den elastischen Bund. Oberkörper, Arme und Beine waren mit Klebeband an einen schweren Holzstuhl gefesselt, sodass es sich nicht bewegen konnte. Als sie näher trat, hob das Monster den Kopf. Sein Gesicht war das eines wohlgenährten hellhäutigen Mannes, gesund, wenn auch ein wenig verweichlicht. Natürlich hatten diese Äußerlichkeiten nichts zu bedeuten. Genauso wenig wie der müde Ausdruck und die flehenden Augen. Der Körper dieses Wesens war lediglich eine Anzeigefläche, ein Signalmechanismus. Bei einem Menschen hätte sie seinen Blick vielleicht so interpretiert: *Ich habe viel durchgemacht. Ich bin total erledigt.* Bei dem Monster hingegen war es nichts weiter als der Versuch, ihr Mitgefühl zu wecken und auszunutzen.

Als hätte das Wesen ihre Gedanken gelesen, obwohl es in Wirklichkeit nur ihre Körpersprache analysiert hatte, wurde das schwammige Gesicht glatt und gleichgültig. Wie um auszudrücken: *Du weißt, was ich bin, ich will dir nichts vormachen.* Auch das war eine Lüge, allerdings eine subtilere.

Eigentlich nicht einmal eine Lüge. Wenn Ethan und Werner Beck recht hatten, folgte das Monster in seinem Handeln einer Schwarmlogik. Seine Äußerungen waren weder bewusst wahr noch bewusst falsch. Das hatte ihr Ethan schon vor langer Zeit erklärt. Insekten, die einer Kolonie angehörten wie zum Beispiel Ameisen, gehorchten einigen wenigen einfachen Regeln, die die Evolution in Millionen von Jahren in ihren Genen verankert hatte. Auf diese Weise brachten sie erstaunliche Dinge zuwege: Sie bauten Städte in der Erde und sorgten mit erstaunlicher Effizienz für einen stetigen Nachschub an Nahrung. Doch keine einzelne Ameise entschied sich je dafür, so zu handeln. Ameisen planten nicht strategisch, und in der Kolonie gab es auch keinen Vorstand. Hier war kein denkendes Bewusstsein am Werk, sondern nur Chemie und Umweltreize. Erst die Interaktion vieler Ameisen führte zu komplexem Verhalten. Allerdings war nur das Verhalten komplex. Die Regeln und die Ameisen, die sie ausführten, waren relativ einfach strukturiert.

Und genauso verhielt es sich bei der Hyperkolonie. Sie war eine Art Schwarm, die den gesamten Planeten umhüllte. Ihre kleinsten Bestandteile waren die Kügelchen aus Gestein und organischer Substanz, die Ethan künstlich kultiviert hatte.

So klein sie auch waren, diese Kügelchen waren in der Lage, über ein breites Frequenzspektrum Funksignale zu empfangen. Außerdem waren sie laut Ethan in der Lage, extrem aufwendige Berechnungen durchzuführen. In Insiderkreisen der Union war von »Binärcode« und »Quantencomputern« die Rede, was Nerissa ziemlich wenig sagte. Die einzigen Computer, mit denen sie je zu tun gehabt hatte, waren die klobigen Kartenlesegeräte, die Energieunternehmen zur Erstellung ihrer Monatsrechnungen verwendeten. Deshalb musste sie sich auf Ethans Aussagen verlassen.

Jedenfalls besaßen die Kügelchen keine individuelle Intelligenz im herkömmlichen Sinn. Wie Ameisen folgten sie Regeln, die sie nicht geschrieben hatten. Wie Ameisen tauschten sie Signale aus und reagierten in vorprogrammierter Weise auf Umweltreize. Das Bemerkenswerte an der Hyperkolonie war ihre kollektive Fähigkeit, elektronische Signale zu verändern und Menschen nachzuahmen. Obwohl ihr ein denkendes Bewusstsein fehlte, konnte sie irgendwie eine täuschend echte Kopie eines Menschen erzeugen. Doch wenn ein Sim wie Bayliss das Wort »Ich« aussprach, war das bedeutungslos. Dieses Monster hatte kein Ich. Es war nur der Vollzug einer unerbittlichen, leeren Arithmetik.

Sie machte einen Schritt auf den Stuhl zu. Nun erkannte sie, wo Ethan das Monster ins Bein geschossen hatte. Er hatte die Wunde umwickelt, entweder um den Boden nicht zu besudeln oder damit das Wesen nicht an Blutverlust starb. Auch so sickerten durch den aus einem kleinen Handtuch und einem Stück Klebefolie improvisierten Verband zähflüssige rote und grüne Tropfen. Der Geruch nach modrigem Heu hing erstickend in der unbewegten Kellerluft.

Plötzlich merkte sie, dass sie den Blickkontakt zu dem Wesen vermied. Das war feige. Bestimmt konnte das Simulakrum ihre Furcht spüren und würde versuchen, sie darüber zu manipulieren. Nein, sie weigerte sich, ihm auch nur diesen kleinen Vorteil zu gewähren. Also wappnete sie sich innerlich und schaute ihm ins Gesicht. Seine Augen waren braun und feucht, die Wimpern lang wie bei einer Frau. Es erwiderte ihren Blick, ohne zu blinzeln, und sagte: »Hallo, Mrs. Iverson.«

Trotz ihrer Erwartungen war sie schockiert. Mühsam schluckte sie ihre Übelkeit hinunter. »Woher kennen Sie mich?« Sie rechnete nicht mit einer wahrheitsgemäßen Antwort und wollte bloß hören, was das Monster zu sagen hatte.

»Die Hyperkolonie kennt Sie. Ein wenig von diesem Wissen teile auch ich.«

Er hatte eine sanfte, leicht näselnde Tenorstimme. An sich war das nicht weiter überraschend, denn die Körperteile des Monsters, die die Sprache erzeugten, waren alle wie bei einem echten Menschen: Kehle, Lunge, Stimmbänder.

»Sie *sind* doch die Hyperkolonie. Oder sehe ich das falsch?«

»Ich verstehe, warum Sie das glauben, aber es stimmt nicht. Ich bin hier, um das zu erklären.«

Sie zuckte die Achseln. »Ich höre.« Ethan stand mit dem Revolver in der Hand neben ihr.

Das Simulakrum leckte sich über die Lippen. »Die meisten Schlussfolgerungen der Korrespondenzunion über die Hyperkolonie sind zutreffend. Sie ist ein Lebewesen. Ihr Ursprung liegt in ferner Vergangenheit und ist halb vergessen. Sie hat sich über weite Entfernungen ausgebreitet, von Stern zu Stern. Ihr Lebenszyklus ist äußerst lang. Sie identifiziert und umhüllt biologisch aktive Planeten, auf denen werkzeugproduzierende Kulturen entstehen könnten. Wenn so eine Kultur tatsächlich entsteht, beutet die Hyperkolonie sie für ihre Zwecke aus. Unter idealen Bedingungen ist die Beziehung für beide Seiten von Vorteil.«

»Ach?«

»Sobald die betreffende Kultur anfängt, elektronische Kommunikationsformen zu erzeugen, greift die Hyperkolonie ein, um bestimmte Ergebnisse zu fördern. Zum Beispiel Frieden statt Krieg. Auf diese Weise wird die Beziehung voll und ganz zur Symbiose. Die geführte Spezies wird von den Folgen ihrer Streitlust befreit, Wohlstand breitet sich aus, und ehemals verfeindete Stämme oder Nationen entwickeln eine wechselseitige Abhängigkeit. Daraus resultieren auf natürliche Weise nützliche Technologien, die wiederum von der Hyperkolonie verwendet werden.«

»Wozu verwendet?«

»Zur eigenen Fortpflanzung«, antwortete das Monster.

Symbiose, dachte Nerissa. Sie empfand das Wort in diesem Zusammenhang als obszön. Schließlich hatte sie erlebt, wie dieser angebliche »Vorteil für beide Seiten« in der Realität aussah.

Nerissa war es gewesen, die damals im Juni 2007 die Leichen ihrer Schwester und ihres Schwagers entdeckt hatte. Sie erinnerte sich noch gut an die einen Spalt offen stehende Eingangstür zu dem kleinen Haus in Forest Park. Sie erinnerte sich an die Einschusslöcher in der Blumentapete im Wohnzimmer, die Evelyn geliebt hatte (Nerissa fand sie scheußlich und hatte sich oft im Spaß mit ihr darüber gezankt). Sie erinnerte sich an den säuerlichen Kupfergeruch, der sich klebrig über ihre Kehle legte. Sie erinnerte sich an die blutbespritzte Sammlung von Hummel-Figuren ihrer Schwester, an die Milchmädchen und Hirtenjungen aus Porzellan, die sie durch eine rote Maske angrinsten.

Evelyn – für Nerissa immer nur Evie – war von zwei Kugeln im Oberkörper und einer im Kopf getroffen worden. Sie hatte nicht einmal mehr Zeit gehabt, vom Sofa aufzuspringen. Ihr Mann Bob lag wenige Schritte vor ihr auf dem Boden. Auch er hatte ein klaffendes Loch im Rumpf und war mit einem Kopfschuss getötet worden. Beide Gesichter waren durch die Wunden auf entsetzliche Weise entstellt.

Es war ein Mittwochnachmittag, kurz nach vier Uhr. Nerissa hatte seit Mittag versucht, ihre jüngere Schwester zu erreichen, und war dann kurz entschlossen nach Forest Park gefahren, in der Hoffnung, sie zu Hause anzutreffen. Sie wollte Evie warnen, weil Ethan angerufen und ihr von einer Mordwelle in den Reihen der Korrespondenzunion erzählt hatte – eine schier unglaubliche Behauptung, die aber allem Anschein nach in den Fernsehmeldungen bestätigt wurde. Nerissas Schwager Bob Stoddart war ein langjähriger Korrespondent und Freund Ethans. Evie hatte Bob über Ethan und Nerissa kennengelernt.

Als sie den Blick von den Toten abwandte, drifteten Nerissas Gedanken zurück in die Zeit vor ungefähr dreizehn Jahren, als sie mit Ethan verlobt war und Evie und Bob zueinanderfanden. Wie sie und Evie darüber gelacht hatten, was für merkwürdige Galane sie sich da geangelt hatten, einen Entomologen und einen Mathematiker (nicht zu fassen!), intelligent und geistreich, aber oft auch hilflos, wenn es um Kleider und Manieren ging. Jetzt konnte Evie nicht mehr lachen, denn eine Kugel hatte auf dem Weg in den Schädel ihre Oberlippe durchschlagen. Nur mit Mühe gelang es Nerissa, sich wieder den blutbespritzten Hummel-Figuren zuzuwenden. Sie wusste, dass sie die Polizei verständigen musste, und versuchte, sich auf diese Aufgabe zu konzentrieren. Besser, sie rief von der Küche aus an, überlegte sie, denn das Telefon auf dem Beistelltisch neben dem Sofa war mit Evies Hirnsubstanz bespritzt. Sie würde hinübergehen, sobald sie ihre Beine wieder unter Kontrolle hatte. Bis dahin lehnte sie sich an die Wand und starrte auf Evies Figuren. Evie hatte in der Werbung gearbeitet, und irgendetwas an diesen Keramikplastiken hatte sie angesprochen, nicht obwohl, sondern weil sie so kitschig waren: der frohe Wanderer, jetzt blutverschmiert; der Junge im Apfelbaum, dessen Wangen nun die gleiche Farbe hatten wie die Äpfel …

Dann hörte sie Schritte vor der Tür und hätte fast geschrien. *Sie sind zurückgekommen,* war ihr erster panischer Gedanke. Doch nein, das waren nicht die Mörder. Eine hohe Stimme rief: »Hallo?«

Cassie.

O Gott, *Cassie*!

Die Kraft kehrte in Nerissas Beine zurück, und sie wandte sich zur Tür. Natürlich war Cassie heimgekommen. Und Thomas … Thomas musste oben in seinem Bett liegen. Wahrscheinlich hatte er geschlafen und nichts von den Schüssen mitbekommen. Oder war er ebenfalls tot – nein, das war unvorstellbar! Cassie war mit ihren elf Jahren alt genug, um die kurze Strecke von der Schule allein zurückzulegen. Jetzt war sie eine Waise und wusste es noch nicht. Und sie durfte es nicht auf diese Weise erfahren. Nerissa konnte nicht zulassen, dass sie ihre Eltern in dieser grotesk verrenkten Todeshaltung entdeckte. *Schnell,* dachte Nerissa, *halt sie auf, bring sie raus aus dem Haus, wenn es sein muss.* Doch es war zu spät. Die Kleine stand bereits im Flur direkt vor der Schwelle zum Wohnzimmer. Ihre Schultasche war auf den Plattenboden gefallen. Mit zusammengekniffenen Augen starrte sie in den dunklen Raum, als hätte er sich mit glühendem Licht gefüllt. Ihr Mund öffnete sich zu einem Schrei, der ihr im Hals stecken blieb.

Nerissa musste all ihre Kraft zusammennehmen, um Cassie wegzuziehen. Dann kniete sie sich hin und drückte Cassies Kopf an ihre Schulter, als das Kind in hemmungsloses Schluchzen ausbrach.

So sieht deine beschissene Symbiose aus, dachte sie, als sie das menschenähnliche Wesen in Ethans Keller anstarrte.

»Warum geben Sie das zu?«

»Ich gebe gar nichts zu«, antwortete das Monster. »Ich bin nicht die Entität, die 2007 die Morde begangen hat, falls Sie das denken. Mrs. Iversorn, erscheint Ihnen der Nachthimmel leblos, wenn Sie ihn betrachten? Er ist es nicht. Jeder Stern ist eine Oase in der Wüste – ein Ort der Geborgenheit, voller Nährstoffe und komplexer Chemie. Um den Zugang zu diesem Reichtum konkurrieren viele Organismen. Ihre Mühen sind subtil, langwierig und für Lebewesen Ihrer Art kaum wahrnehmbar. Dennoch sind diese Kämpfe genauso unerbittlich und tödlich wie alles, was hier in einem Wald oder tief im Meer passiert.«

»Angenommen, das stimmt, was hat das mit mir zu tun?«

Das Simulakrum warf Ethan einen Blick zu, der ungeduldig von einem Fuß auf den anderen trat. »Der Organismus, zu dem ich gehöre, hat die Hyperkolonie infiziert, um die Kontrolle über ihre Fortpflanzungsmechanismen zu übernehmen.«

»Was? Wie ein – Virus oder eine Art Parasit?«

»In etwa. Doch der Prozess ist noch nicht beendet. Die Hyperkolonie wehrt sich. Im Moment tobt gerade eine Auseinandersetzung.«

»Das ist doch alles Zeitverschwendung«, warf Ethan ein.

Nerissa neigte zu der gleichen Auffassung. Dieser ganze kosmische Manichäismus half ihnen nicht weiter. »Sie haben meine Nichte erwähnt. Ist das richtig?«

»Der Ausgang der Auseinandersetzung wird sich bald entscheiden. Eine Seite möchte die Reste der Korrespondenzunion als Waffe gegen die andere verwenden. Ihre Nichte wird manipuliert. Und sie ist nicht die Einzige.«

Mit unverhohlenem Hass beugte sich Nerissa über das Sim. »Was wissen Sie *konkret* über Cassie?«

»Ich kann Ihnen helfen, Ihre Nichte zu schützen.«

»Wenn Sie irgendwas zu sagen haben ...« Nerissa spürte Ethans Hand auf der Schulter. »Was ist? Und was ist das für ein schrecklicher Lärm?«

»Die Alarmanlage«, antwortete Ethan. »Jemand ist auf dem Grundstück.«

»Binden Sie mich los«, forderte das Monster.

Ethan stieß eine wüste Beschimpfung aus. Doch statt das Monster zu töten, stürmte er mit dem Revolver in der Hand die Treppe hinauf.

9

Unterwegs

Cassie übernahm die letzte Schicht am Steuer und fuhr, bis sie nördlich von Decatur, Illinois, ein Schild bemerkte, das auf einen staatlichen Campingplatz hinwies. Die schmale Zufahrtsstraße in die wilden Kiefernwälder war mit einer Kette abgesperrt, an der eine Holztafel mit der Aufschrift ANLAGE GESCHLOSSEN 20. SEPT. BIS 30. MAI baumelte. Doch das war kein Problem, weil Leo einen Bolzenschneider im Kofferraum hatte.

Der Campingplatz befand sich auf einer Waldlichtung mit vielen steinbefestigten Feuergruben. Zum Schlafen im Freien war es zu kalt. Glücklicherweise erspähte Beth etwas zurückgesetzt zwischen den Kiefern eine Blockhütte, deren Vorhängeschloss ebenfalls dem Bolzenschneider weichen musste. Die Hütte bot keinen nennenswerten Schutz, hielt aber wenigstens den Wind ab. Sie stießen auf ein altes Bett mit einer gelben, durchgelegenen Matratze, ein mit Brandlöchern übersätes Sofa und rorschachartige Schimmelflecken an den nackten Holzwänden.

Zuerst kümmerte sich Cassie um Thomas. Sie machte sich zunehmend Sorgen um ihren Bruder. Im Auto hatte er geschlafen, jetzt wirkte er immer noch benommen und schloss sofort wieder die Augen, als sie seinen Schlafsack zuzog. Sein Gesicht war feucht, sein blonder Haarschopf zerzaust und verfilzt. Er hätte dringend ein Bad gebraucht, aber es gab kein fließendes Wasser.

Beth überraschte Cassie damit, dass sie ein Kissen aus dem Auto holte. »Hier, nimm das«, sagte sie. »Wenn er es bequem hat, gibt er wenigstens Ruhe.« Als brauchte sie für ihre Hilfsbereitschaft eine Rechtfertigung. (Und diese Rechtfertigung war noch nicht einmal plausibel. Thomas hatte schon seit Stunden keinen Mucks mehr gemacht.) Cassie dankte ihr und schob Thomas das Kissen unter den Kopf. Er öffnete kurz die Augen, blinzelte, und schlief mit einem leisen Seufzer wieder ein.

Allerdings hatte Beth nicht nur das Kissen geholt. Sie hatte auch eine Flasche Wodka dabei, auf deren Etikett ein bärtiger Mann mit Pelzmütze abgebildet war.

»Wo hast du die her?«, fragte Leo, als sie den Deckel abschraubte.

»Hab sie vorhin zusammen mit den anderen Lebensmitteln gekauft. Ist doch nichts dabei. Erzähl mir nicht, dass du keine Lust hast.« Sie bot ihm die Flasche an.

Er nahm sie nicht. »Hast du in dem Laden mit Karte gezahlt? So eine Spur zu hinterlassen ist nämlich keine gute Idee, wenn es nicht unbedingt sein muss.«

»Nein, verdammt. Ich hab natürlich nicht mit Karte gezahlt. Möchtest du jetzt was oder nicht?«

»Im Moment eher nicht.«

»Nein? Wirklich?« Sie zuckte die Achseln. »Dann hab ich umso mehr.«

Beth benutzte eine leere Thermoskanne, um eine Dose Cola mit Wodka zu mischen. Dann nahm sie einen schlürfenden Schluck und zog eine Grimasse. *Rausgeworfenes Geld,* dachte Cassie. Immerhin schlief Beth auf diese Weise vielleicht schneller ein. Aber zwanzig Minuten später stapfte Beth völlig aufgedreht zwischen der Matratze und dem Sofa hin und her, und die Bodendielen knarrten bei jedem Schritt. Als Leo – mit bewundernswerter Zurückhaltung, wie Cassie fand – Beth vorschlug, sich hinzusetzen und »es gut sein zu lassen«, wirbelte sie wie eine Furie herum und zeigte wankend mit dem Finger auf seine Brust. »Hör endlich auf, hier in Selbstmitleid zu zerfließen. Das ist doch bloß Gefühlsduselei.«

»Beth, bitte nicht. Ernsthaft.«

»So *traurig* und alles. *Ich habe einen Menschen umgebracht – wie konnte mir das bloß passieren?* Vergiss es, Leo. Du hast ihm ins Bein geschossen, weil du ihn *nicht* töten wolltest. Woher hättest du denn wissen sollen, dass er krank war?«

»Beth, hör auf.«

»Vielleicht hättest du es besser mir überlassen, wenn du keinen Mumm hast. Du bist doch derjenige, der uns dauernd erzählt, wie gefährlich alles ist. Damit wir bloß kein Risiko eingehen, nicht zu Hause anrufen, im Laden nicht mit Karte zahlen, auf Fremde achten und …«

»Du weckst Thomas auf.«

»Kann ich mir nicht vorstellen. Der ist doch praktisch im Koma. Jetzt mal ehrlich …« Sie wandte sich an Cassie. »Ist dein Bruder irgendwie zurückgeblieben? Er macht ja kaum den Mund auf.«

»Er hat Angst«, erwiderte Cassie. *Aber nicht so viel wie du,* hätte sie am liebsten hinzugefügt. »Ich glaube, wir brauchen jetzt alle ein bisschen Schlaf.«

»Schön. Lass dich nicht aufhalten.«

»Du machst es mir nicht leicht.«

»Dann leg dich doch ins Auto, wenn du so empfindlich bist.«

»Vielleicht solltest lieber du das machen«, warf Leo ein. »Nimm deinen Schlafsack mit und verschon uns mit deiner schlechten Laune. Morgen können wir dann den Rest der Strecke zu meinem Vater fahren. Wenn du einen Kater hast, ist das dein Bier.«

»Ach, häng ich dir auf einmal zum Hals raus? Möchtest du zur Abwechslung mal Cassie ficken? Ist es das?«

Cassie hatte Beth schon öfter betrunken erlebt. Alle Überlebenden von 2007 hatten ihre eigene Art, der Welt den Mittelfinger zu zeigen, und bei Beth war es eine Art gehässiger Alkoholkonsum, der darauf zu zielen schien, sich und andere zu bestrafen. Doch selbst betrunken begriff Beth offenbar, dass sie soeben eine Grenze überschritten hatte. Bevor Leo antworten konnte, schob sie trotzig die Schultern vor. »Egal, ich will sowieso lieber allein sein.« Vor sich hin murmelnd, griff sie nach ihrer Jacke und stopfte sich den Schlafsack unter den Arm.

Von der Tür aus beobachtete Cassie, wie Leo Beth hinaus zum Auto folgte – allerdings wohl weniger, um sie vor irgendwelchen Gefahren zu schützen, als um aufzupassen, dass sie nichts kaputt machte. Von der engen Rückbank aus redete sie auf ihn ein, während er den Schlüssel in die Zündung steckte und das Radio einschaltete. Vielleicht wollte er sie mit ein wenig Musik besänftigen.

Das Radio brachte keine Musik, sondern Nachrichten. Cassie verstand nur einzelne Wörter und Satzfetzen. *Leiche entdeckt,* hörte sie. *Bewaldeter Hang.* Sofort trat sie hinaus in die kalte Nacht, unter ihren Füßen knirschten Kiefernnadeln.

»Schalt das …«, rief Beth, doch sie kam nicht bis *aus*, weil Leo herumfuhr und sie fauchend aufforderte, den Mund zu halten. Trotz ihres benebelten Zustands verstummte Beth erschrocken.

Cassie ging zum Auto und lauschte dem Ende des Berichts. *Die zuständigen Ermittlungsbehörden kündigten eine umfassende Untersuchung dieses ersten Tötungsdelikts in Wattmount County seit fast fünfzehn Jahren an.* Dann folgte ein Bericht über einen Brand in einem Ort, von dem Cassie noch nie gehört hatte. Mit finsterer Miene schaltete Leo das Radio aus.

Ich bin eine Verbrecherin, schoss es Cassie durch den Kopf. Was sie getan hatte, war Beihilfe zum Mord, wenn nicht sogar Mord. *Wir sind alle Verbrecher.* Jeden Moment konnten gleißendes Scheinwerferlicht und geifernde Bluthunde durch die schlummernden Wälder brechen.

»Scheiße!«, rief Leo.

»Was machen wir jetzt?«

Zornig zuckte er die Achseln. »Jemand hat vielleicht das Auto gesehen. Ja, davon müssen wir ausgehen. Aber von uns haben sie wohl keine Beschreibung. Das heißt, wir lassen den Wagen morgen stehen und laufen zu Fuß zu irgendeiner Bushaltestelle.«

»Glaubst du immer noch, dass uns dein Vater helfen kann?«

»Wenn, dann nur er«, sagte Leo.

Cassie setzte sich auf die Schwelle der Hüttentür, während Leo Beth in einen Schlafsack und zwei Decken hüllte. Die Kälte war nicht lebensbedrohlich, solange man vor dem Wind geschützt war, und wenn Beth im Morgengrauen zittrig und mit schmerzenden Gliedern aufwachte, hatte sie sich das selbst zuzuschreiben. Thomas schlief noch immer, doch Cassie war so verängstigt, dass sie gar nicht an Nachtruhe denken konnte. Schließlich kam Leo herüber und setzte sich zu ihr. Er zog an einer Zigarette, während sie den dünnen Dampf ihres Atems ausstieß. Der Vollmond war aufgegangen, ohne dass sein Licht in das dichte Walddunkel um sie herum vordrang.

Mit gerunzelter Stirn starrte Leo auf die Zigarette in seiner Hand.

»Eine scheußliche Angewohnheit«, meinte Cassie. »Und auch noch schlecht für die Gesundheit.«

Er bedachte sie mit einem ungläubigen Blick, dann brachen beide in leises Lachen aus. Erst nach einer Weile konnten sie sich wieder beruhigen.

»Hoffentlich kann uns dein Vater wirklich helfen«, sagte sie. »Mein Onkel Ethan stand ihm damals ziemlich nahe. Vor 2007, meine ich.«

»Ich weiß. In einem seiner Briefe hat mein Vater geschrieben, dass Ethan Iverson einer der wenigen war, die durch die Attentate nicht völlig kastriert wurden.« Er schielte vorsichtig in ihre Richtung. »Seine Worte, nicht meine. Und für seine Verhältnisse ist das ein ziemlich dickes Lob.«

»Ich finde es gut, dass du noch in Verbindung mit ihm bist.« Per Post natürlich. Das einzige Medium der Fernkommunikation, das nicht dem Zugriff der Hyperkolonie ausgesetzt war.

»Dein Onkel lässt nichts von sich hören?«

»Tante Ris war dagegen. Ihrer Meinung nach ist jeder Kontakt zu Leuten, die 2007 auf der Abschussliste standen, riskant. Aber ich habe seine Bücher gelesen. Hast du gewusst, dass er zwei Bücher geschrieben hat?«

»Mhm. Über Ungeziefer, oder?«

»Insekten. Er ist Entomologe. Allerdings geht es in den Büchern in gewisser Weise auch um die Hyperkolonie. Sie funktioniert nach der Schwarmlogik von Insekten. So kann er über sie reden, ohne sie offen zu erwähnen. Zum Beispiel schreibt er, dass man auch ohne echtes Bewusstsein von sich selbst zu einem wirklich komplexen Verhalten kommen kann.«

»Mein Vater hat ein bisschen was darüber in seinen Briefen erwähnt«, sagte Leo. »Er ist der gleichen Meinung, hat aber die Union kritisiert, weil sie das Ganze wie eine philosophische Frage behandelt.«

»Anstatt?«

»Anstatt als militärisch nützliche Erkenntnisse. Den Feind erforschen. Seine Schwächen entdecken.«

Das passte zu dem, was Tante Ris über Werner Beck erzählt hatte: dass er besessen war von der Vorstellung, Krieg gegen die Hyperkolonie zu führen. Was an sich schon eine Dummheit war, wie sie fand. Wenn man dem Gegner hoffnungslos unterlegen war, hatte ein Krieg keinen Sinn. Und soweit Tante Ris das erkennen konnte, bestand diese Ungleichheit schon seit dem frühen zwanzigsten Jahrhundert – wahrscheinlich sogar viel länger. Cassie gab zu bedenken, dass die Vorstellung eines Krieges eher unrealistisch war.

»Nicht unbedingt. Man muss sich die Frage stellen, was uns die Hyperkolonie genommen hat. Eine Antwort lautet: den Willen und die Waffen zum Kämpfen. Jeden Tag hören wir, wie schlimm Krieg ist, wie glücklich wir uns schätzen dürfen, dass der Völkerbund Konflikte beilegt. Und so weiter, dieser ganze Müll. Es gibt also nur wenige, die zum Kämpfen bereit sind. Doch auch diese wenigen können etwas ausrichten, wenn sie die richtige Waffe haben.«

»Wie soll man denn gegen so was wie die Hyperkolonie kämpfen? Im Grunde ist sie nicht viel mehr als eine Staubwolke. Man kann sie nicht bombardieren. Und auch nicht gefangen nehmen.«

»Keine Ahnung. Darauf habe ich keine Antwort, zugegeben. Vielleicht hat mein Vater eine. Aber wenn wir nicht gefährlich wären, würden sie nicht Jagd auf uns machen.«

»Auf wen? Auf uns? Einen Typen, zwei junge Frauen und einen Zwölfjährigen? Na ja, stimmt schon, wir sind ziemlich gefährlich – zumindest für ältere Herrschaften mit einem Herzleiden.«

Kaum war ihr diese Bemerkung herausgerutscht, da wünschte sie sich schon, sie zurücknehmen zu können. Leos verkniffenes Gesicht ließ keinen Zweifel daran, dass sie ihn verletzt hatte.

»Das war ein Unfall.«

»Ich weiß, du hast recht.«

»Ich wollte das nicht. Mag sein, dass es unsere Schuld ist – meine Schuld. Aber er wäre jetzt nicht tot, wenn nicht die Sims hinter uns her wären. Glaubst du, die Sims haben Schuldgefühle?«

»Die fühlen gar nichts. Das unterscheidet uns von ihnen.«

»Du hast doch damals deine Eltern verloren.«

»Ja«, antwortete Cassie, obwohl Leo es genau wusste. Alle Überlebenden von 2007 hatten die Horrorgeschichten der anderen mindestens einmal gehört.

»Packt dich da nie die Wut?«

»Doch, natürlich.«

»Ich meine, eine so starke Wut, dass du unbedingt was tun willst. Oder versuchst du die ganze Zeit bloß, nicht daran zu denken?«

Verlegen zuckte sie die Achseln.

»Dafür muss man sich nicht schämen. Für die Wut, meine ich.« Leo erhob sich und trat mit dem Absatz seine Zigarette aus. Ein Funke wurde vom Wind davongetragen und erlosch in der Dunkelheit. »Man kann nicht immer bloß freundlich sein. Ab und zu muss man auch wütend werden. Man hat ein Recht darauf.«

Cassie glaubte nicht daran, dass die Hyperkolonie die menschliche Fähigkeit zu Gewalt und Hass ausgemerzt hatte. Gewalttaten geschahen jeden Tag und überall auf der Welt. Gut, nach Aussage des Nachrichtensprechers hatte Wattmount County fünfzehn Jahre lang kein Tötungsdelikt mehr erlebt. Trotzdem hätte Cassie darauf gewettet, dass es auch in dieser idyllischen Gegend zu Barschlägereien, häuslichen Zwisten und vielleicht sogar rassistisch motivierten Konflikten kam. Und international gab es zwar keine großen Kriege mehr, aber gewaltsame Aufstände und tödliche Grenzgefechte, die weiterhin für nicht eben geringe Opferzahlen sorgten. Diese gefährlichen Tendenzen waren lediglich abgemildert oder gebremst worden.

Der relative Frieden seit 1900 ließ sich nur statistisch messen. Allerdings belegten die Zahlen auf überzeugende Weise einen drastischen Rückgang gewalttätiger Konflikte und typischer Kriegsfolgen wie Hungersnot, Seuchen und Wirtschaftskrisen. Cassies Politologielehrbuch an der Highschool hatte diesen Wandel auf den materiellen und moralischen Fortschritt zurückgeführt. Vielleicht zu Recht. Doch das war nur ein Teil des Gesamtbildes. Wenn man den historischen Einzelheiten nachging, wie es zahllose Korrespondenzforscher getan hatten, traten deutliche Anomalien hervor. Abgewendete Krisen, verlorene oder gewonnene Schlachten, vereinbarte Waffenruhen – sie alle wurden auf entscheidende Weise von misslungenen Kommunikationshandlungen beeinflusst. Funkmeldungen verschwanden bei der Übertragung oder wurden auf subtile Weise abgeändert. Aggressive Ultimaten erreichten nicht den beabsichtigten Adressaten. Unentschlüsselbare Codes wurden entschlüsselt, Schlachtschiffe wurden zu den falschen Koordinaten entsandt, Artilleriestellungen bombardierten leere Schützengräben. All diese Dinge liefen über die Radiosphäre. Und im Zeitalter der Massenkommunikation seit dem Großen Krieg wurde die öffentliche Stimmung durch Reize gesteuert, die man aufgrund ihrer Klugheit und Subtilität nicht mit Propaganda gleichsetzen konnte.

Nur warum das Ganze? Zu welchem Zweck?

Auf diese Frage hatte die Union lediglich spekulative Antworten gegeben. Vielleicht hatten sich die Korrespondenten in den Jahrzehnten vor 2007 der Wahrheit genähert, bis schließlich Ethan Iverson und Werner Beck eindeutige Beweise dafür vorlegten, dass die Radiosphäre eine Hyperkolonie (wie Cassies Onkel es nannte) von mikroskopisch kleinen Lebewesen war. Aber das war keine Erklärung. Hatte die Hyperkolonie im Zuge ihrer eigenen Absichten vor, die Menschheit weiter ruhigzustellen? Oder hatte sie eine *konkretere* Verwendung für die menschliche Spezies?

Jedenfalls, schloss Cassie, konnte man die Hyperkolonie kaum als nicht gewalttätig bezeichnen, auch wenn sie der menschlichen Zivilisation mehr Frieden gebracht hatte. *Du hast doch damals deine Eltern verloren.* Wie Feuer brannten Leos Worte in ihr. Als sie schließlich in den Schlaf hinüberglitt, musste sie die Erinnerung an den Anblick ihrer ermordeten Eltern unterdrücken: die Gesichter zerschmettert und der Inhalt ihrer Köpfe verspritzt über die Möbel, wo sie gesessen hatten. Egal, was diese Gräueltat hatte bezwecken sollen, sie war nicht das Werk einer friedlichen Entität.

Sie erwachte vom Regen, der aufs Dach prasselte und an den rohen Holzwänden herabrieselte. Und von einem lauten Pochen an der Hüttentür.

Erschrocken setzte sie sich auf und sah, dass Leo sich mit seinem Schlafsack abmühte. Durch das einzige Fenster drang schwaches Tageslicht herein. In ihrem Kopf ballten sich noch schwere Träume, und sie fragte sich, ob sie wirklich schon wach war, bis plötzlich die Tür aufflog und sie die Silhouette eines Mannes mit gelbem Regenmantel und -hut erkannte. Obwohl das Gesicht fast verborgen lag, war die finstere Miene unverkennbar. »Parkdienst«, bellte er und streifte Cassie mit einem verachtungsvollen Blick, ehe er sein Augenmerk voller Zorn auf Leo richtete. »Wenn ihr glaubt, dass ihr hier einfach Schlösser aufbrechen könnt, um eine kleine Grasparty oder so was zu veranstalten, dann habt ihr euch geschnitten.«

Cassie konnte sich einfach nicht aus ihrem Schlafsack befreien, diesem Kokon, in dem sie sich heillos verheddert hatte. Leo schaffte es endlich, sich hochzurappeln, und stand nun zornig und mit leeren Händen da. Auf einmal sah Cassie das Ganze durch die Augen des Parkwächters. Anscheinend hatte er bei einer routinemäßigen Kontrollfahrt außerhalb der Saison die durchtrennte Kette vor der Zugangsstraße, das unbekannte Auto in der Kiefernlichtung und das aufgebrochene Schloss an der Blockhütte entdeckt, und das hatte seine angesichts des strömenden Regens sicher sowieso nicht besonders gute Laune nicht unbedingt gebessert. Sie starrte durch die offene Tür. »Vorsicht …«, brachte sie hervor.

»Ich erzähl Ihnen gleich was von Vorsicht. Wer öffentliches Eigentum beschädigt, muss dafür zahlen. So ist das Gesetz, junge Dame.«

Aber was Sie gemeint hatte, war: *Vorsicht, hinter Ihnen …* Cassie starrte an seiner Schulter vorbei auf die freie Fläche zwischen der Hütte und den Kiefern. Dort stand der weiße, bis auf Fensterhöhe schlammbespritzte Pick-up des Parkwächters. Daneben Leos Wagen mit beschlagenen, nassen Fenstern. Gerade hatte sich die Autotür geöffnet, und Beth war ausgestiegen. In der rechten Hand hatte sie Leos Bolzenschneider, und schon nach wenigen Schritten klebte ihr das Haar am Kopf. Unhörbar im lauten Rauschen des Unwetters rannte sie auf die Hütte zu. Im Laufen packte sie den Bolzenschneider fest am Griff und holte weit aus. *Vorsicht*, dachte Cassie. *Vorsicht!*

Doch der Parkwächter schaute sich nicht um.

Er brach auf der Schwelle zusammen und blieb halb in und halb außerhalb der Hütte liegen. Am Kopf hatte er eine stark blutende Wunde.

Die Wucht des Schlages hatte Beth den Bolzenschneider aus der Hand gerissen, und sie bückte sich, um ihn aus dem Morast zu ziehen. Ihr Mund verzog sich zu einer Mischung aus Grinsen und Grauen.

»Beth!«, ächzte Leo.

»Er hätte uns verhaftet«, sagte Beth. »Oder so was in der Art.«

»Ja, aber … *verdammt!* Also gut, okay, wir müssen unser Zeug aufsammeln. Cassie, du weckst Thomas. Wir müssen so schnell wie möglich von hier weg. Und passt auf, dass wir nichts zurücklassen. Beth, leg den Bolzenschneider zurück in den Kofferraum und bring mir das Klebeband.«

Mit dem Band fesselte Leo den Parkwächter an Händen und Füßen, damit er nach dem Aufwachen nicht gleich die Verfolgung aufnehmen konnte. Falls er *überhaupt* aufwachte. Bestimmt hatte er eine Gehirnerschütterung, überlegte Cassie. Mindestens. Oder was Schlimmeres. Immerhin stöhnte er inzwischen schon und würde wahrscheinlich nicht mehr lange bewusstlos bleiben. Verstört blickte Cassie den Mann an.

»Komm jetzt, roll deinen Schlafsack zusammen«, blaffte Leo. »Schnell. Und mach was mit deinem Bruder.«

Thomas kauerte in einem Knäuel von Decken und weinte. Cassie legte den Arm um ihn, bis er sich ein wenig beruhigt hatte. Dann öffnete sie seinen kleinen Koffer und half ihm beim Anziehen. Ohne ihr in die Augen zu schauen, hob Thomas die Arme, als sie ihm das letzte saubere T-Shirt überstreifte. Über seine Oberlippe rann ein Tropfen Rotz. *Na los*, dachte Cassie, *wein ruhig*. In manchen Situationen war Weinen angebracht.

Leo nahm einen Schlüsselring vom Gürtel des stöhnenden Parkwächters und lief damit hinaus zu dem weißen Pick-up. Kurz darauf kehrte er mit einer laminierten Karte des lokalen Naturschutzgebiets zurück und studierte sie hastig, während Cassie ihren und Thomas' Koffer in Leos Wagen verstaute. Dann schob sie ihren Bruder auf die Rückbank und bedauerte, kein trockenes Handtuch bereitgelegt zu haben. Der Regen hatte sie völlig durchweicht, und sie mussten sich darauf gefasst machen, den ganzen Tag nicht mehr richtig trocken zu werden.

Leo gab Beth den Schlüssel für den Pick-up des Parkwächters und forderte sie auf, ihn anzulassen und ihnen zu folgen. Es gab einen Weg durch den Wald, der zu einer Landstraße und einem Ort namens East Cut in der Nähe des Highways führte.

»Was ist mit ihm?« Cassie deutete auf den Parkwächter, der sich auf dem Boden krümmte.

Leo zuckte die Achseln. »Du und Thomas, ihr fahrt mit mir.«

Nach drei Kilometern hielt Leo an. Beth stieg aus und kam herüber, um auf den Beifahrersitz zu gleiten, während Leo den Pick-up im Leerlauf über eine strauchbewachsene Böschung hinunterrollen ließ, an deren Ende ein namenloser brauner Bach schnell dahinfloss. Mit diesem Manöver wollte er bloß dafür sorgen, dass das Parkdienstfahrzeug nicht sofort bemerkt wurde. Natürlich war klar, dass schon eine flüchtige Suche genügte, um es zu entdecken. So erklärte es Leo zumindest.

Cassie dachte an den Parkwächter in der Blockhütte. Früher oder später würde er seine Fesseln sicher abstreifen. Ohne seinen Wagen musste er die Strecke bis zur öffentlichen Straße zu Fuß zurücklegen. Dort konnte er ein vorbeikommendes Auto anhalten und sich ins Krankenhaus oder zur nächsten Polizeistation bringen lassen. Letztlich alles Dinge, mit denen sie Zeit gewannen. Wenn der Mann nicht sowieso zu schwach war, um sich zu befreien, und auf dem schmutzigen Hüttenboden an Erschöpfung starb. Es war also nicht auszuschließen, dass sie einen zweiten Mord begangen hatten.

Nach Schlamm und Kiefernnadeln riechend, setzte sich Leo wieder ans Steuer und holperte stumm durch den Wald. Der unerbittlich niederprasselnde Regen zog einen schlierigen Schleier über die Windschutzscheibe. Thomas wimmerte nicht mehr und schien sich vom rhythmischen Scharren der Scheibenwischer irgendwie beruhigen zu lassen. Cassie konnte ihn gut verstehen. Seit dem Tod ihrer Eltern hatte sie gelernt, in den wortlosen Erscheinungen der Welt Trost zu suchen: Wind und Regen, Sonne und Mond, mittäglicher Schatten und abgedunkelte Zimmer – alles, was zuverlässig spürbar und nicht auf heimtückische Weise unberechenbar war.

Dann erreichten sie den Highway, und einen Kilometer vor East Cut stellte Leo das Auto hinter der Ruine einer verlassenen Tankstelle ab. Zum Glück hatte es aufgehört zu regnen, und sie konnten im dichter werdenden Nebel zur Haltestelle im Ort marschieren. Ein weitgehend leerer Nachmittagsbus brachte sie nach Kewanee, wo sie einen Schnellbus nach Galesburg nahmen. Dort bekamen sie spätabends noch eine Verbindung in eine Kleinstadt namens Jordan Landing. Am Ortsrand befand sich das Haus, in dem Leos Vater lebte.

Weil Leo keine weitere Zahlung mit der Kreditkarte riskieren wollte, die er benutzt hatte, bezahlte Cassie das Motelzimmer, in dem sie übernachteten. Am nächsten Morgen brachen sie zu Fuß zu der Adresse auf, die sich Leo eingeprägt hatte.

Jordan Landing war um eine Werft am Mississippi, ein John-Deere-Werk und eine Ziegelei gewachsen. Zum Frühstücken gingen sie in ein Lokal an der Main Street, an dessen Wand Kalender von regionalen Betrieben hingen. Leo suchte sich einen Tisch am großen Fenster des Restaurants aus, von dem aus sie beobachten konnten, wie ein Ladenbesitzer seine Markise ausrollte und ein Gemüsehändler Salatkisten auf dem Gehsteig stapelte. Heute, fiel Cassie plötzlich ein, war Waffenstillstandstag. Zwischen den Laternen waren Fahnen gespannt, genau wie zu Hause.

Die Kellnerin, die ihnen das Frühstück servierte, zauste Thomas freundlich das Haar und fragte, ob sie zu Besuch oder nur auf der Durchreise waren.

»Auf der Durchreise«, antwortete Leo.

»Schade. Heute Abend im Park haben wir eine tolle Veranstaltung. Mit Feuerwerk und allem. Aber wahrscheinlich sowieso nichts Besonderes für Sie – Sie sehen wie Leute aus der Stadt aus, habe ich recht?«

»Aus Detroit«, log Leo.

Hier könnte ich leben, dachte Cassie. Wie leicht hätte sie sich in diese sonnige Straße und all die anderen sonnigen Straßen hier verlieben können! Sie stellte sich ein Haus mit

Säulen um die Veranda vor. Schattengesprenkelte Sommertage, gemütliche Winterabende. Und selbst mit dem Wissen um eine fühllose und gewissenlose Entität, die durch den Himmel brandete wie ein Insektengott und nach blinden Regeln den menschlichen Fortschritt sicherte, hätte sie vielleicht leben können ... hätte sie nur nicht das Blut gesehen.

Sie bezahlten für ihre Eier mit Schinken und den Vollkorntoast mit Butter, für Kaffee mit Sahne und für Thomas' heiße Schokolade. Das Restaurant hatte sich allmählich gefüllt, und Leo wirkte zunehmend gereizt und ungeduldig. Höchste Zeit, die Sache anzupacken. Wie sie alle wussten, bestand die Möglichkeit, dass Leos Vater bei der jüngsten Welle von Attentaten zur Zielscheibe geworden war. Werner Beck war zwar berühmt für seinen Reichtum und seine Schutzmaßnahmen, aber auch er war sterblich.

Das Haus, in dem Leos Vater wohnte, lag weiter vom Zentrum entfernt, als es auf der Karte den Anschein gehabt hatte. Auf dem Marsch dorthin bemerkte Cassie Leos wachsende Anspannung. Er hatte die Schultern hochgezogen und schaute sich immer wieder zwanghaft um. Zweimal bat sie ihn, langsamer zu gehen, damit Thomas Schritt halten konnte. Trotz der kühlen Luft trieben ihr die Sonne und das hohe Tempo den Schweiß auf die Stirn. Jordan Landing war ein hügeliger Ort, und im Westen war gelegentlich der dichte Schiffsverkehr auf dem braunen Mississippi zu erkennen.

Als das Haus endlich in Sichtweite kam, war sie überrascht, obwohl sie es sich hätte denken können: Es war bescheiden und unscheinbar, und vermutlich hatte Werner Beck es sich genau deshalb ausgesucht. Wenn ihm danach gewesen wäre, hätte sich Beck eine Dachterrassenwohnung in Manhattan leisten können, doch aus Vorsicht hatte er sich für dieses ganz gewöhnliche Haus in dieser ganz gewöhnlichen

Kleinstadt entschieden. Es war das letzte Gebäude an einer Straße, die vom Ufer des Mississippi eine sanfte Kurve nach Osten beschrieb. Cassie vermutete, dass die meisten dieser kleinen Häuser Arbeitern gehörten, die in der Ziegelei oder im John-Deere-Werk beschäftigt waren. Die Grundstücke grenzten an unerschlossenes Land und waren durch Hecken oder Lattenzäune voneinander getrennt. Teilweise gab es aufwendig angelegte Gärten, die bereits winterfest gemacht waren. In einem von ihnen blickte eine Frau auf, die gerade Planen über ihre Rosenbüsche breitete, und winkte zögernd. Cassie winkte zurück, als würde sie hierhergehören. Es war besser, wenn sie sich ganz natürlich benahmen.

Leo folgte dem Plattenweg zum Haus seines Vaters. Bestürzt bemerkte Cassie, dass auf der Veranda mehrere Zeitungen lagen, als ob sich seit Tagen niemand darum gekümmert hätte. Leo hatte seine Pistole dabei, die er sich unter dem Hemd und der Jacke in den Bund geschoben hatte. Jetzt nahm er sie unauffällig heraus, sodass sie von der Straße aus nicht zu sehen war. Dann klopfte er an die Tür und wartete. Klingelte – und klingelte erneut. Keine Antwort. Als er den Knauf drehte, ging die unverschlossene Tür auf.

»Ihr bleibt hier«, befahl er knapp.

Cassie spürte, wie Thomas nach ihrer Hand griff. Vielleicht war es fahrlässig, dass sie ihn mitgenommen hatten, doch es wäre mindestens genauso riskant gewesen, ihn im Motel zu lassen. Außerdem konnte sie sich nicht vorstellen, dass die Sims, falls sie zu Werner Beck gekommen waren, noch hier waren. Warum sollten sie? Trotzdem wich sie für alle Fälle ein paar Schritte zurück und beugte sich zu Thomas. »Wenn es sein muss, rennst du. Kümmer dich nicht um mich.« Das machte ihm natürlich Angst, aber das ließ sich im Moment nicht vermeiden.

Leo verschwand im Schatten des Hauses, während Beth schmollend auf der Veranda wartete. Minuten verstrichen. In der Ferne hörte Cassie das Läuten einer Kirchenglocke. Die morgendliche Luft umgab sie wie ein Mantel aus kühlem blauen Glas.

Dann trat Leo mit bestürzter Miene auf die Schwelle und winkte sie alle hinein.

Nichts deutete darauf hin, dass Leos Vater einem Mord zum Opfer gefallen war. Kein Blut, keine umgestürzten Möbel, kein zerbrochenes Glas, keine Einschusslöcher in den Wänden. Doch Werner Beck war verschwunden, und zwar schon seit mehreren Tagen. Anscheinend war er in großer Eile aufgebrochen. Auf dem Küchentisch stand eine unberührte Mahlzeit: In der Soße erstarrtes Roastbeef und eine Scheibe Butterbrot, aus dem mehrere Schimmelfäden gesprossen waren. Neben dem Teller lag auseinandergefaltet eine Ausgabe des *Jordan Landing Advertiser*.

Cassie folgte Leo hinauf zum Arbeitszimmer im ersten Stock. Dort teilte sich ein Eichenschreibtisch den Platz mit Bücherregalen und Aktenschränken. Die Aktenschränke waren durchwühlt worden. Schubladen standen offen, manche waren sogar ganz herausgerissen und der Inhalt auf den Boden gekippt worden.

»Was ist hier passiert?«, fragte Beth.

Leo zuckte die Achseln. »Anscheinend hat jemand was gesucht.«

»Meinst du, sie haben es gefunden?«

»Keine Ahnung. Aber ich weiß einen Ort, wo sie wahrscheinlich nicht nachgesehen haben.«

Das Wohnzimmer im Erdgeschoss hatte Werner Beck spärlich, ja fast nachlässig eingerichtet: ein unscheinbares Sofa, ein schlichter Couchtisch, weder Fernseher noch Radio. Leo schob den Tisch zur Wand und klappte den Stoffteppich hoch. Nachdem er die nackten Holzdielen darunter kurz in Augenschein genommen hatte, steckte er den Finger in ein Astloch und zog.

Sofort löste sich ein drei Dielen breites Quadrat aus dem Boden. Es war so exakt eingepasst, dass von den Rändern nichts zu erkennen gewesen war. In dem Raum zwischen den Dielen und dem Betonfundament darunter befand sich ein Stahltresor, dessen Kombinationsschloss nach oben zeigte. »Er hat mir geschrieben, dass er hier einen Safe eingebaut hat«, erklärte Leo. »Für den Fall, dass ihm was zustößt.«

»Und was ist da drin?«, fragte Beth.

»Was ich brauche. Mehr hat er nicht geschrieben. Nur den Ort, wo ich nachschauen muss, und die Kombination. Sonst nichts.«

Leise vor sich hin murmelnd, stellte er die Ziffern ein. Cassie kauerte sich neben Beth und spähte über seine Schulter, als er die Tür an ihren geölten Angeln hochzog. Er griff hinein und nahm einen gepolsterten braunen Umschlag heraus.

Einen Moment später leerte Leo den Inhalt des Kuverts auf den Couchtisch. *Nicht viel drin,* wunderte sich Cassie.

Eine Landkarte.

Eine handgeschriebene Liste von Ortsnamen.

Mehrere an der Ecke zusammengeheftete Blätter.

Und ein Schlüssel.

10

Vermont, auf dem Land

Ethan nahm Nerissa mit hinauf in den Speicher und kontrollierte seine Überwachungsmonitore. Von der Hauptstraße aus näherten sich zwei Sims. Trotz des bereits schwächer werdenden Nachmittagslichts konnte er deutlich die Schnellfeuergewehre erkennen, die sie im Anschlag hielten. Solche Waffen durften nach dem Gesetz nur Mitglieder der Streitkräfte führen. Doch die beiden Männer, die ungefähr das gleiche Alter zu haben schienen wie das Wesen unten im Keller, wirkten nicht unbedingt wie Soldaten. Der eine trug einen Anzug, der andere Bluejeans und ein Kordhemd. Geschützt vom Schatten der Bäume, bewegten sie sich parallel zu beiden Seiten der Zufahrtsstraße.

So weit die Vorderseite des Hauses. Nach hinten waren die Überwachungskameras komplett ausgefallen. In dieser Richtung war Ethan also praktisch blind. Aber darum konnte er sich später kümmern. Zunächst musste er mit der ersten Bedrohung fertig werden. Er zog eine seiner drei Jagdbüchsen aus dem Wandständer und hastete damit zum Westfenster. Die Scheibe hatte er durch eine extrastarke Birkenplatte ersetzt und eine Schießscharte herausgesägt, durch die exakt der Lauf eines Gewehrs passte.

Das erste Ziel zu treffen war sicher kein Problem. Er wartete, bis das Sim im Anzug die Lichtung ein Stück weiter vorn erreichte. Wenn man zum Haus gelangen wollte, gab es keine andere Möglichkeit, als diesen offenen Geländeabschnitt zu überqueren. Das Sim löste sich im Laufschritt aus dem Schutz der Bäume. Schon Ethans erster Schuss zerriss seinen Schädel, und ein grüner, mit Blut durchzogener Schwall ergoss sich auf den Boden.

Beim nächsten Schuss musste er mit größeren Schwierigkeiten rechnen. Noch bevor sein Begleiter völlig zusammengesackt war, brach das Sim in Jeans quer aus dem Wald hervor, weg von der Hausvorderseite, um vor Ethans Gewehr geschützt zu sein. Die schmale Schießscharte in der Birkenplatte bot Ethan zwar Deckung, aber sie schränkte auch sein Schussfeld ein. Er presste die Waffe in schrägem Winkel an die Holzkante und drückte ab.

Er traf sein Ziel, doch tiefer am Körper. Ethan vermutete, dass das Projektil das Rückgrat durchtrennt hatte, denn das Sim fiel zu Boden und konnte nicht mehr aufstehen. Kurz danach gab es den Versuch auf und zog sich mit den Armen Richtung Haus. Schließlich gelang es Ethan, ihm eine zweite Kugel durch den Hals zu jagen. Aus der Wunde spritzte Blut und grüne Substanz, und das Wesen blieb reglos liegen.

Ethan wusste noch immer nicht, was hinter dem Haus passierte, wo die Kameras zerstört oder deaktiviert worden waren. Schnell huschte er mit seinem Gewehr zum Ostfenster. Gerade noch rechtzeitig fuhr er zurück, um dem Kugelhagel aus der automatischen Waffe eines dritten Sims zu entgehen. Holzsplitter prasselten ihm ins Gesicht, und von der Speicherdecke rieselte eine Wolke aus Staub und Schutt.

Mit einem Blick über die Schulter vergewisserte er sich, dass Nerissa nicht getroffen worden war. Sie war unverletzt, wenn auch sichtlich verängstigt. »Auf den Boden, sofort«, zischte er. Sie warf sich hin.

Das Sim, das auf ihn gefeuert hatte, war inzwischen um das Hauseck verschwunden. Trotzdem musste Ethan nicht lange überlegen, wo es abgeblieben war, denn schon hörte er, wie die Hintertür eingetreten wurde. Nun war es im Haus.

Alles, was Ethan über die Anatomie der Simulakra wusste, hatte er von Werner Beck erfahren. Beck hatte nicht nur den Anschlag im Jahr 2007 überlebt, sondern es sogar geschafft, die beiden Angreifer zu verletzen und zu entwaffnen. Und in den folgenden Tagen hatte er die gefangenen Sims Stück für Stück zerlegt und sich dabei detaillierte Notizen gemacht.

Später verteilte er eine Monografie zu diesem Thema an alle Überlebenden, die aus Loyalität oder Leichtsinn noch Kontakt zu ihm hielten. *Hinweise zur Anatomie der Simulakra.* Das Exemplar, das Ethan in seinen Akten hatte, unterschied sich von den anderen durch seine Schaubilder und Fotografien. Vor allem Letztere waren verstörend: zwei noch lebende, auf Seziertische gefesselte und von der Brust bis nach unten geöffnete Sims. Die Haut am Rumpf war abgeschält und seitlich festgepinnt wie die Seiten eines Buchs. Rippen und blutige Muskulatur lagen blank, mehrere kleine, aber funktionierende Organe waren teilweise entfernt worden. Ethan hatte sich dazu gezwungen, sich die Einzelheiten genau einzuprägen. Beutel mit der grünen Substanz, die im Wesentlichen identisch mit dem Inhalt der von Ethan aus antarktischen Eiskernen kultivierten Zellen war, füllten den größten Teil der Bauchhöhle und erstreckten sich bis in die Extremitäten sowie den Schädel. Der Schädelbeutel war umgeben von einem Netz von Nervengewebe, das wahrscheinlich Funktionen des menschlichen Gehirns ausführte. Der Knochenaufbau war von einem menschlichen Skelett nicht zu unterscheiden. Im Brust- und Bauchraum versorgten zwergenhafte Organe (ein Herz, das kaum größer war als ein Golfball, eine Leber, die wie die eines Neugeborenen wirkte) die Muskelhülle, die den Sims ihr menschliches Äußeres verlieh. Bei einer Schnittwunde blutete ein Sim scheinbar normal. Erst bei einer tiefer reichenden Verletzung blutete es grün.

Trotz ihrer hohen Komplexität war die grüne Substanz amorph und immer gleich, unabhängig von der Körperpartie, in der sie sich befand. Das hieß, dass die Sims gegenüber bestimmten Verletzungsarten weniger anfällig waren als Menschen. So ein Wesen mit dem Messer anzugreifen, war fast selbstmörderisch. Eine Kugel in die Weichteile konnte seinen Vormarsch nur verlangsamen, und eine Kugel ins Rückgrat sorgte zwar dafür, dass es zusammenbrach, tötete es jedoch nicht. Am sichersten, so Werner Beck, war ein Schuss in den Kopf, weil das Netz aus Nervengewebe im Schädel eine lebensnotwendige Schnittstelle war, mit der das Simulakrum seinen Körper steuerte.

Doch auch dann trat der Tod nicht unbedingt sofort ein. Becks gefangene Sims hatten noch tagelang gelebt, während er sie systematisch zerschnitt und häutete. Zuerst hatten sie Schmerzen vorgeschützt, und als dieses Manöver nicht verfing, versanken sie in aufmerksames Schweigen. Schließlich starb eines an Blutverlust, und sein kleines Herz hörte einfach auf zu schlagen; das andere tötete Beck, als er versuchsweise einen Schuss in seinen Schädel abfeuerte.

Jetzt vertauschte Ethan das Gewehr gegen den Revolver. Dann nahm er eine Pistole aus dem Regal und bot sie Nerissa an. »Weißt du, wie man damit umgeht?« Sie nickte. Wie viele Überlebende hatte sie nach dem Massaker von 2007 Schießunterricht genommen. Mit zitternden Händen prüfte sie nach, ob die Waffe geladen war, um sie dann zu entsichern.

»Bleib hier und warte auf mich.« *Und schieß auf alles, was raufkommt und nicht mein Gesicht hat.* Dieser Hinweis war natürlich unnötig. Leise öffnete er die Speichertür und lief die schmale Stiege hinunter zum Flur im ersten Stock, an dessen Ende die Treppe zum Erdgeschoss lag. Inzwischen war es schon ziemlich dunkel geworden, und Ethan blieb alle paar Schritte stehen, um nach Geräuschen von unten zu lauschen. Doch er nahm kaum etwas anderes wahr als das Pochen seines Pulses in den Ohren.

Wenn er einen Vorteil hatte, dann war es die genaue Kenntnis aller Nischen und Ecken des Farmhauses. Er wusste, wo man verwundbar und wo man gut geschützt war. Mit einer Hand an der linken Wand tastete er sich bis zur Treppe vor, dann lehnte er sich wachsam in die Leere hinter dem Geländer und zielte mit dem Revolver auf die Eingangstür. Nichts. Plötzlich hörte er ein leises Klappern, das vielleicht aus der Küche kam.

Ethan hatte größten Respekt vor seinem Gegner. Wieder musste er daran denken, wie Werner Beck die Sims bei lebendigem Leib seziert hatte. Etwas, das auf den ersten Blick grausam und rachsüchtig anmutete, solange man sich nicht klarmachte, dass die Sims weder Schmerz noch Demütigung empfanden. Nach menschlichen Maßstäben waren sie nicht einmal Individuen. Im Grunde waren sie weniger autonom als Ameisen oder Termiten – bloße Verlängerungen des gewaltigen, komplexen, weltallerprobten, uralten Superorganismus, der sie geschaffen hatte. Sie waren nicht im

Geringsten menschlich, und vor allem durfte man sie nicht unterschätzen.

Leise lief Ethan die Treppe hinunter und war sich bei jedem Schritt der möglichen Bedrohung durch das Schnellfeuergewehr des Sims bewusst. Vom Fuß der Treppe aus hatte er einen guten Blick ins leere Wohnzimmer. Blieb also nur noch die Küche, deren Tür geschlossen war. Er konnte sich nicht erinnern, ob er sie zugemacht hatte. Wenn er sie aufstieß, verriet er sich damit unweigerlich, doch er hatte keine andere Wahl. Mit vorgehaltenem Revolver stürzte er hinein und dachte irgendwo im Hinterkopf zugleich an Nerissa: Sie hatte so große Angst, auch wenn sie bewaffnet war, und wenn er jetzt starb …

Auch die Küche war leer. Die Hintertür hing schief an einer Angel, nachdem das Sim sie aufgebrochen hatte. Schlammige Stiefelabdrücke führten von der Schwelle zum Kellereingang. Bestürzt starrte Ethan zum Treppenschacht. Er musste davon ausgehen, dass das Sim bei Winston Bayliss war.

Los, mahnte er sich. Ihm blieb nichts anderes übrig als der Weg nach unten.

Als er die Hälfte der Stufen hinter sich hatte, bemerkte er das Sim, das am Fuß der Treppe mit dem Rücken zu ihm stand. Es sah völlig menschlich aus mit dem hochgeschlagenen Hemdkragen, der ausgebeulten Jeans und dem dichten Haarwirbel am Hinterkopf. Es hatte das Schnellfeuergewehr erhoben, zielte jedoch nicht in Ethans Richtung. Als Ethans Fuß auf eine knarrende Stelle trat, wirbelte das Sim herum. Zum Glück war es nicht schneller als ein normaler Mensch. Es bot ein leichtes Ziel, und Ethan nutzte die Gelegenheit, um sofort zu schießen.

Gleichzeitig feuerte auch das Sim ins Dunkel des Kellers. Der Lärm in dem engen Raum war ohrenbetäubend. Ethan zuckte zusammen, doch glücklicherweise erst, nachdem seine Kugel die Schädelbasis des Sims durchschlagen hatte. Nach einem letzten kurzen Knattern verstummte die automatische Waffe. Das Sim stürzte nach vorn und blieb reglos liegen.

Ethan stellte sich hin und schoss ihm zur Sicherheit noch einmal in den Kopf. Grünes Zeug quoll heraus und verbreitete seinen scharfen Kunstdüngergeruch.

Erst jetzt schaute er sich im Keller um und bemerkte, was das Sim getan hatte. Unglaublich, es hatte auf Winston Bayliss geschossen.

Das Wesen, das sich so nannte, war immer noch mit Klebeband an den Stuhl gefesselt, doch sein Oberkörper war auf alarmierende Weise zur Seite gesackt. Das Gewehrfeuer des angreifenden Sims hatte es auf Hüfthöhe fast in zwei Teile gerissen. Bayliss verlor in beängstigendem Tempo Blut und grüne Substanz.

Dann hob es den Kopf und blickte Ethan ruhig an. »Bitte.« Seine Stimme klang matt. »Können Sie bitte die Wunde verbinden? Wir müssen noch miteinander reden.«

Ethan konnte das Wesen nur anstarren.

»So schnell wie möglich«, sagte Winston Bayliss. »Bitte.«

Es wäre Wahnsinn gewesen, auch nur eine Stunde länger zu bleiben. Höchste Zeit für den Abschied, und alles musste verbrannt werden: seine Notizen, seine Videoausrüstung, das Waffenarsenal im Speicher, das ganze Farmhaus vom Fundament bis hinauf zum First seines moosbewachsenen Dachs. Seit seinen ersten Tagen hier hatte sich Ethan auf diese äußerste Möglichkeit vorbereitet. Er hatte ein Dutzend Kanister Petroleum in der Flurkammer im Erdgeschoß eingelagert, und jeden Morgen steckte er sich ein Streichholzbriefchen in die Hüfttasche.

Als er die Stufen zum Speicher hinaufstieg, stieß er auf Nerissa, die ihn mit angelegter Pistole erwartete. Zu Ethans großer Erleichterung senkte sie die Waffe sofort. Ein falsches Zucken ihrer heftig zitternden Hände hätte gereicht, um ihn ins Jenseits zu befördern. »Sind sie tot?«, fragte sie.

Er nickte schwach. Allerdings hatte er keine Ahnung, ob nicht schon Nachschub im Anmarsch war.

Nerissa wirkte sichtlich mitgenommen. Ethan hatte diese Frau einmal geliebt und liebte sie vielleicht immer noch, auch wenn die Kluft des Zweifels und der gegenseitigen Schuldzuweisungen im Lauf der Jahre riesig geworden und wahrscheinlich nicht mehr überbrückbar war. Er konnte sie einfach nicht anschauen, ohne die Nerissa zu sehen, die er früher gekannt hatte: an einem Tisch in der Universitätscafeteria, mit Zitaten von Autoren auf den Lippen, die er nie gelesen hatte und deren Namen er kaum kannte, Strähnen ihres langen Haars immer in Gefahr, mit den Pommes auf ihrem Teller in Konflikt zu geraten, ihre Lebhaftigkeit und ihr spontanes Lächeln, damals so häufig und heute völlig verschwunden. Sie schien unsagbar müde. Die Dunkelheit war hereingebrochen, und er hätte ihr gern ein bequemes Bett angeboten. Doch es war viel zu erledigen, und sie durften nicht zögern. *Weit zu wandern bis zum Ruh'n,* mit den Worten eines Gedichts, das sie früher gern zitiert hatte.

Er trug den ersten Kanister hinunter in den Keller und schüttete Petroleum über das tote Sim und die Bodendielen. Nerissa leerte einen weiteren Kanister über das Feuerholz, das unter dem mit Holz zugenagelten einzigen Fenster aufgestapelt war.

Winston Bayliss flehte sie an: »Verbinden Sie meine Wunden. Nehmen Sie mich mit.« Das Wesen hatte stark aus seinen menschlichen Körperteilen geblutet, und inzwischen sickerte grünliche Flüssigkeit auf den Kellerboden. Der Gestank war kaum zu ertragen. *Auch den wird das Feuer beseitigen*, dachte Ethan.

»Er ist ja praktisch in zwei Hälften zerschnitten«, stellte Nerissa fest. »War das das andere Sim?«

»Ja.«

»Warum hat es das getan?«

»Weiß nicht.«

»Was das Wesen vorhin behauptet hat, dass es zwei verschiedene Arten von Sims gibt – hältst du das für möglich?«

»Schwer zu sagen. Das meiste, was von diesen Wesen kommt, ist bloß Theater.«

»Ich kann alles erklären«, beteuerte Winston Bayliss. »Wenn Sie meine Wunden verbinden und mich mitnehmen.«

»Vielleicht sollten wir das machen«, sagte Nerissa.

Verblüfft blickte Ethan von der Petroleumstrecke auf, die er hinterlassen hatte. »Meinst du das ernst?«

»Vielleicht weiß es was über Cassie und Thomas.«

»Schneiden Sie mir die Beine ab«, forderte Winston Bayliss. »Sie nützen mir nichts mehr. Wenn Sie die Stümpfe abbinden, bleibe ich noch eine Weile am Leben. Aber es muss schnell gehen.«

Blanker Irrsinn, dachte Ethan. Doch Nerissa wandte sich mit einer Stimme an ihn, deren stählern gleichgültiger Klang er kaum wiedererkannte. »Was denkst du, Ethan? Hast du hier unten eine Axt? Oder ein Beil?«

»Verdammt, Ris!«

»Wenn wir es verbrennen, werden wir nie erfahren, warum die anderen es umbringen wollten.«

»Und wie hast du dir das Ganze vorgestellt? Sollen wir ihm die Beine abhacken und es dann in den Kofferraum stopfen?«

»Reinpassen würde es auf jeden Fall.«

Er hoffte, dass sie bloß einen makabren Witz gemacht hatte. Oder vielleicht war ihr der Petroleumdampf zu Kopf gestiegen. Doch nein. Er hatte immer gewusst, wann sie etwas ernst meinte. »Ris … selbst wenn dein Vorschlag nützlich für uns wäre, und ich halte das für ziemlich unwahrscheinlich, würden wir damit ein verrücktes Risiko eingehen. Wir wissen doch nicht mal, was da durch die Augen dieses Wesens schaut. Und egal, was es ist, ich möchte nicht, dass es uns beobachtet.«

»Das ist kein Problem«, sagte das Sim.

Ethan und Nerissa sahen es an. Das verletzte Sim hatte die rechte Hand aus den Fesseln gelöst, weil das Klebeband durch das viele Blut aufgeweicht war. Jetzt hob es die freie Hand an sein leicht schwabbeliges, durch den Blutverlust gespenstisch bleiches Gesicht, krümmte den Daumen zu einem Haken und bohrte ihn nacheinander erst in die eine und dann in die andere Augenhöhle.

Nachdem das Feuer ausgebrochen war, konnten sie nicht mehr bleiben. In der Dunkelheit waren die Flammen sicher kilometerweit zu sehen.

Alles, was Ethan behalten wollte – falsche Ausweispapiere, Bargeld und Reiseschecks, eine neue Pistole –, hatte er in einen Karton gepackt, den er auf die Rückbank von Nerissas Auto schob. Sein eigener Wagen, ein gebraucht gekaufter Chrysler, mit dem er an den Wochenenden immer in den Ort gefahren war, parkte in einem Nebengebäude. Es war klüger, Nerissas Auto zu nehmen, weil es hier unbekannt war und niemand auf die Idee kommen würde, es mit Ethan oder dem Farmhaus in Verbindung zu bringen. Also begoss er auch das Nebengebäude mit Petroleum und warf ein brennendes Streichholz hinein. Die zundertrockenen Holzwände gerieten schnell in Brand, und währenddessen krochen im Farmhaus bereits die Flammen vom Fundament nach oben und züngelten aus den Fenstern im Erdgeschoss. Ethan eilte zum Auto. Er wollte in sicherer Entfernung sein, wenn die Munition auf dem Speicher in die Luft flog.

Er bot an, sich ans Steuer zu setzen, und Nerissa nickte dankbar. Sie schnallte sich auf dem Beifahrersitz fest und ließ den Kopf nach hinten an die Stütze sinken. Schon kurz nach der Abfahrt wurde ihr Atem ruhig und gleichmäßig. Das flackernde Licht des Feuers spiegelte sich in der Windschutzscheibe, im Armaturenbrett und in ihrem Gesicht. Schlafend sah sie genauso aus wie die Frau, die er in Erinnerung hatte, nur eben ... niedergedrückt. Niedergedrückt von einer schier unerträglichen Last.

An der Mündung der Zufahrt in die Landstraße stoppte er. Nerissa öffnete halb die Augen und murmelte etwas Unverständliches, das wohl »Was ist?« heißen sollte.

»Schsch. Schon gut.« Er streckte die Hand durch das Fahrerfenster. »Ich hol bloß schnell die Post raus.«

Ein letztes Mal klappte er den Deckel des ländlichen Briefkastens hoch und zog einen einzigen Brief heraus. Dann schaltete er kurz das Deckenlicht im Auto ein, um einen flüchtigen Blick darauf zu werfen. Der Absender war wahrscheinlich mit Absicht unleserlich gehalten, doch die Handschrift erkannte er sofort. Der Brief stammte von Werner Beck.

Er steckte ihn in die Hemdtasche.

Eine halbe Stunde später befand er sich auf dem Highway und ließ kalte Luft durch das offene Fenster herein, um den Gestank von Petroleum und Schlimmerem zu vertreiben. Bis jetzt hatte er noch nicht darüber nachgedacht, wohin die Reise gehen sollte. Er musste weg, das war alles. Mit der schlafenden Nerissa neben sich reihte er sich ein in den Strom roter Rücklichter nach Westen.

ZWEITER TEIL

DER FISCHER UND DIE SPINNE

»Stellen wir uns einen Fischer vor – sagen wir, einen jungen Mann, der ein kleines Boot besitzt und seine eigenen Netze knüpft.

An einem sonnigen Morgen verlässt der Fischer den Hafen und wirft sein Netz im Meer aus. Am Ende des Tages hat er einen schönen Fang frischer Fische beisammen. Wieder am Ufer legt er einen Teil dieser Fülle für seine Abendmahlzeit beiseite. Er nimmt die Fische aus und brät sie über einem offenen Feuer am Strand. Vielleicht ruft er seine Frau aus dem gemeinsamen Strandhäuschen herbei; vielleicht speist das Paar beim Sonnenuntergang im Freien und schaut sich tief in die Augen; und vielleicht bringt die Frau des Fischers als indirekte Folge dieses glücklichen gemeinsamen Abends neun Monate später ein gesundes Kind zur Welt. Doch all dies spielt keine Rolle für unseren Bericht.

Stellen wir uns nun einen anderen biologischen Organismus vor, und zwar eine Spinne: eine echte Radnetzspinne, von der es weltweit etwa dreitausend Arten und wahrscheinlich die eine oder andere in fast jedem Garten gibt. Wie der Fischer webt die Spinne ein Netz (aus klebriger Seide) und benutzt es, um ein anderes Tier (eine Motte) als Nahrung zu fangen. Wie der Fischer bereitet die Spinne ihr Mahl zum

Verzehr vor: Sie pumpt Verdauungsenzyme in den Körper des gefangenen Insekts, saugt die flüssige Substanz heraus und wirft die leere Hülle weg, so wie der Fischer die ungenießbaren Gräten und Innereien des Fischs weggeworfen hat. Vielleicht sucht sich das Spinnenmännchen nach dem Essen ein Weibchen zur Paarung, befruchtet es und wird anschließend gefressen; vielleicht legt das Weibchen dann einen seidenumwobenen Kokon von Eiern. Doch all dies gehört genauso wenig zu unserem Bericht wie das Liebesglück des Fischers.

Die Geschichte des Fischers ist erfreulich und sogar herzerwärmend. Die Geschichte der Spinne hingegen ist abstoßend. Doch aus objektiver Sicht unterscheiden sich beide nur in Kleinigkeiten. Ein Netz ist ein Netz, egal, ob es aus Nylon gemacht ist oder aus Spinnenseide. Und eine Mahlzeit ist eine Mahlzeit.

Der entscheidende Unterschied liegt im Bereich subjektiver Erfahrung. Der Tag des Fischers ist tief empfunden und lässt sich leicht nachvollziehen. Für den Tag der Spinne gilt das nicht. Es ist äußerst unwahrscheinlich, dass die Ganglienmasse einer Arachnide viel psychologische Komplexität zuwege bringt. Und auch ein Ameisenhaufen – eine funktionierende biologische Einheit, die zu ihrer eigenen Art von Netzauswerfen und Nahrungssammeln in der Lage ist – verfügt weder über ein zentrales Gehirn noch über ein gemeinsames Erleben.

Die reiche innere Erfahrung ist zentral für das menschliche Leben und unsere Wahrnehmung der Welt. Trotzdem kommen die mit Abstand meisten Lebensformen auf der Erde sehr gut ohne diese Erfahrung zurecht. In dieser Hinsicht stellen Menschen eher eine Ausnahme dar. Im Vergleich zu den Spinnen sind die Fischer dieser Welt eindeutig in der Unterzahl.«

Ethan Iverson:
Der Fischer und die Spinne

11

Jordan Landing, Illinois

»Ich bin nicht, was sie gesagt hat«, beschwerte sich Thomas. »Ein Klotz am Bein.«

Cassie saß ihm gegenüber an einem Tisch im Restaurant und war geneigt, ihm zu glauben. Es war nicht das erste Mal, dass Thomas sie überraschte.

»Sieh an, wer ist denn da zum Abendessen wiedergekommen?«, hatte die Kellnerin sie beim Eintreten begrüßt. »Aber wir machen um sieben zu, also bitte nicht trödeln. Um acht fängt nämlich schon das Feuerwerk an. Bestimmt seid ihr geblieben, um euch das Spektakel anzuschauen.«

»Ja«, antwortete Cassie. Vielleicht war es ein Fehler, noch mal in das Lokal zu gehen, in dem sie schon gefrühstückt hatten. Es war nie gut, wenn man wiedererkannt wurde. Doch die meisten Restaurants in Jordan Landing hatten wegen des Waffenstillstandstags bereits geschlossen, und die andere Ausnahme, ein Chinese namens Lucky Paradise, gefiel Thomas nicht. Die Kellnerin brachte Hackbraten für Cassie und einen Hamburger mit Pommes für Thomas. Thomas machte sich gierig über sein Gericht her. Trotz der traumatischen letzten

Tage hatte er anscheinend seinen Appetit wiedergefunden. Fast als hätte ihm Beths Beleidigung neue Kräfte verliehen.

Nachdem sie die Papiere und den Schlüssel aus Werner Becks verborgenem Tresor geholt hatten, verließen sie das Haus durch die Hintertür. Durch einen Garten gelangten sie zu einer anderen Wohnstraße und schlugen dann einen Bogen um das Geschäftsviertel des Orts, um zum Motel zurückzukehren. Wieder in ihrem Zimmer wollte Leo erst einmal die Unterlagen lesen, die ihm sein Vater hinterlassen hatte. Als er fertig war, blickte er auf. »Wir müssen uns überlegen, was als Nächstes passiert.«

»Vielleicht fängst du einfach mal damit an«, schlug Beth vor, »dass du uns erzählst, was in diesen Papieren steht.«

»Na ja … ziemlich viel«, antwortete Leo. »Es ist eine Art Plan.«

»Ein Plan wofür?«

»Diese Anweisungen hat mir mein Vater in den Safe gelegt für den Fall, dass es wieder ein Attentat auf die Union gibt. Im Lauf der letzten Jahre hat er einiges erfahren, was er nicht an die anderen Korrespondenten weitergegeben hat. Über die Hyperkolonie. Genauer gesagt, über Möglichkeiten, sie zu beeinflussen. Oder ihr Schaden zuzufügen.«

»Zum Beispiel?«

Leo schüttelte den Kopf. »Ich muss das Ganze erst noch mal durchlesen. Eins kann ich auf alle Fälle verraten: Wenn wir dem Plan meines Vaters folgen, dann wird es gefährlich. Vielleicht wollt ihr da lieber nicht beteiligt sein.«

Beth verdrehte die Augen. »Mann, Leo – ich *bin* beteiligt.«

»Sicher, da hast du natürlich recht. Aber ich rede hier von einer ganz anderen Form von Verpflichtung. Ich werde da eine Entscheidung von euch brauchen.« Er wandte sich an

Cassie. »Auch von dir und Thomas. Und selbst wenn ihr mitmachen wollt … muss ich zuerst darüber nachdenken, ob das so eine gute Idee ist.«

Beim Anblick der steilen Falte zwischen Leos Augenbrauen beschlich Cassie eine böse Vorahnung. Offensichtlich hatte ihm der Inhalt dieser Papiere eine Heidenangst eingejagt, ihn aber zugleich mit einer Art grimmiger Hoffnung erfüllt.

Abweisend schüttelte Beth den Kopf. »Ich verstehe nicht, wie du überhaupt auf die Idee kommst, die beiden mitzunehmen, wenn das Ganze so verdammt gefährlich ist. Ich meine, nichts für ungut …« Sie warf Cassie einen unaufrichtigen Seitenblick zu. »Aber die zwei sind doch völlig nutzlos. *Sie* hat bis jetzt nichts beigesteuert, außer vielleicht ein paar Mahlzeiten bezahlt, und Thomas ist noch ein Kind – nichts anderes als ein Klotz am Bein.«

Cassie spürte, wie ihr ganz heiß im Gesicht wurde. Als ob Beth irgendwelche unverzichtbaren Beiträge geleistet hätte! Doch bevor sie sich gegen diese Ungerechtigkeit zur Wehr setzen konnte, rief Thomas: »Ich bin kein Klotz am Bein.«

»Nein?« Beths Augen funkelten grausam. »Was hast du denn getan außer schlafen? Schlafen und manchmal ein bisschen flennen?«

»Nichts …«

»Genau.«

»Nichts außer das, was ihr mir gesagt habt. Ich richte mich nach euch, und ich beschwer mich nicht.« Sein Blick fiel auf Beth. »Und *ich* hab nicht versucht, mit jemand zu telefonieren.«

Beth lief rot an und stürzte auf Thomas los. Cassie trat schnell vor ihren Bruder, doch Leo hatte Beth bereits an der Schulter gepackt und hielt sie zurück. »Komm schon. Wir müssen das Ganze in Ruhe besprechen.«

Das hieß nichts anderes, als dass er mit Beth unter vier Augen reden wollte. Also schnappte sich Cassie ihre Jacke und verließ zusammen mit Thomas das Zimmer, um essen zu gehen. Sie versprach, bis spätestens neun Uhr zurück zu sein.

Nachdem die Kellnerin sie hinausgescheucht hatte, »bevor der Spaß losgeht«, nahm Cassie ihren Bruder an der Hand und schlug den Weg zum Park im Stadtzentrum ein.

Der nach dem früheren Präsidenten benannte Henry Wallace Park erstreckte sich vom Rathaus im Norden bis zum Postamt im Süden. Jetzt füllte er sich bereits mit Menschen. Cassie fand die Grünanlage hübsch und schlicht, auch wenn sie im Sommer sicher mehr hermachte, wenn die Gelben Eichen voll belaubt waren und der Duft von gemähtem Gras in der Luft schwebte. Heute Abend erzeugten die skelettartigen Äste der Bäume und der verblassende Sonnenuntergang eine Düsternis, die gar nicht zur ausgelassenen Stimmung des Publikums passte. Aber das war kein Wunder. Seit der Waffenstillstandstag Thanksgiving als nationalen Feiertag Ende November abgelöst hatte, diente er den Menschen dazu, der ersten Winterkälte etwas entgegenzusetzen, selbst hier im relativ milden Süden von Illinois. Rund um das Sportstadion waren bunte Laternen aufgehängt worden. Hinter einer Reihe von Picknicktischen servierten fröhliche Männer in Flanellhemden und bunten Schürzen heiße Würstchen vom Grill. Auf einem Transparent über der Bühne stand: 1914 – WAFFENSTILLSTAND – 2014. Eine Gruppe von Kindern in Schuluniformen schwenkte Lorbeerkranzfahnen.

Seit 2007 hatte Cassie gemischte Gefühle, was den Waffenstillstandstag betraf. Der Geschichtsunterricht an der Highschool schien getränkt von einer unsichtbaren und buchstäblich unaussprechlichen Ironie. Natürlich war das »Jahrhundert des Friedens und Fortschritts« bei Weitem nicht so friedlich verlaufen, wie es allgemein dargestellt wurde. Sicher waren aus dem Großen Krieg und seinen Gräueln positive Schritte wie das Benelux-Abkommen, die Europäische Gemeinschaft für Kohle und Stahl sowie der EWG-Vertrag hervorgegangen – langweilige, aber wertvolle Schutzmechanismen gegen den Krieg. Dazu Generationen europäischer Politiker, deren Namen Cassie für immer mit dem Geruch von Kreidestaub und Bleistiftspänen verbinden würde: Lord Lansdowne, René Pleven, Benedetto Croce. Andererseits hatte es den Russischen Bürgerkrieg gegeben, der fast ein Jahrzehnt lang immer wieder aufflammte, bis es schließlich der Kleinbauernpartei gelang, das angeschlagene, brutale Zarentum von der Macht zu verdrängen. Häufig war es auch zu Grenzstreitigkeiten gekommen, die immer in Schlimmeres umzuschlagen drohten: in Triest, im Saarland, im Sudetenland, verbunden mit ethnischen »Säuberungen«, die selbst nach dem Inkrafttreten der Europäischen Menschenrechtskonvention angedauert hatten. Und als die europäischen Nationen in den Dreißiger- und Vierzigerjahren allmählich zu einer Entspannung fanden, führte ihr zögernder Rückzug aus den Kolonien zu zahllosen Unruhen in Asien und Afrika. Ein Jahrhundert des Friedens war es also nur im Vergleich zu dem, was davor geschehen war.

Und dahinter verbarg sich die bittere Wahrheit über die Hyperkolonie. In ihrem letzten Schuljahr hatte Cassie einen Aufsatz über die gesellschaftlichen und politischen Bewegungen in Europa vor dem Waffenstillstand geschrieben und sich über die Arroganz gewundert, mit der einige berühmte Männer (Hegel, Marx, Treitschke) behauptet hatten, dass der Lauf der Geschichte berechenbar und unaufhaltsam sei wie die Gezeiten. Das zwanzigste Jahrhundert wusste es besser.

So stand es zumindest in den Lehrbüchern. Das zwanzigste Jahrhundert hatte sich von der naiven Vorstellung verabschiedet, dass die Geschichte zwangsläufig einer *Bestimmung* folgte.

Aber genau diese Geschichte war von der Hyperkolonie gekapert worden. Sie dämpfte den Blutdurst der Menschen und lenkte deren Geschicke, um ihre eigenen Ziele zu erreichen. Wie auch immer diese Ziele aussehen mochten.

Das Gedränge im Park wurde Cassie allmählich unangenehm. Sie führte Thomas über die Straße zu dem breiten, abgesenkten Grasstreifen vor dem Postamt, wo sie sich unbeobachtet niederlassen und das Feuerwerk beobachten konnten. Der Himmel war inzwischen dunkel, und die ersten Sterne fingen an zu glitzern. Zitternd lehnte sich Thomas an Cassies Schulter. »Was meinst du?« Cassie merkte, wie ihre Gedanken wanderten. »Vertraust du ihm?«

»Wem?«

»Leo.«

Thomas versank in nachdenkliches Schweigen. Cassie mochte an ihrem Bruder, dass er nur selten eine schnelle Antwort gab. Sie selbst hatte sich durch ihre Impulsivität den Ruf von Intelligenz erworben, während Thomas wegen seiner Verschlossenheit von manchen Leuten für begriffsstutzig gehalten wurde. Eigentlich stimmte weder das eine noch das andere. Und bei ihrem Bruder, so vermutete sie, lief viel im Kopf ab, ohne dass er es aussprach.

»Kommt ganz darauf an«, meinte Thomas schließlich. »Fies ist er jedenfalls nicht. Er denkt voraus. Aber das heißt nicht, dass er immer recht hat. Zum Beispiel … du weißt schon.«

»Zum Beispiel als er auf den Mann geschossen hat«, ergänzte Cassie.

»Mhm.«

»Stimmt. Es tut mir so leid, dass du das mit ansehen musstest.«

»Warum sollte ich es nicht mit ansehen?«

Weil einen die Wahrheit nicht immer stärker macht. »Weil du erst zwölf bist, um Himmels willen.«

»Trotzdem muss ich mich dran gewöhnen.«

»Woran musst du dich gewöhnen? Dass Leute umgebracht werden? Was für eine schreckliche Vorstellung!«

Thomas musterte sie mit scharfem Blick. »Glaubst du, das wird nicht mehr passieren? Ich weiß, Leo hat den Typen für ein Sim gehalten. Er wollte keinen Menschen umbringen. Aber was ist mit dem Parkwächter? Beth hätte ihm den Schädel einschlagen können. Vielleicht hatte sie das sogar vor. Er hätte sterben können. Vielleicht *ist* er auch gestorben – das wissen wir ja nicht.«

»Wir dürfen uns einfach nicht erwischen lassen. Wenn das passiert, sind wir verloren, und niemand hat was davon.«

»Ich hab nicht gesagt, dass es falsch war. Ich sage nur, dass es wieder passieren kann. Oder was Ähnliches. Wahrscheinlich *wird* es wieder passieren, wenn wir tun, was Leo von uns verlangt.«

»Na ja …« Sie konnte es nicht abstreiten. »Vielleicht.«

»Daheim in Buffalo, als ich bloß am Morgen aufstehen und zur Schule gehen musste, hat es vielleicht eine Rolle gespielt, dass ich erst zwölf bin. Aber den Sims ist das egal. Und der Hyperkolonie auch. Ich möchte nicht beschützt werden, Cassie. Ich möchte kämpfen.«

Thomas war ein pummeliges Kind und ungefähr so kriegerisch wie ein Quäker. Bei Streitigkeiten zog er eher den Schwanz ein. Doch jetzt lag ein entschlossener, fast stählerner Ausdruck in seinem Gesicht. Er wollte wirklich kämpfen.

»Ich glaube, so war es damals, als …«

Das Feuerwerk schnitt ihm jäh das Wort ab. Aus dem Park stieg zischend eine Rakete auf und zerplatzte in einer Kaskade silberner Sterne. Hart wie eine Faust hallte das Donnern von den Natursteinmauern des Postamts wider.

»Als die Leute in den Krieg gezogen sind«, fuhr er fort. »In den Großen Krieg, meine ich.«

In den Lehrbüchern hatte Cassie Bilder von Männern in brauner Uniform gesehen, die in Reih und Glied standen und Gewehre über der Schulter trugen: das amerikanische Expeditionskorps auf dem Weg, um den bedrängten Briten und Franzosen zu helfen. Und Aufnahmen von den schlammigen Schützengräben in Ypern, bei Passendale und an der Marne, wo zahllose junge Männer von anderen jungen Männern abgeschlachtet wurden.

»Leo ist nicht perfekt«, schloss Thomas. »Aber wer ist das schon? Sein Vater weiß viel. Und sein Vater vertraut ihm. Also ja. Ich denke, ich vertraue ihm. Und du? Vertraust du ihm auch?«

In welcher Hinsicht? Vertraute sie darauf, dass er Entscheidungen treffen und sie in der nötigen Weise zu Ende führen konnte? Dass er auch vor Gewalt nicht zurückschreckte, wenn es unvermeidlich war? Dass er bereit war, in den Krieg zu ziehen?

Cassie nickte. »Ja.« Sie wunderte sich über sich selbst.

Was blieb ihr denn letztlich anderes übrig? Noch vor wenigen Tagen hätte sie sich vielleicht vorstellen können, die Bürde und Verheißung der Anonymität auf sich zu nehmen und sich mit einem bescheidenen Leben im Verborgenen abzufinden.

Doch jetzt war sie eine Kriminelle, die Beihilfe zu einem Mord geleistet hatte. Die Behörden wussten mindestens von einem Opfer. Falls auch der Parkwächter gestorben war, war er das zweite. Und wenn er überlebt hatte, hatte er der Polizei mit größter Wahrscheinlichkeit eine Beschreibung von Leo, Cassie und Thomas gegeben. Örtliche und überregionale Polizeistellen tauschten routinemäßig per Funk und Fax Berichte aus. Das hieß, dass inzwischen auch die Hyperkolonie über diese Beschreibungen verfügte und dass nicht nur die offiziellen Behörden nach ihnen Ausschau hielten. Anonymität war keine Option mehr.

Unter dem lauten Jubel des Publikums im Park kam das Feuerwerk allmählich zu seinem Höhepunkt. Thomas schaute mit ernstem Gesicht zu. *Der Raketen roter Schein*, dachte Cassie. Raketen, eine Kriegstechnologie, die zur Feier des Friedens herangezogen wurde. Einige Korrespondenten hatten die Auffassung vertreten, dass man größere und stärkere Raketen benutzen konnte, um wissenschaftliche Instrumente oder gar Menschen in eine Umlaufbahn um die Erde zu schicken. Oder noch weiter, wie in den Science-Fiction-Romanen, die sie gelegentlich gerne las. Doch der Bau von Raketen, die größer waren als Spielzeug, war in den Abrüstungsvereinbarungen nach der Unterzeichnung des Waffenstillstands verboten worden. Auch das war vielleicht das Werk der Hyperkolonie, die ihr Territorium über der Atmosphäre schützen wollte.

Schwere Schwefelschwaden zogen durch die Luft. Cassie hatte die Zeit nicht aus den Augen verloren. Als die Kapelle *God Bless America* anstimmte, stand sie auf und strich sich Grashalme von ihrer Jeans. Zusammen mit Thomas verließ sie den Park und näherte sich dem Motel von der baumbestandenen Nordseite der Straße. Kurz darauf war sie froh, diese Vorsichtsmaßnahme ergriffen zu haben. Ein wirbelnder blauer Schein, der schon aus einem Block Entfernung sichtbar war, entpuppte sich als die Warnleuchten von zwei Streifenwagen, die vor dem Motelflügel abgestellt waren, in dem sie Beth und Leo vor zwei Stunden zurückgelassen hatten.

Auf dem Rückweg hatte sich Thomas stur geweigert, ihre Hand zu halten, doch jetzt griff er danach, und Cassie zog ihn schnell in den Schatten der Bäume, um nicht gesehen zu werden. Die Anwesenheit der Polizei konnte nur bedeuten, dass man ihre Beschreibungen bereits durchgegeben hatte und dass jemand – die Kellnerin im Lokal vielleicht oder der Angestellte im Motel – sie erkannt und die Behörden verständigt hatte. Und wenn Leo und Beth schon verhaftet waren …

Eine Stimme, die ihren Namen rief, riss sie jäh aus ihren Gedanken. Sie wirbelte herum und bemerkte Leo und Beth, die ebenfalls unter den Eichen Schutz gesucht hatten.

»Wir haben gesehen, wie die Cops auf das Gelände fuhren«, berichtete Leo. »Wir sind durch die Brandschutztür abgehauen. Ich habe alles, was mir mein Vater hinterlassen hat. Aber unser Gepäck ist noch im Zimmer. Auch ein Teil unserer Ausweise. Und das ganze Geld, bis auf das, was du dabeihast.«

Cassie spürte ein schwereloses Ziehen im Magen. So fühlte sich vermutlich ein in die Enge getriebenes Tier. »Und was machen wir jetzt?«

»Als Erstes«, sagte Leo, »müssen wir wohl ein Auto stehlen.«

12

Unterwegs

Inmitten unseres Lebens – nein, das stimmte nicht.

Als unseres Lebens Mitte ich erklommen (genau), *befand ich mich in einem Wald* (nicht bloß in einem Wald, was war es gleich wieder?) … *in einem dunklen Wald, da ich vom rechten Wege abgekommen.*

Nerissa erwachte in einem unvertrauten Bett in einem kleinen Zimmer mit abgedunkeltem Fenster. Zum ersten Mal seit sieben Jahren lag Ethan schlafend neben ihr, und das war wahrscheinlich auch der Grund, weshalb ihr die Anfangszeilen der *Göttlichen Komödie* eingefallen waren, als das an den Rändern der Jalousien vorbeiflimmernde Tageslicht sie unerbittlich aus dem Schlaf holte. In diesem Dämmerzustand hatte sie Lyrik zitiert und in Erinnerungen aus glücklicheren Zeiten geschwelgt. *O Gott,* dachte sie. *Gestern.* Wie ein Gewicht spürte sie, was sie gesehen und getan hatten.

Vor der Ankunft hier in diesem unscheinbaren Motel etwas abseits des Highways war Ethan schon so erschöpft, dass er kaum noch richtig fahren konnte. Danach schaffte er es nur noch mit letzter Kraft, sich bis auf die Unterwäsche auszuziehen, ehe er ins Bett fiel und sofort einschlief. Nerissa war nicht weniger erledigt, doch sie hatte sich zu einer heißen Dusche gezwungen, bevor sie ihm ins Bett folgte, weil sie sich zuerst den echten oder eingebildeten Gestank nach Petroleum und Ruß, nach Blut und grünem Laub abwaschen musste.

Und der heutige Tag hatte vielleicht nichts Besseres zu bieten. *Du musst der Wahrheit ins Auge schauen*, mahnte sie sich. Gestern hatte sich das Simulakrum geblendet. Danach hatte sie ihm beide Beine abgeschnitten und den noch lebenden Rest in den Kofferraum geworfen. Heute mussten sie es befragen. Oder begraben. Oder beides. Sehr wahrscheinlich beides.

Fast noch unerträglicher als das Grauen der gestrigen Ereignisse war Ethans Blick, der sie nicht nur einmal gestreift hatte. Er brachte eine Ungläubigkeit zum Ausdruck, die an Ekel grenzte. Als hätte sie mit ihren Handlungen alle Grenzen des Anstands überschritten. Ob das stimmte, wusste sie nicht, denn sie hatte aufgehört, solche Grenzen zu ziehen.

Das dringendste Problem an diesem Morgen war, einen geeigneten Platz für die Befragung von Winston Bayliss zu finden. In dem gemieteten Zimmer hier ging es nicht. Also bezahlten sie die Motelrechnung und fuhren schweigsam weiter Richtung Westen, bis sie auf Ethans Karte ein Naturschutzgebiet entdeckten und den Highway verließen. Es war ein kalter Tag, und der Wind stieß stumpfgraue Wolken vom westlichen zum östlichen Horizont. Sie parkten am Straßenrand vor einem Hain mit Zuckerahornen und Gelbbirken. Nerissa öffnete den Kofferraum des Wagens, und Ethan half ihr, Winston Bayliss in den Waldschatten zu tragen.

Sie hatte die Beinstümpfe des Sims abgeschnürt und einen notdürftigen Verband über die verkrusteten, leeren Augenhöhlen gewickelt. Auch die Schusswunden hatte sie mit Streifen eines alten Flanellhemds von Ethan und Klebeband abgedeckt. Zuletzt hatte sie die verbliebene untere Körperhälfte in einen Müllbeutel gesteckt, damit die auslaufenden Flüssigkeiten nicht alles besudelten. Jetzt fasste Nerissa das Wesen an den Armen, und Ethan hielt den plastikumhüllten Rumpf. Gemeinsam stapften sie durch brüchiges Laub und über umgestürzte, von gelben Pilzen überzogene Baumstämme, bis sie in sicherer Entfernung von der Straße waren. Schließlich lehnten sie Winston Bayliss mehr oder weniger aufrecht an einen moosbewachsenen Granitstein.

Natürlich lag das Sim im Sterben. Erstaunlich war eigentlich nur, dass es überhaupt noch lebte. Es verströmte einen obszönen Geruch, gegen den Nerissa mit ihrer heißen Dusche bereits in der vergangenen Nacht mit aller Kraft und trotzdem vergeblich angekämpft hatte. Ein Gestank, so schwer, dass Nerissa ihn wie ein zentnerschweres Gewicht empfand. Sie achtete genau darauf, immer gegen die Windrichtung zu stehen.

Aus dem Mund des Simulakrums drang nur noch ein feuchtes, gurgelndes Krächzen. Zuerst bat es um Wasser. Nerissa stellte eine volle Plastikflasche in seine Reichweite und beobachtete, wie das Wesen durch die raschelnden Blätter danach tastete. Es wirkte seltsam natürlich in dieser Umgebung, wie sie fand, als wäre es pilzbleich und in schlierigen Herbstfarben aus dem Waldboden herausgewachsen.

»Am besten, wir lassen es einfach reden«, schlug Ethan vor. »Es soll sagen, was es sagen möchte.« Mehr war sowieso nicht zu erwarten. Es würde nur sagen, was sie hören sollten. Nicht mehr und nicht weniger. Jeder Versuch, Zwang auszuüben, musste scheitern.

Das Simulakrum wiederholte einiges, was es schon gestern vorgebracht hatte: dass die Hyperkolonie zu einem riesigen ökologischen System gehörte, das sich über Lichtjahre durch den Weltraum erstreckte. Dabei wandte es sich meistens an Ethan, der mit ausdrucksloser Miene zuhörte. Erneut behauptete es, Teil eines parasitären Netzwerks zu sein, das die Hyperkolonie befallen hatte, um sich ihres Fortpflanzungsapparats zu bemächtigen.

Fortpflanzung, dachte Nerissa. Ethan hatte sie einmal als Schwert der Evolution bezeichnet. Die Evolution wurde nicht von Intelligenz bestimmt, sondern allein von der mechanisch-präzisen Logik selektiver Reproduktion. Sie stellte sich das Werk der Evolution vor wie eine blinde, sprachlose Form der Poesie. Wie hatte es Charles Darwin ausgedrückt? *Es ist wahrlich eine erhabene Sicht des Lebens, dass aus so einfachem Anfange sich eine endlose Reihe der schönsten und wundervollsten Formen entwickelt hat und noch immer entwickelt.*

Erhabenheit oder Grauen. Dass sich das gesamte Spektrum fremdartiger biologischer Systeme ohne Lenkung entfalten konnte, war eine geradezu verstörende Vorstellung. »Die Natur weiß, ohne zu wissen«, hatte Ethan in einem seiner Bücher geschrieben und in seinen Schriften für die Union die Hyperkolonie mit einem Ameisenhaufen oder einem Termitenbau verglichen. Der Ameisenhaufen wusste, was nötig war, um sich zu formen, um Arbeiter hervorzubringen und die Königin zu ernähren. Doch in Wirklichkeit wusste der Ameisenhaufen gar nichts. Was nach Wissen aussah, war in Wirklichkeit nur eine Reihe von Verfahrensregeln, eine durch die komplexe Umwelt entstandene chemische Schablone. So auch die Hyperkolonie. Dem Anschein nach wusste sie viel mehr als Menschen und war sogar in der Lage, diese zu manipulieren. Doch dieses Wissen glich dem eines Ameisenhaufens. Sie nutzte die Sprache aus, ohne sie zu begreifen. Sie sonderte Wörter ab, so wie eine Arbeitsbiene Gelée royale.

In seinem Laubbett sonderte das sterbende Sim Wörter in die Herbstluft ab.

Nach menschlichen Maßstäben ist der Lebenszyklus der Hyperkolonie unglaublich lang. Dennoch ist er endlich. Er beginnt und endet mit einem kurzen, intensiven Fortpflanzungsakt, in dem ihre Nachkommenschaft bis zu fernen Sternen ausschwärmt. Auf der Erde hat dieser Akt vor fast zehn Jahren eingesetzt. Seit zehn Jahren benutzt die Hyperkolonie geborgte menschliche Technologie und unwissentliche menschliche Mitarbeit, um hier ihre Fortpflanzungsbasis zu errichten. Dies ist der Höhepunkt ihrer Reproduktionsstrategie. Jede Bedrohung des von ihr erbauten Fortpflanzungsmechanismus stellte eine Bedrohung der gesamten Hyperkolonie dar. Die Korrespondenzunion geriet vor sieben Jahren ins Visier der Hyperkolonie, weil diese ihre Fortpflanzungsbasis vor einer frühzeitigen Entdeckung schützen wollte.

Eine ziemlich abstrakte Umschreibung für massenhafte Attentate, wie Nerissa fand. Natürlich hatte das Sim längst aufgehört, an ihr Mitgefühl zu appellieren. Außerdem behauptete es, nicht zu den Schuldigen zu gehören.

Aus dem wolkenverhangenen Himmel rieselte lautlos der Schnee und wehte durch die unbelaubten Baumäste. Auf dem Gesicht des Sims sammelten sich einzelne kleine Flocken, die zu Tropfen schmolzen und sich vom getrockneten Blut rosa färbten. Die Stimme des Wesens klang heiser. Es legte eine Pause ein, um erneut aus der Flasche zu trinken. Als es weitersprach, musste sich Nerissa weit vorbeugen, um es zu verstehen.

Die Hyperkolonie entwickelte sich, um im Vakuum des Weltraums zu überleben, wie viele andere Organismen auch. Sie war bereits von einem Parasiten befallen, als sie in diesem Sonnensystem ankam, oder sie wurde wenig später befallen. Der Parasit blieb über viele Jahrtausende hinweg untätig und unentdeckt. Erst als der Fortpflanzungsprozess begann, wurde er aktiviert. Der Parasit funktioniert wie ein Virus: Er kann sich nur reproduzieren, wenn er sich den Fortpflanzungsmechanismus eines anderen Organismus aneignet. Seit über einem Jahr beutet er die Ressourcen der Hyperkolonie für seine eigenen Zwecke aus. Der Mechanismus, mit dem sich die Hyperkolonie reproduziert, wurde gekapert. Die Anlage, mit der die Samenorganismen der Hyperkolonie zu nahe gelegenen Sternen befördert werden sollten, hat etwas völlig anderes getan: Sie hat neue Virenpakete hergestellt und sie der ungeschützten Nachkommenschaft der Hyperkolonie hinterhergesandt, um sie zu befallen.

In einem von Ethans Büchern hatte Nerissa eine ähnliche Geschichte gelesen, die sie entsetzlich fand. Rossameisen in Thailand waren anfällig gegen eine Infektion durch einen bestimmten Pilz. Die Pilzfäden keimten und wuchsen im Körper der Ameise, und wenn sie in ihr Gehirn vordrangen, fing sie an, wie besessen hinauf bis zum höchsten Blatt am höchsten Zweig zu klettern, das sie erreichen konnte. Dort starb sie und schuf damit für das Pilzgewächs, das aus dem Körper der toten Ameise spross, die bestmögliche Startrampe für die großflächige Verteilung der Sporen. Und wenn sich einige dieser Sporen wieder im Körper einer Ameise einnisteten, musste diese in ihrem tödlichen Wahn hinaufklettern bis zum höchsten Blatt am höchsten Zweig, den sie erreichen konnte …

Aber die Hyperkolonie ist nicht tot und auch nicht völlig wehrlos. Ihre letzte Strategie ist, den von ihr geschaffenen Fortpflanzungsmechanismus zu zerstören, um die Ausbreitung des Parasiten zu unterbinden und so ihre potenzielle Nachkommenschaft zu schützen. Außerdem will sie die Reste der Korrespondenzunion durch Manipulation dazu bewegen, an diesem Vorhaben mitzuwirken.

Nun, warum auch nicht? Aus menschlicher Sicht war der »Fortpflanzungsmechanismus« – falls er überhaupt existierte – eigentlich nicht viel mehr als ein schwächender Tumor. Er *verdiente* es, zerstört zu werden, egal, welche Seite dieses himmlischen Überlebenskampfs er unterstützte.

Das sterbende Sim erbebte. Das Zittern steigerte sich zu heftigem Zucken. Die Wasserflasche glitt ihm aus der rechten Hand, und die linke krallte sich leer in die Luft. Es hustete rot-beigen Schleim in das Laub und den frisch gefallenen Schnee.

»Entschuldigung«, krächzte es.

Entschuldigung. Wenn Sie Fragen haben, sollten Sie sie stellen, solange noch Zeit ist.

Eigentlich hatte Nerissa nur eine Frage: Gehörte Cassie zu den Menschen, die angeblich von der Hyperkolonie für ihre Zwecke ausgenutzt wurden? Doch in diesem Augenblick trat Ethan vor und ging auf ein Knie, um das Sim anzusprechen. Er sah aus, als wollte er es anbeten. Oder ihm einen Heiratsantrag machen. »Der Mechanismus, der die Funksignale manipuliert – kontrolliert ihn die Hyperkolonie oder kontrollieren Sie ihn?« Mit *Sie* meinte er den Parasiten, den Virus.

»Ich«, flüsterte das Sim.

Bloß dass es kein Ich gibt, rief sich Nerissa ins Gedächtnis. *Kein Bewusstsein. Nur einen Prozess.*

»Die Hyperkolonie kann dieses Werkzeug also nicht mehr benutzen. Aber beide Entitäten sind in der Lage, Simulakra herzustellen und zu steuern?«

»Ja.«

»Wie werden sie geschaffen? Sie zum Beispiel.«

»Ich wurde von einer menschlichen Mutter geboren.«

Nein. Nerissa wurde schlagartig übel. *Das kann nicht sein.*

»Und können Sie uns sagen, wo sich dieser Fortpflanzungsmechanismus befindet?«

»Nein.«

»Weil Sie ihn schützen möchten?«

»Ja.«

»Aber es kommt Ihnen darauf an, dass auch wir ihn schützen?«

»Ja.«

»Warum sollten wir das tun?«

»Seine Zerstörung wäre eine Katastrophe für die Menschheit. Nicht nur wegen des vorübergehenden Zusammenbruchs der weltweiten Kommunikation, obwohl das allein schon schwer genug wiegt. Die Schranken, die dem menschlichen Verhalten derzeit auferlegt sind, würden mit einem Schlag wegfallen. Konflikte könnten ungehindert eskalieren und außer Kontrolle geraten. Sie wissen selbst, welche Verheerungen Kriege bis vor hundert Jahren angerichtet haben. Überlegen Sie nur, was es bedeuten würde, wenn so etwas heute wieder passiert.«

»Das überzeugt mich nicht«, entgegnete Ethan.

»Ich erwarte nicht, dass ich Sie überzeugen kann. Aber ich hoffe, Sie überlegen zumindest, was auf dem Spiel steht. Ganz konkret gesprochen, ist es sehr wahrscheinlich, dass ohne

Ihr Eingreifen Menschen sterben werden, die Ihnen wichtig sind.«

»Welche Menschen?«

Das augenlose Simulakrum drehte den Kopf in Nerissas Richtung. »Cassie. Und Thomas. Und viele andere.«

»Heißt das, Cassie und Thomas machen gerade etwas Gefährliches? Oder heißt es, dass Sie sie töten werden, wenn Sie die Gelegenheit dazu haben?«

»Beides.«

»Warum zum Teufel sollten wir Ihnen dann helfen?«

»Ich bitte Sie nicht um Hilfe. Wenn Sie sich dafür entscheiden, Ihre Zivilisation im Allgemeinen und Ihre Liebsten im Besonderen zu schützen, dient das auch meinen Interessen.«

»Dann sagen Sie uns, wo Thomas und Cassie sind. Können Sie das?«

»Ich weiß nicht, wo sie sind. Aber ich vermute, sie suchen nach Werner Beck.«

Jetzt konnte Nerissa nicht mehr an sich halten. »Wie kommen Sie darauf? Was wissen Sie über Cassie und Thomas, und was wissen Sie über Werner Beck?«

Doch das Sim weigerte sich, diese Frage zu beantworten.

Wenig später sahen sie zu, wie es starb.

Zuerst versagten die menschlichen Organe. Nerissa vermutete, dass das Herz, erschöpft von Fieber und Entzündung, einfach zu schlagen aufhörte. Zum letzten Mal atmete es eine stinkende, feuchte Wolke aus, die der Wind davontrug. Dann verloren die inneren Teile jeden Zusammenhalt. Der Körper erschlaffte, und aus den vielen Wunden sickerte grüne Flüssigkeit.

Gemeinsam mit Ethan bedeckte Nerissa das tote Simulakrum mit einer Schicht Laub – nicht um das Wesen zu schützen oder gar um ihm Respekt zu bezeugen, sondern weil sie einem zufällig vorbeikommenden Wanderer oder Kind eine unangenehme und vielleicht sogar gefährliche Entdeckung ersparen wollten.

Zweifellos würden schon bald Tiere an den Überresten nagen und die Knochen zerstreuen. Und für das, was am Ende des Winters noch davon übrig war, würden sich nur mehr Ameisen und Käfer interessieren. Vielleicht trug die Leiche des Sims dann zur Ernährung einiger Insektenkolonien tief im Boden des Kiefernwaldes bei. Eine Ironie, die Nerissa überhaupt nicht amüsant fand. *Wahrlich eine erhabene Sicht des Lebens.*

Nein, dachte sie, *erhaben würde ich das nicht nennen.*

»Wir müssen also tatsächlich zu Werner Beck«, sagte sie, als sie wieder im Auto saßen. Wie durch einen Vorhang schimmerte die Straße durch den dichter gewordenen Schneefall. »Ich nehme an, du weißt, wo er zu finden ist?«

»In dem Brief hier steht, dass er in Missouri lebt.«

Er meinte den Brief, den er bei ihrer Flucht noch rasch aus dem Postkasten geholt hatte. »Hat er sonst irgendwas Wichtiges geschrieben?«

»Du kannst den Brief lesen, sobald wir einen Platz zum Anhalten finden.«

»Dieses ganze Zeug, was das Sim erzählt hat. Glaubst du was davon?«

Ethan zuckte die Achseln. »Das eine oder andere könnte wahr sein. Zumindest klang es plausibel.«

Nerissa fiel ein Zitat ein, das von dem griechischen Philosophen Xenophanes stammte. Früher hatte Ethan immer bewundert, wie sie Gedicht- und Prosafragmente aus ihrem weitläufigen Gedächtnis kramte. Doch eigentlich war das keine

Gabe, sondern eine Laune der Natur. Ihre Form eines schäbigen, kleinen Zaubertricks. *Denn sogar wenn es einem Menschen in außerordentlichem Maße gelungen wäre, Vollkommenes zu sagen, würde er sich dessen trotzdem nicht bewusst sein: bei allen Dingen gibt es nur ein gewobenes Netz von Annahmen.*

»Ja«, sagte Ethan. »So kann man es ungefähr ausdrücken.«

13

Kansas, auf dem Land

Cassie wunderte sich nicht, wie leicht es Leo fiel, einen Wagen zu stehlen. Autos aufzubrechen war eine Fähigkeit, die er von seinen Freunden in Buffalo gelernt hatte – nicht von seinen Freunden in der Union, sondern von den Musikern und Kleinkriminellen in der East Side, mit denen er an den Wochenenden herumzog. Diese Gesellschaft war einer der Gründe, weshalb Cassie ihn nie ganz ernst genommen hatte und Beths Faszination ihr so oberflächlich vorgekommen war. Jetzt, da Cassie selbst eine Kriminelle war, wusste sie diese Fähigkeiten mehr zu schätzen.

Der Waffenstillstandstag hatte viele Menschen aus benachbarten Farmen und der näheren Umgebung nach Jordan Landing gelockt. Die Autos, mit denen sie gekommen waren, präsentierten eine Fülle von Möglichkeiten. Leo wartete bis nach Mitternacht, dann suchte er sich einen jüngeren weißen Ford Equipoise aus, ein preiswertes Modell, das in dieser Gegend weit verbreitet war. Der Wagen parkte auf dem Grundstück eines Motels, das einen knappen Kilometer abseits der Hauptstraße lag. Da der Besitzer sicher schon schlief und den Diebstahl wahrscheinlich erst am Morgen anzeigen würde, konnten sie sich einen komfortablen Vorsprung verschaffen. Er brach die Radioantenne ab und benutzte sie, um die Fahrertür aufzuhebeln. Die Zündung in Gang zu bringen war ein größeres Problem. Zum Glück fand sich im Handschuhfach ein Werkzeugset mit Reifendruckmesser, Nadelzange und einem Universalschraubenzieher, mit denen es Leo irgendwie schaffte, den Motor anzulassen. Niemand beobachtete sie. *Gott sei Dank gibt es noch solche verschlafenen kleinen Nester auf dem Land,* dachte Cassie, *mit ihren ehrlichen, vertrauensvollen Bewohnern.*

Im Morgengrauen waren sie schon gut dreihundert Kilometer weiter westlich und bloß noch eine Stunde von ihrem Ziel entfernt: einer Autowerkstatt an einem flachen Highway-Abschnitt in Kansas zwischen Salina und Great Bend.

REPARATUR- UND SERVICEWERKSTATT DOWD stand auf dem Schild. Das Schild war nicht besonders ansehnlich: eine weiß gestrichene Sperrholzplatte, darauf in orangefarbener Schablonenschrift der Text. Es war an eine umfunktionierte Scheune geschraubt. Diese stand als das von Horizont zu Horizont einzige sichtbare Gebäude unweit der Stelle, wo vom Federal Highway 156 eine Abfahrt zu einem Ort namens Galatea führte. Der unbefestigte Hof, in dem sie parkten, war übersät mit verrosteten Motorteilen und der Karosserie eines Fahrzeugs, in dem Leo einen Packard von 1972 erkannte. Das Einzige, was sich bewegte, waren die Metallstreifen eines Windspiels, das von einer Halterung an der Aluminiumverkleidung des Gebäudes baumelte.

Als Leo auf die Hupe drückte, tauchte aus der Dunkelheit hinter der Wellblechtür zur Werkstatt ein Mann auf, der sich an einem schmierigen Lumpen die Hände abwischte und in die Sonne blinzelte. Er war groß, mager bis auf einen leichten Bauchansatz unter dem Overall und irgendwo um die dreißig. Mit seinem Schnauzer und dem nach hinten frisierten, über den Kragen hängenden braunen Haar sah er aus, als wäre er einem Bild vom amerikanischen Bürgerkrieg entstiegen.

Cassie stieg aus dem Auto, Thomas unmittelbar nach ihr. Sie musste dringend pinkeln, auch wenn sie sich lieber nicht ausmalen wollte, was in so einem Etablissement als Toilette durchging.

Wenige vorsichtige Schritte vor dem Wagen blieb der Mann stehen. »Was kann ich für euch tun?«

Leo fragte: »Sind Sie Eugene Dowd?«

Der Mann hörte auf, sich die Hände abzuwischen, und verstaute den Lappen in der Hintertasche seines Overalls. »Ich schätze, ja. Und wer sind Sie?«

»Ich heiße Leo Beck. Ich glaube, Sie kennen meinen Vater.«

Dowd blieb völlig ungerührt. Eine Bö fegte in den Hof, und Cassie hörte das Klirren des Windspiels – wie Musik, die vergessen hatte, dass sie Musik war – und das Quietschen der losen Motorhaube an der Packard-Karosserie. Schließlich fragte Dowd: »Ist das euer Auto?«

»Nicht unbedingt.«

»Mhm. Hatte ich schon befürchtet. Ich hab was gegen gestohlene Fahrzeuge auf meinem Grundstück. Fahren Sie es rein, damit es nicht gleich jeder sieht. Können Sie beweisen, dass Sie Leo Beck sind?«

»Ich glaube schon.«

»Na schön, darüber reden wir gleich. Jetzt kommt erst mal alle rein.«

Cassie hielt es nicht mehr aus. »Gibt es hier eine Toilette?«

Eugene Dowd beäugte sie. »Gleich um die Ecke. Ist kein Luxusklo.«

Wundert mich nicht, dachte Cassie.

Während der Nachtfahrt hatte Leo Eugene Dowd zum ersten Mal erwähnt. Cassie erkundigte sich, ob der Name in den Unterlagen aus dem versteckten Tresor von Leos Vater aufgetaucht war.

Leo nickte. »Der Name, sonst nicht viel.« Er hatte Anweisung, den Schlüssel zu Eugene Dowds Werkstatt in Kansas zu bringen.

Ein für die Korrespondenzunion typisches Manöver. Tante Ris hatte diese Art von Heimlichtuerei einmal als Paranoia beschrieben: »Vielleicht eine notwendige Paranoia, trotzdem bleibt es eine Art Geisteskrankheit.« Und bei Leos Vater war die Paranoia noch systematischer ausgeprägt als bei den meisten anderen Korrespondenten.

»Und was steht sonst noch in diesen Papieren?«

»Viele statistische Daten, die er zusammengetragen hat, dazu Fotokopien von Artikeln aus Zeitungen und Magazinen.«

»Was zum Beispiel?«

»Die verschiedensten Sachen. Daten über den Bergbau in China, die Schifffahrt im Pazifik. Import und Export von Mineralien und seltenen Erden. Zeitungsausschnitte aus den letzten zwanzig Jahren, einige davon über ungeklärte Todesfälle. Technische Artikel. Notizen zu seinen Studien über die Biologie der Simulakra. Landkarten.«

»Was für Landkarten?«

»Von Argentinien, Chile, Bolivien und Peru.«

»Warum? Was ist denn dort?«

Leo zuckte die Achseln. »Ich glaube, das ist alles für den Fall, dass ihm was zustößt. Vielleicht könnten andere aus der Union mehr damit anfangen.«

Beth fand irgendwie den Mut oder die Taktlosigkeit zu fragen: »Glaubst du, dass dein Vater tot ist?«

Leo hielt den Blick auf der Straße. Nacht über dem Highway, unendliche Prärie, nichts zu sehen bis auf gelegentlich vorbeiziehende Scheinwerfer. »Auf jeden Fall hat er das Haus bestimmt nicht ohne Grund so überstürzt verlassen. Ob er noch lebt – keine Ahnung. Ich hoffe es natürlich.«

»Vielleicht weiß Eugene Dowd Genaueres«, sagte Beth.

»Als Erstes muss ich checken, ob du echt bist.« Vielleicht war es kein schlechtes Zeichen, dass Dowd Leo auf einmal duzte. »Zugegeben, du hast eine gewisse Ähnlichkeit mit deinem alten Herrn. Aber das beweist überhaupt nichts. Möglicherweise bist du nicht mal ein Mensch.«

Das Innere der Werkstatt bestand aus einem Betonboden, auf dem verschiedene Arten Schmutz komplexe Muster bildeten, unter einer höhlenartigen Dachwölbung. Im ersten Stock war eine Art Galerie an einer Wand in mehrere Räume unterteilt. Vielleicht wohnte Dowd dort oben, auch wenn Cassie die Vorstellung deprimierend fand. Der Arbeitsbereich war mit großen und kleinen Geräten ausgestattet, von denen sie fast nichts identifizieren konnte. Dazu gab es eine roh gezimmerte Werkbank, auf der ein teilweise zerlegter Automotor stand. Von den Deckenbalken hingen Ketten und Flaschenzüge herab. Die Luft roch nach Benzin und der chemischen Toilette hinten, mit der sie und Beth schon Bekanntschaft geschlossen hatten.

Sie saß neben Leo auf einem zerschlissenen Ledersofa, das anscheinend von einer Müllkippe stammte. Beth und

Thomas quetschten sich neben sie. Eugene Dowd zog einen Stuhl heran und setzte sich rittlings darauf.

Dowd war bestimmt kein Unionsmitglied, zumindest war er anders als jeder Korrespondent, dem sie bisher begegnet war. Ein Akademiker war er jedenfalls nicht. Er klang genauso, wie er aussah: ein knurriger Automechaniker vom Land, der alles andere als begeistert war von den vier jungen Leuten aus der Stadt, die da ungebeten auf seiner Schwelle aufgetaucht waren.

»Wie soll ich denn beweisen, dass ich ein Mensch bin?«

»Wir könnten dir ein Messer reinstecken und schauen, was für eine Farbe rauskommt. Normalerweise funktioniert das.«

»Sehr witzig.«

»Oder du zeigst mir einen bestimmten Schlüssel.«

Leo stand auf und kramte in seiner Tasche herum. Es dauerte so lange, dass Cassie sich schon Sorgen machte, er könnte ihn verloren haben. Dann zog er den Schlüssel zum Tresor seines Vater heraus.

»Okay, lass mich mal sehen.«

Sichtlich widerstrebend legte Leo den Schlüssel in Dowds offene Handfläche. Die Falten darin waren schwarz von Motoröl. Sein Daumen war schwielig, die Nägel fast schon krankhaft kurz geschnitten.

»Alles klar?«, fragte Leo.

»Noch lange nicht. Gleich werden wir rausfinden, ob er sperrt, was er sperren soll. Kommt mit.«

Dowd führte sie in den hinteren Teil der Werkstatt. Dort zog er eine Plane von einem weißen Transporter ohne Kennzeichen, der offenbar schon etliche Jahre alt war. Der Staub, der dabei freigesetzt wurde, schwebte in der Luft und kitzelte Cassie in der Kehle.

Dowd steckte den Schlüssel in die Fahrertür des Wagens. Mühelos glitt er ins Schloss und ließ sich drehen. Dann zog er die Tür auf. »Also dann. Also dann.«

Der Transporter war anscheinend länger nicht mehr geöffnet worden. Schale Luft und ein scharfer Hauch von der Kunststoffpolsterung schwappten heraus.

»Sieht aus wie ein ganz normaler alter Lieferwagen«, bemerkte Cassie.

»Wichtig ist nur, was er hinten geladen hat.«

»Und was hat er hinten geladen?«

Eugene Dowd steckte den Schlüssel ein. »Darüber reden wir später.«

Dowd führte sie über eine Treppe hinauf zu der Galerie, die er tatsächlich als Büro und Schlafzimmer nutzte. Ein paar Stühle, ein Tisch, ein antiker Kühlschrank, Ausguss und Kochplatte, auf dem Boden eine Matratze. Er fragte, ob sie etwas zu Mittag essen wollten. Cassies Blick wanderte zu dem Stapel ungespülter Teller auf einer Anrichte. »Keine Sorge, Kleine«, meinte Dowd. »Ich kann euch sowieso nur Chili aus der Dose und ein paar Sandwiches aus dem 7-Eleven in Galatea anbieten. Frisch genug, dass ihr euch nicht vergiftet, wenn du da Bedenken hast.«

Thomas erklärte, dass er Hunger hatte, und auch Cassies Magen knurrte so stark, dass sie ein Hähnchensalat-Sandwich akzeptierte, das so kalt war, wie es Dowds ächzender Kühlschrank eben schaffte. Thomas entschied sich für das Gleiche, Leo und Beth ebenso. Dowd bot ihnen Cola an und nahm sich selber ein Bier.

Er hebelte den Deckel von der Flasche. »Also, Leo. Ich wette, du hättest die Tür von dem Transporter auch ohne Schlüssel aufgebracht. Habe ich recht?«

»Weiß nicht.«

»Nur nicht so schüchtern. Dein Daddy hat mir erzählt, dass sie dich wegen versuchtem Autodiebstahl vors Jugendgericht geschleift haben.«

»Das war eine Dummheit. Ich wollte angeben.«

»Deswegen bist du mit einer Geldbuße und einer Belehrung davongekommen, oder?«

»Anscheinend weißt du das auch von meinem Vater. Ist er hier?«

»Dein alter Herr? Nein.«

»Wo ist er dann?«

»Werner Beck teilt mir seinen Aufenthaltsort nicht mit, zumindest nicht regelmäßig. Aber wenn du hier ohne ihn aufkreuzt, hat das sicher nichts Gutes zu bedeuten. Es hieß, dass du nur dann ohne ihn erscheinst, wenn was Unvorhergesehenes passiert.«

»Woher kennst du eigentlich meinen Vater? Und was ist so besonders an diesem Transporter?«

»Tja, Leo, das ist eine ziemlich lange Geschichte. Die wirst du dir wohl anhören müssen. Übrigens ist dein Vater zu mir gekommen und nicht umgekehrt. Damals habe ich in Amarillo gelebt, ist bestimmt schon fünf Jahre her. Ich habe in einem alten Wohnwagen gehaust. Hab mich mit Gelegenheitsjobs und Stütze durchgeschlagen. Dein alter Herr hat einfach bei mir angeklopft und sich vorgestellt. Er hatte einen Artikel über mich in einer Lokalzeitung gelesen und wollte wissen, ob das alles wahr ist.«

»Ob *was* wahr ist?«

Dowd strich mit dem Daumen über das Etikett der Bierflasche und richtete den Blick in das höhlenartige Dunkel seiner Werkstatt. »Da muss ich ganz von vorn anfangen. Aber du hast ja sicher Zeit. Wir unterhalten uns einfach ein bisschen. Außerdem müssen wir noch was mit dem Auto machen, das du gestohlen hast, damit es nicht so leicht zu identifizieren ist. Denn danach müssen wir ziemlich bald von hier abhauen, und wir passen nicht alle in den Transporter.«

»Abhauen? Wohin denn?«

»An einen Ort, den ich eigentlich nie wiedersehen wollte. Aber das Leben scheißt auf das, was man will.« Er nahm einen tiefen Schluck aus der Flasche. »Oder etwa nicht?«

14

Montmorency, Pennsylvania

Die Interstate 80 verlief durch die Universitätsstadt Montmorency in Pennsylvania. Das Federal College von Montmorency – wie viele andere in den Dreißigerjahren unter der Regierung Wallace gegründet – war neben zwei Fabriken und einem Kalksteinbruch das größte Unternehmen des Orts. Die Stadt lag friedlich im tiefen Licht des Spätnovembernachmittags, und viele der hübschen Holzhäuser hatten amerikanische Fahnen an den Verandapfosten. Sie wirkte wie ein netter Ort zum Leben.

Und sie wies eine weitere Besonderheit auf: In Montmorency hatte laut den Ausweispapieren, die Ethan in der Brieftasche des Sims gefunden hatte, der jüngst verstorbene Winston Bayliss gewohnt. Er reagierte überrascht, als Nerissa vorschlug, bei der in Bayliss' Führerschein vermerkten Adresse vorbeizuschauen. »Da müssen wir einen Umweg machen.«

»Nur einen kleinen.«

»Ich dachte, du willst so schnell wie möglich zu Werner Beck.«

»Das stimmt. Aber der Besuch dort könnte wichtig sein.«

»Inwiefern?«
Mit einem Achselzucken wandte sie den Blick ab.
»Es könnte auch gefährlich werden«, fügte er hinzu.
»Alles, was wir tun, ist gefährlich«, war ihre Antwort.

Gestern Abend hatten er und Nerissa mehr oder weniger zum ersten Mal über ihre Pläne gesprochen.

Ohne lang nachzudenken, hatte sie in Buffalo alles stehen und liegen lassen, um Ethan für die Suche nach Cassie und Thomas zu gewinnen. Das verstand er. Und er verstand auch ihre Schuldgefühle. Die sorgsamen Vorsichtsmaßregeln, die sie nach den Morden von 2007 eingeführt hatte, waren zum Bumerang geworden. Cassie und Thomas waren aus der Wohnung geflohen unter dem Eindruck, dass eine umfassende zweite Welle von Anschlägen im Gang war. Wie vorgeschrieben hatten sie das nächste Unionsmitglied aufgesucht, das zufällig Leo Beck war. Leo und seine Freundin, eine junge Frau namens Beth Vance, hatten mit ihnen die Stadt verlassen, sehr wahrscheinlich in der Absicht, Leos Vater zu finden. Jetzt wurde Nerissa von der quälenden Vorstellung verfolgt, dass Cassie und Thomas sie vielleicht für tot hielten, und darüber hinaus hatte sie Angst, dass sie durch ein Zusammentreffen mit Werner Beck in noch größere Gefahr geraten könnten.

Ethan wusste, dass sie für Werner Beck nie viel übrig gehabt hatte. Sie war ihm nur einmal bei einem Unionstreffen begegnet. »Selbst in einer Gemeinschaft von Paranoiden«, stellte sie hinterher fest, »wirkt dieser Typ beängstigend paranoid.«

»Viele seiner Einschätzungen sind richtig«, antwortete Ethan. »Er hat mehr wertvolle Forschungsergebnisse vorgelegt als jeder andere.«

»Er hält die Union für die Speerspitze einer Art menschlichen Auflehnung. Er treibt es noch so weit, dass wir alle verhaftet werden.«

»Vielleicht ist er wirklich ein bisschen verrückt. Aber er ist intelligent und hat eine dicke Brieftasche.«

»Und du meinst, das ist eine gute Kombination?«

Nerissa machte sich also Sorgen, dass Cassie und Thomas unter den Einfluss von Werner Beck geraten könnten, vor allem nach dem unheilvollen Geständnis des Sims. Und im Grunde teilte Ethan ihre Auffassung. Zunächst kam es darauf an, Cassie und Thomas zu finden, damit Nerissa sie wieder in ihre Obhut nehmen konnte. Beck sollte seinen Krieg allein führen. So weit, so gut. Das konnte Ethan unterschreiben. Aber was kam dann?

Die Lage hatte sich komplett verändert. Das tote Sim war natürlich keine verlässliche Informationsquelle, doch der Angriff auf das Farmhaus ließ erahnen, dass zumindest ein Teil seiner Aussagen zutraf: In der Hyperkolonie gab es einen internen Konflikt. Und alle Anstrengungen der Unionsüberlebenden, im Verborgenen zu bleiben, waren kläglich gescheitert. Die Simulakra hatten offenkundig genau gewusst, wo sie zu finden waren. Unterzutauchen war also keine Option mehr. Eigentlich, das hatte sich nun erwiesen, war es ihnen nie gelungen, sich zu verstecken. Auch wenn er und Nerissa Cassie und Thomas wiederfanden, blieb also die Frage, wie es weitergehen sollte. Nerissa lebte von dem Erbe, das sie nach dem Tod ihrer Eltern 1998 erhalten hatte. Ethan hatte sich 2007 all seine Anlagen in bar auszahlen lassen und war – mit Ausnahme einiger größerer Ausgaben für Waffen und Sicherheitsvorkehrungen – sparsam damit umgegangen. Selbst wenn sie zusammenlegten, verfügten sie über keine nennenswerten Mittel mehr. Beide mussten also nach neuen Möglichkeiten suchen, ihren

Lebensunterhalt zu verdienen und sich (ebenso wie Thomas und Cassie) vor zukünftigen Anschlägen zu schützen.

Falls es überhaupt noch zu Anschlägen kam. Wollte man dem Sim glauben, was nicht leicht war, würde die Hyperkolonie bald sterben. Wenn der Tod der Hyperkolonie zum Zusammenbruch der weltweiten Kommunikation führte, war zumindest kurzfristig mit verheerenden Auswirkungen zu rechnen. Und auch wenn diese Katastrophe irgendwann überwunden war, blieb die Frage, wie es der Welt ohne die subtile Unterdrückung menschlicher Aggressivität durch die Hyperkolonie ergehen würde.

Ethan und Nerissa standen also beide vor dem gleichen Problem, und Ethan war der Meinung, dass sie einander helfen sollten. Allerdings war das noch lange kein Plan – eher ein frommer Wunsch. Er war seit neunzehn Jahren mit dieser Frau verheiratet – hatte zwölf davon mit ihr zusammen und die letzten sieben Jahre getrennt von ihr gelebt. Und obwohl sie in mancher Hinsicht immer noch die Frau war, die er geliebt und der er das Jawort gegeben hatte, hatte sie sich in vielen anderen Dingen auch stark verändert. Er wusste nicht mehr, was er von ihr zu erwarten hatte. Die alte unkomplizierte Vertrautheit mit ihr war verschwunden. Zu neun Zehnteln war sie für ihn eine Fremde.

Unter der in Winston Bayliss' Führerschein genannten Adresse stand ein kleines Haus in einer Straße mit lauter ähnlichen Häusern. Wie die Nachbaranwesen hatte es vorne eine leicht reparaturbedürftige Holzveranda. Ein pseudoländlicher Pfirsichkorb mit Geranien, die beim ersten Frost abgestorben waren, nahm die Stelle eines Gartens ein.

Nerissa hatte bereits die Wagentür geöffnet, ehe Ethan richtig fragen konnte, was sie vorhatte.

»Anscheinend wohnt da noch jemand. Vielleicht der *echte* Winston Bayliss. Ich will mal an die Tür klopfen und sehen, wer aufmacht.«

»Warum?«

Sie antwortete nicht, sondern steuerte auf die Veranda zu, und ihm blieb nichts anderes übrig, als ihr nachzueilen. Sie klingelte, zog das Fliegengitter weg und klopfte.

Ich hätte die Pistole einstecken sollen, dachte Ethan. Was, wenn da noch ein Sim wohnte oder das Haus eine Art Sim-Fabrik war? Dann öffnete sich knarrend die Tür, und eine ältere Frau erschien, die sich mit gebeugtem Rücken an eine Gehhilfe klammerte. Sie spähte durch dicke Brillengläser. »Ich dachte, es ist der ambulante Pflegedienst. Sie sind nicht der ambulante Pflegedienst, oder?«

»Nein, Ma'am«, antwortete Nerissa äußerlich unbeeindruckt.

»Nein, natürlich nicht. Der Pflegedienst kommt immer am Mittwoch. Entschuldigung. Was kann ich für Sie tun?«

»Vielleicht habe ich mich in der Adresse geirrt. Wir suchen nach Winston Bayliss.«

»Ach so! Die Adresse stimmt schon, bloß die Tür nicht. Winston hat seinen eigenen Eingang um die Ecke. Er lebt im Keller. Dort hat er seine Wohnung. Hat alles selbst renoviert.«

»Aha. Und ist er zu Hause?«

»Leider nicht. Er ist auf einer Konferenz in Boca Raton und kommt erst nächste Woche zurück. Hat was mit seiner Arbeit zu tun. Er hat es mir erklärt, aber ich verstehe es eigentlich nicht.«

»Sind Sie die Vermieterin von Mr. Bayliss?«

Sie grinste. »Entschuldigung, jetzt muss ich wirklich lachen. Nein! Ich meine, ja, Winston zahlt mir eine monatliche Summe dafür, dass er den Keller benützt. Trotzdem, ich bin nicht seine Vermieterin, sondern seine Mutter. Alice Bayliss. Mrs. Calvin Bayliss, allerdings ist Calvin schon seit fünf Jahren tot. Weswegen wollten Sie Winston denn sprechen?«

»Wir sind von der Versicherungsgesellschaft Blue Horizon. Mr. Bayliss hat sich schon vor einiger Zeit mit uns in Verbindung gesetzt, um vielleicht einen Vertrag mit uns abzuschließen. Da wollten wir mal nachfragen.«

»Also, das kann nicht stimmen«, erklärte Mrs. Bayliss.

Ethan fand es bewundernswert, dass Nerissa keine Miene verzog. »Wirklich? Warum nicht?«

»Verzeihung, das Stehen macht mich müde. Möchten Sie nicht einen Moment hereinkommen? Obwohl ich nicht glaube, dass ich eine Versicherung abschließen werde.«

»Natürlich«, sagte Nerissa.

»Ich würde Ihnen gern einen Kaffee anbieten, bloß ich trinke keinen mehr. Der Arzt hat es mir verboten.« Mrs. Bayliss legte die Stirn in Falten. »Vielleicht habe ich noch löslichen im Schrank. Wenn Sie möchten, kann ich Wasser aufsetzen.«

»Nein, Ma'am. Trotzdem vielen Dank.«

Mrs. Bayliss' Wohnzimmer war wie eine Zeitkapsel, die man vor mindestens dreißig Jahren mitsamt allen Möbeln versiegelt hatte. Die Bilder auf den Beistelltischen zu beiden Seiten des Sofas zeigten vermutlich ihren verstorbenen Gatten Calvin und Winston als Kind – falls Winston Bayliss tatsächlich einmal ein Kind gewesen war. Die geschlossenen Vorhänge vor den Doppelglasfenstern sorgten für eine Stille, in der das Ticken der Kaminuhr grotesk laut wirkte.

Nichts deutete darauf hin, dass das Haus etwas anderes war als das langjährige Zuhause einer älteren Dame, die vor einiger Zeit Witwe geworden war. Aber das hieß noch lange nicht, dass in Mrs. Bayliss' Adern mehr Menschenblut floss als in denen des Wesens, das angeblich ihr Sohn war.

Nerissa griff den Gesprächsfaden wieder auf. »Sie halten es also für unwahrscheinlich, dass Winston eine Versicherung bei uns abschließt? Darf ich fragen, warum?«

Mrs. Bayliss schaute Ethan an. »Sprechen Sie auch gelegentlich, Mister, oder sind Sie bloß als Staffage dabei?«

»Ich bin … äh … in der Ausbildung«, stotterte Ethan. »Ich schalte mich ein, wenn ich gebraucht werde.«

»Hab mich bloß gewundert. Jedenfalls, nein. Ich kann mir nicht vorstellen, dass Winston eine Versicherung abschließt. Ich nehme an, Sie verkaufen *Lebens*versicherungen? Für so was braucht man normalerweise eine ärztliche Untersuchung, und zu einem Doktor geht Winston nicht für Geld und gute Worte. Zum Glück ist er gesund wie ein Ross.«

»Na, das klingt doch gut«, sagte Nerissa. »Ich hoffe, Sie sind ebenfalls wohlauf, obwohl ich sehe …«

»Sie meinen die Beinschiene? Deswegen kommt jede Woche die Pflege zu mir. Ich habe im September ein neues Knie gekriegt. Arthritis. Einfach wunderbar, was man heutzutage alles machen kann. Wobei die Operation nicht gerade ein Zuckerschlecken war. Und die Physiotherapie ist auch nicht ohne. Trotzdem mag ich die Schwester, die mir dabei hilft. Sie spielt die Strenge, doch in Wirklichkeit ist sie ein echtes Herzchen.«

»Dann hat Winston seine Angst vor Ärzten wohl nicht von Ihnen.«

»Und von seinem Vater auch nicht. Aber er ist schon sein ganzes Leben so. Deswegen halte ich es für unwahrscheinlich, dass er freiwillig zu einer ärztlichen Untersuchung geht. Schon als er noch klein war, in der Schule … aber bestimmt langweile ich sie mit diesen Geschichten.«

»Überhaupt nicht«, erwiderte Nerissa. »Ehrlich gesagt, ist es nett, mal ein bisschen im Warmen zu sitzen und zu plaudern. Sagen Sie bloß meinem Vorgesetzten nichts davon.« Sie gluckste, und Mrs. Bayliss lachte mit. »Hin und wieder bekommen wir einen Namen von der falschen Liste und suchen jemanden auf, der unser Angebot schon abgelehnt hat. Winston ist wahrscheinlich auch so einer. Ich werde mit meinem Chef darüber reden. Es bringt uns nichts, wenn wir Leute belästigen, die sich gar nicht für unser Produkt interessieren. Obwohl ich sagen muss, dass es für den Preis ein wirklich attraktives Paket ist.«

»Das glaube ich Ihnen aufs Wort.«

Die Leichtigkeit, mit der Nerissa diese Lügen vorbrachte, verblüffte Ethan. Vermutlich hatte sie sich diese Fähigkeit nach 2007 angeeignet, so wie er schießen gelernt hatte.

»Angst vor Ärzten«, fuhr sie fort, »ist häufiger, als Sie vermutlich denken.«

»Winston muss schon damit auf die Welt gekommen sein. Gott sei Dank war er ein gesundes Kind. Vielleicht ein bisschen zu vorsichtig. Sport oder das übliche Gerangel mit anderen Jungs mochte er nicht. Aber obwohl er sich partout nicht impfen lassen wollte, war er nur selten erkältet und hatte nie was Ernstes. Nur einmal hat er sich schlimmer verletzt – und selbst das war für mich und Calvin schwerer zu ertragen als für ihn.«

»Wie das?«

»Eines Tages auf dem Heimweg von der Schule hat ihn ein Auto gestreift. Winston war damals zehn, und der Fahrer … wir haben nie rausgefunden, wer es war. Wahrscheinlich irgend so ein junger Bursche von der Highschool. Die Adlai-Stevenson-Schule ist bloß vier Straßen weiter, und ich habe gesehen, wie diese Jungs fahren, wenn sie zum ersten

Mal den Führerschein in der Tasche haben. Jedenfalls war die Sache halb so wild, Winston hatte bloß starke Abschürfungen und einen gebrochenen Arm.«

»Da musste er natürlich zum Arzt.«

»Na ja, wir haben zumindest alles versucht, um ihn hinzubringen! Eigentlich weiß ich nicht mal mit Sicherheit, ob der Knochen wirklich gebrochen war. Er konnte den rechten Arm nicht richtig bewegen, und über dem Ellbogen war eine Beule, der ganze Arm war praktisch grün und blau. Also habe ich beim Doktor angerufen, und der meinte, Winston soll vorbeikommen. Aber als Calvin den Wagen gestartet hat – es war mitten im Winter –, ist Winston durch die Hintertür davongerannt.«

»Davongerannt?«

»War einfach verschwunden, für drei volle Tage, glaube ich. Nein, länger sogar. Die ganze Stadt hat nach ihm gesucht. War sogar in den Nachrichten. Vermisster Junge, wahrscheinlich verletzt, allein draußen in der Kälte ... Ehrlich, Calvin und ich waren schon auf das Schlimmste gefasst.« Sie schüttelte den Kopf.

»Und dann hat man ihn gefunden?«

»Nicht direkt. Winston kam von allein nach Hause. Fünf Tage später ist er einfach durch die Tür spaziert, als wäre nichts passiert. Natürlich haben wir ihm die Hölle heiß gemacht. Er hat uns erklärt, dass er sich in einer alten Scheune an einer Landstraße versteckt und Feuer gemacht hat, um es warm zu haben. Und als wir ihn fragten, warum er das getan hat – und Sie können mir glauben, wir haben ihm diese Frage öfter gestellt, als ihm lieb war –, hat er geantwortet, dass er einfach nicht zum Arzt wollte.«

»Nicht mal mit einem gebrochenen Arm?«

»Na ja ... wir dachten zumindest, dass er gebrochen war. Aber als er zurückkam, war der Arm wieder heil. Vielleicht hatte er ihn sich also doch bloß verstaucht. Bestimmt wäre es sicherer gewesen, ihn trotzdem untersuchen zu lassen, aber wir haben nicht darauf bestanden, auch wenn das albern klingt.« Sie schüttelte den Kopf. »Calvin und ich hatten nur das eine Kind, und vielleicht haben wir ihn zu sehr verwöhnt. Manchmal denke ich mir, das ist der Grund, warum Winston nicht geheiratet hat. Wir haben ihn verzogen und einen einsamen Junggesellen aus ihm gemacht. Aber wie hat mein Mann immer gesagt? Man kann nicht mehr geben als sein Bestes. Das Leben bietet eben keine Garantien. Nicht einmal«, schloss Mrs. Bayliss mit einem Lächeln, »wenn man eine Versicherung abschließt.«

Das Gespräch driftete von Winston zu den jüngsten Wetterlaunen, und Nerissa erklärte nach einem Blick auf die Uhr, dass sie zu ihrem nächsten Termin mussten. Ein wenig beschämt über ihre eigene Geschwätzigkeit, wie Ethan vermutete, brachte Mrs. Bayliss sie zur Tür und wünschte ihnen alles Gute. »Ich richte Winston aus, dass Sie vorbeigeschaut haben.«

»Vielen Dank.«

»Möchten Sie mir eine Karte dalassen?«

»Ihr Sohn klingt eigentlich nicht nach einem potenziellen Kunden für uns. Wann erwarten Sie ihn denn zurück?«

»Irgendwann nächste Woche. Den genauen Tag wollte er mir noch sagen. Er hat sich schon seit ein paar Tagen nicht mehr gemeldet, das ist sonst gar nicht seine Art. Wahrscheinlich amüsiert er sich ein bisschen da unten in Florida. Wie ein Schneekönig hat er sich gefreut, als ich ihn zuletzt gesehen habe.«

Und als ich ihn zuletzt gesehen habe, dachte Ethan unwillkürlich, *lag er ohne Augen tot im Schnee.*

Mit düsterem Gesicht saß Nerissa im Auto, und Ethan respektierte ihr Schweigen, als er zurück Richtung Highway fuhr. Die Sonne strahlte gleißend hell durch die Windschutzscheibe.

Schließlich fand sie die Sprache wieder. »Mrs. Bayliss ist also kein Sim.«

»Du meinst wegen ihrem Knie.«

»Bei einer Operation hätte sich das sofort herausgestellt. Und sie hat uns nichts vorgespielt. Hast du die Narbe gesehen?«

Ihm war nichts aufgefallen, doch Nerissa hatte einen kurzen Blick auf das Knie erhascht, als beim Hinsetzen unter dem hochgerutschten Rock von Mrs. Bayliss kurz eine mehrfach genähte Narbe aufblitzte, die sich wie Eisenbahnschienen von der weißen Haut abhob. »Jedenfalls hat *sie* keine Angst vor Ärzten.«

»Im Gegensatz zu Winston.«

Seit 2007 hatten die Überlebenden heftig über die Natur und den Ursprung der Simulakra diskutiert. Die meisten gingen davon aus, dass die Sims in ihrer endgültigen Erwachsenenform hergestellt wurden. Doch mehr als eine Hypothese war das nicht. Und offensichtlich eine falsche. »Er hat also die Wahrheit gesagt«, resümierte Ethan. »Er wurde von einer menschlichen Mutter geboren.«

»Wahrscheinlich. Was für eine entsetzliche Vorstellung. Dass sie tatsächliches dieses Wesen zur Welt gebracht hat. Dass sie es gestillt, angezogen und zur Schule geschickt hat, ohne je etwas Ungewöhnliches zu bemerken. Bis auf seine Abneigung gegen Ärzte.« Nerissa erschauerte. »Das ist so was von gruslig.«

»Trotzdem ist es möglich«, erwiderte Ethan. »Die Sims sind nicht bloß ungefähre Kopien von Menschen. Mit Ausnahme des inneren Aufbaus sind sie in jeder Hinsicht *perfekt*. Natürlich sollte man meinen, dass sich ein Sim durch irgendeine subtile Kleinigkeit verraten muss, wenn man es näher kennt. Doch das stimmt nicht. Mrs. Bayliss konnte gar nichts ahnen.«

»Irgendwie dachte ich immer, dass die Sims zu einem bestimmten Zweck gemacht sind – um Morde zu begehen – und dass sie, sobald der Auftrag erledigt ist, was weiß ich … zu Staub zerfallen und vom Wind davongeweht werden. Aber wenn der Bericht von Mrs. Bayliss zutrifft, heißt das, dass sie jahrelang unerkannt bleiben können. *Jeder* könnte ein Sim sein.«

»Du nicht.«

Sie warf ihm einen scharfen Blick zu. »Was meinst du damit?«

»Ist schon eine Weile her. Du hast eine Narbe von der Blinddarmoperation.«

Erstaunlicherweise wurde sie rot. »Ja, okay. Und bei dir wurde die Brust geröntgt, als du damals im Winter diese Lungenentzündung hattest. Wir können einander also vertrauen.«

»Nur beim Rest der Welt können wir uns nicht sicher sein.«

»Und dann geht mir noch was anderes durch den Kopf. Wenn Mrs. Bayliss ein Mensch ist und ein Sim zur Welt gebracht hat, wie funktioniert das? War ihr Mann ebenfalls ein Sim? Und auch das verschiebt die Frage bloß eine Generation nach hinten.«

»Es ist nicht ungewöhnlich, dass eine Spezies den Fortpflanzungsinstinkt der anderen ausnutzt. Das nennt man Brutparasitismus.« Also die gleiche Art von Parasitismus, von dem nach Bayliss' Aussagen auch die Hyperkolonie betroffen war.

»Trotzdem: Nach welchem Mechanismus spielt sich das Ganze ab? Wie kann eine ganz gewöhnliche Frau in einem ganz gewöhnlichen Ort ein nichtmenschliches Kind zur Welt bringen?«

Darauf hatte Ethan keine Antwort.

»Und wenn sie in ihrem Äußeren so perfekte Kopien von Menschen sind, können wir uns auch im Hinblick auf die Korrespondenzunion nicht sicher sein. Ihr wart doch immer so vorsichtig und habt alle Nachrichten nur mit der Post geschickt, damit die Hyperkolonie ja nichts mitbekommt. Aber was ist, wenn es in euren Reihen einen Spitzel gab? Wenn deine Monografien von Anfang an von einem Sim gelesen wurden?«

Daran hatte er auch schon gedacht. »Diese Möglichkeit lässt sich nicht ausschließen. Obwohl wir untergetaucht waren, hatten die Sims kein Problem, Cassie und Thomas zu finden. Und mich. Und Bayliss schien genau darüber informiert, wie viel wir über die Hyperkolonie wissen. Vernünftigerweise sollten wir also unterstellen, dass die Union infiltriert worden ist.«

»Wem können wir dann noch trauen? Du, ich …«

»Da sind wir schon zu zweit. Und wahrscheinlich auch Werner Beck.«

»Beck!«, schnaubte Nerissa verächtlich. »Dem hab ich noch nie vertraut.«

15

Dowds Werkstatt

Ein Teil von Eugene Dowds umgebauter Scheune war für Lackierarbeiten eingerichtet, und Cassie beobachtete fasziniert, wie er sich über das gestohlene Auto hermachte. Noch faszinierender und vor allem beängstigender war Dowds Monolog.

Zunächst schraubte er die Kennzeichen ab und legte sie auf die Werkbank. Die Nummernschilder, so erklärte er, waren Beweise, deshalb musste er sie mit einer Blechschere zerschneiden und die Stücke im Hof verscharren, bevor sie wegfuhren. Dann nahm er Zier- und Schutzleisten ab und benutzte eine Schleifmaschine, um den Lack anzurauen. »Normalerweise«, erklärte er, »würde ich bis zum Metall runterschleifen, aber dummerweise haben wir es ein bisschen eilig.« Cassie vermutete, dass das nicht das erste Fahrzeug war, das er neu lackierte. Und wahrscheinlich auch nicht das erste *gestohlene* Fahrzeug.

Als Dowd sich vorbeugte, um sich die Seitenflächen vorzunehmen, sah sie, wie unter dem Denimstoff seiner Jeans die Hüften hin und her pendelten. Um ihn her waberte Lackstaub in die Höhe, trotzdem trug er keine Maske, und es schien ihm nichts auszumachen. Wenn er zwischen den Arbeitsetappen der lärmenden Maschine redete, ruhte sein Blick auf dem Ford, als wären Cassie und Thomas, Leo und Beth gar nicht richtig anwesend und als würde er seine Worte nicht an sie richten, sondern an irgendetwas Unsichtbares, das im Motor lebte.

Ich hing in einer Kleinstadt bei Amarillo herum, als mich Werner Beck aufgespürt hat. Das war vor fünf Jahren, fast schon vor sechs.

In der Stadt, der Name spielt keine Rolle, bin ich aufgewachsen, aber ich war lange weg gewesen und kam bloß zurück, weil ich nicht wusste, wohin ich sonst hätte gehen sollen. Ich hatte Gelegenheitsjobs außer Landes gemacht, meistens als Tischler oder Elektriker. Damit war ich fertig. Auf die Gründe komme ich gleich.

Da war ich also wieder in der Stadt und ohne Arbeit. Inzwischen waren meine Eltern beide gestorben, bloß das habe ich erst erfahren, als ich zurückgekehrt bin. In Verbindung bleiben ist nicht unbedingt meine Stärke. Die Nachricht war also ein ziemlicher Schock für mich. Dabei standen wir uns eigentlich nicht besonders nah. Mein Daddy hat getrunken, wenn er nicht gerade irgendwo ein Fundament ausgebaggert hat, und meine Mom hat ihr ganzes Erwachsenenleben als Kosmetikerin gearbeitet. Dann hat der Krebs sie erwischt, und kurz darauf hat sich mein Dad erschossen. Das Haus wurde verkauft, um Steuerschulden zu bezahlen. Anders ausgedrückt, bei meiner Heimkehr stand ich vor dem Nichts. Dabei hatte ich mich bloß irgendwo an einem sicheren Ort verkriechen und vergessen wollen, was ich in der Atacamawüste gesehen hatte.

Ich bin dann in einen alten Wohnwagen am Stadtrand gezogen, und wahrscheinlich hätte ich dort Gras geraucht und mir irgendwelche Scheiße in der Glotze angeschaut, bis nichts mehr von meinen Ersparnissen übrig gewesen wäre. Doch eines Tages klopfte Werner Beck an die Tür. Damals hatte ich natürlich keinen Schimmer, wer das ist. Ich dachte, er will Schulden eintreiben oder mir eine Bibel verkaufen. Dann fragte er: Sind Sie der Eugene Dowd, der letztes Jahr ein paar ungewöhnliche Sachen gesehen hat? Da hätte ich am liebsten nach einer Waffe gegriffen, bloß dass ich keine hatte. Entspannen Sie sich, sagt er, in meinen Adern fließt nur rotes Blut. Und ich wusste genau, was er damit meint. Also habe ich ihn reingebeten.

Natürlich wollte ich erfahren, wie er mich gefunden hat. Er erklärte mir, dass ihm ein Artikel in der Lokalzeitung aufgefallen war. Er hatte so einen Dienst abonniert. Pressespiegel nannte er es. Der Pressespiegel schickt ihm Ausschnitte aus großen und kleinen Zeitungen im ganzen Land, wenn in dem Artikel bestimmte Wörter oder Wendungen vorkommen.

Was das für Wörter oder Wendungen sind, hat er nicht erwähnt. Ich wusste natürlich, welchen Artikel er meint. Eine Meldung im Lokalblatt, das eigentlich nicht mal eine richtige Zeitung ist, sondern zum größten Teil aus Supermarktgutscheinen und Kleinanzeigen besteht. Na ja, irgend so ein gelangweilter Wichser hatte eine Reihe über »schillernde Gestalten« verbrochen, und ich hatte das Pech, dass ich diesem Kerl in einer Bar über den Weg lief, als ich gerade stockbesoffen war. Ich habe ihm ein paar Sachen über die Atacamawüste erzählt, und er hat das Ganze hingedreht wie einen blöden Scheißwitz. Loser sieht grüne Menschen, so in der Art.

Ja, sage ich zu Beck, das ist meine Geschichte oder zumindest ein Teil davon. Aber mein Name war nicht in der Zeitung, also noch mal: Wie haben Sie mich gefunden? Ich hab mich umgehört, meint Beck. Ziemlich viel Aufwand, ist meine Antwort. Stimmt, Mr. Dowd, sagt er, aber das Entscheidende ist, dass ich Ihnen glaube.

Also, besonders glaubwürdig war der Zeitungsartikel nun nicht gerade. Da stand nämlich, dass ich in Südamerika angeblich Marsmenschen gesehen hatte. Das hatte ich natürlich nie behauptet. Und es gab sogar eine Art Pointe, so ungefähr: »Ich fragte meinen neuen Bekannten, ob seine Marsmenschen grün waren wie in den Comicalben. ›Ja‹, bekannte er, ›grün wie Gras, aber nur innen!‹«

Verdammt peinlich.

Beck sah meinen Gesichtsausdruck und sagte: Hören Sie, Mr. Dowd, ich meine es ernst. Ich weiß alles über Leute, die innen grün sind. Außerdem weiß ich, dass sie nicht vor Mord zurückschrecken. Sie haben einen Haufen Freunde von mir umgebracht. Und mich wollten sie auch töten.

Da war mir klar, dass er mir keinen Bären aufbindet. Trotzdem wollte ich sichergehen: Woher weiß ich, dass Sie nicht auch einer von denen sind?

Schlaue Frage, fand er, dann löste er seinen Gürtel und hob sein Hemd hoch, um mir die Narbe von seiner Blinddarmoperation zu zeigen. Ich ließ nicht locker: Was soll mir das beweisen? Er: Das Krankenhaus, wo ich behandelt wurde, hätte gemerkt, wenn ich grün geblutet hätte. Dann schaute er mich an: Und was ist mit Ihnen?

Ich hatte keine OP-Narbe zum Vorzeigen, doch er war bereit, mir zu vertrauen. Fürs Erste wenigstens. »Vorläufig«, so hat er es genannt.

Dann kamen wir zur Sache. Nach dem ganzen Vorgeplänkel hat mich natürlich interessiert, was er von mir will. Ich möchte Ihre Geschichte hören, sagt er. Und dann erzähle ich Ihnen meine.

Nachdem er den ursprünglichen Lack abgeschliffen hatte, wusch Dowd das Auto mit Seifenwasser ab, trocknete es und säuberte es schließlich mit Terpentinersatz. Dann klebte er die Teile ab, die er schützen wollte: Fenster, Stoßstangen, Leisten. Wenn Dowd nicht redete oder elektrische Geräte bediente, hörte Cassie gelegentlich, wie der Wind an den Ecken der Werkstatt rüttelte. Der Winter war nicht mehr fern. Sie hatte keine Ahnung, wie der Winter in diesem Teil des Landes war – wahrscheinlich nicht wie zu Hause in Buffalo, das manchmal tagelang vom Schnee lahmgelegt wurde.

Sobald der Wagen bereit zum Aufsprühen war, rief Dowd zur Mittagspause. Das Essen war praktisch eine Wiederholung des Vortags: Sandwiches aus dem Supermarkt. Cassie beobachtete, wie er sich ein belegtes Brötchen in den Mund stopfte und in seinem Schnauzer die Krümel hängen blieben. Er bemerkte ihren Blick und bedachte sie mit einem nicht besonders freundlichen Grinsen. *Werner Beck vertraut diesem Mann*, mahnte sie sich. Aber wie viel wusste sie eigentlich über Leos Vater?

»Satt geworden?« Dowd fixierte Cassie noch immer.

Sie nickte.

»Du wolltest doch weitererzählen«, sagte Leo. »Die Geschichte, die mein Vater von dir hören wollte.«

»Ja.« Mit dem Hemdsärmel wischte sich Dowd den Mund ab. »Richtig.«

Ich hatte die Schnauze voll von Texas und wollte reisen – so landete ich am Ende auf der Transamerikanischen Autobahn. Teile davon waren damals noch brandneu, die ganzen Brücken und Tunnels durch den Tapón del Darién. Ich nahm Gelegenheitsjobs an und bewegte mich so von der Kanalgegend aus immer weiter nach Süden. Meistens Bau und Elektrik, wie schon erwähnt. Oder eben, was sonst gerade anfiel. Manchmal musste ich im Freien übernachten, aber ich war noch jung, und es war mir recht, solange ich jederzeit weiterziehen konnte. Immer nach Süden, wie ein Wandervogel.

In Antofagasta, das liegt in Chile, landete ich bei einer holländischen Firma, die irgendwelche Arbeiten in der Atacamawüste zu erledigen hatte. Angeblich ging es um den Bau und Betrieb eines Auslieferungslagers für eine Kupfermine. Die Belegschaft bestand zum größten Teil aus Einheimischen. Dazu kam eine Handvoll Gastarbeiter aus Ecuador und Kolumbien und ich als einziger Amerikaner, weil das Unternehmen ein Arrangement mit den Gewerkschaften hatte und deshalb ein paar Ausländer einstellen durfte. Der Vorarbeiter war begeistert, dass ich eine US-Lizenz als Elektriker hatte, so ziemlich das Nonplusultra. Also karrten sie uns mit Bussen über das Küstengebirge, zuerst auf der Straße von Antofagasta, dann auf einer dieser alten Routen, über die früher Nitratminen beliefert wurden, bis zu einem flachen Platz, wo der letzte Ausläufer des Ferrocarril endet. Wir waren in der echten Hochwüste, trocken wie Glas, und die Luft so dünn, dass man untertags den Mond sehen konnte.

Binnen zwei Monaten hatten wir vier klimatisierte Gebäude hochgezogen und in Betrieb. Am ehesten so eine Art von Lagerhallen. Und alles war irgendwie rätselhaft. Keine Kupfermine weit und breit. Der holländische Vorarbeiter sprach Spanisch und ein bisschen Deutsch. In der Freizeit übte er gern Englisch mit mir, also fragte ich ihn danach, als sich die Gelegenheit ergab. Mit ein wenig Genever im Bauch wurde er richtig freundlich. Allerdings konnte er mir nicht viel erzählen. Man hatte ihm gesagt, dass das Ganze ein Depot zur Einlagerung von Nachschub war, der vom Endbahnhof oder von der

Straße zur Mine transportiert werden sollte. Und nein, erklärte er mir, von hier aus kann man die Mine nicht sehen, nur in manchen Nächten ein Licht wie von einem Scheinwerfer im Kino, weißt du, was ich meine? Ein senkrechter Lichtstrahl hinauf in die Wüstenluft. Was für eine Mine hat so ein Licht?, fragte ich ihn. Er wusste es nicht. Außerdem ginge es ihn auch nichts an.

Wir, also die Arbeiter, schliefen in behelfsmäßigen Sperrholzbaracken mit Planendächern und dem Wind als Belüftung. Wenn ich nachts wachlag, ging ich raus, um nach dem Licht Ausschau zu halten, von dem der Vorarbeiter erzählt hatte. Einmal sah ich es: einen Lichtstrahl, der kaum erkennbar am Horizont aufstieg. Kerzengerade in die Höhe. Es dauerte ungefähr drei Minuten. Eigentlich nicht weiter beeindruckend, nur die Sache war einfach seltsam.

Jedenfalls blieb ich, nachdem alles fertig gebaut war. Die holländische Firma hatte den Auftrag, das Depot zu betreiben, und brauchte Leute für den Transport und den Sicherheitsdienst. Ich hatte nichts Besseres zu tun, und auch wenn es merkwürdig klingt, mir gefiel es irgendwie in der Hochwüste. Zumindest am Anfang. Man hat ein anderes Zeitgefühl. Alles wird langsamer. In der Stadt ist man immer in der Hektik, wenn ihr versteht, was ich meine. In der Wüste dagegen vergeht eine Stunde, und nichts passiert, außer dass vielleicht der Wind ein paar Sandkörner über die Salares weht. Über die Salzflächen.

Ich freundete mich mit einem Typen an. Bastián war ein Gabelstaplerfahrer aus dem Süden des Landes. Er sprach Englisch und behauptete, dass seine Großmutter Quechua beherrschte, was mir überhaupt nichts sagte. Magerer kleiner Kerl, trotzdem für seine Größe kräftig. Dunkelhaarig. Er hatte Humor, das gefiel mir. Als ich ihm von dem Licht am Hori-

zont erzählte, grinste er und meinte, Scheiße, Eugene, das ist der Allicanto.

Wir saßen im Schatten hinter den Lagerhallen, wo uns der Vorarbeiter nicht sehen konnte, und rauchten. Ich fragte: Was soll das sein, ein Allicanto?

Ein Vogel, antwortete er. Er hat Flügel aus Metall und lebt in Höhlen. Frisst Gold und Silber. In der Nacht leuchten seine Flügel in verschiedenen Farben.

Quatsch.

Klar, meint Bastián. Oder nein, nicht direkt Quatsch, sondern ein Mythos. Eine Legende. Der Allicanto bringt den Minenarbeitern Glück. Wenn man ihm heimlich folgt, findet man Silber oder Gold. Aber wenn er dich sieht, lockt er dich immer weiter hinaus und lässt dich in der Wüste sterben.

Ich bin kein Minenarbeiter, erkläre ich ihm. Und ich glaub nicht an diesen Allicanto-Scheiß.

Von mir aus, sagt er. Und ich glaub nicht an dein Licht.

Also versprach ich, ihn zu wecken, sobald ich das Licht das nächste Mal sah.

Danach kriegten wir ziemlich viel zu tun. Riesige Lieferungen kamen durch. Die Sachen wurden vom Bahnhof mit Lastwagen hertransportiert. Zum Teil Nahrungsmittel, das meiste allerdings Geräte. Elektronik: Chips, Transformatoren, Mikrowellengeneratoren. Und großes Zeug. Maschinen zur Metallverarbeitung. Aluminiumteile. Rohre und Schläuche. Kisten, in denen laut Ladeverzeichnis Siliziumkarbidpulver war. Druckwasserstoff. Riesige Spiegel. Grafit. Ich meine, was zum Geier …? Ich bin kein Experte, aber wozu braucht eine Kupfermine Spiegel und Grafit?

Auch der ganze Ablauf war irgendwie schräg. Die Lieferungen wurden vom Ferrocarril angekarrt, die Kisten lagen zwei Tage in unserem Lager, dann näherte sich auf der Straße nach

Osten eine Flotte von Lastwagen, und wir mussten alles aufladen. Einfach sinnlos. Warum wurde das Zeug nicht einfach direkt zur Mine transportiert? Und die Typen, die die Lastwagen fuhren – angeblich Minenarbeiter – sprachen nie ein Wort mit uns. Wenn man Hallo sagte, nickten sie, dann verschwand der Kopf gleich wieder in der Ladeliste. Sie kamen auch nie hinter den Schuppen, um eine zu rauchen. Keiner von denen rauchte. Typen in weißen Hemden und Jeans, adrett und sauber wie Mormonen. Den Blick immer aufs Klemmbrett gerichtet.

Allmählich dämmerte mir, dass wir da waren, um den Betrieb abzuschirmen. Wisst ihr, was ich meine? Wie ein Puffer. Damit niemand von außerhalb Einblick in die Mine kriegte. Was dort passierte, blieb immer außer Sichtweite, hinter dem Horizont sozusagen. Näher als wir durfte keiner ran, und selbst wir hatten bloß mit diesen Typen in ihren Lastwagen ohne Kennzeichen zu tun.

Das machte mich neugierig.

Bastián weniger. Für ihn war das Ganze nur ein Job, ihm war es scheißegal, was in dieser Mine lief. Das änderte sich erst eines Nachts. Eine von diesen Nächten ohne die geringste Brise. Ich wachte auf, es war vielleicht drei oder vier Uhr früh, und konnte nicht mehr schlafen. Also trat ich aus der Baracke, um etwas Luft zu schnappen, auch wenn es in der Atacamawüste selbst im Sommer bitterkalt wird. Und auf einmal schien wieder dieses Licht, wie eine Kerze am Horizont. Ich weckte Bastián auf. Da, sagte ich zu ihm, siehst du das? Da hast du deinen verdammten Allicanto.

Keine Ahnung, was das ist, meinte Bastián, dem ausnahmsweise mal das Lachen vergangen war. Vielleicht haben die da eine Art Schmelzofen. Aber er wusste es besser.

Ich merkte, dass er neugierig war. Zwei Wochen lang redeten wir immer wieder mal darüber. Doch wir hatten viel zu tun.

Viele Lieferungen an die Mine. Und dann fiel uns noch was Seltsames auf: In die andere Richtung kam nie was zurück. Kein Kupfer, kein Erz, nichts Rohes, nichts Raffiniertes. Einmal fragte ich einen von diesen Lastwagenfahrern im weißen Hemd, wie das funktionierte. Waren sie bei ihren Bohrungen die ganze Zeit auf nichts gestoßen? Er schaute mich bloß an, als wäre ich eine Spinne, die ihm nachts in den Stiefel gekrochen war. Nein, sagte er schließlich, wir sind noch dabei, das Ganze aufzubauen. Dabei starrte er auf den aufgenähten Namen an meinem Hemd und machte sich eine Notiz.

Am nächsten Tag nahm mich der Vorarbeiter beiseite und hielt mir einen Vortrag: Ich sollte mich um meinen eigenen Kram kümmern, meine Arbeit machen und die Lastwagenfahrer in Ruhe lassen und so weiter. Und wenn ich nicht bereit war, mich daran zu halten, würde ich meinen Job verlieren. Das war mir eigentlich ziemlich egal, weil ich inzwischen genug gespart hatte, um weiterziehen zu können. Und anscheinend würde man mir keine Träne nachweinen.

Das wäre vielleicht das Ende der Geschichte gewesen, wenn Bastián nicht einen seiner chilenischen Feiertage in Antofagasta mit seinen Kumpeln vom Hafen verbracht hätte, wo er früher gearbeitet hatte. Er kam mit zwei Flaschen Pisco zurück. Im Lager war Alkohol verboten, doch er hatte einen Wachmann bestochen. So saßen wir an einem Freitagabend draußen hinter den Lagerhallen, wo uns niemand sehen konnte, und teilten uns eine Flasche. Je betrunkener wir wurden, desto mehr haben wir über den Job geschimpft. Und dann erscheint auf einmal wieder dieses Licht, heller als sonst. Und irgendwie kommen wir auf die blöde Idee, uns einen Toyota aus dem Fuhrpark zu schnappen und nach Osten zu fahren, zumindest ein Stück weit, einfach um zu sehen, was da läuft.

Wie heißt es so schön? Neugier ist der Katze Tod.

Eugene Dowd unterbrach seinen Monolog, um sich an das eigentliche Lackieren des Autos zu machen. Der Lärm des Kompressors und der Gestank nach Farbe trieben Cassie hinaus. Thomas war fasziniert von Dowds Arbeit, und Cassie erlaubte ihm zuzuschauen, solange er hinter der Glastür des Büros im ersten Stock blieb. Zwar saugte ein Ventilator in der Wand den größten Teil des Kunstharzdunstes aus der Werkstatt hinaus, doch Cassie wollte nicht, dass er auch nur das Geringste von dem giftigen Zeug einatmete. Beth erklärte sich bereit, bei Thomas zu bleiben. Offenbar wollte sie Dowd ebenfalls zuschauen. Cassie war nicht entgangen, dass sie Dowd schon den ganzen Tag beobachtete und dass Dowd jeden ihrer häufigen Blicke interessiert erwiderte.

Draußen war keine Wolke am Himmel, und die Luft war für Dezember einigermaßen warm. Cassie schlenderte vorbei an Dowds klimperndem Windspiel um eine Ecke der Werkstatt. Auf einem windgeschützten, festgetretenen Stück brauner Erde stieß sie auf zwei uralte Gartenstühle. Überrascht erkannte sie, dass auf einem von ihnen Leo saß und las.

Ein Buch. Das Buch ihres Onkels mit dem Titel *Der Fischer und die Spinne*. Sie starrte auf den zerrupften gelben Umschlag. »Das gehört mir, Leo. Wo hast du das her?«

Erschrocken blickte er auf. »Hallo, Cassie.«

»Das Buch«, sagte sie grimmig.

»Ach, entschuldige. Ja, das ist deins. Ich hab es im Motel in Jordan Landing eingesteckt.«

Cassie hatte gedacht, das Buch sei verloren. Jetzt war sie hin und her gerissen zwischen Dankbarkeit und Verärgerung. Er hatte es gerettet, sicher, aber warum hatte er es ihr nicht zurückgegeben?

Ein wenig verlegen fügte er hinzu: »Ich dachte, du hast sicher nichts dagegen.«

Vorsichtig setzte sie sich auf das brüchige Geflecht des zweiten Stuhls. Unwillkürlich malte sie sich aus, durchzubrechen und mit dem Hintern in den Aluminiumstreben hängen zu bleiben. Bestimmt ein Anblick für die Götter. »Nein. Ich meine, schon gut. Aber ich will es wieder. Liest du es wirklich?«

Er zog eine Augenbraue hoch. »Ja, ich lese es wirklich. Überrascht dich das?«

»Weiß nicht. Ich hätte eigentlich nicht gedacht …«

»Dass ich Bücher lese?«

Offen gestanden, nein. Allerdings wunderte sie sich inzwischen weniger, als es noch vor einer Woche der Fall gewesen wäre. Sein Finger zwischen den Seiten zeigte, dass er das Buch ungefähr zur Hälfte hinter sich hatte. »Und wie findest du es?«, fragte sie.

»Dein Onkel hat es geschrieben, oder?«

»Stimmt.«

»Es geht um Insekten.«

»Er war Insektenforscher.«

»Aber in Wirklichkeit geht es um die Hyperkolonie.«

Sie war erfreut, dass er das begriffen hatte. »Irgendwie schon.«

Er wandte den Kopf hinauf zum Himmel. »Vorhin ist mir wieder eingefallen, wie in der Schule darüber geredet wurde. Diese große Entdeckung von Marconi, der Signale von Neufundland nach Frankreich schickt. Die radioreflektive Schicht.«

Cassie nickte.

»Bloß dass diese Schicht lebt. Und genau darum dreht sich das Buch deines Onkels, zumindest zwischen den Zeilen. Die Hyperkolonie als eine Art Insektenstaat.«

Mit dieser Vorstellung schlug sich Cassie schon lange herum. Sie konnte verstehen, dass die Hyperkolonie die Erde umgab als eine diffuse Wolke winziger Zellen, von denen jede wie ein Neuron in einem Gehirn funktionierte. Ein riesiges, fremdes Gehirn, das die Erde umspannte. So weit, so gut. Und es fing Funksignale ab, analysierte sie und warf sie auf eine subtil veränderte, für Menschen nützliche Weise zurück.

All das waren grundlegende Erkenntnisse der Korrespondenzunion. Da die Hyperkolonie demnach eine Art Gehirn war, sah Cassie auch ein, dass sie vielleicht intelligent war. Um so zu handeln, wie sie handelte, *musste* sie einfach intelligent sein. Einige frühe Theoretiker der Union hatten sogar versucht, Kontakt zu ihr aufzunehmen. Sie schickten auf inaktiven Frequenzen Signale wie etwa einfache mathematische Formeln oder schlicht formulierte Fragen. Doch die erhoffte Antwort blieb aus.

Schließlich lieferten die Mathematiker und Kybernetiker der Union – und nicht zuletzt ihr Onkel – die Erklärung: Die Hyperkolonie funktionierte ohne jeden bewussten Willen. Sie verstand genauso wenig von sich selbst und ihrer Umwelt wie eine Karotte von biologischer Landwirtschaft oder der Farbe Orange. Sie lebte und wuchs einfach und nutzte dabei ohne jede Vernunft die ihr zur Verfügung stehenden Ressourcen aus: Vakuum, Stein, Sonnenlicht, andere Lebewesen. In mancher Hinsicht waren ihre Kräfte fast göttlich, doch sie war eine Insektengottheit: bewusstlos und potenziell tödlich. Das hatte ihr Onkel erkannt, und obwohl er die Hyperkolonie in seinem veröffentlichten Buch nicht namentlich erwähnen konnte, hatte Leo recht: Zwischen den Zeilen drehte sich alles Gesagte um sie.

Leo bedachte sie mit einem nachdenklichen Blick. »Eigentlich sollte man meinen, dass es kaum möglich ist, etwas zu hassen, das man weder sehen noch berühren kann. Trotzdem geht es. Ich hasse die verdammte Kolonie. Ich hasse sie genauso wie mein Vater. Er hat immer gesagt, das einzig

Ehrenhafte angesichts unseres Wissen ist, dass wir ihr den Krieg erklären.«

»Irgendwie haben wir das doch schon getan.«

»Mehr als nur irgendwie. Der Mann, den ich erschossen habe … im Grunde ist er ein Kriegsopfer. Genauso wie alle, die 2007 und letzten Monat gestorben sind.«

Natürlich spukte Leo der Mann, den er getötet hatte, immer noch im Kopf herum. Cassie ging es nicht anders. Trotzdem hielt sie die Tat letztlich für entschuldbar, auch wenn sie mit dieser Verteidigung vor einem Gericht nie durchgekommen wären. Sie akzeptierte ihren Teil der Verantwortung, denn sie wusste, dass sie an Leos Stelle vielleicht genauso gehandelt hätte. Trotzdem war die Erinnerung noch so schrecklich, dass sie sich lieber nicht länger damit befassen wollte. Das Blut, der verstohlene Versuch, die Leiche verschwinden zu lassen. Und auch wenn sie eine gemeinsame Verantwortung hatten, war es Leo, der abgedrückt hatte.

Er fixierte das Buch in seiner Hand und hielt es Cassie hin. Sie schüttelte den Kopf. »Wenn du willst, kannst du es ruhig auslesen.«

»Bist du deinem Onkel mal begegnet?«

»Ein paar Mal. Vor 2007. Ich erinnere mich nicht an viel. Als ich noch bei meinen Eltern lebte, haben uns Onkel Ethan und Tante Ris ab und zu besucht. Er war so ein stiller Typ, der viel gelächelt und kaum was gesagt hat.« Leos Frage gab Cassie die Gelegenheit, ein heikles Thema anzuschneiden. »Mein Onkel stand deinem Vater ziemlich nahe. Nach allem, was Tante Ris erzählt hat, war Werner Beck so ziemlich der Kopf der ganzen Korrespondenzunion.«

»Ich wette, sie hat noch mehr gesagt.«

»Na ja …«

»Schon gut, Cassie. Ich weiß, dass mein Vater Feinde hat.«

»Ich weiß nicht, ob Feind das richtige Wort ist. Sie fand ihn hochintelligent.« Das stimmte, allerdings hatte Tante Ris auch Worte wie *arrogant* und *narzisstisch* verwendet.

»Er zögert nicht, den Leuten unangenehme Dinge zu sagen, auch wenn sie sie nicht unbedingt hören wollen.«

»Er hat dir geschrieben, oder?«

»Einmal pro Monat. Lange Briefe. Meine richtige Erziehung, so hat er es genannt.«

»Wieso hast du nicht bei ihm gewohnt?«

»Nach 2007 fand er es in seiner Nähe zu gefährlich für mich. Also hat er mich zu einer Cousine in Cincinnati geschickt. Ein kinderloses Ehepaar, sie hatten beide keine Ahnung von der Union. Er hat sie großzügig dafür bezahlt, dass sie sich um mich kümmerten. Sie haben mir ein freies Zimmer gegeben und mich in der Schule angemeldet. Anständige Leute, doch eigentlich konnten sie nichts mit mir anfangen … und mir ging es umgekehrt genauso. Sobald ich volljährig war, hab ich mir eine Busfahrkarte nach Buffalo gekauft und mir eine Stelle als Tellerwäscher gesucht. Ich wusste, dass dort Überlebende sind, die mir helfen können. Mein Vater hat mir erklärt, wie ich zu deiner Tante und den Leuten aus ihrem Umkreis Kontakt aufnehmen kann. Er fand meine Entscheidung nicht gut, aber er hat es wohl verstanden.«

»Und dann hast du festgestellt, dass wir auch nicht deinen Erwartungen entsprechen.«

»Na ja … Weißt du, was mein Vater immer über die Union gesagt hat? Dass sie ein Geselligkeitsverein ist, statt eine Armee zu sein.«

Das stimmte wahrscheinlich. »2007 hat sich alles verändert.«

»Nein, eigentlich nicht. Die Morde zielten offenbar darauf ab, die Korrespondenten zum Untertauchen zu zwingen, und genau das ist auch passiert. Wie Hunde haben wir uns verkrochen. Zitat von meinem Vater. Und genau das habe ich in Buffalo vorgefunden: einen Haufen geprügelter Hunde.« Sein Blick wirkte zugleich verlegen und trotzig. »Zumindest kam es mir so vor. Ja nicht überstürzt handeln. Alles nur im Flüsterton. Trauern, aber bloß nicht wütend werden.«

»Manche von uns waren wütend, Leo. Auch wenn sie es nicht gezeigt haben. Manche von uns waren die ganze Zeit wütend.«

»Ja, vermutlich.« Der alte Gartenstuhl knarrte, als er das Gewicht verlagerte. Das einzige andere Geräusch kam von den heftig durchgeschüttelten Platten des Windspiels. »Was hätte ich auch sagen sollen? Mein Vater hatte 2007 überlebt, ich war keine Waise. Ich konnte mich wohl kaum beschweren bei jemandem wie …«

»Wie mir?«

»Bei jemandem, der das alles mit eigenen Augen gesehen hat.«

Stimmt, dachte Cassie. Dieser kurze Blick auf die reglosen, blutbesudelten Leichen ihrer Eltern, bevor Tante Ris sie mit aller Kraft weggezogen hatte. So etwas ließ sich nicht auslöschen. Doch was hatte sie davon? Nur schlechte Träume und Schuldgefühle. Eine tief verwurzelte Trauer, der sie nie ganz entrinnen konnte.

Und Zorn. *An Zorn hat es uns nie gefehlt.* »Na ja«, sagte sie, »auf jeden Fall sitzen wir jetzt im selben Boot.«

»Du meinst, wir sind beide Waisen?«, entgegnete Leo scharf.

»Nein, ich wollte sagen …«

»Keine Ahnung, ob er tot ist. So oder so, er hätte mich nicht hierhergeschickt, wenn er nicht gewollt hätte, dass ich sein Werk vollende.«

»Und du glaubst wirklich, dass uns Eugene Dowd dabei helfen kann?«

»Dowd scheint eher der Meinung zu sein, dass wir hier sind, um *ihm* zu helfen. Trotzdem, mein Vater hat ihm vertraut. Das ist für mich entscheidend.«

»Aber was ist der Plan?«

»Ich denke, das werden wir erfahren«, erklärte Leo, »sobald er seine Geschichte beendet hat.«

16

Unterwegs

Irgendwo auf dem Highway westlich von Columbus, Ohio, wurden die Ereignisse der letzten Tage für Nerissa zu einer schier unerträglichen Bürde. Mit erstickter Stimme bat sie Ethan anzuhalten. Noch bevor der Wagen richtig stand, war sie hinausgesprungen und sank vor einem unkrautüberwucherten Abwassergraben in die Knie. Ein Schraubstock drückte ihr erbarmungslos die Brust zusammen. Ihr Kopf war unendlich schwer. Das Sonnenlicht war bösartig grell, der Lärm der vorbeibrausenden Laster grausam laut. Sie stützte die Hände in das gelbe Gras und beugte sich vor, um die Überreste ihres Frühstücks zu erbrechen.

Als der Krampf abklang, schloss sie die Augen und sog in kleinen Schlucken die kalte Dezemberluft ein. Hinter ihren Augenlidern bildete sich eine höhlenartige und eigenartig tröstliche Dunkelheit. So verharrte sie reglos, bis sie Ethans Hand auf der Schulter spürte.

»Ris? Alles in Ordnung?«

Natürlich nicht. Aber in dem Sinn, wie er es meinte … nun, immerhin erholte sie sich schon wieder. »Bitte hilf mir auf.«

Sie lehnte sich an ihn, bis der Schwindel verging. Zurück im Auto spülte sie sich mit Wasser aus der Flasche den Mund und spuckte es durch die Tür hinaus.

Seltsam, wie unmerklich dieses Gefühl sich an sie herangeschlichen hatte. Und es war nicht die Erinnerung an den grausigen Tod des Sims, die es ausgelöst hatte. Auch nicht die schlimme Schlussfolgerung, die sie aus ihrer Begegnung mit Mrs. Bayliss gezogen hatte, dass ein fremder Organismus einen menschlichen Mutterleib besetzen konnte. Nein, sie war aus dem Auto getorkelt, weil sie an ihre Nichte und ihren Neffen gedacht hatte, die sich irgendwo da draußen ohne Freunde durchschlagen mussten und sie für tot hielten.

Im Grunde nicht unbedingt ein neuer Gedanke. Nur hatte sie ihn in der Hektik der letzten Tage nicht an sich herangelassen. Doch die Zeit oder die müde, sonnige Geborgenheit im fahrenden Auto hatten sie unachtsam gemacht.

Sie genehmigte sich einen weiteren Schluck Wasser, als Ethan das Auto zurück in den Verkehr lenkte. Zwei Sattelzüge donnerten vorbei, die Herren des Highways an diesem kalten Wochentag. Sie erinnerte sich an die Sorgerechtsanhörung nach dem Massaker von 2007. Ein Gremium des Jugendamts hatte Nerissas Eignung als Erziehungsberechtigte für Cassie und Thomas geprüft. Dabei musste Nerissa ihre Bereitschaft zum Ausdruck bringen, beiden ein neues Zuhause zu geben, und versprechen, ihnen Zugang zu jeder benötigten Beratung oder Therapie zu gewähren. Und diese Zusagen hatte sie aufrichtig und vorbehaltlos gegeben, auch wenn sie sich des vom Jugendamt geforderten »erzieherischen Potenzials« nicht so sicher war. Letztlich hatte ihr das Gremium mehr Vertrauen für diese Aufgabe bekundet, als sie selbst empfand.

Die Hingabe ihrer Schwester an ihre Kinder hatte sie immer bewundert und sie manchmal sogar darum beneidet. Doch Kinder hatten nie zu Nerissas Lebensplan gehört, außer in einem ganz vagen Irgendwann-vielleicht-Sinn. Durch ihre Karriere und die späteren Schwierigkeiten mit Ethan hatte sich die Frage eigentlich von selbst erledigt. Und dann war sie auf einmal verantwortlich für zwei traumatisierte Kinder. Nach den Anschlägen hatte sie sich von ihrer Tätigkeit an der Universität freistellen lassen, weil sie bei einer Rückkehr der Mörder nicht zur wehrlosen Zielscheibe werden wollte. Der Umzug in eine andere Stadt, die Verantwortung für Cassie und Thomas, die unergründliche Bedrohung, die über ihnen allen hing, dazu ihre eigene Last traumatischer Erinnerungen. In manchen Nächten wachte sie schweißgebadet auf mit der Gewissheit ihrer völligen Überforderung. Am Horizont lauerten die Verachtung der Kinder, Armut und ein gewaltsamer Tod im Schlaf.

Doch so kam es nicht. Die Kinder hatten sich langsam eingewöhnt. Monatelang schlug Cassie bei der leisesten Erwähnung ihrer Eltern die Hände über die Ohren; sie klammerte sich an sie und wollte nicht einmal allein zur Schule gehen. Dann kehrte ganz allmählich ihr Selbstvertrauen zurück. Und im Gleichtakt damit auch Nerissas Selbstvertrauen. Es war, als hätten sie heimlich den Zaubertrick gelernt, wie die eine Kraft aus der anderen schöpfte, ohne sie zu schwächen. Thomas hatte sich sogar noch schneller erholt, obwohl er jünger war als Cassie. Natürlich gab es auch schwierige Augenblicke, plötzliche Tränen- oder Wutausbrüche ohne Anlass oder die Forderung, in sein *echtes* Zuhause und zu seiner *echten* Mutter zurückgebracht zu werden. Aber dann ließ sich Thomas tröstend von Cassie umarmen … und irgendwann auch von Nerissa. Sie erinnerte sich noch gut, wie er zum ersten Mal weinend zu ihr gelaufen war. An sein Gewicht und seine Wärme, an den feuchten Fleck, den er auf ihrer Schulter hinterlassen hatte.

Die beiden zu schützen wurde zum wichtigsten Anliegen ihres Lebens. Nachdem sie so vieles verloren hatte, war das fast das Einzige, was ihr noch blieb. Und zu ihrer eigenen Verwunderung stellte sich heraus, dass sie eine gewisse Begabung für diese Aufgabe besaß.

Doch letztlich hatte sie versagt. Ausgerechnet in der Nacht, als die Sims zurückkehrten, war sie nicht zu Hause gewesen. Und zwar aus rein egoistischen Gründen. Ein Abend im Theater mit Carl Vance – Beths Vater, der 2007 zum Witwer geworden war und nicht wieder geheiratet hatte. Sie hatten sich eine Aufführung von *Was ihr wollt* im Performing Arts Center angesehen. Danach gab es Drinks in Carls Wohnung. Und dann gingen sie ins Bett in der Gewissheit, dass Cassie auf Thomas aufpassen würde, dass es sogar gut für ihre Nichte war, wenn sie einmal etwas von der Verantwortung übernahm, die ihr als Volljähriger zustand. Im Grunde alles nur Ausflüchte, um ihre eigennützige Entscheidung zu rechtfertigen.

Du hast dich einlullen lassen und nicht aufgepasst, dachte Nerissa. So sicher hatte sie sich gefühlt, dass sie sich sogar ein leises Aufflammen ihrer alten Verbitterung gestattet hatte, Verbitterung über eine Pflicht, die sie nie gewollt hatte, aber nicht ablehnen konnte; Verbitterung darüber, dass sie zu einer unterstützenden Rolle im Leben dieser Kinder verdammt war, statt in ihrem eigenen die Hauptrolle spielen zu können. Sie hatte beschlossen, sich in Gesellschaft dieses Mannes, für den sie nicht mehr als eine flüchtige Zuneigung empfand, von ihrer Einsamkeit zu erholen. Und die Folge war, dass Cassie und Thomas verschwunden waren. Nicht tot (*bitte lieber Gott, nicht tot*), doch irgendwo dort draußen in Begleitung von Werner Becks eingebildetem Sohn und Carls zickiger Tochter – wahrscheinlich unterwegs zu einer von Werner Becks sicheren Adressen. Immer vorausgesetzt, dass Beck nicht selbst ermordet worden war. Auch wenn die Sims diesmal selektiver vorgegangen waren, stand Beck auf ihrer Abschussliste bestimmt immer ganz oben. Denn Beck war, wie Ethan stets betont hatte, das Herz der Union. Ihr Macher, ihre treibende Kraft. Ihr engagiertestes und gefährlichstes Mitglied.

Der Highway wand sich durch Ohio nach Indiana. Zur Abenddämmerung hin wurde der Himmel klar und die Luft kälter. Vor Indianapolis kamen sie an einem lokalen Radiosender vorbei, dessen Funkantenne wie eine Stahlblume zum Meridian zeigte und der Radiosphäre Nachrichten zuflüsterte, die diese an die benachbarten Gemeinden und Vororte und vielleicht sogar an die ganze Welt weiterleitete, falls das Signal stark genug war.

Ethan schaltete den Sender ein, um Nachrichten zu hören. Die Welt stand vor einem unruhigen, konfliktreichen Weihnachten. In Nordafrika hatten General Othmanis Truppen eine Friedensbrigade des Völkerbundes umzingelt und vernichtet. In Europa war eine Konferenz zur Balkankrise ohne Verhandlungsergebnis abgebrochen worden. Die Russische Liga und die Panasiatische Allianz stritten sich um einen Ölhafen im Ochotskischen Meer, und es war sogar die Rede von einem Artillerieschusswechsel.

An sich war keine dieser kleinen Krisen besonders ungewöhnlich, nur das gehäufte Auftreten wirkte unheilvoll. »Manchmal frage ich mich, ob er jetzt anfängt auseinanderzubrechen«, sagte Ethan. »Der Frieden, den sie uns gegeben haben.«

»Den sie uns aufgezwungen haben, meinst du. Und ich bin auch nicht sicher, ob man das als Frieden bezeichnen kann. Ich würde eher von Pax formicae reden. Dem Frieden des Ameisenhaufens.«

»Wenn Bayliss' Angaben stimmen – wenn die Hyperkolonie infiziert ist und mit sich selbst Krieg führt –, dann würde sich das natürlich auf die Art und Weise auswirken, wie sie die Welt lenkt.«

»Oder das Ganze hat sich bis Neujahr schon wieder in Wohlgefallen aufgelöst.« Nerissa zuckte die Achseln. »Wir wissen es nicht.«

Dann folgten Nachrichten aus dem Bundesstaat und der Region. Das Parlament von Indiana hatte eine Etaterhöhung verabschiedet. Der Bauernverband drohte mit einem Boykott der Getreidebörse im Mittleren Westen, falls sich die Preise nicht stabilisierten. Die Polizei fahndete im Zusammenhang mit einem Tötungsdelikt nach vier jungen Personen. In den nächsten Tagen war klares und der Jahreszeit entsprechend kühles Wetter zu erwarten.

Ethan stellte das Radio ab. »Wenn wir die Nacht durchfahren, schaffen wir es bis morgen früh zu Werners Haus.«

Nerissa war Werner Beck nur einmal bei einem Treffen der Korrespondenzunion vor dem Massaker von 2007 begegnet. So kurz diese Begegnung war, sie trug dazu bei, dass sich ihr Verhältnis zur Union abkühlte und ihre Beziehung mit Ethan aus dem Lot geriet.

Getreu ihren paranoiden Prinzipien bestand die Korrespondenzunion eigentlich aus zwei Organisationen. Die meisten ihrer Mitglieder waren Akademiker oder Naturwissenschaftler, die anhand der Adressliste unpopuläre oder auch skurrile Ideen über ihre Forschung verbreiteten. Für diese

Leute war die Union eher eine akademische Entsprechung zu den Freimaurern: ein vordergründig geheimer Club, über den man sich mit Kollegen austauschen konnte. Für sie war es nicht erforderlich, die Vorstellung der Radiosphäre als Lebewesen ernst zu nehmen.

Diejenigen, die diese Vorstellung ernst nahmen, gehörten eher dem inneren Zirkel der Union an. Insgesamt waren dies höchstens fünfhundert Personen an Universitäten und Forschungseinrichtungen in der ganzen Welt. Im Zuge ihrer Arbeit waren sie unweigerlich mit Hinweisen konfrontiert worden, die sie weder gefahrlos veröffentlichen noch ignorieren konnten. Ethan zum Beispiel. Bis zu seiner Arbeit mit antarktischen Eisbohrkernen hatte auch er zu den Akademikern des äußeren Kreises gezählt. Mit seinen Ergebnissen wandte er sich an Werner Beck, der ihn drängte, den in seinen Proben entdeckten chondritischen Staub zu isolieren. Es war Werner Beck, der ihn schließlich in den inneren Zirkel holte.

Dieser innere Zirkel hielt keine Konferenzen im üblichen Sinn ab. Nur alle paar Jahre fand irgendwo auf der Welt ein informelles Treffen statt. Diesmal hatte Beck Zimmer in einem Hotel in Framingham bei Boston gebucht. Die Anmietung eines Veranstaltungssaals erübrigte sich, weil nur acht Mitglieder teilnahmen (vier aus den USA, eins aus Dänemark, zwei aus China und eins aus Indien). Die ganze Versammlung passte bequem in ein Hotelzimmer. Jeder Delegierte sollte ein Referat halten, dessen Inhalt für die allgemeine Verteilungsliste der Union als zu heikel angesehen wurde. Ethan hatte einen Bericht über seine Eiskernarbeit geplant, Beck einen über die Kulturen, die er aus den von Ethan extrahierten Zellen gezüchtet hatte.

Ethan machte Nerissa im Hotelcafé mit Beck bekannt. Sie hatte eine überlebensgroße Erscheinung erwartet. Und das war er vielleicht auch, doch nur im übertragenen Sinn. Beck war nicht größer als Nerissa, die eins siebenundsechzig maß. Er hatte dunkles, leicht schütteres Haar. Und er trug einen Bart, dessen gleichmäßige, gepflegte Länge von knapp einem Zentimeter an eine Formschnittpflanze erinnerte. Er war zwanglos gekleidet in eine makellose Jeans und ein weißes, am Kragen offenes Hemd. Im Gegensatz zu den meisten Teilnehmern machte er mit seinen breiten Schultern und muskulösen Oberarmen den Eindruck, öfter ins Fitnessstudio zu gehen.

Das herausstechende Merkmal waren seine Augen. Sie kannten weder Nervosität noch Unsicherheit. Er fixierte sie so unverwandt und direkt, dass es ihr unangenehm war. Dann lächelte er. »Sie müssen Mrs. Iverson sein.«

Ethan hatte typischerweise vergessen, sie vorzustellen. »Nerissa«, antwortete sie. »Hi.«

»Ich bin Werner Beck.« Nach einem kurzen Händeschütteln wandte er sich Ethan zu. »Bei unserem letzten Treffen warst du noch unverheiratet. Du hast es gut getroffen.«

»Danke«, sagte Ethan eine Spur zu unterwürfig, wie Nerissa fand.

»Es ist ungewöhnlich, mit der Gattin zu so einer Veranstaltung zu erscheinen.«

»Wir sind beide schon halb im Urlaub. Nach dem Wochenende fahren wir weiter nach Hawaii. Zwei Wochen in der Turtle Bay.«

»Klingt nett. Freut mich, dich zu sehen, Ethan. Wir haben viel zu besprechen. Mrs. Iverson, ich hoffe, Sie fühlen sich nicht ausgeschlossen. Aber Boston ist ja eine große Stadt, da finden Sie schon eine Beschäftigung.«

Es war ein Abschied und kein besonders liebenswürdiger. Nerissa verkniff sich eine herablassende Erwiderung. Und

Ethan stieß nur ein nervöses Lachen aus, statt für sie einzustehen. »Ris kennt die Stadt ziemlich gut – sie hat fast ihr ganzes Leben hier gewohnt.«

»Natürlich. Jedenfalls haben wir unser erstes Treffen heute Nachmittag um eins. Wickramasinghe spricht über organische Einschlüsse in Meteoritenfragmenten. Eine gute Vorbereitung auf deine Arbeit.« Becks Blick zuckte wieder zu Nerissa. »Nett, dass wir uns kennengelernt haben, Mrs. Iverson. Ich hoffe, wir sehen uns bald wieder.«

»Und?«, fragte Ethan, nachdem Beck den Tisch verlassen hatte.

Sie zuckte die Achseln. »Gepflegte Erscheinung.«

»*Das* ist dein Eindruck von ihm? Eine gepflegte Erscheinung?«

»Ein bisschen ölig vielleicht.« *Wenn du es genau wissen willst.*

»Er versucht bloß, einen guten Eindruck zu machen.«

»Auf das unerwartete Eheanhängsel?«

»Das ist unfair.«

Möglich. Von Ethan wusste sie, dass die Union keine strengen Vorschriften dazu hatte, wie viel Information die Mitglieder an ihre Familien weitergeben durften. Doch alle waren sich darin einig, dass zu viel Gerede gefährlich für die Karriere sein konnte. Aus diesem Grund war die Union ja überhaupt erst entstanden. Und ein Großteil der Erkenntnisse, die der innere Zirkel gewonnen hatte, hätte in den Ohren eines Außenstehenden bizarr oder sogar irrational geklungen. Nerissa verstand, dass hier Takt gefragt war, vor allem im Umgang mit einer Schlüsselfigur wie Werner Beck.

Trotzdem ging es ihr gegen den Strich, wie ein Eindringling behandelt zu werden. Oder schlimmer noch, wie eine potenzielle Spionin. Dabei interessierte sie sich doch überhaupt nicht für die Diskussionen dieser Leute! Das waren doch alles bloß beunruhigende und rein spekulative Hypothesen.

»Egal«, sagte Ethan. »Was zählt, sind seine Ideen. Und er ist ein kompetenter Forscher. Seit dem Tod seiner Frau vor einigen Jahren hat er nur noch seine Arbeit. Und er kann es sich leisten, sie zu betreiben.«

»Er ist Witwer?«

»Alleinerziehender Vater.«

Sie erlaubte Ethan, das Thema zu wechseln. Sie redeten über ihre Pläne für Oahu. Nerissa malte sich ein Zimmer mit Bambusmöbeln, eine leichte Brise und fernes Meeresrauschen aus. Und wie sie selbst auf einer schattigen Veranda saß mit einem Drink (irgendwas mit Gin und einem Schirmchen), um alle Gedanken an unheimlich Kräfte zu verscheuchen, die die menschlichen Geschicke beeinflussten.

Am Samstag streifte sie durch die Antiquariate in Old Boston. Nerissa fand solche Buchläden beruhigend – den Geruch nach alter Tinte, die gedämpfte Akustik. Sie suchte etwas Intelligentes, aber nicht zu Anspruchsvolles, und entschied sich schließlich für eine leicht angestoßene Zweitauflage von Raymond Chandlers *Die kleine Schwester.* Zurück im Hotel sicherte sie sich in der Bar einen Fenstertisch und fing an zu lesen. Sie hatte noch nicht einmal das Ende des ersten Kapitels erreicht, als sie einen Schatten neben sich bemerkte.

Eine Frau, vermutlich etwas über vierzig, mit einem Drink in der Hand und einer beeindruckend blickdichten Brille auf der Nase. »Sie sind Ethans Frau, stimmt's?«

Nerissa nickte vorsichtig.

»Dachte ich mir schon. Ich habe Sie gestern zusammen mit Ethan und Beck gesehen.« Ihre Stimme war leise (*vogelartig*, dachte Nerissa), und sie sprach mit französischem Akzent.

»Ich bin Amélie. Amélie Fournier. Ich bin bei … na, Sie wissen schon. Ich gehöre zur Union. Darf ich mich ein wenig zu Ihnen setzen? Oder möchten Sie lieber allein sein?«

»Nein, bitte nehmen Sie Platz. Ich bin Nerissa.«

Amélie ließ sich auf einem Stuhl nieder. »Danke. Ich schwänze gerade ein Treffen. Ist das der richtige Ausdruck? Schwänzen? Ich ertrage es einfach nicht, ständig in den Abgrund zu starren.«

»In den Abgrund?«

»Ich meine die Tiefe des Himmels. Das, was dort lebt.« Amélie legte ihr Gesicht in Falten, was nicht ganz einem Lächeln gleichkam. »Eigentlich weiß ich gar nicht, wie viel Ethan Ihnen erzählt hat.«

»Mein Mann und ich, wir haben keine Geheimnisse voreinander.«

»Wirklich? Das wäre ungewöhnlich. Natürlich sollte ich sowieso nicht über diese Dinge reden. Mr. Beck wäre sehr verärgert über mich. Doch irgendwie stelle ich fest, dass mir das egal ist. Ich habe die Nase voll von Mr. Beck. Ich bin lieber in weniger begeisterter Gesellschaft. Damit meine ich Leute, die nicht so von sich eingenommen sind. Mr. Beck hält sich für einen Krieger. In seinen Augen sind wir alle bloß unzulängliche Soldaten. Und manchen widerstrebt es völlig, Soldat zu sein. Das empört ihn. Verzeihung, möchten Sie lieber über was anderes sprechen? Wenn ich getrunken habe, kann ich eine ziemliche Nervensäge sein. Das haben mir schon mehrere Leute gesagt.«

»Überhaupt nicht. Ich finde es erfrischend, mal eine andere Ansicht zu hören.«

»Als die Ihres Mannes?«

»Mein Mann hat tatsächlich eine etwas höhere Meinung von Mr. Beck als Sie.«

»Ja, da bin ich in der Minderheit, zugegeben. Ich finde, es gibt Wahrheiten, die Mr. Beck geflissentlich ignoriert.«

»Zum Beispiel?«

Amélie zögerte. Sie fuhr sich mit der Hand durchs Haar, das zu glatten, dunklen Flügeln geschnitten war – eine Frisur, die Nerissa noch nie gesehen hatte. »Jeder bei diesem Treffen vertritt eine bestimmte Fachrichtung. Mein Gebiet ist die Astronomie. Ich bin Astronomin. Haben Sie schon mal durch ein Teleskop geschaut, Nerissa?«

»Ein- oder zweimal.«

»Optische Teleskope sind veraltet. Heutzutage betrachten wir den Himmel über unsichtbare Wellenlängen. Oder mit Fotoplatten. Das bloße Auge ist unzuverlässig. Ich bin bei meinem Vater aufgewachsen, dessen Hobby die Astronomie war. Wir haben in der Normandie gelebt, im Westen Frankreichs. Dort hatte er ein großes Gut. Ackerland. Weit weg von jeder Stadt. Nachts war der Himmel ganz dunkel. Und man konnte immer die Sterne sehen. Mit der Zeit hat mich das genauso fasziniert wie meinen Vater. Für ihn hatte es etwas Erhabenes, durch ein Teleskop zu blicken. Menschen sind bloß kleine Lebewesen auf einen unbedeutenden Planeten, aber wenn wir den Himmel betrachten und begreifen, dass die Sterne ferne Sonnen sind, erschließt sich uns ein ganzes Universum.

Als Kind war ich ganz verzaubert. Natürlich dachte ich an die Möglichkeit, dass andere Welten diese fernen Sonnen umkreisen. Vielleicht sogar bewohnte Welten. Planeten mit Zivilisationen wie unserer, nur primitiver oder fortgeschrittener. Kindische Fantasien, wie sie doch auch Wissenschaftlern nicht fremd sind.

Als Erwachsene entdeckte ich dann, dass eine Karriere in der modernen Astronomie weit prosaischer ist, als ich es erwartet hatte. Mein Projekt für die Doktorarbeit war eine Untersuchung der Radiosphäre anhand von Hochfrequenzinterferometrie. Das Vorhaben stieß auf Widerstand. Es war schwer, Forschungszeiten und Unterstützung für größere Parabolantennen zu bekommen. Die genauen Einzelheiten spielen keine Rolle, jedenfalls war es so, dass ein Kollege von einer anderen Universität auf mein Projekt aufmerksam wurde und mich in die Korrespondenzunion einführte.« Amélie lächelte zaghaft. »Dort wurde mir viel erklärt.«

»Zum Beispiel, dass die Radiosphäre lebt. Konnten Sie das sofort glauben?«

»Sie haben die Beweise vorgelegt und es mir überlassen, meine eigenen Schlussfolgerungen daraus zu ziehen. Glauben Sie es denn nicht?«

»Ich bin keine Naturwissenschaftlerin. Man könnte sagen, dass mich Ethan überzeugt hat. Seine *Überzeugung* hat mich überzeugt.«

»Leben«, fuhr Amélie fort, »nicht von dieser Welt und so nahe, dass man es fast berühren kann. Zuerst war es bloß eine Vermutung, doch inzwischen sind die Beweise zwingend. Zum Teil ist das der Arbeit Ihres Mannes zu verdanken. Die kleinen, in alten Eiskernen eingeschlossenen Samen. Stellen Sie sich vor, wie dieses fremde Leben über Jahrhunderte hinweg weit verstreut als sanfter Schnee vom Himmel rieselt und sich hält, ohne abzusterben. Wir sind umschlossen von einem *Organismus*, der unsere Kommunikation unterstützt und uns als Spezies in eine bestimmte Richtung lenkt.«

In eine bestimmte Richtung drängt, so hatte Ethan es ihr einmal erklärt, *so wie bestimmte Ameisen Blattläuse drängen.*

»Eine fantastische, schreckliche und absolut unverdauliche Wahrheit.« Amélie winkte mit der Hand zum Himmel oder zumindest zur Decke und stieß dabei fast ihr Glas um. »Seit einigen Jahren haben wir uns mit der Vorstellung abgefunden, dass die Beziehung zwischen uns und dieser Entität *symbiotisch* ist. Sicher kennen Sie diesen Begriff? Für beide Seiten vorteilhaft. Sie wahrt und fördert den Frieden auf der Welt, und im Gegenzug … Nun, was sie sich im Gegenzug nimmt, ist umstritten. Und Mr. Beck sieht das Ganze sowieso viel pessimistischer. Er meint, dass es sich um eine rein parasitäre Beziehung handelt. Was die Hyperkolonie will, wird sie sich letztlich auch nehmen. Ihr Eingreifen in unsere Angelegenheiten ist völlig egoistisch. Wenn sie uns unkriegerisch haben will, dann nur mit dem Ziel, dass wir keine Waffen entwickeln, mit denen wir uns verteidigen könnten.«

»Teilen Sie diese Auffassung?«

»Ich weiß nicht. Die Indizien sind widersprüchlich. Aber überlegen Sie mal, was es bedeutet, wenn Mr. Beck recht hat. Da ist eine über die ganze Galaxie verbreitete Lebensform, die zum Überleben von der Ausbeutung einer Zivilisation wie der unseren abhängt. Was können wir daraus schließen?«

»Nun … vermutlich, dass Zivilisationen wie die unsere relativ weit verbreitet sind.«

»Ja, vielleicht. Zumindest so weit verbreitet, dass sie für die Evolution dieser Entität eine Rolle gespielt haben. Dieser *parasitären* Entität. Dieser *erfolgreichen* parasitären Entität. Der Parasit ist überall um uns herum …« Amélie beugte sich so weit vor, dass Nerissa den Alkohol in ihrem Atem riechen konnte. »Aber wo sind seine *früheren Opfer*? Wo sind diese anderen uns ähnlichen Zivilisationen? Warum haben sie uns nicht vor dem Parasiten gewarnt? Warum sind sie nicht mehr da, um uns zu helfen?«

»Was weiß ich? Vielleicht ist es nicht möglich, oder es ist ihnen einfach egal.«

»Oder der Räuber hat das Opfer so lange ausgesaugt, bis nur noch eine Leiche übrig war.«

Die Bar war stark klimatisiert. Nerissa lief ein Schauer über den Rücken.

Amélie nickte. »Sie haben verstanden, wie ich sehe. Und genau das hat die Freude zerstört, mit der ich früher durch das Teleskop geschaut habe. All diese wunderbaren Möglichkeiten. Inzwischen denke ich beim Anblick der Sterne bloß noch an den Tod. Töten. Die Natur mit roten Klauen …«

»An Klaue rot und Zahn«, verbesserte Nerissa sie. Amélie hatte wissentlich oder unwissentlich aus einem Gedicht von Tennyson zitiert. Eine Stelle über den Menschen, diese viktorianische Abstraktion: *Der glaubt, dass Gott die Liebe sei / Liebe der Schöpfung letzter Plan / Ob auch an Klaue rot und Zahn / Natur gegen dies Denken schreit.*

»An Klaue rot und Zahn, genau.«

»Und Sie geben Beck die Schuld daran, dass er Ihren Blick zum Himmel verändert hat?«

»Nein, *daran* gebe ich ihm nicht die Schuld.« Amélie lächelte bitter. »Nein, wenn ich Mr. Beck etwas vorzuwerfen habe, dann eher, dass er mir in seinem Zimmer einen ziemlich plumpen Antrag gemacht und sich später über meine Arbeit mokiert hat, weil ich nicht auf seine Avancen eingegangen bin. Aber so ist er nun mal.« Unvermittelt stand sie auf, und der Stuhl hinter ihr geriet ins Wanken. »Ich glaube, Mr. Beck ist nicht wahnhafter als wir anderen. Er pflegt bloß einen militanteren Wahn. Achten Sie auf Ihren Mann, Nerissa. Ich meine, passen Sie auf ihn auf. Schützen Sie ihn. Denn er scheint stark beeindruckt von Mr. Becks Ideen. Und ich halte diese Ideen für äußerst gefährlich.«

Ein letztes Mal traf Nerissa Werner Beck an diesem Wochenende bei einem gemeinsamen Abendessen nach der Konferenz. Für die Dauer des Dinners waren alle technischen Diskussionen verboten. Es sollte ein geselliger Abend werden, allerdings war Nerissa die einzige Frau am Tisch. Amélie Fournier hatte einen frühen Rückflug nach Paris gebucht.

Die Konversation war oberflächlich und häufig unbeholfen. Vielleicht war es keine gute Idee, das Gespräch über das einzige Thema zu untersagen, das diese Menschen miteinander verband. Was blieb übrig? Bücher, Filme, Politik, Klatsch. Obwohl Nerissa wenig sprach und in Gedanken abschweifte, entging ihr nicht, wie sehr Beck die ganze Veranstaltung dominierte. Die Korrespondenzunion war angeblich unhierarchisch, und Beck bekleidete keine offizielle Position. Trotzdem war er es, der die Speisekarten bringen ließ, der kleinere Meinungsverschiedenheiten schlichtete und der das Dinner überhaupt organisiert hatte.

Und es war Beck, der es für beendet erklärte, sobald die Nachtischteller abgeräumt waren. Als Nerissa und Ethan aufbrachen, hielt er ihr die Hand hin. »Hat mich sehr gefreut, Sie kennenzulernen, Mrs. Iverson.« Sein Händedruck war fest, und sein Lächeln strahlte unerschütterliches Selbstvertrauen aus. Sie rang sich ebenfalls ein Lächeln ab – das vielleicht nicht ganz so überzeugend wirkte.

Später auf dem Zimmer erzählte sie Ethan, was Amélie über Beck gesagt hatte.

Ethan runzelte die Stirn. »Das muss ein Missverständnis gewesen sein.«

»Amélie hatte offenbar keine Zweifel.«

»Ihre Arbeit über Mikrowellenechos war tatsächlich ziemlich dünn. Bei der anschließenden Diskussion war Beck vielleicht ein bisschen ablehnend, aber ich glaube nicht, dass er sich unfair geäußert hat. Die Bombe bei dieser Konferenz hatte jedenfalls *er* im Gepäck. Es ist ihm gelungen, in einer Kultur von chondritischen Zellen Signalmechanismen zu entdecken.«

»Und das ist wichtig?«

»Als würde man ein Stück Himmel runterholen und es unter ein Mikroskop legen. Wenn wir verstehen, wie diese Zellen miteinander kommunizieren, sollte es möglich sein, diese Kommunikation zu überwachen oder sie sogar zu stören. Ich meine, falls wir uns dafür entscheiden.«

»Und dass er sich an sie rangemacht hat?«

»Da frage ich mich, ob das wirklich stimmt. Vielleicht gab es eine spitze Bemerkung von ihm, und sie hat das dann übertrieben wahrgenommen, was weiß ich, vielleicht aus Neid auf seine Arbeit …«

»Sie hat also gelogen?«

»Ach komm schon, Ris! Nicht unbedingt gelogen, aber …« Ungeduldig zuckte er die Achseln. »Es ist doch nichts passiert. Ich weiß gar nicht, warum wir uns überhaupt darüber streiten. Sie hat einen eher trivialen Vortrag gehalten, der verdientermaßen wenig Beachtung fand, und war sauer deswegen. Vielleicht hat sich Beck nicht unbedingt wie ein perfekter Gentleman verhalten. Aber selbst wenn es so ist, spielt das wirklich eine Rolle?«

Zumindest könntest du es dir durch den Kopf gehen lassen, dachte Nerissa. *Spiel die Sache nicht aus Loyalität zu Beck herunter. Und auch seine beeindruckenden Forschungsergebnisse sind kein Grund, ihn bedingungslos in Schutz zu nehmen.* Statt diese Einwände auszusprechen, wandte sie sich bloß mit finsterem Gesicht ab.

Diese Meinungsverschiedenheit warf einen Schatten auf ihren gemeinsamen Urlaub. Oahu war genauso schön wie erwartet. Sie wanderten am Mokuleia Beach und sonnten sich stundenlang im weißen Sand des Hotelstrands. Doch Nerissa hatte eine Seite an Ethan (und der Korrespondenzunion) kennengelernt, die ihr nicht gefiel und die sie auch nicht einfach als unwichtig abtun konnte. Und obwohl die Sterne über der Nordküste der Insel betörend glitzerten, wollten ihr Amélies Worte nicht aus dem Sinn gehen. *Ob auch an Klaue rot und Zahn / Natur gegen dies Denken schreit.* Und offenbar auch gegen Amélie. Amélie war eine der Ersten, die bei den Anschlägen von 2007 ums Leben kamen.

»Ris, wach auf.«

Einen Augenblick dachte sie, wieder in Hawaii zu sein. Doch nein. Sie war im Auto eingeschlafen. Müde blinzelte sie gegen die graue, alles andere als tropische Morgendämmerung an. Als sie sich aufsetzte, jaulten alle Gelenke in ihrem Körper gleichzeitig auf.

Ethan hatte vor einem Bungalow an einer staubigen Straße in der Nähe eines Bahnübergangs geparkt. Sie wollte schon fragen, wo sie waren, da fiel es ihr ein. Das war einer von Werner Becks vielen sogenannten sicheren Unterschlupfen. Die Adresse hatte er Ethan in dem Brief genannt, der am Tag ihres Aufbruchs vom Farmhaus zugestellt worden war. *Anzeichen gesteigerter Aktivität in der Radiosphäre,* hatte Beck geschrieben. *Äußerste Vorsicht geboten. Du erreichst mich unter dieser Adresse.*

Und der Mann, der soeben aus der Tür trat und die Verandatreppe herabschritt, war Werner Beck persönlich. Seit ihrer letzten Begegnung mit ihm hatte er sich nicht besonders verändert. Seine Haltung war noch immer militärisch aufrecht, nur das Haar und der Bart waren leicht angegraut. Er trug eine lose sitzende Kakihose und ein rotes, über den Bund hängendes Flanellhemd. Nerissa fiel vor allem das Gewehr in seiner Hand auf. Als Ethan das Fenster nach unten gleiten ließ, setzte er ein angespanntes Lächeln auf.

Hoffentlich sind sie hier, dachte Nerissa. *Hoffentlich sind sie im Haus: Cassie und Thomas und Becks Sohn Leo. Hoffentlich beobachten sie uns vom Fenster aus und kommen gleich rausgerannt, sobald sie mich sehen.* Müde stieß sie die Wagentür auf und stieg aus. Ethan ebenso.

»Kommt lieber rein«, mahnte Werner.

Im Haus war nichts. Nur fahles Licht, ein leerer Flur, eine reglose Tür und schreiende Stille.

17

Dowds Werkstatt

Eugene Dowds Sprühlack hatte die weiße Farbe des gestohlenen Wagens in Metallicblau verwandelt. Mit den abgedeckten Fenstern und Leisten wirkte es auf Cassie fast wie eine Sinnestäuschung, ein Trompe-l'œil-Automobil, ein magischer Trick kurz vor der Enthüllung. Dowd kündigte an, dass er es morgen früh bloß noch polieren und klar streichen konnte. Für etwas anderes blieb keine Zeit, abgesehen davon ging es nur darum, dass der Wagen nicht mehr der ursprünglichen Beschreibung entsprach. Eine schnell aufgetragene Lackschicht und neue Nummernschilder, mehr war nicht möglich. Dann mussten sie los.

Natürlich wartete Cassie schon gespannt darauf, dass er seine Geschichte über Chile zu Ende erzählte. Die Geschichte über die Wüste namens Atacama und die seltsamen Lichter, die er dort gesehen hatte. Aber Dowd hatte im Moment keinen Bock und vertröstete sie auf morgen. Wenn seine Hände beschäftigt waren, redete er einfach leichter. In der Zwischenzeit konnte er schon mal mit dem Pick-up nach

Salina fahren und Vorräte einkaufen. Hatte vielleicht jemand Lust, ihn zu begleiten?

Beth meldete sich sofort. Dowd nickte und verschwand mit ihr nach draußen.

Cassie, Leo und Thomas zogen sich nach oben ins Büro zurück, wo im dreckigen Fenster orange der Sonnenuntergang glühte. Sie waren zu hungrig, um auf Dowds Rückkehr zu warten, also stellten sie sich ein Abendessen aus den Resten im Kühlschrank zusammen. Leo schaltete das kleine Transistorradio des Automechanikers an und ließ es eine Weile laufen. Überwiegend wurde Weihnachtsmusik gesendet, weil das der nächste große Feiertag im Kalender war. Zuerst waren die Glöckchen und Chorgesänge nett, aber nach Einbruch der Dunkelheit wirkte die Musik traurig und fern wie das Signal eines Schiffs auf dem Meer. Cassie fragte sich, ob sie je wieder Weihnachten feiern würde. Tante Ris war eigentlich nicht besonders religiös, doch im Dezember schleppte sie immer eine zwergenhafte Kiefer über die Treppe hinauf in die Wohnung und stellte sie in eine Blechschale über einem weißen Tuch, auf dem sich die abgefallenen Nadeln in stachligen Büscheln sammeln konnten. Cassie vermutete, dass die Wohnung jetzt leer stand – Mahnungen im überquellenden Briefkasten, verdorbene Lebensmittel im Kühlschrank, Staubflocken in den Ecken. Leo stellte das Radio ab.

Thomas kauerte bedrückt am Fenster. »Ich hätte gern was zum Lesen.«

Cassie ging es genauso. Selbst eine Zeitschrift wäre besser gewesen als gar nichts. Beim Durchstöbern von Dowds Behausung waren sie auf nichts Brauchbares gestoßen. »Wir haben bloß ein Buch von Onkel Ethan. Und da sitzt gerade Leo dran.«

»Ich könnte euch vorlesen«, schlug er vor.

Cassie musste ein Lachen unterdrücken, als sie merkte, dass er es ernst meinte. Irgendwie komisch, sich vorzustellen, wie der Kettenraucher Leo Beck aus einem populärwissenschaftlichen Werk vorlas. Trotzdem eine schöne Idee. (Und wenn sie es sich recht überlegte – wann hatte sie ihn zuletzt mit einer Zigarette gesehen? Anscheinend hatte er seine Schachtel beendet, und er hatte Beth nicht gebeten, eine neue zu besorgen.)

Thomas wirkte auf einmal etwas munterer. »Wirklich?«

»Klar.« Leo warf Thomas ein Lächeln zu und schlug das erste Kapitel auf. *»Stellen wir uns einen Fischer vor – sagen wir, einen jungen Mann, der ein kleines Boot besitzt und seine eigenen Netze webt …«*

Dank Leos sonorer und erstaunlich selbstbewusster Stimme klang es eher nach einer Geschichte als nach einem Essay. Cassie beobachtete, wie sich Leo aufmerksam in den Text vertiefte und wie er immer wieder kurz über den Rand der Seite spähte, um den Blickkontakt zu Thomas zu suchen, der sich sichtlich interessiert nach vorn beugte. Wirklich nett von ihm, dass er das machte. Offenbar verbarg sich irgendwo in Leo Beck ein Mensch, den Cassie respektieren konnte.

Dowd und Beth kehrten erst nach Mitternacht zurück, beide leicht betrunken. Dowd stellte eine Kiste Konserven neben der Tür ab und trug einige verderbliche Sachen hinauf zum Kühlschrank im Büro. »Vorräte für die Fahrt«, erklärte er und stakste wieder hinaus, bevor Cassie fragen konnte: *Welche Fahrt? Wohin?*

Leo, Thomas und Cassie hatten bereits ihre Schlafsäcke im Büro ausgerollt. »Du bist am nächsten beim Schalter«, sagte Leo. »Machst du das Licht aus?«

»Und was ist, wenn Beth später reinkommt?«
»Sie wird sich schon zurechtfinden.«
Von unten drang überdrehtes Lachen herauf.

Nach ein paar Kilometern auf der Straße – eigentlich gar keine richtige Straße, bloß Kies und Erde, vermischt mit Sand – merkten Bastián und ich, dass wir uns da was ziemlich Blödes vorgenommen hatten.

Die Morgendämmerung brachte Kälte und ein paar Schneeflocken, die aus einem dicht verhangenen Himmel herabwehten. In der Werkstatt roch es nach Kunstharz, abgestandenem Bier und Motoröl. Dowd hatte die Abdeckungen von dem Wagen entfernt und ließ ihn mit einer Hebebühne hochfahren, um die Reifen und den Unterboden zu inspizieren, für den Fall, dass sie durch schlechtes Wetter kamen. Auf dem Weg *wohin*, hatte er noch immer nicht verraten.

Blöd, weil wir keine Ahnung hatten, worauf wir uns da eigentlich einließen, und weil wir sehr wahrscheinlich damit rechnen mussten, gefeuert zu werden. Es war eine von diesen Situationen, in denen man einfach auf alles scheißt. Scheiß auf den Job, scheiß auf die Firma. Der Lohn war zwar anständig, aber das Leben in einer Baracke mitten in der trockensten Wüste der Welt, wo man den ganzen Tag immer nur die Salares und die Cordillera vor der Nase hat, macht einen irgendwie kirre. Ich weiß nicht, wie es Bastián ging, ich jedenfalls hatte Lust auf eine Rückkehr in die Zivilisation. Zur Abwechslung wieder mal was Senkrechtes sehen. Mit einer Frau reden, die keine Vorgesetzte und keine Gabelstaplerfahrerin ist.

Also fuhren wir weiter, auch nachdem der Pisco leer getrunken war. Bastián erzählte vom Kupferabbau. Er hatte einen Cousin, der in der Chuquicamata- und der Escondida-Mine gearbeitet hatte. Was immer die dort draußen trieben, so sein

Fazit, mit Kupferbergbau hatte das nichts zu tun. Um Kupfer zu fördern, braucht man Wasser. Und dort gab es weder einen Fluss noch ein Bewässerungssystem. Sicher, durch unser Lager waren große Wassertanks transportiert worden, aber für einen richtigen Erzabbau reichte das bei Weitem nicht. Und wenn sie mit Haufenlaugung gearbeitet hätten, wären große Liefermengen von Schwefelsäure und ähnlichen Chemikalien nötig gewesen. Verdammt, dann hätten wir inzwischen längst die Halden sehen oder zumindest riechen müssen. Denn wir kamen immer näher.

Stattdessen bemerkten wir am Straßenrand jede Menge Müll. Das ist das Dumme an der Wüste: nichts verrottet, wird überwuchert oder versinkt in der Erde. Wenn man was wegwirft, bleibt es einfach liegen. Wir fuhren vorbei an diesen kleinen Haufen aus zerbrochenen Alurohren, zerschnittenem Metall, kaputten Maschinenteilen, Buntglas, zerborstenen Isolatoren und ähnlichem Zeug. Es war schon nach Mitternacht, am Himmel hingen der Halbmond und alle möglichen Sterne. Das Ganze sah ziemlich seltsam aus mit den Stahlträgern, die überall aus diesen Haufen ragten – wie eine Marslandschaft, wenn ihr versteht, was ich meine. Manche von den Haufen zwei Meter hoch, dann drei Meter, bis wir durch eine Art Müllallee fuhren und Bastián mit besorgter Miene langsamer wurde.

Eugene, sagte er, das ist kein normaler Betrieb.

Ohne Scheiß, war meine Antwort.

Ich möchte mich hier lieber nicht blicken lassen, meinte er. Egal, was diese Leute hier treiben, sie wollen keine Gesellschaft.

Also, ich bin hier rausgefahren, um was zu sehen, und dabei bleib ich. Wahrscheinlich war der Pisco schuld daran, dass ich auf stur schaltete.

Okay, aber zu Fuß, sagte Bastián. Der Toyota macht zu viel Lärm.

Von mir aus.

Also steigen wir aus und klettern eine Böschung hoch, die fast nur aus Industrieabfall besteht. Wir rutschen über Plastikplanen und klammern uns an Stahlstangen fest wie an Baumästen. Insgesamt machen wir sicher mehr Krach als mit dem Auto. Aber wie sich rausstellt, hat sich Bastián einen guten Platz zum Parken ausgesucht, denn vom Rand dieser Böschung hatten wir einen hervorragenden Blick über die ganze Anlage.

Wenn man es so nennen will. Das Gelände. Was auch immer. Das ist keine Mine, sagt Bastián. Ja, antworte ich, so viel steht fest.

Es war ein Wüstenfleck in der Größe einer Kleinstadt, mit diesem Müllhaufen drum herum wie die Wand einer Schüssel. Die meisten Gebäude darin waren lange Schuppen mit Blechdächern, Sperrholz- oder Betonwänden, ohne Kennzeichnung. In der Mitte stand ein Turm, nicht besonders hoch und irgendwie gedrungen, mit zehn oder zwölf Spiegeln, die wie die Blütenblätter einer Blume nach oben gerichtet waren. Dass es Spiegel waren, erkannte man daran, dass die Lichter von den Gebäuden und auch die Sterne darin blitzten. Ziemlich industrieller Anblick. Außen herum standen Pumpen und Druckbehälter voll mit irgendwelchem Zeug, dazu richtig fette Stromkabel, das Ganze ungefähr so groß wie ein Football-Feld. Und genau von dort kam auch dieses Licht, das wir manchmal noch im Lager sehen konnten, wo wir arbeiteten.

»Woher weißt du, dass es von da kam?«, fragte Thomas plötzlich. Dowd machte eine Pause und warf ihm einen giftigen Blick zu, um ihn zum Schweigen zu bringen. Cassie legte schützend den Arm um ihren kleinen Bruder.

Wir wussten es, weil es gerade ansprang, als wir hinschauten. Fast wären wir rückwärts den Schutthaufen runtergefallen. Ich meine, es war nicht laut oder so, es war überhaupt kein

Geräusch dabei außer ein Pochen, das vielleicht von einem unterirdischen Kompressor kam. Aber hell war es, heilige Scheiße! Bastián wandte das Gesicht ab, doch ich konnte einfach nicht anders, ich musste immer wieder einen Blick riskieren. Der Lichtstrahl ging senkrecht nach oben, aber ohne sich auszubreiten wie bei einem Scheinwerfer. Er war bleistiftgerade bis zu dem Punkt, wo er verschwand. Und es roch allmählich elektrisch, nach heißem Metall und schmelzendem Isoliermaterial.

Bastián schlug mit ziemlich zittriger Stimme vor, lieber in den Wagen zu steigen und zurückzufahren. Und ich fand seine Idee ausgesprochen gut. Denn bei dem vielen Licht fielen wir auf wie bunte Hunde. Und schlimmer noch, ich sah, dass sich da was bewegte. Direkt auf uns zu. Schau, sagte ich.

Da sind Leute unten, meinte er. Jedenfalls dachten wir das. Bei dem grellen Schein und den harten Schatten war es schwer zu erkennen. Möglicherweise auch Tiere, wenn man nach den Bewegungen ging. Riesenviecher. Na dann. Komm schon, rief er, lass uns abhauen von hier. Also ratterten wir halb blind über die dunkle Seite des Müllhaufens und stolperten über irgendwelchen Scheiß. Ich schnitt mich an einem Stück Metallblech, aber gespürt habe ich das erst später. Die Narbe habe ich immer noch.

Dowd zog sein T-Shirt hoch und zeigte den nackten Oberkörper. Die Narbe verlief als blasse, unregelmäßige Linie im rechten Winkel zu den Rippen.

Dann sagte Bastián auf einmal: Stopp, ich hör was. Also halten wir an. Inzwischen war Wind aufgekommen, und ich hörte in dem Gerümpel das Knattern von Dachpappe und zerrissenen Plastikfolien, dazu die industriellen Klopfgeräusche aus dem Gelände von dem Kompressor oder was es war. Und daneben das, was Bastián gemeint hatte: eine Art Scharren wie von einem Hund, der im Abfall wühlt. Und es wurde lauter.

Bastián spähte hinauf zur Kante des Müllhaufen und stieß ein Ächzen aus. Ich folgte seinem Blick, und da oben war dieses … dieses … Ding …

»Was meinst du damit?«, wollte Leo wissen. »Was für ein Ding?«

Dowd starrte zerstreut auf den Drehmomentschlüssel in seiner Hand.

Gute Frage. Keine Ahnung, wie ich es nennen soll. Es war irgendwie eine Mischung aus Affe, Spinne und Schweizer Messer.

Vor lauter Anspannung stieß Thomas ein bellendes Lachen aus, das Dowd ignorierte.

Bewegte sich wie eine Spinne oder ein Krebs. Hatte auch ungefähr so viele Beine. In der Mitte war es nach oben gebogen, ich meine, es hatte eine Art Taille und Arme darüber, aber keine Hände, sondern eher Werkzeuge. Klingen, Zangen und so was. Und es hatte einen Kopf, der war das einzig Menschenähnliche. Also, kein richtiger Menschenkopf, bloß irgendwas mit Augen und einem Mund.

Das Ding klettert also den Müllhaufen runter, direkt auf Bastián zu. Bastián schaut sich nach was um, womit er sich verteidigen kann. Packt ein Stahlende, das herausragt, bloß es ist zu tief vergraben. Verzweifelt zerrt er an der Eisenstange, bis das Ding bei ihm ist. Dann versucht er auszuweichen, aber es ist abschüssig, und er kommt nicht schnell genug weg. Und das Ding … na ja, es nimmt ihn einfach auseinander. Drei Bewegungen, schnell wie der Blitz. Schnipp, schnipp, schnipp. Dann rollen drei Stücke von Bastián an mir vorbei und ziehen eine Blutspur hinter sich her.

Dann ging es auf mich los, allerdings hatte ich ein bisschen mehr Zeit, um mich vorzubereiten. Oder einfach Glück: Der Plexiglasstab, den ich aus dem Abfall zog, hatte ungefähr das

Gewicht und die Stärke eines Baseballschlägers. Das Ding hatte lange Arme, und seine Finger oder Klingen oder Klauen waren unglaublich schnell. Ich könnte euch noch zwei andere Narben zeigen, aber dafür müsste ich die Hose runterlassen. Wie auch immer, ich habe dem Ding mit dem Stab eins über den Schädel gezogen, wahrscheinlich nicht fest genug, um es zu töten, oder vielleicht doch, keine Ahnung. Jedenfalls brach es zusammen, als wären bei einer Marionette alle Fäden durchtrennt worden. Und ich bin so schnell wie möglich abgehauen.

Zurück zum Toyota. Kaum zeigen meine Scheinwerfer nach einem halsbrecherischen Wendemanöver in die richtige Richtung, bemerke ich im Rückspiegel mindestens fünf weitere von diesen Dingern, die rasch aufholen. Ich steige so fest aufs Gas, dass ich mit der Scheißkarre fast von der Scheißstraße fliege. Hinter mir schießt eine Wolke aus Staub und Sand in die Höhe, die in dem grellen Licht aussieht wie ein Vorhang aus Rauch.

Als Nächstes sehe ich was vor mir, und diesmal ist es wenigstens ein Mensch, ein Kerl in Jeans und weißem Hemd, der mitten auf der Straße steht und mich anhalten will. Das wäre fast beruhigend, wenn der Typ nicht gerade nach der Pistole in seinem Halfter greifen würde. Ich meine, für mich sieht er aus wie ein Kaufhausdetektiv. Aber soll ich deswegen bremsen? Bestimmt nicht. Also bleibe ich mit dem Bleifuß auf dem Gas.

Der Kerl hatte die Ruhe weg, und ich konnte in diesem unheimlichen Licht gut beobachten, wie er versuchte, die Pistole auf mich zu richten, bevor ihn der Toyota traf. Als wäre es ein Rennen zwischen der Pistole und dem Auto. Der Toyota gewann. Ich riss ihn voll um.

Und da wäre es fast auch mit mir aus gewesen. War einer von euch schon mal in einem Wagen, der mit einem großen Tier zusammenstößt, einem Hirsch zum Beispiel? Keine Airbags in diesem Fahrzeug. Keine Gurte. Wenn sich meine Beine nicht im Lenkrad verheddert hätten, wäre ich mit dem Kopf durch die Windschutzscheibe geschossen. Auch so bin ich ordentlich gegen das Armaturenbrett geknallt. Ich verlor die Kontrolle über den Wagen, der sich auf zwei Räder stellte und um ein Haar umgekippt wäre. Er war schon auf halber Höhe der Böschung, als ich endlich wieder gegensteuern konnte. Vorn in der Motorhaube eine Riesendelle, und der Motor machte ein Geräusch wie eine Kreissäge mit einem verbogenen Blatt.

Dafür war der Kaufhausdetektiv tot. Das wusste ich, weil er auf der ganzen Windschutzscheibe klebte. Beim Zusammenstoß war er praktisch explodiert. Überall grünes Zeug. Ehrlich, ich musste die Scheibenwischer anschmeißen, um wieder was zu sehen. Rote und gelbe Klumpen waren auch dabei, klar, Blut und Körperfett wahrscheinlich, aber das meiste war grün. Ich schätze, ihr wisst, wovon die Rede ist.

»Er war ein Simulakrum«, warf Thomas unnötigerweise ein.

Ja, ein Sim. Damals wusste ich das natürlich noch nicht. Für mich wurde das alles bloß immer grusliger. Ich wurde von Spinnen mit Klingen statt Klauen gejagt, Bastián war tot, und der Kaufhausdetektiv bestand aus Rotz. Ich wollte bloß noch weg aus dieser verdammten Wüste. Immer ein Auge auf den Rückspiegel, blieb ich mit dem Fuß auf dem Gas, selbst als Rauch aus der Motorhaube qualmte. Hauptsache, die Räder drehten sich noch.

Schon nach kurzer Zeit erlosch der hohe Lichtstrahl. Ich stellte die Scheinwerfer ab und fuhr im Mondschein weiter, um weniger aufzufallen. Natürlich rechnete ich mit Verfolgern, doch sie kamen nicht. Zumindest nicht gleich. Und dann überlegte ich: Wohin jetzt? Zurück ins Lager? Sollte ich einem Vorarbeiter erzählen, dass ich einen Firmenwagen zu Schrott gefahren hatte? Ach, und übrigens, Bastián wurde von einem Riesenkrebs in drei Teile zerschnipselt.

Da hinter mir auf der Straße weit und breit niemand zu sehen war – und in der Atacamawüste ist das sehr weit, auch in der Nacht –, hielt ich an, um Bestandsaufnahme zu machen und mir irgendeinen Plan auszudenken. Ich zog das Hemd aus und band es mir über die Rippen, damit die Blutung aufhörte. Es war klar, dass der Toyota es nicht mehr lange machte. Selbst als ich den Motor abstellte, rauchte es weiter. Ich stieg aus und öffnete den Kofferraum. Ich fand einen Ersatzreifen und ein vierarmiges Montiereisen – beides nutzlos. Dazu einen Wagenheber. Der hatte einen abnehmbaren Stahlgriff. Das war besser als nichts, also nahm ich ihn. Ein Messer wäre mir lieber gewesen. Sogar ein Teppichschneider. Irgendwas. Aber nach Lage der Dinge musste ich mich mit dem Wagenhebergriff begnügen.

Dann schaffte ich es irgendwie, den Motor anzuwerfen, schaltete das Getriebe in den Leerlauf, klemmte das Gas mit dem Montiereisen fest, legte den ersten Gang ein und sprang heraus. Der Toyota rollte von der Straße in einem gemächlichen Bogen hinaus in die Wüste. Wahrscheinlich wäre er irgendwann wieder zurückgekommen, wenn nicht nach ungefähr zweihundert Metern der Motor den Geist aufgegeben hätte. Flammen schlugen aus der Kühlerhaube, und bald leuchtete da draußen ein richtiges Freudenfeuer. Ich konnte nur hoffen, dass es aussah, als wäre ich von der Straße abgekommen und in dem Auto verbrannt. Aus der Ferne zumindest. Dann kauerte ich mich hinter die niedrige Böschung aus Erde und Steinen am Straßenrand. Viel war es nicht gerade, doch mehr mögliche Verstecke gab es nicht.

Noch immer suchte ich nach einem Plan. Der Mond war kurz vorm Untergehen, und bis zum Morgengrauen war es noch eine Stunde. Falls noch weitere Kaufhausdetektive auftauchten, hatte ich vielleicht eine Chance, aber sollten sich diese Spinnendinger auf der Straße zeigen, dann war es wohl besser, mir die Kehle durchzuschneiden, bevor sie mir diesen Gefallen taten. Dann sah ich in der Ferne Scheinwerfer.

Ein einzelner Pick-up. Ein Ford mit Vierradantrieb, Überrollbügel und Ladefläche. Er wird langsamer, wahrscheinlich weil der Fahrer den lichterloh brennenden Toyota draußen in der Salzwüste sieht. Nur wenige Meter von mir entfernt stoppt er. Soweit ich es erkennen kann, sitzen zwei Typen drin. Einer von ihnen steigt aus. Ein Kaufhausdetektiv – die gleichen Klamotten, die gleiche Pistole an der Hüfte. In der rechten Hand eine Taschenlampe. Er richtet den Strahl auf die Straße, um an den Reifenspuren zu erkennen, wo der Toyota hinaus in die Wüste geschlingert ist. Und mit jedem Schritt kommt er mir ein wenig näher.

Während er noch auf den Boden starrt, springe ich auf und renne auf ihn zu. Ich habe nur das Überraschungsmoment auf meiner Seite. Natürlich sieht er mich kommen. Lässt die Taschenlampe fallen und greift nach seiner Pistole. Noch bevor er die Waffe auch nur berührt hat, bin ich mit dem Wagenhebergriff zur Stelle, und obwohl er verdammt schnell ausweicht, ist er benommen von meinem Treffer. Gleich drauf hole ich erneut aus und erwische ihn mit einem Homerun-Schlag seitlich am Kopf. Er kippt um wie ein Sandsack. Schnell kauere ich mich hin und reiße die Pistole aus seinem Halfter.

Damals hatte ich nicht viel Übung mit Schusswaffen, doch immerhin hatte ich früher öfter den alten Fünfundvierziger von meinem Daddy in der Hand gehabt. Also löse ich die Sicherung und bete, dass das Scheißding geladen ist, denn inzwischen stürzt der zweite Typ aus dem Ford, und er ist eindeutig bewaffnet und gefährlich. Ich feuere einen Schuss ab, der die Windschutzscheibe durchschlägt. Nutzlos. Der zweite Schuss trifft den Kerl an der Schulter und reißt ihn herum. Ich stürme los, und er versucht noch immer, die Waffe auf mich zu richten, obwohl sein Arm nicht mehr richtig funktioniert. Der dritte Schuss geht in den Kopf, und er sackt zusammen.

Noch ein Kopfschuss für beide Kaufhausdetektive, um ganz sicher zu sein. Blut und grüne Schmiere spritzen über meine Schuhe.

Dann steige ich in den Pick-up und fahre los. Der Tank ist voll, das Ding ein zuverlässiges Fahrzeug. Inzwischen pumpt so viel Adrenalin durch meine Adern, dass ich mich alles in allem gar nicht so schlecht fühle. Hinter mir bemerke ich wieder Scheinwerfer, aber ich bin ihnen weit voraus. Ich rase an dem Lager vorbei, wo ich und Bastián gearbeitet haben, und als der Himmel allmählich hell wird, bin ich schon auf halbem Weg nach San Pedro de Atacama. Falls jemand die Verfolgung aufgenommen hat, ist er außer Sichtweite.

In San Pedro tauschte ich den Ford bei einem Typen, der keine neugierigen Fragen stellte, gegen seine zehn Jahre alte kleine Mistkarre von einem Hudson, von denen es aus irgendeinem Grund in der Atacamawüste jede Menge gibt. Vielleicht hatte da mal jemand eine Niederlassung aufgemacht. Jedenfalls ein schlichtes, unauffälliges Auto, mit dem ich immerhin bis Antofagasta kam, bevor sich das Getriebe festfraß. Dort tauchte ich eine Weile ab und arbeitete als Tagelöhner am Puerto, bis ich mir einen Flug zurück in die USA leisten konnte. Zu Hause hab ich ein Jahr lang versucht, diesen ganzen Scheiß mit Whiskey und Cola – wenig Cola –, aus meinem Kopf zu vertreiben. Dann reiße ich im Suff die Klappe zu weit auf, und der Reporter schreibt seinen Witzartikel. Danach taucht Werner Beck bei mir auf und erklärt mir, was Sache ist.

Ja, das ist also meine Geschichte.

»Aber damit ist doch überhaupt nichts erklärt«, protestierte Leo.

»Was willst du denn erklärt haben?«

»Das Licht in der Wüste? Die spinnenartigen Wesen?«

»Da musst du schon deinen Daddy fragen, Leo. Falls du ihn je wiedersiehst.«

»Und was ist das für eine wichtige Sache hinten in deinem Transporter?«

»Das sollte dein Daddy eigentlich auch erwähnt haben.« Grinsend entblößte Dowd eine Reihe schiefer Zähne. »Man könnte es als Geheimwaffe bezeichnen. Oder zumindest als Teil von einer.«

»Und du redest ständig davon, dass wir bald losfahren. Wohin denn?«

»Musst du da wirklich lange überlegen?«

Leo schüttelte den Kopf. »Das ist doch alles Irrsinn.«

Dowds Grinsen wurde noch breiter. »Amen, Kumpel. Da möchte ich dir nicht widersprechen.«

18

Joplin, Missouri

Ethans größte Sorge galt zunächst Nerissa, die wie vor den Kopf geschlagen wirkte nach der Entdeckung, dass Cassie, Thomas und Leo nicht in Werner Becks Unterschlupf aufgetaucht waren.

Auch Ethan war natürlich enttäuscht. Doch Ris schien plötzlich all die energische Entschlossenheit verloren zu haben, die sie seit Tagen angetrieben hatte. Sie schien um Jahre gealtert, und ihr Ton gegenüber Beck war nörgelnd und gereizt. »Und wo sind sie? Haben Sie wenigstens eine *Ahnung*, wo sie sind?«

Beck eskortierte sie zu einem schlichten Kieferntisch in der Küche des kleinen, einfachen Hauses. »Nehmt bitte Platz.«

»Und Leo! Er ist doch Ihr Sohn, um Himmels willen! Wollen Sie mir wirklich erzählen, dass Sie ihn nicht finden können?«

»Wir haben Vorkehrungen getroffen für so einen Fall.«

»Was für Vorkehrungen denn? Wie soll ich das verstehen?«

»Wenn sich Leo an meine Anweisungen hält, sollten wir bald auf ihn stoßen. Und wenn Cassie und … wie heißt der Junge?«

Nerissa warf ihm einen vernichtenden Blick zu. »Thomas.«

»Und wenn Cassie und Thomas bei ihm sind, haben Sie die Gelegenheit, die beiden in Sicherheit zu bringen, Mrs. Iverson. Leider kann ich Ihnen im Moment nicht genau sagen, wo sich die drei befinden. Ich kann nicht mit den Fingern schnippen und sie herzaubern. Sie müssen einfach Ruhe bewahren.«

»Vielleicht hätten Sie die Güte, uns das Ganze ein wenig näher zu erklären?«

»Ich bin um Leo genauso besorgt wie Sie um Ihre Nichte und Ihren Neffen, und ich tue wirklich alles, was in meinen Kräften steht, um ihre Sicherheit zu gewährleisten. Die Situation ist kompliziert, und ich bin auch gern bereit, mit Ihnen darüber zu reden. Bloß, möchten Sie nicht vielleicht zuerst mal duschen und sich umziehen? Nichts für ungut, aber Sie sehen aus, als ob Sie es gebrauchen könnten. Sobald Sie sich erfrischt haben, koche ich uns allen eine warme Mahlzeit. Wie wär's damit?«

Dass sie bloß seufzend nickte, ließ erahnen, wie unendlich erschöpft sie war. Beck beschrieb ihr den Weg zum Bad.

»Ich verstehe, warum du sie mitgebracht hast«, sagte er zu Ethan, nachdem sie das Zimmer verlassen hatte. »Doch offen gestanden macht das die Sache nicht unbedingt leichter.«

Ethan hatte keine Lust auf diese Diskussion, zumindest nicht im Augenblick. »Wie viele solche Häuser hast du eigentlich, Werner?«

»Genügend. Sie sind nur Mittel zum Zweck. Kriegswaffen, könnte man sagen.«

»Zu dir sind die Sims auch gekommen, oder?«

»Bei der Flucht aus meinem Haus in Illinois war ich ihnen nur wenige Minuten voraus. Ich war sowieso schon viel zu lange dort und wusste, dass es dort wahrscheinlich nicht mehr sicher ist. Als sie vor meiner Tür aufgetaucht sind, hatte ich alles gepackt und war bereit zum Aufbruch. Sie haben mich nicht verschwinden sehen.«

Ethan hatte jahrelang Spekulationen über Beck und sein Geld – vor allem über das Geld – gehört, ehe Beck sich ihm anvertraute. Es ging das Gerücht, dass Beck das Patent auf eine nützliche Erfindung hielt. Oder dass er in den Neunzigerjahren ein Vermögen geerbt hatte. Oder dass er Verbindungen zur Unterwelt pflegte. Oder alles davon.

Und es war nicht zu leugnen, dass er sowohl eine dicke Brieftasche als auch nützliche Verbindungen besaß. Es war Beck, der die jährlichen Treffen der Korrespondenten organisierte und bezahlte; es war Beck, der wichtige Forschungsprojekte finanzierte, wenn die Bildungseinrichtungen einen Rückzieher machten; und nach den Morden von 2007 half er den Überlebenden und ihren Familien mit Geld und wenn nötig mit Dingen, die anderweitig nicht erhältlich waren: neue Namen, Sozialversicherungsnummern, Pässe.

Ganz abgesehen von seinem scheinbar unerschöpflichen Vorrat an sicheren Verstecken – Häuser, die ihm gehörten und die er leer stehen ließ, damit er oder andere jederzeit dort einziehen konnten. Nicht wenige Mitglieder der Union hatten sich über Becks Paranoia mokiert, und vielleicht zu Recht. Immerhin stützte sich diese Paranoia auf ein sicheres finanzielles Fundament.

»Die Sache ist«, sagte Beck, »ihr seid hier mehr oder weniger in ein Kriegsgebiet geraten.«

»Der Krieg ist zu uns gekommen. Und die Adresse habe ich von dir, Werner.«

»Weil wir in Kontakt bleiben müssen. Ich habe nicht damit gerechnet, dass ihr bei mir auf der Schwelle auftaucht.«

»Für mich die einzig logische Entscheidung, da Cassie und Thomas mit Leo unterwegs sind.«

»Ich verstehe. Leider ist die Situation viel komplizierter, als du denkst. Ich arbeite mit Leuten zusammen, die nicht zur Union gehören. Die Union war nie mehr als bloß *ein* Aspekt dieses Krieges, Ethan. Am ehesten kann man sie vielleicht als eine Art Nachrichtendienst betrachten, der Informationen über den Feind sammelt. Das ist gute und nützliche Arbeit. Doch im Krieg muss gekämpft werden. Und zwar nicht von Gelehrten, sondern von Soldaten.«

Ethan lehnte sich zurück in seinen Stuhl, als Beck sich erhob, um Kaffee zu machen. Die Kaffeemaschine auf der Theke aus Marmorimitat wirkte, als hätte Beck sie erst gestern gekauft. Möglicherweise war es auch so. Im Haus roch es noch immer nach abgestandener Luft und den chemischen Ausdünstungen unbenutzter Teppiche und Möbel. Einen Moment lang streifte Ethan die Vorstellung von Beck als einem Tier, das sich in verlassenen Gebäuden einnistete, um sich zu verbergen. Trotzdem machte er einen martialisch kompetenten Eindruck, als er den Wasserbehälter der Maschine füllte und einen Filter einlegte. Sicher war er schon fünfzig oder darüber, trotzdem wirkte er wie ein wettergegerbter Militärausbilder, der immer noch weiter marschieren und mehr Liegestütze absolvieren konnte als jeder seiner Rekruten. »Du warst immer unzufrieden mit der Union«, sagte Ethan. In seinen privaten Briefen hatte Beck häufig so voller Verachtung über seine Kollegen hergezogen, dass sich Ethan manchmal fragte, wieso Beck sich überhaupt noch mit ihnen abgab.

»Eigentlich mache ich der Union keine Vorwürfe. Viele unserer Anschauungen waren doch rein spekulativ. Bevor du diese Eiskerneinschlüsse entdeckt hast, hatten wir bloß einige abweichende Daten, eine Geschichte akademischer Behinderungen und ins Kraut schießende Hypothesen. Die Union hat die Puzzlesteinchen zusammengesetzt, und was dabei herauskam, war die im Grunde *lächerliche* Idee, dass die radioreflektive Schicht ein lebender Organismus ist. Von irgendwoher. Aus den Weiten des Weltraums. Auch vor 2007 wollte das niemand laut aussprechen. Einigen von den alten Koryphäen – Fermi, Dyson, Hoyle – war es ernst, aber nicht einmal sie konnten sich vorstellen, etwas dagegen zu unternehmen.«

»Was hätten sie denn tun sollen?«

»Wie gesagt, ich mache ihnen keine Vorwürfe. Man lernt, sich mit den Gegebenheiten zu arrangieren. Schön. Aber es hat auch was für sich, den Tatsachen ins Auge zu schauen. Vor allem, nachdem wir 2007 mit der Nase darauf gestoßen wurden.« Der Kaffee sickerte allmählich durch den Filter und tropfte mit einem metronomischen Geräusch in die Kanne. »So geht es wenigstens mir. Willst du was Stärkeres als Milch in den Kaffee? Du siehst aus, als könntest du es gebrauchen.«

»Nein, danke.« Ethan räusperte sich. »Ich war sieben Jahre in Vermont und hab in einer Hütte im Wald gelebt. Da kann man wohl schon davon sprechen, dass ich den Tatsachen ins Auge schaue.«

»Du hast mehrere Sims getötet, sagst du?«

Er hatte Beck bereits in aller Kürze von den Ereignissen im Farmhaus berichtet. »Vier insgesamt.«

»Schön. Du hast getan, was nötig war. Das war reine Selbstverteidigung. Du warst auf den nächsten Angriff vorbereitet und nicht mehr.«

»Ich habe überlebt.«

»Stimmt. Und was ist jetzt? Was kommt als Nächstes? Suchst du dir ein neues Versteck? Irgendwo noch tiefer in den Wäldern?«

Ethan zuckte die Achseln.

»Genau damit wollte ich mich nicht abfinden«, erklärte Beck. »Deswegen habe ich in den letzten sieben Jahren Kontakte zu Leuten außerhalb der Union aufgebaut, zu Leuten, die direkte Erfahrungen mit der Hyperkolonie oder den Sims gemacht haben.«

»Mir war nicht bekannt, dass es solche Leute gibt.«

»Glaubst du, nur Wissenschaftler und Akademiker können Schlüsse ziehen oder über gefährliche Informationen stolpern? Denk doch mal nach. Ich habe Grund zu der Annahme, dass Sims einen winzigen Bruchteil der menschlichen Bevölkerung ausmachen – deutlich weniger als eins zu einer Million. Trotzdem gibt es auf jeden Fall einige Ärzte und Rechtsmediziner, die ungewöhnliche Leichen untersucht haben. Polizeibeamte, die Zeugen seltsamer Todesfälle wurden. Und viele Menschen, die auf ihre unbequemen Fragen unbefriedigende oder bedrohliche Antworten erhalten haben. Ich habe es mir zur Aufgabe gemacht, solche Menschen zu finden.«

»Und wie?«

»Verschiedene Möglichkeiten. Kleinstadt- und Lokalzeitungen sind eine gute Quelle. Lokale Meldungen sind meistens schon gedruckt, bevor sie von der Radiosphäre herausgefiltert werden können, weil die Texte direkt in den Satz gehen. Die Nachrichtenagenturen würden nie eine Meldung über einen Verkehrsunfall mit Überresten einer grünen Substanz auf der Straße aufgreifen, und selbst wenn sie es täten, würde sie bei der Übertragung verloren gehen. Doch Lokalzeitungen veröffentlichen so was häufig.«

»Du spürst also unglaubliche Geschichten in ländlichen Zeitungen auf?«

»Viel mehr als das. Meine Kontakte umfassen drei Kontinente. Ich habe ein Netz von Leuten aufgebaut, die verstehen, womit wir es zu tun haben. Sie verstehen es nicht nur theoretisch, sondern aus dem Bauch heraus, und sie bringen die Motivation mit, aktiv zu werden.«

»Inwiefern aktiv?«

»Jedes Lebewesen ist verletzlich, Ethan. Selbst die Hyperkolonie.«

»Glaubst du wirklich, dass du eine Möglichkeit entdeckt hast, ihr Schaden zuzufügen?«

»Wenn man ihr nicht schaden könnte, hätte sie nie so einen Aufwand getrieben, um *uns* zu schaden.«

»Ist Ihnen überhaupt klar, was Sie da zugeben?«

Erschrocken blickte Ethan auf. Nerissa stand in frischen Kleidern und mit einem Handtuch in der Küche. Beck kniff die Lippen zusammen, entspannte sie aber schnell wieder, um sich nichts von seiner Gereiztheit anmerken zu lassen. »Ich hoffe, Sie fühlen sich wieder besser, Mrs. Iverson. Was habe ich Ihrer Meinung nach zugegeben?«

»Dass Sie sie provoziert haben. Die Hyperkolonie. Sie hat nicht nur Angst davor, was wir vielleicht wissen, sondern auch davor, was wir mit diesem Wissen anfangen könnten.«

»Wenn das stimmt, hoffe ich, dass sich die Hyperkolonie zu Recht fürchtet.«

»Und was ist mit den Menschen, die gestorben sind?«

»Ich habe sie nicht umgebracht.«

»Ihren eigenen Sohn haben Sie in die Sache reingezogen.«

»Das ließ sich nicht vermeiden.«

»Und Thomas und Cassie?«

»Bitte missverstehen Sie mich nicht. Mir liegt genauso viel wie Ihnen daran, dass die beiden in Sicherheit gebracht werden. Ihre Nichte und Ihr Neffe sind für mich völlig nutzlos.«

Ethan ließ Nerissa die Geschichte des Sims Winston Bayliss erzählen: was es gesagt hatte, wie es gestorben war und vor allem, was sie beim Besuch seines Elternhauses in Montmorency entdeckt hatten. »Mrs. Bayliss hatte gerade eine Operation hinter sich, sie muss also ein Mensch sein. Trotzdem war ihr Sohn ein Sim. Wie kann das sein? Wissen Sie irgendwas darüber?«

Beck schwieg so lange, dass Ethan schon nicht mehr mit einer Antwort rechnete. Dann ergriff er doch wieder das Wort. »Ich kann Ihnen meine jüngsten Forschungsergebnisse zeigen. Dir auch, Ethan. Das sind Arbeiten, die du noch nicht kennst. Hier lang.«

Sie folgten Beck in das kleine Wohnzimmer und warteten, während er in einer Archivbox hinter dem Sofa wühlte. Schließlich nahm er eine Mappe heraus und legte sie auf den Couchtisch. Ethan und Nerissa setzten sich, und auch Beck zog sich einen Sessel heran. »Ich muss euch warnen. Einige Fotos sind ziemlich drastisch.«

Die Mappe enthielt Aufzeichnungen zur Arbeit eines englischen Veterinärs namens Wyndham. Laut Becks Auskunft hatte Wyndham pseudochondritische Zellen gezüchtet, um ihre Wechselwirkung mit lebendem Gewebe zu erforschen. Zu diesem Zweck hielt er weiße Mäuse und einige größere Tiere in einem Labor.

Er begann damit, die fremden Zellen in Kultursorten von Hefen, Pilzen und Bakterien einzubringen, ohne brauchbares Ergebnis. Gewebeproben von Metazoen reagierten etwas stärker, doch die Kulturen starben rasch ab.

Als Wyndham die pseudochondritischen Zellen lebenden Mäusen direkt injizierte, führte dies zum schnellen Tod durch den gleichzeitigen Ausbruch vieler aggressiver Tumoren. (Die Mappe enthielt ein Foto einer eingeschläferten Maus. Ihr Körper war mit Tumoren übersät, die Ethan an blutige Himbeeren erinnerten.) Doch als die Mäuse in einer luftdicht versiegelten Kammer die trockenen, extrahierten Sporen einatmeten, zeigten sie wochen- und sogar monatelang keine erkennbaren negativen Folgen.

Dabei gab es durchaus eine Wirkung. Wyndhams Autopsien offenbarten, dass die fremden Zellen in das Fortpflanzungssystem der Mäuse gewandert waren. Keimzellen beider Geschlechter waren deutlich verändert. Unter dem Mikroskop (belegt durch ein weiteres, zum Glück weniger abstoßendes Foto) erschienen haploide Zellen dicker und enthielten neue, ungewöhnliche Organellen. »Richtig signifikant war die Wirkung auf die nächste Generation«, erklärte Beck.

Wieder ein ziemlich blutiges Foto von einer Sektion. Mit einem angewiderten Laut zuckte Nerissa zurück. Ethan fühlte sich auf unangenehme Art daran erinnert, was er nach dem Überfall auf sein Farmhaus gesehen hatte.

Die Maus war auf einem Sezierbord ausgebreitet. Augenscheinlich besaß sie alle inneren Organe, die jedoch verkleinert und an den Rand des Bauchraums verschoben waren. Hauptsächlich füllte die Körperhöhle eine gallertartige grüne Masse, die sich zum Zeitpunkt der Fotografie schon teilweise verflüssigt hatte und heraussickerte. Ausläufer dieser Masse verzweigten sich in und zwischen die ansonsten normalen Organe. Eine Teilöffnung des Schädels zeigte einen hohlen Kreis von Nervensubstanz um den gleichen grünen Gallertkern.

»O Gott, es reicht.« Nerissa zog eine Grimasse.

Beck sammelte die Fotos ein. »Das zeigt also, wie Sims entstehen. Die Hyperkolonie wirft aus dem Orbit pseudochondritische Zellen ab. Ein kleiner Bruchteil überlebt den Eintritt in die Erdatmosphäre. Aufgrund der Menge von Einschlüssen in den Eiskernen können wir die Zahl der Sporen schätzen, die durchschnittlich in einem Jahr auf die Erdoberfläche gelangen. Ein kleiner Teil davon wird unweigerlich von Tieren oder Menschen eingeatmet. Selbst wenn wir davon ausgehen, dass schon eine einzige eingeatmete Spore fähig ist, alle Keimzellen eines Lebewesens zu verändern, können wir angesichts der Verbreitung erwachsener, fortpflanzungsfähiger Menschen über den gesamten Globus folgern, dass es in ganz Nordamerika höchstens zwei- oder dreihundert Sims gibt. Auf dem Planeten zusammen vielleicht viertausend. Dazu eine Population veränderter Tiere, die wahrscheinlich bedeutungslos ist, aber auch berücksichtigt werden sollte.«

»Und die Sims ...« Ethan zögerte. »Vermehren sie sich?«

»Du meinst, ob sie sich fortpflanzen können? Nein. Wyndhams Mäuse waren in ihrer Sexualität nicht eingeschränkt, aber genetisch steril. Das Gleiche gilt für Hunde und andere hohe Säugetiere. In der Mappe sind noch weitere Fotos ...«

»Nein«, ächzte Nerissa.

»Obwohl Wyndham nicht mit Primaten arbeiten wollte, haben wir guten Grund zu der Annahme, dass die Ergebnisse nicht anders ausgefallen wären.«

»Und diese Tiere waren ansonsten normal?«

»Gesundheitlich und verhaltensmäßig. Eine normale Maus war nicht von einem Sim zu unterscheiden, außer mit dem Skalpell.«

»Dann hat Mrs. Bayliss also nicht gelogen«, sagte Nerissa. »Sie hat dieses Wesen wirklich zur Welt gebracht.«

Beck nahm wieder zwei Fotos aus seinen Unterlagen. Erleichtert erkannte Ethan, dass es sich nicht um Bilder von einem Seziertisch handelte, sondern um Mikroskopaufnahmen. »Wir haben noch mehr darüber herausgefunden, wie die Sporen auf der Zellebene funktionieren. Das wird dich wahrscheinlich interessieren, Ethan.«

Diese Bilder waren offenkundig mit einem sehr hoch entwickelten Gerät gemacht worden, vielleicht mit einem der neuen Rasterelektronenmikroskope, die gerade erst aufgekommen waren, als Ethan damit begann, Eiskernproben zu isolieren. »Eine richtige kleine Fabrik«, bemerkte Beck. »Das muss wohl auch so sein, wenn man bedenkt, wozu diese Sporen fähig sind. Einige der chemischen Bestandteile sind längst bekannt. Die sogenannten genetischen Moleküle: Stickstoff, Kohlenstoff, Phosphor. Purine, Pyrimidine. Dazu Arsen und einige Spurenmetalle. Auffallend ist allerdings der Grad der Organisation in der Zelle. Diese unbekannten faserigen Strukturen, könnt ihr sie erkennen? Fraktal gefaltete Fäden aus leitendem Kohlenstoff, umschlossen von einer Submembran, mit dendritischen Erweiterungen, die sich allem Anschein nach in irgendeiner Weise auf alle Zellteile auswirken …«

»Manche Menschen sind keine Biologen«, unterbrach ihn Nerissa. »Könnten Sie es vielleicht so erklären, dass schlichtere Gemüter auch was verstehen?«

»Die Einzelheiten sind ohnehin nicht so wichtig wie die Funktion. Man muss bloß mal überlegen, was diese Zellen machen. Sie legen riesige Strecken im Vakuum des Weltraums zurück. Sie vervielfältigen sich – das nehmen wir zumindest an –, indem sie Minerale und Spurenelemente aus der Stein- oder Eisoberfläche von Asteroiden, Kometen oder Planetesimalen absorbieren. Das schaffen sie bei Temperaturen weit unter dem Gefrierpunkt von Wasser und ohne eine andere Antriebskraft als schwaches Sonnenlicht und langsame chemische Katalyse. Um über die enormen Entfernungen miteinander kommunizieren zu können, erzeugen sie winzige Funkenergieausbrüche auf Schmalbandfrequenzen. Das allein wäre schon bemerkenswert genug. Doch es wird noch beeindruckender. In unserem Fall haben sie sich nach innen zur Sonne gewandt und blieben in einer stabilen Umlaufbahn um die Erde. Ethans Forschungsergebnisse lassen darauf schließen, dass sie schon seit vierzigtausend Jahren hier sind, vielleicht sogar länger. Und sobald ihre Zahl eine bestimmte Schwelle überschritt, fingen sie an, als zusammenhängendes Netzwerk zu arbeiten. Begreifen Sie, was das bedeutet, Mrs. Iverson?«

»Nur vage.«

»Ihre Kommunikation miteinander wurde komplex. Die Interaktion pseudochondritischer Zellen läuft in etwa so wie die von Gehirnzellen. Sobald es unserer Gattung gelang, eigene Funksignale zu erzeugen, fing die sogenannte Radiosphäre an, als weit ausgedehnter Sendeempfänger zu fungieren, der Funkwellen um den ganzen Erdball übermittelt, aber diese Signale zugleich auch analysiert. Damit wurde die Radiosphäre zu einem Computer, dessen Leistungskraft alles in den Schatten stellt, was wir uns in diesem Bereich je erträumt haben.«

»Sind es nun Lebensformen oder sind es Maschinen?«

»Auf chemischer Ebene lassen sich alle Lebewesen auch als Maschinen deuten. Wir haben keine Hinweise darauf, dass jemand diese Objekte konstruiert hat, auszuschließen ist es jedoch nicht. Das wahrscheinlichste Szenario sieht so aus, dass sie sich über eine gewaltige Zeitspanne entwickelt und dabei allmählich die Merkmale erworben haben, die sie heute besitzen. Auf der Zellebene sind sie unglaublich komplex; wichtiger noch, das von ihnen gebildete Netzwerk stellt eine einheitliche Entität dar. Die Hyperkolonie. Oder in Ethans Worten, einen Schwarm. Die Hyperkolonie hat gelernt, die menschliche Gesellschaft zu verstehen und zu manipulieren. Die Hyperkolonie ist das, was wir vernichten müssen.«

Leichter gesagt, als getan. Ethan betrachtete die Mikroskopaufnahmen. Kybernetiker der Union schätzten, dass eine einzige solche Zelle schnellere und anspruchsvollere Berechnungen durchführen konnte als die riesigen Transistorcomputer von Versicherungsgesellschaften und Finanzämtern. Die Physiker aus ihren Reihen waren der Meinung, dass die Berechnungsvorgänge auf einer tiefen, grundlegenden Realitätsebene liefen. Dabei sprachen sie von der »Quantenebene«, ein Begriff, den Ethan nicht ganz verstand. Doch im Moment beschäftigte ihn eine unmittelbarere Frage. »Warum habe ich diese Aufnahmen nicht schon früher gesehen?«

»Wieso solltest du?«

»Der Zweck der Union ist doch …«

»Ethan, das sind keine Ergebnisse der Union. Wyndham ist ein unabhängiger Forscher. Ich habe seine Arbeit selbst in Auftrag gegeben.«

»Trotzdem hätte ich sie gern gesehen.«

»Ich habe mich dafür entschieden, diese Informationen nur begrenzt weiterzugeben.«

»Warum?«

»Um sie zu schützen. Das liegt doch auf der Hand. Jahrelang dachten wir, dass die Sicherheitsvorkehrungen der Union ausreichen, um unsere Arbeit vor der Hyperkolonie zu verbergen. Die aktuellen Ereignisse haben bewiesen, dass das ein fataler Irrtum war. Wir haben keine Geheimnisse und hatten wahrscheinlich auch nie welche. Ich kann daraus nur den Schluss ziehen, dass die Union unterwandert wurde.«

»Deshalb hast du einen neuen Kreis von Forschern aufgebaut.«

»Nicht nur einen, und zwischen allen gibt es Brandmauern. Wenn ein Kreis infiltriert ist, bleiben die anderen davon unberührt. Außerdem sind meine Leute viel motivierter, während die Korrespondenzunion im Grunde bloß ein Club für frustrierte Akademiker war.«

»Ach, was motiviert sie denn?«

»Zorn«, antwortete Beck. »Und Angst.«

Beck wiederholte sein Versprechen, Ethan und Nerissa mit Leo (und vermutlich auch mit Cassie und Thomas) zusammenzubringen. Doch etwas Konkreteres ließ er sich nicht entlocken, außer, dass ihnen eine »lange Reise« bevorstand. Weil Nerissa trotzdem weiter in ihn drang, war die Stimmung beim Abendessen gereizt, und danach zogen sie und Ethan sich in ihr Zimmer im ersten Stock zurück.

Der Raum war so karg eingerichtet wie alle anderen in diesem bis vor Kurzem unbewohnten Haus. Ein Einzelbett, Nesselvorhänge vor dem Fenster und eine unberührte Staubschicht auf dem teppichlosen Parkettboden.

»Er ist verrückt«, sagte Nerissa.

»In der Vergangenheit hatte er immer recht.«

»Ich stelle fest, dass du es nicht abstreitest.«

»Wenn er paranoid ist, wäre das so schwer zu verstehen? Bei dem Leben, das er geführt hat?«

»Ein lächerlich privilegiertes Leben als Millionenerbe.«

Das stimmte, wenngleich die Geschichte insgesamt wesentlich komplizierter war. Sicher, Becks Eltern waren reich gewesen. Becks Vater war in den Sechzigerjahren aus Polen eingewandert. Was er mitbrachte, waren ein Ingenieursdiplom, Erfahrungen aus der Fabrik Nagórski in Starachowice und den Ehrgeiz, im Flugzeugbau zu arbeiten. Schon nach wenigen Jahren hatte er drei leidlich erfolgreiche Patente vorzuweisen und war Besitzer einer kleinen Fertigungsstätte in Portland, die Teile an Boeing lieferte. Er hatte eine Amerikanerin geheiratet, die an Bauchspeicheldrüsenkrebs starb, nachdem sie ihren einzigen Sohn Werner zur Welt gebracht hatte. Danach heiratete er nicht mehr.

Becks Vater war von Natur aus sparsam und erzog auch seinen Sohn in diesem Sinn. Als er im Alter von siebenundfünfzig Jahren starb, hinterließ er Werner Beck einen atemberaubend vielfältigen Bestand an Wertpapieren, die Alleininhaberschaft eines erfolgreichen Unternehmens kurz vor dem Börsengang und eine Arbeitsethik, die kaum weniger streng war als die von tibetischen Mönchen praktizierte Disziplin.

Dieses Vermögen hielt Beck nicht davon ab, seine akademische Karriere mit spartanischer Intensität zu verfolgen. Als Beck auf die Korrespondenzunion stieß, zweigte er sofort einen Teil seines Reichtums für die Unterstützung geheimer Forschungsprojekte ab. Und wenn Beck der Meinung war, dass er aufgrund dieser Großzügigkeit Anspruch auf ein gewisses Maß an Respekt und eine herausgehobene Position in einer ansonsten dezentralisierten Organisation hatte, wer wollte ihm daraus ernsthaft einen Vorwurf machen?

1990 heiratete Beck eine frühere Studentin, die ein einziges Kind – Leo – zur Welt brachte und wenig mit der Union zu tun hatte. Sie starb bei einem Autounfall, als Leo noch sehr jung war. Ihr Tod musste für Werner traumatisch gewesen sein, allerdings war das bloß eine Vermutung von Ethan. Beck hatte nie über seine Gefühle gesprochen und selbst über den Verlust seiner Frau kaum ein Wort verloren. Erst danach hatte er alle Verbindungen zur normalen akademischen Welt abgebrochen, um sich ausschließlich den Angelegenheiten der Union zu widmen.

»Aber das weißt du doch alles bloß von ihm«, wandte Nerissa ein. »Er könnte dich angelogen haben.«

»Warum sollte er?« *Das Geld ist auf jeden Fall echt,* dachte Ethan. *Und die Arbeit auch.*

»Selbst wenn er nicht im klinischen Sinn paranoid ist, narzisstisch ist er auf jeden Fall. Er muss das Gefühl haben, jemand Besonderes zu sein, jemand mit einer einzigartigen Bestimmung. Wahrscheinlich zweifelt er an schlechten Tagen daran, dass er diese Mission erfüllen kann.«

»Und was genau ist die Grundlage für deine Diagnose?«

»Meine Güte, Ethan, denk doch mal nach! Er möchte uns einreden, dass er einen verborgenen Krieg führt, dass er über einen Stab von Geheimsoldaten verfügt, dass er die Schwächen der Hyperkolonie entdeckt hat …«

»Vielleicht stimmt das!«

»Es fühlt sich aber nicht so an. Es fühlt sich nicht mal *wahrscheinlich* an. Willst du wirklich behaupten, dass du ihn für völlig normal hältst?«

»Nein. Allerdings weiß ich auch nicht, ob wir anderen diesem Maßstab gerecht werden.«

Danach blieb nichts anderes mehr, als schlafen zu gehen. Ethan entkleidete sich bis auf die Unterwäsche und legte sich ins Bett. Nerissa rollte sich neben ihm zusammen und zog sich die Decke zurecht. Schon nach wenigen Minuten wurde ihr Atem gleichmäßig und ruhig.

Während der Fahrt nach Joplin hatten sie sich daran gewöhnt, ein Bett miteinander zu teilen. Angesichts der Umstände stellte das kaum eine erotische Gelegenheit dar. Allerdings erinnerte es ihn sachte daran, dass sie sich nie offiziell hatten scheiden lassen. Sicher, sie lebten schon lange getrennt und waren nur dem Namen nach nicht geschieden. Trotzdem lag er hier neben seiner ihm rechtmäßig angetrauten Frau und empfand ein anderes Unbehagen, als es bei einer Fremden der Fall gewesen wäre. Sie löste Erinnerungen in ihm aus, die er nicht so einfach unterdrücken konnte. Auch wenn sie sich in den letzten sieben Jahren verändert hatte, roch sie noch immer wie früher, und er merkte, wie er sich vorstellte, dass sie auch noch so schmeckte – ihr Mund, ihre Haut. Kein kluger Gedanke.

Vorsichtig wälzte er sich von ihr weg zum Fenster. Aus alter Gewohnheit hatte Nerissa vor dem Schlafengehen die Vorhänge aufgezogen. Beim Anblick des Himmels fühlte sie sich weniger eingeengt, so hatte sie es ihm einmal erklärt. Anscheinend galt das noch immer. Jetzt sah Ethan nur Schwärze und einige wenige blasse Sterne. Natürlich war dort oben auch seine alte Feindin, ätherisch und unermüdlich in ihrer Wachsamkeit, so rätselhaft und unheilvoll faszinierend wie eh und je. Hasste er die Hyperkolonie auf die gleiche Weise, wie Beck es von sich behauptete? Selbstverständlich. Immerhin hatte sie ihm alles genommen, was in seinem Leben wichtig war. Ohne Rücksicht, ohne Gnade.

Im Unterschied zu Beck wusste er, dass sie ihn umgekehrt nicht hasste. Er glaubte nicht daran, dass die Hyperkolonie zu diesem oder einem anderen Gefühl fähig war. Sie besaß die erhaben gleichgültige Tödlichkeit eines giftigen Pilzes oder Insekts.

Er hasste sie, doch er respektierte sie auch. Bewunderte sie vielleicht sogar.

Wollte er Beck dabei helfen, sie zu vernichten, wenn das überhaupt möglich war? Ja. Und in dem unwahrscheinlichen

Fall, dass es ihnen gelang, würde er sich darüber freuen. Doch im Gegensatz zu Beck und zu Nerissa würde er auch um sie trauern, weil eine außerordentliche Lebensform zu Ende gegangen war.

Vielleicht machte ihn das zu einem schlechten Soldaten in diesem Krieg. Und vielleicht hatte Beck das schon die ganze Zeit geahnt.

19

Unterwegs

Im Konvoi brachen sie auf. Eugene Dowd lenkte den weißen Transporter, und Leo saß am Steuer des frisch lackierten Fords. Cassie und Thomas setzten sich zu Leo ins Auto, und Beth entschied sich wenig überraschend dafür, in Dowds Wagen einzusteigen.

Cassie beobachtete Leo beim Fahren. Er achtete genau darauf, den Transporter nicht aus den Augen zu verlieren, während sie unter einem eintönig grauen Dezemberhimmel der langen Straße von Salina durch Great Bend und Dodge City und über die Nordwestspitze von Texas hinaus in die Trockengebiete folgten. Wenn Dowd zum Tanken oder für eine Toilettenpause stoppte, hielt Leo direkt hinter ihm. Wenn Dowd sich zu weit absetzte, beschleunigte Leo so lange, bis der Transporter wieder einen komfortablen Abstand hatte. Er wirkte grimmig und wachsam wie ein Tier auf der Jagd.

Anfangs überlegte sich Cassie, ob das etwas mit Beth zu tun hatte. Mit anderen Worten: ob Leo eifersüchtig war. Seit der Abreise aus Buffalo hatte sich die Beziehung zwischen ihnen abgekühlt, trotzdem war Leo vielleicht wütend, dass Dowd seiner Freundin auf die Pelle rückte. Was Dowd so bedenkenlos und fröhlich getan hatte, als wäre sie ihm von einem gnädigen Schicksal in Geschenkpapier zugestellt worden.

Aber wahrscheinlich machte sich Leo eher Sorgen wegen des Geräts hinten im Transporter. Vielleicht weil es so zerbrechlich und unvollständig wirkte. Vielleicht weil es die einzige Waffe war, die sie besaßen.

Der Highway war eine der breiten und gut instand gehaltenen Vorzeigeautobahnen, die vor über fünfzig Jahren während der Regierung Voorhis erbaut worden waren. Wie ein dunkles Band durchquerte er die Wüste und bildete silbrige Oasen, wo sich der Himmel in der flirrenden Luft spiegelte.

Nach Sonnenuntergang hielten sie an einem öffentlichen Campingplatz in Arizona. Der Dezemberabend war frisch – sogar kalt, nachdem die Sterne herausgekommen waren. Sie machten Feuer in einer Steingrube und grillten Würstchen, die sie in einem Supermarkt außerhalb von Tucumcari gekauft hatten. Dowd hatte sich mit einem Sechserpack Bier eingedeckt, den er mit Beth teilte. Er redete ununterbrochen, allerdings über nichts Wichtiges. Nach mehreren Flaschen Bier sang er zwei Country-Songs und forderte Beth auf, beim Refrain einzustimmen. Schließlich legte er ihr den Arm um die Schultern und führte sie zu dem Zelt, das er aufgestellt hatte. Beth schoss einen hämischen Blick auf Leo ab, der sich weigerte, ihr in die Augen zu schauen.

Cassie bereitete ein Bett für Thomas im Auto: ein Schlafsack auf der Rückbank, die Fenster einen Spalt offen, um frische Luft hereinzulassen. Dann setzte sie sich zu Leo, der in der glühenden Asche des erloschenen Feuers stocherte. »Dowd ist ein Arschloch«, sagte sie.

Leo zuckte die Achseln. »Er erfüllt wohl seinen Zweck. Mein Vater hat ihm vertraut. Jedenfalls bis zu einem gewissen Punkt.«

Dowd hatte seiner Überzeugung Ausdruck verliehen, dass Leos Vater noch lebte und dass sie ihn irgendwo in Mexiko oder noch weiter südlich treffen würden. So sah wenigstens der Plan aus. Dieser Plan bestand seit zwei Jahren nach einer direkten Vereinbarung zwischen Dowd und Werner Beck. Durch Leos Ankunft war er ins Rollen gekommen.

Cassie versuchte, die leisen, aber unverkennbaren Laute zu ignorieren, die Dowd und Beth beim Sex im Zelt von sich gaben. Sie konnte nur hoffen, dass Leo nicht bemerkt hatte, wie rot sie geworden war. Um Konversation oder zumindest ein anderes Geräusch zu machen, erzählte Cassie von ihren Eltern und dem Haus, in dem sie vor 2007 gelebt hatten. Im Grunde konnte sie sich nur an wenig aus dieser fernen, fragilen Welt erinnern. Leo hörte ihr bereitwillig zu. Er schien sogar interessiert. Als Cassie verstummte, stocherte er wieder in der Asche und sagte: »Ich hab meine Mom verloren, als ich fünf war. Ein Autounfall. Ich habe überlebt, sie nicht. Das Komische ist, ich weiß gar nicht mehr, wie sie aussah. Ich meine, ich habe natürlich Bilder gesehen. An die Bilder kann ich mich erinnern. Aber ihr Gesicht, wie sie mich anschaut, so was in der Art? Nicht mal in meinen Träumen.«

Cassie nickte und rückte ein wenig näher zu ihm hin.

Diese Nacht verbrachte sie in Leos Zelt – keusch, doch sie nahm deutlich wahr, wie sich seine hochgewachsene Gestalt im Schlafsack drehte und wie seine Wärme und sein Geruch hinauf zum Zeltdach stiegen.

Sie dachte über Beth nach. Eigentlich war es keine Überraschung, dass sie sich auf Dowd eingelassen hatte. Beth war ein Kind der Korrespondenzunion, und ein prägendes Merkmal aller Unionskinder war ihre Verletzlichkeit. Vielleicht hatte sich Beth aus diesem Grund immer zu Typen hingezogen gefühlt, die ihr stark und beschützend erschienen. So hatte sie wohl auch Leo eingeschätzt, als er Autos klaute und sich mit Kleinkriminellen herumtrieb. Doch Dowd war älter, weiter herumgekommen und wirkte schlicht und einfach bedrohlicher.

Irgendwann nach Mitternacht schlüpfte Cassie hinaus und kauerte sich zum Pinkeln hinter ein Entfernungsschild. Der Highway war leer, über der Wüste hing endlose Stille. Ein Viertelmond drückte sich an die Schulter der westlichen Berge. *Mexiko,* dachte sie. *Oder noch weiter südlich.* Ein Treffen mit Leos Vater. Und was dann?

Am Vormittag überquerten sie bei Topock den Colorado River und fuhren weiter in westlicher Richtung. Ziel war ein »Briefkasten«, so Dowd, irgendwo in Los Angeles. Cassie fand es seltsam, wie friedlich sich die Wüste anfühlte. Es lag wohl am Sonnenlicht, an seiner feierlichen Würde. Dann kamen sie nach Barstow und stoppten vor einem Laden an der Straße, wo Thomas fasziniert ein mit erbsengrünen Eidechsen bevölkertes Terrarium angaffte. Durch die San Gabriel Mountains ging es weiter in das Becken von Los Angeles, und in der Ferne leuchteten schon weiß der Gneis und der Marmor der Stadt. »Da machen sie doch die Filme«, rief Thomas, und Cassie bestätigte ihm, dass Hollywood nicht weit war, und auch die Industriefabriken nicht, in denen Verkehrsflugzeuge gebaut wurden wie die oben am wolkenlosen Himmel, auf die ihr Bruder jetzt aufgeregt deutete: Passagiermaschinen mit sechs Propellern, die vom Los Angeles International Airport abflogen oder dort ankamen, und sogar mehrere von den neuen Düsenjets. Der Briefkasten erwies sich als Schließfach in Vernon, in dem sie lediglich eine Ausfuhrgenehmigung für die Ladung des Transporters fanden. Das war schon in Ordnung, erklärte Dowd, denn auf ihrem Weg lagen noch weitere Briefkästen, in denen vielleicht Nachrichten von Leos Vater warteten. Von Vernon aus fuhren sie in südlicher Richtung vorbei an blühenden Farmen und Olivenhainen mit Wegweisern auf Englisch, Spanisch und Japanisch, vorbei an riesigen Aquädukten hoch über der Straße und an Wohnanlagen für Saisonarbeiter mit Stuckfassaden in Regenbogenfarben. *Wie viel davon wird überleben*, fragte sie sich, *wenn die Maschine hinten im Transporter wirklich so schlagkräftig ist, wie Dowd meint?* Wie bei so mancher guten und notwendigen Tat drohten auch bei der Zerstörung der Hyperkolonie ungewollte Konsequenzen.

Dann fielen ihr wieder ihre Eltern ein, wie sie sie zuletzt gesehen hatte. Ermordet, obwohl sie sich nichts anderes zuschulden hatten kommen lassen als den Besitz von unerlaubtem Wissen. Ihr eigenes Leben war aus der Bahn geworfen, Thomas' Zukunft stand in Frage. Ihr ging es nicht um Rache (zumindest nicht in erster Linie), sondern um Gerechtigkeit. Und diese Gerechtigkeit hatte ihren Preis. Unweigerlich. Einen Preis, den vielleicht andere zahlen mussten. Im Radio spielten die Lokalsender Villancicos. Weihnachtslieder. *Los peces en el río. Hoy en la tierra.* Als die Schatten des Nachmittags allmählich länger wurden, drosselte Dowd das Tempo des Transporters. Es war nicht mehr weit bis zur Grenze, und sie brauchten ein Quartier für die Nacht.

Mit dem Lächeln eines Impresarios hatte Dowd in seiner Werkstatt in Kansas die Hecktüren des verstaubten weißen Transporters aufgerissen. Als Cassie in den fensterlosen Metallkasten spähte, erkannte sie ein etwa schrankkoffergroßes Gerät, das an einen handverdrahteten Funkapparat erinnerte.

»Das ist alles?«, fragte Leo.

»Du hast keine Ahnung, was du da vor dir hast«, erwiderte Dowd. »Ich verstehe es selbst nicht. Aber es stammt von deinem Daddy. Und dein Daddy hat viel für mich getan. Hat die Werkstatt gekauft, damit ich hier wohnen und arbeiten kann. Kostenlos, nur unter der Bedingung, dass ich als Soldat kämpfe, wenn es so weit ist. Erst letzten Sommer hat er das Gerät hier abgeliefert. Ich soll es aufbewahren, hat er gesagt. Und, sobald das Signal kommt, damit nach Antofagasta zu einem Treffen düsen. Dass du bei mir aufgekreuzt bist – das war das Signal. Höchste Zeit, dass wir loskommen.«

»Na schön.« Leo klang ein wenig zweifelnd. »Und was macht dieses Ding?«

»Allein macht es gar nichts. Es ist ein Teil von was Größerem. Dein Daddy hat mir gesagt, dass ich nicht der einzige Soldat in der Armee bin. Mehr Leute mit anderen Geräten werden kommen. Wie Puzzlesteine. Am besten ist es, wenn ich nichts drüber weiß. Was ich nicht weiß, kann ich nicht weitererzählen. Auf jeden Fall ist es eine Waffe – Teil einer Waffe. Da hat er sich ziemlich deutlich ausgedrückt.«

»Sieht gar nicht so aus.«

»Da vertraue ich ganz deinem Daddy.« Dowd grinste. »Du nicht?«

Sie mieteten zwei Zimmer in einem Motel in Chula Vista. Zwischen dem Swimmingpool und dem Highway standen Palmen wie Portiers in Livree. Dowd und Beth nahmen ein Zimmer, Cassie, Leo und Thomas das andere.

Thomas schlief auf einer Rollmatte an der Tür. Cassie und Leo teilten sich das Doppelbett. Zum Glück hatte Thomas einen festen Schlaf, und Leo drehte leise das Radio an, um bestimmte andere Geräusche zu übertönen. *Noche de paz,* säuselte ein Chor, *todo duerme en derredor.*

Es war das erste Mal, dass sie sich küssten. Das erste Mal, dass Cassie Leo berührte und sich von ihm berühren ließ. *Eine Erforschung,* dachte sie. *Die Erforschung von Leo.* Sein Mund schmeckte nach Zimt und Rauch. Seine Hände, so stellte sie fest, waren großzügig und geschickt.

Am Morgen versammelten sie sich in Dowds Zimmer zu einer Besprechung.

»Ich hab einen Ausweis für mich und eine Genehmigung für den Transport von Funkausrüstung«, erklärte er. »Ich komme also leicht über die Grenze. Ihr habt alle Ausweisdokumente, die ihr noch nicht benutzt habt, die könnt ihr heute vorzeigen. Beth kann mit mir fahren. Aber mit einem gestohlenen Fahrzeug ist es an der Grenze zu gefährlich, selbst mit neuen Kennzeichen und frisch lackiert. Also stoßen wir den Wagen ab, und ihr drei steigt in den Bus von San Diego nach Tijuana. Wir treffen uns dann an der Busstation auf der Avenida Revolución. Leo, hast du noch die Pistole, mit der du diesen Typen umgenietet hast?«

Leo bedachte Eugene Dowd mit einem kalten Blick. Anscheinend hatte ihm Beth davon erzählt. »Ja.«

»Gib sie mir.«

Leo rührte sich nicht, nur seine Augen zuckten zu der grünen Umhängetasche, die er den ganzen Weg von Buffalo mitgebracht hatte.

»Komm schon«, drängte Dowd. »Willst du vielleicht die Grenze mit einer Knarre im Gepäck überqueren? Das ist doch Blödsinn. Gib mir die Pistole, dann können wir sie zusammen mit dem Auto loswerden.«

»Und wenn ich mich verteidigen muss?«

Beth stand neben Dowd, eine Hand besitzergreifend auf seinem Arm. »Hör lieber auf Eugene. Er kennt sich mit solchen Sachen aus.«

Mit finsterer Miene kramte Leo die Waffe aus der Tasche.

Dowd nahm sie entgegen und prüfte erst die Sicherung, bevor er sie in den Bund seiner Jeans steckte. »Eins noch. Ich weiß, dass dein Daddy dir meine Adresse in Kansas gegeben hat. Er hat mich vorgewarnt, dass du irgendwann auftauchen wirst. Wunderbar. Alles Teil der Abmachung. Aber von *ihr* und *ihm* hat er nichts gesagt.« Er deutete erst auf Cassie, dann auf Thomas. »Und eigentlich habe ich keine Lust, bei dieser Spritztour auf irgendwelche Kinder aufzupassen. Immerhin liegen ein paar tausend Kilometer Transamerikanische Autobahn vor uns.«

»Du musst nicht auf sie aufpassen«, erwiderte Leo. »Sie gehören zu mir.«

»Na ja.« Dowd kratzte sich am Kopf. »Sie zurückzulassen ist auch nicht sicher, da sie gesuchte Kriminelle sind. Am besten, wir erschießen sie einfach.« Er grinste, um zu zeigen, dass er einen Witz gemacht hatte. »Jedenfalls, sobald wir in Mexiko sind, könntest du sie vielleicht mit ein bisschen Bargeld auf einer kleinen Hacienda absetzen. Wäre sicherer für alle.«

»Nein!«, rief Thomas, bevor Leo antworten konnte.

»Dich hat niemand gefragt«, meinte Dowd.

»Sie gehören zu mir«, wiederholte Leo. »Zumindest bis ich mit meinem Vater gesprochen habe.«

»Na schön.« Dowd zuckte die Achseln. »Der nächste Briefkasten ist in Mazatlán. So weit können wir sie noch mitnehmen. Aber dann wird die Sache ernst. Haben das alle kapiert?«

Alle hatten es kapiert.

Am Grenzübergang San Ysidro schlenderte ein gelangweilter Zollbeamter durch den Gang des Greyhounds, um lustlose Fragen zu stellen und die Papiere zu prüfen. Cassie und Thomas saßen nebeneinander. Für die Dauer des Grenzübertritts waren sie als Geschwister unterwegs zu ihrem Onkel in Rosarito Beach. Der Zöllner warf nur einen flüchtigen Blick auf ihre Papiere und ging weiter. Nach dem Gemeinsamen Passabkommen war die Ausweiskontrolle eine reine Formalität. Weder Cassie und Thomas noch der einige Reihen weiter hinten sitzende Leo erregten seinen Verdacht.

Nachdem der Bus noch eine Weile in einer Wolke aus Dieseldämpfen gewartet hatte, setzte er sich ächzend in Bewegung. Cassie lauschte den Passagieren in ihrer Nähe, die sich auf Spanisch unterhielten, während sie das Einreisetor passierten und den braunen Tijuana River überquerten.

»Gehen nach Rosarito?«, fragte eine Frau, als der Bus auf die Haltestelle an der Avenida Revolución bog. »Ich höre Sie sagen.«

Cassie erhob sich und nahm Thomas an der Hand, um hinauszuschlurfen. »Rosarito, ja.«

»Sehr schön da! *Feliz navidad!*«

Nein, dachte sie, *wir wollen nicht nach Rosarito Beach. Wir sind unterwegs nach Antofagasta in Chile. Wir sind unterwegs zur Atacamawüste. Unterwegs ans Ende der Welt.*

20

Joplin, Missouri

»Vielleicht erwischen wir sie in Sinaloa«, verkündete Werner Beck. »Falls nicht, treffen wir sie auf jeden Fall in Antofagasta.«

Er hatte ihnen von Chile erzählt, von der Anlage, die die Hyperkolonie angeblich in der Atacamawüste errichtet hatte, von der hell leuchtenden Lichtsäule. Er selbst hatte die Anlage nie gesehen, aber er hatte mit einem Augenzeugen geredet, dessen Aussage überdies durch umfangreiches Beweismaterial belegt wurde: Ladungsverzeichnisse von Schiffen, Lieferlisten für Industrieteile und seltene Erden, unerklärliche Lücken in den Strecken, auf denen Verkehrsflugzeuge von Chile nach Bolivien und Brasilien gelangten. Beck hatte die Sache gründlich erforscht.

Die Anlage in der Wüste, so betonte er, war der Fortpflanzungsmechanismus der Hyperkolonie. Wenn man dort zuschlug, traf man die Bestie mitten ins Herz. *Oder zumindest,* dachte Nerissa, *mitten in die Eier.*

Ethan schien überzeugt. Nerissa war es nicht, doch das spielte keine Rolle. Für sie zählte nur, dass sie vielleicht schon bald

Thomas und Cassie in die Arme schließen und sie vor Becks militanten Fantasien schützen konnte.

Während Ethan duschte, saß sie zusammen mit Beck in der Küche und kam auf eine Frage zu sprechen, die schon länger an ihr nagte. Es ging darum, was das Sim Winston Bayliss erzählt hatte: dass die Hyperkolonie von einem Parasiten befallen und somit in sich gespalten war. Konnte das sein? Und falls nicht, warum war Bayliss dann in Ethans Farmhaus von einer anderen Gruppe Sims angegriffen worden?

»Es ist möglich«, antwortete Beck. »Zumindest gibt es Anzeichen dafür.«

»Zum Beispiel?«

»Alle Kulturen aus Ethans Eiskernen waren identisch und miteinander kompatibel. Inzwischen haben wir neuere Stämme gezüchtet, und manchmal konkurrieren die zwei Proben in vitro so lange um die Ressourcen, bis eine von ihnen beseitigt ist. Trotzdem möchte ich daraus keine voreiligen Schlüsse ziehen.«

»Aber sollten wir nicht berücksichtigen, was Bayliss gesagt hat?«

»Die Aussagen eines Sims sind nie vertrauenswürdig, Mrs. Iverson. Jede Kriegsführung beruht auf Täuschung.«

»Sie zitieren Sunzi.«

»Vermutlich. Natürlich ist alles, was von der Hyperkolonie kommt, nicht einmal eine bewusste Lüge.«

Nerissas nervöser Geist tischte ihr ein anderes Zitat auf, das aus Boswells *Dr. Samuel Johnson* stammte: *Und falls er wirklich denkt, es gebe keinen Unterschied zwischen Tugend und Laster, nun, Sir, dann sollten wir lieber unsere Löffel zählen, sobald er unser Haus verlässt.* »Es ist also denkbar, dass ein interner Konflikt im Gang ist.«

»Sicher. Wir wissen es eben nicht.«

Ethan trat voll bekleidet und mit seinem Koffer in der Hand ein. »Ich bin reisefertig.«

Sie warteten, während Beck im Wohnzimmerkamin ein Feuer anschürte und systematisch den Inhalt seiner Akten verbrannte. Auch Dr. Wyndhams grausige Fotografien. Nichts durfte zurückbleiben und dem Feind in die Hände fallen.

Beck fuhr die zweihundertvierzig Kilometer zum Flughafen in Kansas City und bezahlte für einen Langzeitparkplatz, wo er den Wagen mindestens drei Wochen lang unbehelligt abstellen konnte. Am Terminal buchte er Sitze in der nächsten verfügbaren Maschine nach Mazatlán.

Kurz nach Einbruch der Dunkelheit stiegen sie in einem schimmernden Sechs-Propeller-Flugzeug auf in den Nachthimmel. Schlaflos betrachtete Nerissa von ihrem Fensterplatz aus Präriestädte, die wie leuchtende Karten einer Welt vorbeizogen, die sie nicht mehr bewohnen konnte und die ihre Reisegefährten zu zerstören hofften. Mehrmals ertappte sie Beck dabei, dass er sie mit einem Ausdruck beobachtete, den sie nicht zu deuten vermochte. Argwohn? Neugier? Als würde er überlegen, welche geheimen Motive sie verbarg.

Dabei waren ihre Motive alles andere als geheim. Sollte Beck ruhig seinen Krieg gegen eine feindliche Abstraktion führen; und wenn Ethan ihn unterstützen wollte, bitte, sie konnte ihn nicht daran hindern. Sie hatte vor, den beiden in einigem Abstand zu folgen. Denn sie führte einen anderen Krieg. Sie kämpfte für eine andere Sache. Vielleicht war es diese Wahrheit, die Beck erkannt hatte. Und vielleicht hatte sie deshalb solche Angst vor ihm.

21

Mazatlán

Wegen der Feiertage in Mexiko hatte Eugene Dowd jetzt schon seit drei Tagen keinen Zugang zu dem vereinbarten Briefkasten, und das ging ihm gegen den Strich.

Mazatlán war eine nette Stadt, allerdings hatten die Einheimischen mit dem Begriff »Stille Nacht« wenig am Hut. Das Straßenfest an Heiligabend hatte seine Ohren auf eine harte Probe gestellt. Livemusik, Feuerwerk, lärmende Menschentrauben auf dem Mercado. Danach wurde für den ersten Weihnachtsfeiertag alles verrammelt. Der Briefkasten lag in einem gewöhnlichen Laden in einer Seitenstraße unweit des Centro Histórico. Dort sollte Eugene vor der Weiterreise nach Antofagasta in einem bestimmten Schließfach nachsehen. Doch das Geschäft war immer geschlossen, und im Schaufenster hing ein Kartonschild, auf das mit grünem Buntstift in Blockschrift die Worte CERRADO POR NAVIDAD gemalt waren.

Deshalb saß er mit Beth, Leo Beck und den zwei Kids in einem dreistöckigen Touristenhotel fest. (Obwohl Cassie eigentlich nicht viel jünger war als Beth, wirkte sie auf Eugene mit ihrem flachen Gesicht und ihrer unscheinbaren Gestalt wie ein Kind.) Er teilte sein Zimmer mit Beth, was nicht schlecht war, um sich die Zeit zu vertreiben, allerdings nutzte sich ihr Charme bereits ein wenig ab. Sie klebte ständig an ihm, hatte vor jeder Kleinigkeit Angst und war nicht halb so schlau, wie sie dachte.

Heute war endlich wieder ein normaler Werktag in Mazatlán. Um zehn Uhr früh verließ Eugene das Hotel und machte sich mit Leo Beck im Schlepptau auf den Weg zum historischen Teil der Stadt. Eugene hätte die Sache lieber allein erledigt, doch Leo, dessen kaum verhohlene Feindseligkeit gegen Eugene wohl darauf zurückzuführen war, wie bereitwillig Beth ihn abserviert hatte, hatte darauf bestanden, ihn zu begleiten. Und da Leo Werner Becks Sohn war – das durfte er nicht aus den Augen verlieren –, hatte Eugene widerstrebend eingewilligt.

Die Straßen waren voll von Golfmobiltaxis, den sogenannten Pulmonias, die Touristen zur Zona Dorada und wieder zurück karrten. Über den Backstein- und Stuckfassaden der Läden hing ein strahlend blauer Himmel, die Temperatur lag bei zwanzig Grad und kletterte noch immer nach oben. Das milde Wetter war eine Einladung zum Entspannen, die Eugene um keinen Preis annehmen durfte. Seine eigenen Erfahrungen in der Atacamawüste und Werner Becks Vorträge über die Natur der Hyperkolonie waren für Eugene zur Grundlage seiner Wahrnehmung der Welt geworden. Der ganze fromme Highschool-Quatsch über das Jahrhundert des Friedens hatte sich als Illusion entpuppt: künstlich wie ein Krippenspiel aus Plastik und hohl wie eine taube Nuss. Mit der Welt verhielt es sich ungefähr so wie mit einer betrunkenen Studentin: Wenn sie erst mal richtig friedlich war, konnte man alles mit ihr machen. Diese Kids, mit denen er unterwegs war, wussten das angeblich. Aber stimmte das auch? Nein. So wie er wussten sie es nicht.

Einen Block vor dem Briefkasten packte Leo Eugene am Arm. »Warte, halt mal kurz ...«

»Was ist los?«

Leo war stehen geblieben und spähte nach hinten durch das Gedränge von Touristen und Einheimischen. Eugene gefiel dieses auffällige Verhalten nicht, vor allem nicht, da seine Nerven an diesem ihm fremden Ort sowieso zum Zerreißen gespannt waren. Schon reckten Passanten den Hals, um zu erkennen, was dieser aufgeregte Turista da zu gaffen hatte. Offenbar hatte Leo nicht einmal einen Bruchteil von der vorsichtigen Besonnenheit seines Vater geerbt.

»Ich dachte, ich hätte jemand bemerkt.« Leo klang leicht verlegen.

»Ach? Und wen?«

»Ich weiß nicht. Ein Gesicht. Ein vertrautes Gesicht.«

»Was meinst du damit? Hast du jemand wiedererkannt?«

»Nein, ich glaub nicht.« Sichtlich kleinlaut zuckte Leo die Achseln. »Niemand, den ich benennen könnte. Bloß so ein ... Gefühl, du weißt schon, wenn man denkt, dass man jemand schon mal irgendwo gesehen hat.«

»Ein Typ.«

»Ein Amerikaner, würde ich sagen. Haut nicht besonders dunkel. So um die vierzig oder fünfzig.«

»Okay.« Eugene nickte. »Ich werd darauf achten.« Hatte wahrscheinlich nichts zu bedeuten. Bestimmt war Leo bloß nervös. Zum Glück hatte Eugene eine Pistole dabei – dieselbe, die er Leo vor der Grenze abgenommen und in einem Geheimfach im Armaturenbrett des Transporters nach Mexiko geschmuggelt hatte. Sie hing in einer Schlinge, die er aus den Fetzen eines alten Hemds zusammengeknotet hatte, an seinem Gürtel, gut getarnt unter dem XL-Shirt, das er genau aus diesem Grund angezogen hatte. Jetzt spürte er den Zug ihres Gewichts.

Das Schießen hatte Eugene von seinem Vater gelernt. Die Dowds waren schon seit Generationen Farmer gewesen, geübt im Umgang mit Gewehren. Eugenes Vater war auch fasziniert von Handfeuerwaffen und ein erfahrener Schütze. Er besaß einen offiziell angemeldeten, antiken Colt-Revolver, der ihm lieb und teuer war und mit dem er sich schließlich das Leben nahm, nachdem Eugenes Mutter den Kampf gegen den Brustkrebs verloren hatte. Eugene machte nicht die Waffe für den Selbstmord verantwortlich, sondern die Trauer seines Vaters. Er fühlte sich auf sentimentale Weise mit dem Colt verbunden und hätte ihn gern geerbt; leider war er gerade in Chile gewesen, als sich sein Vater mit dem Ding ein Loch von der Größe einer Halbdollarmünze in die linke Schläfe jagte, und die Polizei hatte den Revolver als Beweisstück beschlagnahmt. Damals besaß Eugene nicht einmal einen Waffenschein. In Amarillo beantragte er dann einen, doch da war er schon zu oft wegen Trunkenheit am Steuer mit dem Gesetz in Konflikt geraten. Selbst in Texas waren die Auflagen zum Waffenbesitz unangenehm streng.

Im Grunde war Eugene bei seiner Rückkehr aus der Atacamawüste ziemlich fertig gewesen. Wie verarbeitete man so ein Erlebnis? Und dass seine Eltern in der Zwischenzeit gestorben waren – seine Mutter an Krebs, sein Vater an selbst verordneter Euthanasie Kaliber .45 – machte die Sache nicht unbedingt leichter. So schlitterte Eugene in eine Existenz als Alkoholiker hinein, der in einem heruntergekommenen Fleetwood-Wohnwagen seine Sozialhilfe versoff. Das Verstörende daran war, dass er sich ziemlich bald mit diesem Schicksal abgefunden hatte. Erst mit dem unerwarteten

Erscheinen Werner Becks änderte sich alles. Eigentlich lag es nicht einmal an Werner Beck persönlich – auch wenn Becks zupackende Art sehr belebend war –, sondern an der Aussicht, etwas *tun* zu können. Endlich eröffnete sich ihm die Möglichkeit, die mysteriösen Vorfälle in der Atacamawüste als persönlichen Angriff einzuordnen, der nach Vergeltung schrie. Und die Möglichkeit, nicht als Opfer nach Chile zurückzukehren, sondern als Soldat. Mit anderen Soldaten an seiner Seite und mit einer geeigneten Waffe in der Hand. Auch das hatte ihm Beck versprochen: eine Vernichtungswaffe gegen die innen grünen Männer und die Spinnen mit Gesichtern.

Er bog von der Avenida in die schmalere Calle, in der sich der Briefkasten befand. Die Läden hier machten gute Geschäfte. Überall auf den Gehsteigen lockten Kleidergestelle und beladene Tische Touristen an, die wohl das Gewimmel ähnlicher Anbieter in der Zona Dorada verpasst hatten. Eugene war noch immer verunsichert, weil Leo ein bekanntes Gesicht entdeckt haben wollte. Wachsam spähte er immer wieder in Schaufenster, als würde er mit dem Gedanken spielen, sich eine Muschelhalskette oder eine Bildpostkarte zu kaufen. Die Fensterscheiben waren nützlich, weil er so auf unauffällige Art die vorbeiströmenden Leute beobachten konnte. Leo trat inzwischen ungeduldig von einem Fuß auf den anderen, aber das machte gar nichts, weil das ein plausibles Verhalten war bei einem Jungen, der womöglich zu einer Einkaufstour abkommandiert worden war, obwohl er sich lieber am Strand vergnügt hätte. Einen halben Block weiter, auf der anderen Straßenseite war das CERRADO-Schild von der Tür des Briefkastenladens verschwunden.

Gerade als sich Eugene vom Schaufenster abwenden wollte, bemerkte er jemanden, der sich mit verdächtiger Eile und

Entschlossenheit einen Weg durch das Gewimmel der Touristen bahnte.

Der Mann trug Jeans, ein Denimhemd mit hochgerollten Ärmeln, eine schweißfleckige Diablos-Rojos-Baseballmütze und eine Brille mit schwarzem Rand. Nichts, was ihn auf besondere Weise von anderen Einheimischen unterschied. Es war die Direktheit, mit der er auf Leo zusteuerte, die bei Eugene die Alarmglocken schrillen ließ. Und die Tatsache, dass der Typ seinen rechten Arm steif an der Seite hielt.

»Leo«, sagte Eugene.

»Was ist?«

»Leo, vielleicht gehst du lieber ... *Scheiße!*«

Der Gegenstand, den der Mann unter dem rechten Arm verborgen hatte, war ein Messer. Jetzt ragte die lange Klinge offen nach vorn, als er zu laufen anfing und den Abstand zu ihnen bedrohlich schnell verkürzte. Eugene wirbelte herum und tastete unter dem Shirt nach seiner Pistole.

Leo starrte ihn noch immer an. Dann schubste Eugene mit der freien Hand den Jungen weg. Leo taumelte nach links, und das war gut so, weil der Angreifer bereits ausgeholt hatte, um ihm den Bauch aufzuschlitzen. Eugene schaffte es gerade noch, die Waffe aus der Hose zu zerren und sie zu entsichern, da stürzte der Mann mit der Baseballmütze auch schon auf ihn los. Die Messerspitze streifte ihn mit einem Hieb, der von seinem Hüftknochen abprallte und sich anfühlte wie die Berührung eines eiskalten Fingers. Eugene zielte und drückte ab.

Eugene hatte noch nie auf einen Menschen geschossen – die Wesen in der Atacamawüste waren schließlich keine gewesen. Nun starrte er auf die Pistole, als wäre sie plötzlich aus einer anderen Dimension aufgetaucht. Noch immer spürte er im Handgelenk die Wucht des Rückschlags. Dann wurde er sich auf einmal der Panik bewusst, die sich in der Menge breitmachte. Die Leute ächzten und schrien, stießen gegeneinander wie wacklige Kegel.

Schließlich fiel sein Blick auf den Angeschossenen, der auf den Gehsteig gesackt war. Nicht nur Blut sickerte aus ihm heraus, sondern auch eine grüne Flüssigkeit, die roch wie Gartendünger.

Eugene hatte noch immer keinen Menschen getötet.

»Lauf«, zischte er Leo zu.

Sich unter die verängstigten Passanten zu mischen war relativ einfach. Hastig stopfte Eugene die Pistole zurück in seinen Bund und schob sich durch einen Kreis entsetzter Gaffer. Nachdem er sich kurz nach Leo umgeschaut hatte, sprintete er los. Rennend waren sie nicht zu unterscheiden von einem Dutzend anderer Touristen, die nach den Schüssen und dem Anblick der rotgrünen Körperflüssigkeit sofort instinktiv das Weite gesucht hatten. Nach mehreren ungeplanten und daher unberechenbaren Richtungswechseln bremste Eugene auf Schritttempo und wartete darauf, dass sein Atem sich wieder normalisierte. Die Verletzung, die ihm das Sim mit dem Messer beigebracht hatte, blutete stark und tat zunehmend weh, aber bis jetzt saugte der Jeansstoff noch alle verräterischen Spuren auf. Als er sich vorsichtig umschaute, konnte er keine verfolgenden Polizisten erkennen. Nur in der Ferne hörte er mehrere Sirenen.

Im Hotel vertrieben sich Beth und die zwei Kids zum Glück gerade die Zeit im Restaurant; er musste sie nicht erst lange suchen und konnte sie sofort aufs Zimmer scheuchen, damit sie ihr Zeug zusammenpackten. Jetzt war vor allem Eile geboten. Egal, welche Anweisungen Werner Beck dort hinterlassen hatte, entscheidend war, dass der Briefkasten enttarnt und damit nicht mehr sicher war. Und in diesem Fall galt die Vereinbarung, zu dem Treffen nach Antofagasta weiterzufahren. Vielleicht hatte Beck seine Pläne geändert und eine entsprechende Nachricht im Briefkasten hinterlassen, doch Möglichkeiten und Spekulationen halfen Eugene jetzt nicht weiter. Er musste sich an die Fakten halten.

Er zog sich bis auf die Unterhose aus. Das Messer des Sims hatte ihn zwar ordentlich gepikst, doch die Wunde war zum Glück nicht tief. Er ließ zu, dass Cassie ihn mit Mull verband. Mit den Augen eines Rehs, das in die Scheinwerfer eines heranrasenden Autos starrt, beugte sie sich über die Arbeit. Trotzdem blieben ihre Hände ruhig, und sie schreckte nicht vor dem Blut zurück. Allmählich wurde ihm klar, dass sie vielleicht zuverlässiger war als Beth und dass sich unter ihrem etwas froschähnlichen Äußeren eine patente Person verbarg. Vielleicht war es also gar nicht so überraschend, dass Leo sich anscheinend mit ihr über Beths Verlust hinwegtröstete.

Wahrscheinlich wäre es schlau gewesen, das Ganze wenigstens behelfsmäßig mit zwei Stichen einer sterilisierten Nadel und Faden zu nähen. Dafür blieb jedoch keine Zeit. Jetzt kam es vor allem darauf an, dass sie hier verschwanden. Nachdem sie den Verband festgeklebt hatte, fing Cassie an zu packen. Zögernd betrachtete sie den Inhalt ihrer Reisetasche, als würde es eine Rolle spielen, ob ihre Höschen hübsch gefaltet waren oder nicht. »Schmeiß einfach alles rein!«, fauchte Eugene. Begriff sie denn nicht, was die Stunde geschlagen hatte? Das tote Sim hatte Eugene und seine Begleiter in der Stadt erwartet und genau gewusst, wo es ihnen auflauern musste. Sims waren dünn gesät, hatte ihm Beck einmal erklärt, doch sie waren schlau und handelten strategisch. Deshalb konnten sich durchaus mehrere von ihnen in Mazatlán aufhalten. Für Eugene war nicht auszuschließen, dass gerade ein ganzes Heer von ihnen auf das Hotel vorrückte.

»Nein, warte«, sagte Leo, was Eugenes brodelnde Ungeduld noch mehr aufstachelte. Leo starrte in Cassies Tasche. Er griff an ihr vorbei und zog etwas heraus, das sie soeben hineingeworfen hatte: ein Buch. »Vorhin in der Stadt … du weißt doch, wie ich dachte, dass ich jemanden wiedererkenne.«

»Ja. Was ist damit?«

Leo hielt das Buch hoch. Es hieß *Der Fischer und die Spinne*. Auf dem faltigen, verschmutzten Deckel war kein Fischer abgebildet. Bloß eine impressionistisch dargestellte Spinne – es sollte wohl eine Schwarze Witwe sein, wie Eugene wegen der roten Sanduhr am Unterleib vermutete. Leo drehte das Buch so hin, dass Eugene die Rückseite erkennen konnte. In der unteren linken Ecke befand sich ein Schwarz-Weiß-Foto des Autors Ethan Iverson, der anscheinend mit Cassie verwandt war: ein hagerer Typ mit einem dichten grauen Haarschopf.

»Daher kannte ich ihn«, erklärte Leo. »Das ist der Mann, den ich gesehen habe, bevor wir angegriffen wurden.«

Cassie ächzte. »Er ist hier? Onkel Ethan ist hier?«

»Pack einfach dein Zeug zusammen«, knurrte Eugene. »Wenn er wirklich hier war, dann ist er jetzt wahrscheinlich schon auf dem Weg nach Antofagasta. Genau wie wir.«

»Wir müssen ihn suchen!«

»Wir müssen nur eins: uns an den verdammten Plan halten!«

Cassie bedachte ihn mit einem zornigen Blick, bevor sie nachgab und weiter Klamotten in die Tasche stopfte.

Hart wie Stahl, die kleine Zicke, dachte Eugene. Selbstbewusster, als sie zugab. War wohl besser, sie gut im Auge zu behalten.

22

Mazatlán, Mexiko – Antofagasta, Chile

»Waren sie da?«, wollte Nerissa wissen. Natürlich meinte sie Cassie und Thomas.

Ethan war gerade von der Straße zurückgekehrt, wo Becks Briefkasten war. Er erzählte, dass er dort gewartet und die Leute auf der Calle beobachtet hatte, als er plötzlich einen Schuss hörte. Daraufhin hatte er sich durch die Menge nach vorn gekämpft bis zu der Stelle, wo vor einem Touristenladen ein verletztes Sim im Sterben lag und grünen Schleim absonderte. Den Angriff selbst hatte er nicht gesehen. »Ich weiß nicht, wer daran beteiligt war.«

War Cassie dort gewesen? Nerissa konnte sich ihre Nichte nicht mit einer Schusswaffe vorstellen. Dem leichtsinnigen Leo Beck, mit dem sie Buffalo verlassen hatte, war so etwas schon eher zuzutrauen. »Und was machen wir jetzt?«

»Wir fahren weiter«, bestimmte Werner Beck, bevor Ethan antworten konnte. Sein Ton duldete keinen Widerspruch.

Also fuhren sie weiter. Weil Beck es befahl. Und das, obwohl Werner Beck nach Nerissas Meinung nicht ganz richtig im Kopf war.

Sie hatte sich um größtmögliche Geduld bemüht und mit Beck kooperiert, weil er Geld zum Reisen und einen Plan hatte, der sie vielleicht mit Cassie und Thomas zusammenführen würde. Oder zumindest mit Becks Sohn Leo. Möglicherweise entfernte sie sich nun bereits mit jedem Schritt weiter von ihrer Nichte und ihrem Neffen. Trotzdem war es auch denkbar, dass sie sie auf der nächsten Station ihrer Reise wiedersehen würde. Das hoffte sie zumindest. Und dieser Hoffnung entsprang ihre Geduld.

Ethans Bericht von dem getöteten Sim brachte diese bemühte Gefasstheit ins Wanken. Am liebsten wäre sie hinaus auf die Straße gelaufen, um nach Cassie und Thomas zu suchen, laut ihre Namen zu rufen. Es kostete sie viel Kraft, diesem Impuls nicht einfach nachzugeben. Das wäre sicher ein Dummheit gewesen. Denn zumindest in dieser Hinsicht hatte Beck vermutlich recht. Am besten war es, wenn sie nach Antofagasta fuhren, um dort vielleicht den ersehnten Kontakt herzustellen. Dorthin war Leo unterwegs und mit ihm auch Cassie und Thomas. Immer vorausgesetzt, sie wurden nicht von Sims angegriffen. Und vorausgesetzt, Cassie und Thomas überlebten die Reise.

Und was kam dann? Ein beängstigender Gedanke beschlich sie: Was war, wenn Leo Cassie mit Werner Becks Irrsinn angesteckt hatte?

Denn es *war* Irrsinn – diese Überzeugung verfestigte sich immer mehr in ihr.

Beck buchte einen Flug nach Santiago mit Anschluss nach Antofagasta. Auf dem Weg durch den Flughafen wurden ihre Papiere flüchtig geprüft, und schließlich stiegen sie in eine schnittige Fanaero-United-Linienmaschine mit vier Propellern, die in den wolkenlosen Himmel abhob und nach Süden schwenkte.

Nerissa sehnte sich danach, ihre Ängste mit Ethan zu besprechen, denn seit ihrer Ankunft auf Werner Becks Schwelle waren sie kaum noch unter sich gewesen. Ihr war nicht entgangen, dass Ethans Glaube an Beck durch das längere Zusammensein ins Wanken geraten war. »Er ist nicht mehr der Mann, den ich vor zehn Jahren kannte«, hatte er ihr in einem seltenen unbeobachteten Moment gestanden. »Aber niemand besitzt so viel Wissen über die Hyperkolonie wie er, und niemand hat so viel Einfluss.«

Vielleicht. Andererseits, was hatte Beck denn erreicht? Angeblich verfügte er über ein Netz von Forschern und kampfbereiten Soldaten, die alle nur darauf warteten, der Hyperkolonie entgegenzutreten und ihre Anlage in der Atacamawüste zu zerstören. Alles schön und gut und – mit ein bisschen gutem Willen – vielleicht sogar *plausibel*. Trotzdem waren die Einzelheiten verdächtig spärlich. Beck hatte Wyndham in England als typischen Forscher und Eugene Dowd, mit dem zusammen Leo, Cassie und Thomas angeblich reisten, als typischen Soldaten genannt. Von einer Armee konnte da noch lange nicht die Rede sein. Und im Grunde stellte es doch kaum mehr als eine Spekulation dar, dass ein Angriff auf die Anlage in der Atacamawüste, falls er denn von Erfolg gekrönt war, der Hyperkolonie wirklich ernsten Schaden zufügen konnte. Möglicherweise gab es anderswo auf der Welt noch weitere solche Anlagen. Beck bestritt das zwar, aber wenn man ihn nach Gründen dafür fragte, hatte er nur Ausflüchte parat.

Im Lauf der Jahre hatte er viele Korrespondenten großzügig mit Geld unterstützt, allerdings mit Geld, das er laut Ethan bloß geerbt hatte. Beck selbst hatte lediglich ein Netz von Scheinfirmen und -konten eingerichtet, mit deren Hilfe er sich ein Einkommen auszahlen konnte, ohne eine elektronische Spur zu hinterlassen. Und sie fragte sich, wie umfangreich dieses Einkommen überhaupt noch floss. Becks Unterschlupf jedenfalls wirkte ein wenig schäbig, und Gleiches galt für seine übliche Garderobe aus Tweedjackett und Denimhose.

Das alles war natürlich noch lange kein *Irrsinn*. Trotzdem, wie sollte sie Dinge deuten wie seinen Gesprächsstil (manieriert und herablassend), seine Monomanie, sein obsessives Beharren auf kleinsten Details in Sachen Zurückgezogenheit und Sicherheit? Bis zu einem gewissen Grad zeigten alle überlebenden Verwandten der Opfer von 2007 solche Eigenschaften, doch sie hatten wenigstens versucht, sich außerhalb der Grenzen ihrer notwendigen Paranoia ein Leben aufzubauen. Beck war völlig von ihr eingeschlossen. Selbst Ethan, der in seinem Farmhaus in Vermont fast genauso isoliert gelebt hatte wie Beck, hatte sich seinen gesunden Verstand bewahrt – vielleicht weil er objektiv genug war, ihn infrage zu stellen. Solche unmännlichen Zweifel gestattete sich Beck nicht.

Und genau das war der entscheidende Punkt. Beck war immun gegen jeden Zweifel. Er glaubte an sein Heer von Anhängern, an seinen unversöhnlichen Feind und an seine unschlagbare Strategie. Irgendetwas davon infrage zu stellen war in Becks Augen nichts anderes als ruchloser, unverzeihlicher Verrat.

Ethan, der neben dem Fenster döste, hatte Nerissa Anweisung gegeben, ihn nicht zu wecken. Die Stewardess servierte das Mittagessen, als die Maschine westlich von Panama über dem Pazifik schwebte. Es war bloß typische Flugzeugkost, er verpasste also nichts. Zufällig fiel ihr Blick auf Becks Tablett, und sie verfolgte verstohlen, wie er aß. Zunächst zog er die Folie weg und faltete sie auf ein Drittel ihrer Größe. Mit der Besteckhülle verfuhr er genauso. Nach jedem vierten Bissen nahm er einen Schluck schwarzen Kaffee aus der winzigen

Tasse. Sie zählte mit. Vier Bissen. *Schlürf.* Vier Bissen. *Schlürf.* Wie ein Metronom.

»Was schauen Sie denn so, Mrs. Iverson?«

Wie ein ertapptes Schulmädchen fuhr sie hoch. »Nichts … Entschuldigung.«

Beck richtete sein Augenmerk auf Nerissas Tablett, das mit achtlos zerrissener Folie und Essensresten beladen war. »Die Stewardess sollte gleich hier sein, um das abzuholen.«

Sie rang sich ein Lächeln ab und hoffte, das Gespräch damit zu beenden.

Becks Blick wanderte zu ihrem Gesicht, ohne seinen leicht angewiderten Ausdruck zu verlieren. »Darf ich mir eine Bemerkung erlauben, da wir gerade einen Moment Zeit haben?«

»Natürlich.«

»Ich möchte ganz offen sein. Unverblümt. Weil Sie meine Pläne in Chile offenbar mit Skepsis betrachten.«

»So kann man das nicht …«

»Ihnen kommt es nur darauf an, Ihre Nichte und Ihren Neffen zu finden. Damit habe ich kein Problem. Sie sind kein Soldat, Cassie und Thomas ebenso wenig. Wenn sie in Leos Begleitung sind, behindern sie ihn nur in seiner Arbeit. Es ist also wahrscheinlich am nützlichsten, wenn Sie die beiden zurück in die Staaten bringen.«

Wach auf, Ethan!, dachte Nerissa. Ethan rührte sich nicht. Das Flugzeug trudelte durch eine Turbulenz, und sie streckte schnell die Hand aus, um ihre Kaffeetasse festzuhalten.

»Dennoch täuschen Sie sich in Ihrer Einschätzung unserer Vorhabens in der Atacamawüste. Auch andere haben schon ähnliche Vorbehalte zum Ausdruck gebracht. Die Argumentation für eine vorteilhafte Koexistenz habe ich öfter gehört, als mir lieb ist, nach 2007 allerdings deutlich seltener: die Idee, dass uns die Hyperkolonie im Austausch gegen eine minimale Abzweigung unserer Ressourcen etwas Wertvolles gegeben hat. Die Idee, dass eine Störung dieses Gleichgewichts beiden Seiten schadet und sogar eine Bedrohung des Weltfriedens darstellt. Ich muss sagen, ich finde diese Haltung verachtenswert.«

»Ich habe meine Schwester und ihren Mann in ihrem Blut gefunden, beide ermordet. Und ich bin nicht geneigt, das zu verzeihen.« Wo blieb die Stewardess? Das gesamte Flugzeug schien in eine Art Nachmittagskoma gefallen zu sein.

»Ich weiß. Trotzdem haben Sie sich bestimmt gefragt, was für uns auf dem Spiel steht, falls ich Erfolg habe.«

Sicher. Wenn es stimmte, dass die Hyperkolonie die Welt geformt hatte wie ein Töpfer feuchten Lehm – wenn sie aus der Armut Wohlstand herausgekitzelt und die misstönenden Stimmen der Welt zu einem halbwegs harmonischen Chor gebändigt hatte –, dann ja: »Natürlich beschäftigt es mich, was die Konsequenzen sind.«

»Meiner Meinung nach wird die Menschheit gezwungen sein, die Verantwortung für die eigene Zukunft zu übernehmen.«

»Auf Gedeih und Verderb.«

»Alle, die die Anschläge von 2007 überlebt haben, tragen eine schwere Bürde. Die Menschen um uns herum dürfen ihr Leben führen, während wir dieses unaussprechliche Wissen mit uns herumschleppen. Also versuchen wir, irgendwie zurechtzukommen. Wir tun, was wir tun müssen. Sie haben beschlossen, sich zurückzuhalten und nach den Kindern zu sehen, während andere kämpfen. Das ist Ihre Entscheidung, die gut und nützlich ist. Aber als Zivilistin sind Sie nicht dafür zuständig, was die Soldaten tun. Sie müssen es den Soldaten überlassen, den Krieg zu führen.«

Am Flughafen Pudahuel mussten sie auf die Anschlussmaschine warten und saßen mit Getränken in einer Lounge: Mineralwasser für Beck, Bier für Ethan und Cola mit Rum für Nerissa. Um sich die Zeit zu vertreiben, verfolgte sie die englischsprachigen Nachrichten, die in einem Fernseher hinter der Bar liefen.

Geriet die Kontrolle der Hyperkolonie bereits ins Wanken, wie es Winston Bayliss angedeutet hatte? Weitere russische und japanische Truppen und Kanonenboote waren nach Magadan am Ochotskischen Meer gesandt worden. Die Bilder zeigten Backsteinbauten, die unter Mörserbeschuss einstürzten. Solche Ausbrüche von Gewalt waren nicht völlig unüblich und wurden normalerweise gleich nach Beginn wieder beigelegt. Doch diesmal schien die Sache bedrohlicher. Das diplomatische Säbelrasseln wurde immer heftiger, und der Völkerbund wirkte hilflos. Zertrümmerte Mauern, geschundene Menschen: War das das Gesicht der Welt in fünf, zehn oder fünfzig Jahren?

Wieder schielte Nerissa kurz zu Beck. *Eins muss man ihm lassen*, dachte sie, *er ist ein begnadeter Verkäufer.* So schädlich und verzerrt seine Weltanschauung auch war, er hatte es geschafft, sie einer ganzen Reihe intelligenter Menschen anzudrehen. Auch Ethan offenbar.

Anders ausgedrückt, er war ein geborener Führer. Vielleicht war es das, was das letzte Jahrhundert so friedlich gemacht hatte: ein erzwungener Mangel an geborenen Führern. Und wenn die Hyperkolonie vernichtet wurde, war mit ihrem erneuten Ansturm zu rechnen. *Napoleon. Cäsar. Unsere rechtmäßigen gespenstischen Gebieter.*

Eine kleine Ein-Propeller-Maschine flog sie von Santiago nach Antofagasta, und als sie zum Landeanflug auf Cerro Moreno ansetzte, erhaschte Nerissa ihren ersten Blick auf das Küstengebirge, das die Grenze zur Atacama-Salzwüste bildete.

Der trockenste Ort der Erde. Über hunderttausend Quadratkilometer Sand, Salz und uralter pyroklastischer Schutt. Ein hervorragender Platz für ein Observatorium – wenn jemand Observatorien finanziert hätte –, weil der Himmel praktisch immer klar war.

Falls Becks Angaben zutrafen, war dies der Ort, an dem die Hyperkolonie ihre Brutstätte errichtet hatte. Sie versuchte, sich diese Entität vorzustellen, die weder Hass noch Furcht kannte. Vielleicht so, wie Ethan sie sah, als einen uralten, hochkomplexen Organismus. Nach Ethans und Becks Auffassung war die Hyperkolonie intelligent, besaß aber kein Bewusstsein. Sie dachte nicht im menschlichen Sinne, sondern sie *rechnete*. Wie die Computer der Energieunternehmen, bloß unendlich viel subtiler, programmiert von ihrer eigenen, unfassbar weit zurückreichenden evolutionären Geschichte.

Und dort draußen in der Atacamawüste hatte sie eine Vorrichtung erbaut, mit deren Hilfe sie in neue, ferne Welten vordringen wollte. Vielleicht mit Raketen, wie sie in den Science-Fiction-Romanen beschrieben wurden, die Cassie früher immer in ihre Schultasche gesteckt hatte. Oder etwas Besseres als Raketen. Irgendetwas mit Lichtsäulen. Etwas, das sich nur mit den Ressourcen einer technologisch fortgeschrittenen Kultur konstruieren ließ.

So betrachtet war die Hyperkolonie eigentlich kein Feind, zumindest, wenn man darunter einen bösartigen, bewusst agierenden Gegner verstand. Vielleicht war es das, was Beck nicht begriffen hatte. Die Hyperkolonie handelte nicht böswilliger als eine Naturkatastrophe. Und ihr Wirken war auch nicht unbedingt verhängnisvoll, außer für jene, die wie Kinder mit dem Finger leichtsinnig in ein Hornissennest stocherten.

Antofagasta war eine geschäftige Industriestadt. Kupferraffinerien und Zementfabriken zeichneten parallele Rauchlinien in den nördlichen Himmel. Der Hafen wurde von riesigen Aufbauten beherrscht. Nerissa, Ethan und Beck nahmen ein Taxi vom Flughafen zu einem Reihenhaus mit vier Zimmern am Rand des Hotelbezirks.

Kaum hatten sie ausgepackt, brach auch schon die Nacht herein. Ethan schaltete den Fernseher ein, und die Nachrichten auf Televisión Nacional wiederholten, was Nerissa bereits über die Kämpfe in Magadan wusste. Sie ging über die Straße in einen winzigen Líder-Laden und kaufte mit ihren am Flughafen eingetauschten Pesos Lebensmittel. Wieder in der Küche, briet sie Fisch und Gemüse für drei, aß selbst aber fast gar nichts. Seit ihrer Abreise aus Buffalo war sie ohne Appetit und hatte schon einige Pfund abgenommen.

Immer noch gab es keine Spur von der Armee, die angeblich auf Beck wartete. Keine verschlüsselten Nachrichten, keine vermummten Partisanen, die an die Tür klopften. Auf ihre Frage hin bekundete Beck seine Absicht, »einige Leute« zu kontaktieren. Nerissa musste sich zusammenreißen, um nicht die Augen zu verdrehen.

Sie teilte sich ein Schlafzimmer mit Ethan. Das besonders Verstörende daran war, dass die kommende vielleicht eine ihrer letzten gemeinsamen Nächte war. Früher oder später sollte Ethan als eine Art Sancho Pansa für seinen Don Quijote Beck in die Wüste aufbrechen, während sie mit ein wenig Glück zusammen mit ihrer Nichte und ihrem Neffen in die USA zurückkehrte. Selbst wenn er nicht dabei starb, sah sie Ethan vielleicht nie wieder. Natürlich wollte sie, dass er überlebte, aber wollte sie nicht auch mehr? War es möglich, ihrer gescheiterten Ehe neues Leben einzuhauchen? Wenn sie unter weniger schlimmen Umständen zusammen waren und genug Zeit hatten, um zu entdecken, was in sieben Jahren Trennung aus ihnen geworden war … bestand dann vielleicht noch Hoffnung?

Ethan zog die Vorhänge auf und schlug die Bettdecke nach unten. Nerissa fasste kurz zusammen, was Beck im Flugzeug zu ihr gesagt hatte, und fragte Ethan ohne Umschweife, ob er noch immer an Becks Plan glaubte.

Ethan runzelte die Stirn. Diese Miene war ihr schmerzlich vertraut. Die Falten in seinen Augenwinkeln. Das krumme V zwischen seinen Brauen. »Ich denke, dass es funktionieren kann.«

»Du glaubst also dieses ganze Zeug mit den Funkwellen?« Nerissa verstand das Ganze nur in Umrissen: Beck behauptete, Schlüsselfrequenzen isoliert zu haben, auf denen die Hyperkolonie in ihrer Umlaufbahn mit sich selbst kommunizierte. Und er war überzeugt, dass er diese Signale unterbrechen konnte – nicht weltweit, sondern lokal in der Atacamawüste. Auf diese Weise wollte er die Atacamaanlage von der Hyperkolonie trennen und die dort befindlichen Simulakra bewegungsunfähig machen, sie vielleicht sogar töten. Alles rein theoretisch.

»Diese Erkenntnisse stammen nicht nur von Beck. Wenn er die Aktivität in der Anlage lang genug unterdrücken kann, dann können wir tatsächlich eindringen und sie beschädigen. Ob das eine nachhaltige Wirkung haben wird, ist schwer zu sagen. Kommt darauf an, was für eine Theorie über die Hyperkolonie zutrifft.«

»Es könnte also sein, dass gar nichts passiert, auch wenn es klappt.«

»Irgendwas wird passieren, da bin ich mir ziemlich sicher.«

»Vielleicht hat die Hyperkolonie Möglichkeiten, sich zu verteidigen.«

»Das ist nicht auszuschließen.«

»Und du meinst trotzdem, dass sich das Ganze lohnt?«

Er zuckte die Achseln.

Als sie erschöpft und schlaflos im Bett lag, erinnerte sie sich an einen Film, den ihr Ethan vor Jahren gezeigt hatte. Im Grunde nur Amateuraufnahmen, die einer seiner Studenten bei einer Forschungsreise nach Japan gedreht hatte. Ethan arbeitete damals mit einem Nest Asiatischer Riesenhornissen, die auch den Namen Yak-Killer trugen und durchschnittlich allein in Japan pro Jahr für den Tod von vierzig Menschen verantwortlich waren. Das fragliche Nest befand sich in einem Wald unweit einer Siedlung in der Präfektur Kanagawa und musste nach der Entnahme von Proben vernichtet werden. Ethan näherte sich dem Nest in Schutzkleidung, die so sorgfältig versiegelt war wie ein Taucheranzug. Sein Gesicht hinter dem Plastikvisier wirkte angespannt, aber nicht ängstlich, und seine Bewegungen waren bedächtig und genau berechnet. *Respektvoll* war das Wort, das Nerissa dazu einfiel.

Als er auf das Nest zusteuerte, entdeckte es ihn und reagierte. Dutzende von Hornissen schwärmten aus und schossen direkt auf ihn zu. Das Bild ruckelte, doch der Kameramann hielt die Stellung. Zwei andere Studenten rannten in panischer Angst davon. Ethan nicht. Selbst als sich die fingerlangen Insekten auf seinem Visier drängten, um mit der Opferbereitschaft eines Selbstmordattentäters zu seinem Gesicht vorzudringen, verrichtete er stoisch seine Arbeit. Und nachdem er die Proben entnommen hatte, vergiftete er das Nest mit der gleichen, unpersönlichen Ruhe.

Eine Stunde vor dem Morgengrauen erwachte sie aus einem schrecklichen Traum. In dem Traum war Ethan wieder in Japan, nur die Hornissen waren so groß wie Menschen, und sie hatten Gesichter wie Winston Bayliss. Sie kam zu sich in der Überzeugung, irgendein unheilvolles Geräusch gehört zu haben. Als sie ans Fenster trat, sah sie niemanden in der Gasse hinter dem Haus. Nur eine Katze, die in einem Müllhaufen scharrte. »Fahr nicht.« Eigentlich war sie sich gar nicht sicher, ob sie ihn wecken wollte. Sie hörte, wie er sich im Bett umdrehte.

»Fahr nicht. Du merkst bloß deshalb nicht, wie irrsinnig das alles ist, weil wir schon seit Jahren bis zum Hals im Irrsinn stecken. Beck leidet an Wahnvorstellungen. Es gibt keine Armee. Er hat keine Ahnung, was dort draußen in der Wüste ist, woher es kommt, was es will, welchen Schaden es anrichten kann. Fahr nicht.«

Im schwachen Licht, das durch das Fenster hereinsickerte, konnte sie seinen Kopf mit den geschlossenen Augen auf dem Kissen erkennen. Anscheinend schlief er. Dann erschrak sie, als sie seine Stimme hörte: »Komm wieder ins Bett.«

»Ethan?«

Er bewegte sich nicht. Vielleicht war er immer noch nicht richtig wach. »Ich hab keine andere Wahl, Ris.« Die Worte klangen breiig wie ein langgezogener Seufzer. »Ich muss es tun. Es geht nicht anders. Komm wieder ins Bett.«

Die Katze stellte die Ohren auf und jagte davon. Ansonsten rührte sich nichts. Sogar die Luft schien steril und leer. *Dann muss ich allein nach Hause finden*, dachte sie.

23

Über den Äquator

Sie folgten dem Highway in zwei Fahrzeugen: der weiße Transporter, in dem Dowd und Beth saßen, und ein himmelblauer Ford Concourse, den Dowd mit der Zusage gemietet hatte, ihn in der Filiale des Autoverleihs in Valparaíso zurückzugeben. Cassie löste sich am Steuer mit Leo ab und behielt immer den Rückspiegel im Auge, um etwaige Verfolger zu erkennen.

Die Transamerikanische Autobahn war ein Beweis für den Erfolg der Panamerikanischen Wirtschaftsgemeinschaft. Mit ihrem Verlauf durch einige der schroffsten und schönsten Landschaften der Hemisphäre stellte sie eine multinationale Bauleistung dar, deren Größe es mit dem Kanaltunnel, der Danyang-Kunshan-Brücke und den jordanischen Entsalzungstürmen aufnehmen konnte. Unter anderen Umständen hätte Cassie die Fahrt vielleicht sogar genossen. So aber blieb nur die Verbindung zu Leo als kleiner Trost.

Hatte sie sich an Leo angepasst, oder war es umgekehrt? Eigentlich sah Cassie keine Kompromisse in ihrer erblühenden Beziehung zu ihm, nur eine Reihe überraschender Entdeckungen. Cassie war schon vorher mit Jungs zusammen gewesen, eher versuchsweise. Mit zweien zumindest. Zum einen mit Rudy Sawicki von der Highschool, einem Mathewunderkind mit unreiner Haut, der süß und hingebungsvoll war, wenn sie miteinander allein waren. Allerdings gehörte er nicht zur Union, und die Beziehung zerbrach unter dem Gewicht unausgesprochener Wahrheiten. Zum anderen mit Emmanuel Fisher, den alle Manny nannten. Er stammte aus der Union, und ein Jahr lang traf sie sich jedes Wochenende mit ihm. Doch je näher sie einander kamen, desto mehr fühlte sich Manny berechtigt, Entscheidungen für sie zu treffen oder sich über ihre hinwegzusetzen. Nach einem lächerlichen Streit um Hausaufgaben beschimpfte er sie schließlich als blöde Schlampe und schleuderte ihr Exemplar von *Sturmhöhe* so heftig an die Wand, dass sich die Schulbibliothekarin über den gebrochenen Buchrücken beschwerte. In gegenseitigem Einvernehmen trafen sie sich nach diesem Vorfall nicht mehr.

Aus der Ferne war ihr Leo Beck wie einer von den üblichen nervösen, kettenrauchenden Jungs aus der Union vorgekommen. Sicher hatte ihn Beth sich so vorgestellt. (Cassie war versucht, sich zu fragen, was Leo in Beth gesehen hatte, doch sie verbot sich diesen gemeinen Gedanken.) So war es eine Überraschung für sie, dass Leo sich als gewohnheitsmäßiger Leser entpuppte. Und sie staunte, wie gut er mit Thomas klarkam. Im Bett, in den wenigen, kostbaren Momenten, die sie auf der Fahrt nach Süden miteinander geteilt hatten, war Leo sanft, wenn sie es sich wünschte, und dann genau im richtigen Augenblick voller Leidenschaft. Und auch danach war er freundlich und aufmerksam. Mit Leo an ihrer Seite konnte sie selbst in einem dunklen Zimmer in einem fremden Land tief und fest schlafen. Wenn sie die

Augen schloss, küsste er sie aufs Ohr oder auf die Stirn und flüsterte: »Schlaf gut.« Schlichte, tröstliche Worte, die ihr Herz erwärmten. *Du auch,* dachte sie. *Schlaf gut, Leo.*

Die Transamerikanische Autobahn überquerte den Darién auf der zum Pazifik gewandten Seite eines Bergrückens. Oft konnte sie sehen, wie sich der Highway vor ihnen in die Ferne wand, als hohes Stahlband Sümpfe und Schluchten überwand oder sich an Felshänge schmiegte. Als Leistungen der Bautechnik noch beeindruckender waren die Tunnel, die sich sauber wie ein Geschoss durch massive Steinwände bohrten. Als es auf Mittag zuging, signalisierte Dowd seine Absicht, an der nächsten Raststätte anzuhalten. Diese erwies sich als breiter Platz neben der Straße mit einer Cafeteria, vier Zapfsäulen mit der Aufschrift GASOLINA SIN PLOMO, einem Souvenirladen und einem Ausblick, der es locker mit allem aufnehmen konnte, was Cassie je in Tante Ris' alten Ausgaben von *National Geographic* gesehen hatte.

Am Vormittag hatte sie länger mit Leo über Onkel Ethans Buch *Der Fischer und die Spinne* gesprochen. Leo war überzeugt, dass er Ethan Iverson in Mazatlán gesehen hatte, und Cassie wollte ihm gern glauben. Wenn Onkel Ethan tatsächlich in Mazatlán gewesen war und vor dem Briefkasten gewartet hatte, wo Eugene Dowd sich neue Anweisungen abholen sollte, hieß das, dass er den letzten Angriff auf die Union überlebt und vielleicht sogar versucht hatte, Cassie und Thomas zu finden. Daraus wiederum ergab sich die Möglichkeit, dass noch andere überlebt hatten, mit Glück auch Tante Ris. In diesem Fall war es richtig von ihr und Thomas, mit Dowd nach Antofagasta zu reisen. Sie konnten damit rechnen, dass Leos Vater oder jemand anders von der Union dort auf sie wartete. Vielleicht ihr Onkel.

Leo wollte mehr über Ethan erfahren, doch Cassie konnte ihm nicht viel erzählen. Am besten kannte sie ihn über seine Bücher. *Der Fischer und die Spinne* hatte Leo gefallen. Er fand es sehr interessant und dachte viel über die darin aufgeworfenen Fragen nach. »Ich habe mich ziemlich ausführlich mit der technischen Seite befasst«, erklärte er, »weil mir mein Vater all diese Monografien geschickt hat. Ich meine, ich weiß schon lange, dass die Hyperkolonie ein Lebewesen ist. Aber erst seitdem ich das Buch deines Onkels gelesen habe, frage ich mich, wie es ist, die Hyperkolonie zu *sein*.«

»Ich bin mir ziemlich sicher, dass es wie gar nichts ist«, erwiderte Cassie. »Genauso gut könntest du fragen, wie es sich anfühlt, ein Lichtschalter zu sein. Oder ob es einen Virus glücklich macht, wenn er in eine Zelle eindringt.«

»›Die Evolution schreibt auf ein leeres Blatt‹, sagt dein Onkel. Meinst du, er hat recht damit?«

Sie war keine Wissenschaftlerin und hatte ihre Kenntnisse nur aus den Monografien in Tante Ris' Flurschrank. »Die Signale, die die Zellen der Hyperkolonie erzeugen, sind anscheinend ziemlich einfach.«

»Das könnte man auch von einer Gehirnzelle sagen. Trotzdem bekommt man einen denkenden, fühlenden Menschen, wenn man genug davon zusammenschaltet.«

»Ja, bloß dass die *Art* der Verbindung eine andere ist. Die Mathematiker teilen die Meinung meines Onkels, dass die Hyperkolonie nach dem Schwarmmodus funktioniert.«

»Trotzdem könnten sie sich täuschen.«

Alle Theorien in der Wissenschaft hatten nur vorläufigen Charakter und mussten immer wieder überprüft werden. Also *war* es möglich, dass sie sich täuschten. Aber bisher waren Cassie noch keine entsprechenden Hinweise begegnet.

»Ein Organismus wie die Hyperkolonie«, fuhr Leo fort. »Wenn man sich überlegt, wie sie sich im Weltraum ausdehnt, wie sie ganze Zivilisationen manipuliert und wie unglaublich alt sie sein muss ... Wünschst du dir da nicht auch manchmal, mit ihr zu reden? Ihr eine Frage stellen zu können?«

»Das ist unmöglich. Selbst wenn du mit ihr reden *könntest*, würdest du nichts erfahren. Sie würde dir nur erzählen, was du hören sollst. Nein, auch das ist falsch ausgedrückt. Sie würde Worte erzeugen, die nach irgendeinem Modell zu einem Ergebnis führen, das die Wahrscheinlichkeit ihres Fortpflanzungserfolgs erhöht.«

»Das mache ich auch ab und zu.« Leo lächelte.

»Klugscheißer«, antwortete Cassie. »Jedenfalls werden wir nicht mit ihr reden, sondern sie töten.«

»Sicher. Und ich habe wirklich kein Mitleid mit diesem Scheißwesen. Ich weiß, wie viele Menschen es ermordet hat.« Er warf ihr einen kurzen Blick zu. »Und noch was. Wir müssen nicht nur die Hyperkolonie töten, sondern auch alles andere, das ihr ähnelt. Denn der Himmel ist wie ein Wald. Und seit wann gibt es in einem Wald nur einen einzigen Baum? Oder einen einzigen Ameisenhaufen? Oder einen einzigen Wolf?«

Eugene Dowd öffnete die Motorhaube des geparkten Transporters, steckte den Peilstab in den Öltank und inspizierte das Ergebnis. Er wischte sich die Hände an einem fleckigen Lappen ab und ging in den Laden, um eine Dose Öl zu kaufen. Cassie folgte Beth in den Souvenirladen neben dem Restaurant.

Beth wühlte in einem Regal mit Kopfbedeckungen, die meisten davon Baseballmützen mit Aufschriften wie TAPÓN DEL DARIÉN oder I DROVE THE DARIEN GAP. Warum sie das tat, wurde klar, als sie eine anprobierte: Sie bedeckte eine Beule knapp unter dem Haaransatz.

»War das Eugene?«

Es war kein Geheimnis, dass sich Dowd gegenüber Beth zunehmend mürrisch und ablehnend verhielt. Eigentlich rechnete Cassie auf ihre Frage mit einem entschiedenen Nein, gefolgt von der herzlichen Aufforderung, sich zu verpissen. Beth verzog das Gesicht, und Cassie wappnete sich innerlich. Dann wurde aus der Grimasse ein Seufzen. »Lässt sich wohl kaum verbergen. Ja, das war Eugene.«

»Was ist passiert?«

»Was weiß ich. Ich hab meine Tage gekriegt. Das fand er anscheinend unpraktisch.« Beth legte die Mütze weg. »Magst du kurz einen Moment mit mir rausgehen, solange er an der Karre rumbastelt?«

Sie schlenderten hinüber zu der Steinmauer, die Touristen davor bewahren sollte, an einem senkrechten Abhang in den Pazifik zu stürzen. Im Dunst der brechenden Wellen tief unten suchten Möwen auf salzfleckigen Felsen nach Schalentieren.

Beth lehnte sich an die Mauer. »Die Leute sagen, ich mag die Zornigen. Wenn es um Typen geht, meine ich. Und ich war mir nie sicher, wie ich damit umgehen soll. Es klingt … keine Ahnung, flittchenhaft oder einfach blöd. Dabei sind es nicht die Zornigen, die ich mag. Es sind Typen, die wissen, wer sie sind und was sie wollen. Die an sich glauben, Punkt. Das finde ich beruhigend. Denn wenn man mal kurz überlegt, dann wirkt dieser ganze Unionsquatsch ziemlich durchgeknallt. Und verdammt unheimlich. Und jetzt fahren wir mit so einem Funkapparat in die Wüste, um das Ding umzubringen. Das ist *total* durchgeknallt. Verstehst du, was ich meine?«

»Ich glaube schon.«

»Bei dir ist es anders. Du schaust von außen zu, und das reicht dir.«

»Nicht unbedingt.«

»Leo hatte den Mumm, unten in der South Side mit seinen Kumpels Autos zu klauen. Den Kopf voll mit den Ideen seines Vaters über die Hyperkolonie und wie man sie umbringen kann. Am liebsten hätte ich gebadet in so viel Mut. Aber anscheinend findet er dich interessanter als mich. Cassie Iverson, der kleine Waschbär. Weil auch du deine Art von Mut hast, nicht wahr? Trotz deiner scheuen Fassade. *Gleich und Gleich gesellt sich gern*, hat meine Mutter immer gesagt.«

»Und Eugene hat dich fasziniert?«

»Der Inbegriff von Selbstvertrauen! Hat ein paar Sims umgebracht und will noch mehr umbringen. Aber weißt du, was ich in letzter Zeit über diese tapferen Jungs rausgefunden habe? Sie sind gar nicht so selbstsicher, wie sie immer tun.«

Cassie nickte. »Na ja, in gewisser Weise hast du recht. Dieses ganze Zeug mit der Union ist verrückt. Dummerweise ist es auch wahr.«

»*Marsmenschen*, so hat mein Vater sie immer genannt. Er fand das Wort *Simulakrum* hochtrabend. Natürlich wusste er, dass sie nicht vom Mars kommen. Glaube ich zumindest. Wahrscheinlich war es ihm völlig egal. Meine Mom war bei der Union – mein Dad war bloß der Typ, den sie geheiratet hat. Sie hat ihm nie viel darüber erzählt, und er nahm das alles nicht besonders ernst bis zu dem Tag, an dem sie ermordet wurde. Danach brauchte er die finanzielle Hilfe, auch wenn er die Union gehasst hat. Vor 2007 hat er ein bisschen was als selbstständiger Immobilienmakler verdient, die Rechnungen zahlte immer meine Mom. Sie war Leiterin eines chemischen Labors.«

Amanda Vance. Tante Ris hatte von ihr erzählt. Arbeitete bis 2007 für ein Pharmaunternehmen, war nebenher aber auch für die Union tätig.

»Diese verdammten Sims. Früher habe ich mir gewünscht …« Beth strich mit den Fingern über die Beule an ihrer Stirn. »Es klingt furchtbar, aber ich hab mir gewünscht, dass die Sims ihn umgebracht hätten statt ihr. Meinen Vater, meine ich. Aber *statt*, verstehst du? Nicht *auch*. Das habe ich mir nie gewünscht.«

»Wir haben uns wahrscheinlich alle schon mal ziemlich schlimme Dinge gewünscht.«

»Versuch nicht, mich zu trösten, Cassie. Das halte ich echt nicht aus.«

»Du musst heute nicht bei Eugene mitfahren. Ich kann Leo bitten, dass er mit dir tauscht.«

»Schon gut. Danke, ich komm klar. Ich darf ihn bloß nicht provozieren. Jedenfalls, bitte erzähl Leo nichts davon. Eigentlich hätte ich meine große Klappe halten müssen. Okay?«

»Okay.«

»Besser, wir brechen unseren kleinen Plausch mal ab.«

Cassie spähte über die Schulter. Eugene winkte mit einer ungeduldigen Kreisbewegung des Arms.

Beth überraschte Cassie erneut, als sie ihre Hand nahm und sie drückte. »Ich glaube, Leo ist hier der echte Soldat.«

»Vielleicht.«

»Komisch, wie man jemanden so sehr wollen kann, dass man ihn von sich stößt. Menschen sind ziemlich verkorkst. Meinst du, die Hyperkolonie weiß das?«

Cassie zuckte die Achseln.

Beth kickte einen Kiesel Richtung Parkplatz. »Blöde Frage. Natürlich weiß sie es.«

In Ecuador, in der Nähe von Quito, markierte ein Steinmonument neben dem Highway die Position des Äquators. Dowd hielt nicht an, und Cassie machte ihm keinen Vorwurf:

Schließlich war es nur eine imaginäre Grenze. Dennoch war es eine Überquerung und eine Erinnerung daran, wie weit sie sich von ihrer vertrauten und berechenbaren Welt entfernt hatte. Nachts war sie wieder in einem Motelzimmer (das wie die anderen davor für sie auf bestimmte Weise unvergesslich blieb: an der Wand eine gerahmte alte Karte der Provinz Chichincha, vor dem Fenster Vorhänge in lebhaftem Grün), Leo lag schlafend neben ihr, und sie fragte sich, ob sie nicht auch eine andere, wichtigere imaginäre Grenze überschritten hatten.

Dowd hatte auf einem eigenen Zimmer bestanden, und Beth hatte großzügigerweise angeboten, sich eines mit Thomas zu teilen. Das bedeutete, dass sich Cassie und Leo zum ersten Mal wirklich ungehemmt lieben konnten. Trotz ihrer Leidenschaft war es ein inniges Erlebnis. Wie das Öffnen einer Tür in einen regensatten, vor Grün strotzenden Wald. Und nachdem Leo neben ihr eingeschlafen war, stellte sie sich auch noch eine andere Frage: Hatte sie sich in ihn verliebt?

Denn genauso fühlte es sich an. Vielleicht war ihr Urteil nicht völlig unvoreingenommen, weil erst vor wenigen Minuten ein Orgasmus über sie hinweggebrandet war, der wahrscheinlich auf der Richterskala angeschlagen hatte. War es für sie vorstellbar, mehr als nur eine beängstigende Autoreise und einige schreckliche Erinnerungen mit dem Mann zu teilen, der jetzt leise neben ihr atmete und auf dessen flaumigem Brusthaar noch immer ein Schweißtropfen – seiner oder ihrer? – im Mondschein glänzte?

Nun, vielleicht.

Vorausgesetzt, Leo empfand das Gleiche für sie.

Vorausgesetzt, er kam nicht ums Leben in dem Kampf, den Werner Beck in der Atacamawüste gegen die Hyperkolonie zu führen gedachte.

Sie drehte ihr Kissen mit der kühlen Seite nach oben und schmiegte die Wange hinein. Leo dämmerte noch ein wenig und legte den Arm um sie. »Schlaf gut.«

Du auch, dachte Cassie.

Immer tiefer ging es hinein in das trockene Land, wo der Highway dreitausend Kilometer lang der Küste folgte. Sie verbrachten weitere Nächte in Motels oder engen Albergues und weitere Tage auf dem monotonen Asphaltband der Straße, bis sie sich allmählich der Grenze zwischen Peru und Chile näherten.

Am Morgen der letzten Tagesfahrt – der nördliche Rand der ausgedehnten Atacamawüste war nicht mehr fern – breitete Eugene Dowd eine Karte der Stadt Antofagasta auf dem Restauranttisch aus, von dem die schläfrige Camarera soeben Frühstücksteller und leere Tassen abgeräumt hatte. Er machte Kringel um drei Kreuzungen im Ortszentrum. Dann schrieb er drei Adressen auf eine Serviette und reichte sie Leo. »Bei der ersten treffen wir deinen Vater. Die anderen zwei sind Notadressen, sollte die erste enttarnt oder niemand da sein. Steck es ein für den Fall, dass mir was zustößt. Und ein paar Grundregeln. Wir parken nicht einfach und winken. Wir fahren vorbei und peilen die Lage, und erst wenn es sicher scheint, steigen wir aus, und einer von uns geht allein zum Haus. Haben das alle verstanden?«

Thomas meldete sich überraschend zu Wort: »Was ist, wenn wir da überall hingehen, und nirgends ist jemand zu Hause?«

Dowd bedachte ihn mit einem bösartigen Grinsen. »Ich schätze, dann sind wir voll im Arsch.«

Sie kamen von Norden in die Stadt, wo Raffinerien Erz verarbeiteten, das mit dem Zug aus der Wüste hertransportiert wurde, und wo wolkenkratzerhohe Schlote chemische Gase ausstießen, die durch die geschlossenen Fenster des Autos drangen und Cassie Tränen in die Augen trieben. Vermutlich waren diese Anlagen das, was ihr Sozialkundelehrer mit Anspielung auf die Fabriken im Süden von Buffalo und in Lackawanna als »Motoren des Wohlstands« bezeichnet hatte. Hässliche, stinkende Motoren. Sie fragte sich, ob der ganze Ort so war.

Aber nein. Die Straße führte sie durch ein bunt bemaltes Grenzland von Arbeitersiedlungen in eine Stadt breiter Alleen und hoher Bürotürme aus Glas und dann in engere Wohnstraßen mit kleinen Rasenflächen und heiter blühenden Gärten. Im Westen erspähte sie Hafenkräne, die sich parallel bewegten wie eine Balletttruppe steifgliedriger Riesen.

Den ganzen Vormittag über war die Unterhaltung mit Leo und Thomas einsilbig gewesen, und als sie sich jetzt dem ersten Treffpunkt näherten, verstummten sie völlig. Leo blieb weiter hinter Dowds weißem Transporter, und Cassie konnte sich nur mit Mühe dazu zwingen, nicht die Nase an die Fensterscheibe zu drücken, während der Wagen an der fraglichen Adresse vorbeirollte. Es gab nichts Ungewöhnliches zu sehen, und das war schon mal nicht schlecht. Nur ein altes, weiß verputztes Haus mit kunstvoll ziseliertem Balkongeländer neben einer Parkgarage aus Beton. Trotzdem schlug Cassies Herz schneller.

Leo folgte Dowds Transporter zu einem Parkplatz im Einkaufsviertel drei Blocks von der Adresse entfernt und stellte den Wagen dort ab. Zu Fuß gingen sie die gleiche Strecke zurück, bis Dowd anhielt. »Ich klopfe. Ihr bleibt hier und beobachtet mich.« Seine Stimme klang, als hätte ihm jemand einen Nagel in die Kehle gerammt.

Zusammen mit Beth, Leo und Thomas wartete sie auf der anderen Straßenseite am Ende einer schmalen Gasse neben einem Lebensmittelladen. Dowd hatte sie ermahnt, sich unauffällig zu benehmen und kein Aufsehen zu erregen. Trotzdem starrte Cassie hinüber, als Dowd auf die Tür zusteuerte. Kurzes Klopfen. Dowd wartete auf eine Antwort, die rechte Hand an der Seite, um schnell nach der Pistole greifen zu können.

Dann öffnete sich die Tür, und aus dem Schatten löste sich ein Gesicht – ein älterer Mann, den sie nicht kannte. Es konnte sich nur um Werner Beck handeln, denn Dowd nahm unwillkürlich Haltung an und salutierte sogar.

»Mein Vater«, flüsterte Leo.

Hinter ihm tauchte eine zweite Gestalt auf, und jetzt verschlug es Cassie den Atem. Tante Ris!

Ohne lang zu überlegen, rannte sie über die Straße. Obwohl es keine viel befahrene Straße war, wäre sie um ein Haar vor ein Auto gelaufen, das ihr im letzten Moment schlingernd und hupend auswich. Während sie weiterstürmte, schossen ihr Bilder von jenem Novemberabend durch den Kopf: das Sim, dessen Körperinhalt sich über die Liberty Street ergossen hatte. Was für eine Ironie des Schicksals, wenn sie jetzt auf die gleiche Weise gestorben wäre! Doch diese unangenehme Vorstellung verblasste sofort, als sie sich in die Arme ihrer Tante stürzte.

Nur undeutlich bekam sie mit, wie die anderen folgten. Thomas drängte sich zu ihnen, und aus ihr brach ein heftiges Schluchzen hervor. Erst nach einigen Minuten konnte sie sich aus der Umarmung lösen und sich mit dem Ärmel über die Augen wischen.

Werner Beck bedachte sie mit einem bohrenden Blick. »Nicht besonders klug, einfach so über die Straße zu rennen.«

Cassie ignorierte ihn und fragte ihre Tante: »Ist Onkel Ethan auch da?«

»Er war da«, antwortete sie. »Aber er musste weg.«

DRITTER TEIL

BRENNENDES PARADIES

»Was genau ist eigentlich Intelligenz? Das klingt vielleicht nach einer leichten Frage. Wir wissen – oder glauben zu wissen –, wie unsere Intelligenz beschaffen ist. Schließlich erleben wir sie jeden Tag.

Doch es gibt auch andere Formen von Intelligenz. Zum Beispiel die Intelligenz des Schwarms: ein komplexes Verhalten, das sich daraus ergibt, dass unintelligente Einzelorganismen als Reaktion auf Umweltreize einigen einfachen Verhaltensregeln folgen. Und es gibt auch eine Art von Intelligenz, die dem Ökosystem als Ganzem innewohnt. Im Lauf der Zeit hat die Evolution so unterschiedliche Lebewesen hervorgebracht wie Seelilien und Pilze, Seehunde und Brüllaffen, und alles, ohne auch nur eine Sekunde darüber nachzudenken oder sich gar ein festes Ziel zu setzen. Man könnte sogar zu der Auffassung gelangen, dass diese absichtslose Form der Intelligenz geduldiger und letztlich leistungsfähiger ist als unsere.

Wo liegen die Grenzen der bewusstlosen Intelligenz? Oder, um es noch frappierender auszudrücken: Könnte bewusstlose Intelligenz erfolgreich bewusste Intelligenz nachahmen? Könnte eine Entität (ein Organismus, ein Schwarm, ein Ökosystem) lernen, unsere Sprache zu sprechen und unser Verhalten so täuschend echt zu kopieren, dass wir sie als Mensch akzeptieren und ihr so die Möglichkeit geben, uns für ihre Zwecke auszubeuten?

Diese Entität besäße kein Bewusstsein von sich selbst. Sie hätte kein Innenleben, wie wir es in einem früheren Kapitel besprochen haben. Doch wenn sie für die Nachahmung auf eine ausreichend breite Auswahl menschlichen Verhaltens zurückgreifen könnte, wäre sie mit großer Wahrscheinlichkeit in der Lage, diese Defizite vor uns zu verbergen.

Warum sollte uns eine derartige Entität täuschen wollen? Nun, vielleicht ist es falsch, von *wollen* zu sprechen. Mimikry ist eine der normalen Strategien, mit der sich eine Spezies einen Vorteil gegenüber einer anderen verschafft. Wir dürfen hoffen, dass diese Frage hypothetisch bleiben wird. Aber die Möglichkeit besteht durchaus.«

Ethan Iverson:
Der Fischer und die Spinne

24

Antofagasta, Chile

Nachdem beide Seiten ihre Geschichten erzählt, falsche Annahmen korrigiert und schwierige Wahrheiten ausgesprochen hatten, bat Nerissa Cassie, zusammen mit ihr Thomas ins Bett zu bringen.

»Ich kann allein schlafen gehen«, sagte Thomas. Trotz seines Protests schien er jedoch irgendwie erleichtert, als Nerissa ihn nach oben begleitete. Sie führte ihn in das Zimmer, das sie bis zu seiner Abreise mit Ethan geteilt hatte. Dort stellten sie die zwei Betten auseinander, eins für Thomas und eins für Cassie. Für sich selbst breitete Nerissa eine Decke auf dem Teppich aus. Sie hatte vor, wie ein Wachhund an der Tür zu schlafen.

Cassie erhob keine Einwände, auch wenn sie leicht verschnupft wirkte, weil sie zu ihrem Bruder in ein Zimmer gesteckt wurde. Die Blicke zwischen ihr und Becks Sohn Leo waren Nerissa nicht entgangen, und sie konnte leicht erraten, was auf der langen Reise von Buffalo nach Antofagasta passiert war. Das war bestürzend, wenn auch nicht überraschend, und Nerissa wollte sich kein Urteil anmaßen. Jedenfalls ließ es sich schlecht einrichten, Cassie und Leo ein eigenes Zimmer zu überlassen. Und Werner Beck hätte sich bestimmt dagegen ausgesprochen.

Nerissa erinnerte sich an Leo als widerspenstigen Jugendlichen mit einer unseligen Neigung zu Kleinkriminalität. Möglicherweise hatte er sich verändert. Vielleicht war seine Widerspenstigkeit sogar eine verständliche Reaktion auf einen autoritären Vater. Darauf ließ zumindest das erkennbare Unbehagen zwischen beiden schließen. Trotzdem hätte sie gedacht, dass Beth Vance eher Leos Typ war. Doch Beth hatte anscheinend mehr für den ungebildeten Automechaniker Eugene Dowd übrig, den Beck als einen seiner »Krieger« angeheuert hatte.

Im Gegensatz zum Rest von Becks angeblicher Armee war Dowd wenigstens tatsächlich zur Schlacht aufgetaucht.

Kaum hatte sein Kopf das Kissen berührt, da fielen Thomas die Augen zu, und sein Atem wurde gleichmäßig. Nerissa zog ihm die Decke hoch, während Cassie am Fenster stand und über die schmiedeeiserne Balkonbrüstung hinaus auf die verstaubte Gasse blickte, wo sich ein Müllfahrzeug ächzend durch die Hitze bewegte. »Wir müssen dafür sorgen, dass ihr möglichst schnell in die Staaten zurückkehrt. Du und Thomas, meine ich.«

Cassie zog den Vorhang zu. »Wirklich? Ist das denn überhaupt sicher? Immerhin haben wir dort diesen Mann umgebracht und …«

»*Leo* hat ihn umgebracht.« Bei diesem Teil der Geschichte war Nerissa innerlich zusammengezuckt, doch es half nichts, sie musste sich den Gegebenheiten stellen. »Es wird keine rechtlichen Probleme geben. Wenn es sich so abgespielt hat, wie du sagst, gibt es keine Beweise gegen dich und Thomas.«

»Und was ist mit dem Mann, der uns gesehen hat? Der, den Beth niedergeschlagen hat.«

»Die Polizei hat höchstens eine vage Beschreibung. Und selbst wenn sie irgendwie auf eure Namen kommt, wäre es nicht schwer, ein Alibi zu arrangieren. Das wird aber gar nicht nötig sein.«

»Wenn uns die Sims aufspüren, ist die Polizei sowieso unwichtig.«

Das war leider richtig. »Sie sind nicht hinter euch her. Hier seid ihr in viel größerer Gefahr als zu Hause in Buffalo.«

»Nein.« Cassie schüttelte den Kopf. »Das stimmt nicht. Sie hatten es auf mich abgesehen. Das Sim, das auf der Liberty Street überfahren wurde, war auf der Suche nach mir.«

»Das weißt du doch gar nicht. Vielleicht wollte es zu mir. Oder es war ein Täuschungsmanöver. Eine List, um über dich und Leo an Beck heranzukommen.«

»Ich habe gesehen, wie es von der Straße zu mir hochgeschaut hat. Es wusste genau, dass ich da bin.« Anscheinend wollte Cassie gar keine andere Möglichkeit ins Auge fassen. Sie wirkte aufgewühlt.

»Also gut, Cassie. Trotzdem bleibt uns nichts anderes übrig, als uns so gut wie möglich umeinander zu kümmern. Du, ich, Thomas …«

»Und Onkel Ethan?«

»Vielleicht. Er ist in …«

»Ich weiß. Er ist in der Wüste und sucht einen geeigneten Ort, wo sich Leos Vater und seine Soldaten treffen können.« (*Becks imaginäre Soldaten,* dachte Nerissa.) »Wollen wir nicht wenigstens warten, bis er zurück ist?«

»Ich würde ja gern. Aber es bleibt keine Zeit. Wir müssen hier weg, sobald es sich einrichten lässt. Mit dem Flugzeug.«

»Warum?«

»Zum einen dürfen wir Thomas nicht weiter dieser Gefahr aussetzen. Das geht einfach nicht.«

»Leo bleibt doch auch.«

»Für Leo bin ich nicht verantwortlich. Was Leo tut, geht nur ihn und seinen Vater was an.«

Es war Becks Einfall gewesen, Ethan nach San Pedro de Atacama zu schicken.

Beck sprach von einem einfachen Plan: ein mobiles Funkgerät und einen Signalgenerator in effektive Reichweite der Brutstätte bringen, diese durch Störung ihrer internen und externen Kommunikation lahmlegen und die Anlage zerstören, solange die dort befindlichen Simulakra außer Gefecht gesetzt waren. Beck wollte im Labortest nachgewiesen haben, dass dieses Vorhaben aussichtsreich war. Sein Glaube daran war messianisch und, wie Nerissa argwöhnte, völlig deplatziert.

Ethan dagegen fand die Idee einleuchtend, und er willigte in Becks Vorschlag ein, nach San Pedro de Atacama zu reisen und dort einen Platz auszukundschaften, wo sich ein Lastwagen mit Funkausrüstung, ein weiteres Fahrzeug mit Sprengstoff und Becks Armee für den Angriff sammeln konnten.

Vor zwei Tagen war er losgefahren. Weil es selbstmörderisch gewesen wäre, sich telefonisch zu melden, blieb es ungewiss, ob er den Auftrag erfolgreich ausgeführt hatte oder nicht. Und aufgrund seiner Abwesenheit war er auch nicht mit den jüngsten Anzeichen dafür konfrontiert worden, dass Becks Plan bloß Stückwerk war. Möglicherweise traf sogar eher die Bezeichnung Wahnidee zu.

Der Signalgenerator, den Beck selbst konstruiert hatte, war in Eugene Dowds Transporter angekommen. Doch die Verstärkungs- und Funkausrüstung, die Beck in Valparaiso bestellt hatte, war nicht geliefert worden. Nach Auskunft des Frachtdienstes war sie nicht einmal verschickt worden, weil der Anbieter Konkurs angemeldet hatte. Beck brütete einen Nachmittag lang vor sich hin, dann erklärte er Nerissa, dass es auch mit der Fertigausrüstung einer anderen Firma ging. Allerdings musste diese diskret erworben und angeliefert werden, was den Angriff mindestens um einige Tage verzögerte.

Und dann noch die Sache mit seiner Armee. Fünfzig Leute, hatte Beck behauptet. Eher ein Zug als eine Armee. Fünfzig gute und zuverlässige Männer, rekrutiert auf drei Kontinenten, die in fünf über ganz Antofagasta verstreuten sicheren Häusern untergebracht werden sollten. Bloß dass es bis jetzt keiner dieser angeblichen Freiwilligen geschafft hatte, sein Heimatland zu verlassen. Als Ersatz hatte Beck in aller Eile ein Dutzend beschäftigungslose Hafenarbeiter angeheuert. Diese Männer glaubten, dass sie Schnaps zu einem nicht angemeldeten Lager in San Pedro de Atacama transportieren sollten. Sie waren zwar nützlich zum Heben und Tragen, doch nicht einmal Beck betrachtete sie als potenzielle Kämpfer.

Das spielte alles keine Rolle, betonte er. Hauptsache, die Funkausrüstung und die Brandsätze wurden in die Wüste geschafft, dann reichten drei oder vier Leute, um den Angriff erfolgreich durchzuführen. Wenn alles gut ging.

Das war der Plan, für den Ethan sein Leben riskierte.

Unten stieß Nerissa auf Beth Vance, die allein im Wohnzimmer saß. Beth hatte noch immer an der Nachricht zu kauen, dass ihr Vater am Leben war. An dem Tag, da sie mit den anderen aus Buffalo geflohen war, hatte ein einzelnes unbewaffnetes Sim Carl Vance angesprochen. Im Vorbeifahren hatten sie gesehen, wie eine Leiche aus dem Wohnhaus abtransportiert wurde, in dem Beth mit ihrem Vater lebte, doch das waren die Überreste des Sims, das Carl erschossen hatte, ohne sich auf eine Unterhaltung einzulassen. Danach war

Carl untergetaucht, wo, wusste Nerissa nicht. Irgendjemand in Buffalo konnte den Kontakt zu Beth sicher herstellen, sobald sie nach Hause kamen. Beth blickte mit einer Miene auf, die schwer zu entschlüsseln war. »Warst du dabei, als mein Vater das Sim getötet hat?«

»Wir können morgen darüber reden.«

»Ich würde lieber gleich darüber reden.«

»Na schön«, erwiderte Nerissa. »Wenn du möchtest. Die Antwort ist: Nein, ich war nicht dabei. Zu diesem Zeitpunkt war ich schon unterwegs nach Hause.«

»Aber du hast die Nacht bei ihm verbracht?«

»Ja.«

»Ich wusste davon. Er hat mir erzählt, dass er eine Verabredung hat. Er hat bloß nicht gesagt, mit wem.« Sie warf Nerissa einen Blick zu und schaute gleich wieder weg. »Es war nicht das erste Mal. Allerdings trifft er sich normalerweise nicht mit Frauen aus der Union. Mit den meisten ist er nur einmal zusammen. Eigentlich war das sogar der Grund, warum ich bei Leo war. Ihm war egal, wo ich das Wochenende verbringe. Hauptsache, ich war aus dem Haus.«

»Vielleicht. Und vielleicht war es ein Fehler, mich mit ihm zu treffen. Trotzdem macht er sich bestimmt Sorgen um dich.«

»Nicht so wie du um Cassie und Thomas. Nicht genug, um sich auf die Suche nach mir zu machen.«

»Der Vergleich ist nicht fair. Er weiß nichts von Werner Beck und Leo. Dein Vater hat sich nie um die Angelegenheiten der Korrespondenzunion gekümmert.«

Und ausgerechnet das war der Grund, warum Nerissa Carls Einladung zum Übernachten akzeptiert hatte. Wie Carl war sie durch die Ehe mit der Union in Kontakt gekommen, und wie Carl hegte sie einen nagenden Groll dagegen, wie die Union ihr Leben aus der Bahn geworfen hatte.

»Ja, das stimmt«, bekannte Beth. »Er hat sogar was dagegen, wenn ich zu Überlebendentreffen gehe. Wahrscheinlich hätten wir gar nichts mehr mit der Union zu tun, wenn er nicht die Rente bräuchte. Es war nicht viel, aber es hat geholfen. *Magst* du meinen Vater?«

»Wir sind gute Freunde, trotzdem glaube ich nicht, dass mehr daraus geworden wäre.«

»Nicht dein Typ, hm?«

»Vielleicht hatten wir einfach beide falsche Erwartungen.«

»Er kann ein richtiger Kotzbrocken sein. Ich geh nicht zu ihm zurück.«

»Was?«

»Warum schaust du denn so schockiert? Ich kenne ihn besser als du. Ich kehre zurück in die Staaten, aber ich will nicht mehr bei ihm wohnen.«

»Warum denn?«

»Er hat mich nie angefasst oder so. Das nicht. Dafür starrt er immer. Und sagt Sachen.«

Einen Moment lang verschlug es Nerissa die Sprache. »Das tut mir leid.«

»Schon gut. Menschen sind nicht immer so, wie man glaubt. Doch das weißt du sicher.«

Nerissa schlief unruhig bei der Tür des Schlafzimmers und schreckte immer wieder hoch von Geräuschen, die das Haus in der kühler werdenden Nacht produzierte. Und nachdem sie endlich richtig eingeschlafen war, wachte sie viel zu spät auf. Dabei musste sie dringend mit Beck über ihren Rückflug in die USA reden. Sie war entschlossen, keine einzige weitere Nacht hier zu verbringen. Wenn nötig, wollte sie mit den Kindern in ein Hotel gehen. Als sie sich angezogen hatte und nach unten kam, waren Beck und Leo bereits aufgebrochen, um eine Besorgung zu erledigen. Laut Cassie hatten sie versprochen, bis zum Abendessen zurück zu sein.

Es wurde Mittag. Die Luft hinter den Fenstern wirkte bleich und heiß. Beth saß missmutig mit dem gleichermaßen mürrischen Eugene Dowd im schattigen Wohnzimmer. Cassie war in der Küche und schaute Nerissa zu, die fertige Empanadas aus dem Laden gegenüber warm machte.

Cassie wollte darüber reden, was das Sim Winston Bayliss in Ethans Farmhaus gesagt hatte. War es möglich, dass die Hyperkolonie von einer konkurrierenden Entität infiziert war? Vielleicht, räumte Nerissa ein. Beck hatte angedeutet, dass es Anzeichen dafür gab. Andererseits war die Hyperkolonie wie der Teufel ein unverbesserlicher Lügner. Keine ihrer Äußerungen war glaubwürdig.

»Trotzdem. Wenn es stimmt, könnte uns das helfen.«

»Das glaube ich nicht, Cassie. Letztlich bedeutet es nur, dass die Sims noch unberechenbarer sind.« Und gefährlicher, so wie ein verwundetes und in die Enge getriebenes Tier. Wieder musste sie an Ethan denken, der schon den dritten Tag in der Wüste verbrachte.

In der reglosen Hitze des Spätnachmittags kehrten Beck und Leo zurück. Beck stolzierte mit breiter Brust und hoch erhobenem Kopf durch die Tür. Offenbar war er mit sich und der Welt zufrieden. »Wir haben eine kleine Wagenladung Dynamit beschafft«, erklärte er Dowd. »Sobald der Funkapparat zusammengebaut ist, können wir aufbrechen.«

Nerissa war ein wenig überrascht. Bisher hatte kein anderer Teil von Becks Plan so reibungslos geklappt. Vielleicht war es nicht besonders schwer, in einer Stadt, die von der Mineralgewinnung lebte, auf dem Schwarzmarkt Sprengstoff zu erwerben.

Anders als sein Vater wirkte Leo ernst und verbittert. »Zeig ihnen, was du sonst noch gekauft hast«, forderte er mit tonloser Stimme.

Beck bedachte seinen Sohn mit einem bösen Blick. Dann öffnete er die Tasche in seiner rechten Hand.

Darin befand sich eine unmarkierte weiße Plastikbox. Er stellte sie auf den Tisch und öffnete sie. In geformtem Schaumstoffschutz lagen eine Glasspritze mit Gradeinteilungen und zehn Nadeln in steriler Papierhülle.

»Ich darf das kurz erklären«, sagte Beck.

25

San Pedro de Atacama

Im ersten Morgenlicht gelangte Ethan nach San Pedro de Atacama. Als die Sonne über den Horizont kam, schaltete er die Wagenheizung ab. Er fühlte sich müde und ein wenig schwindlig, wahrscheinlich wegen der Höhe. Die Atacamaebene lag rund zweitausendfünfhundert Meter über dem Meeresspiegel. Gefährlich nahe an den Sternen.

Und gefährlich nahe an anderen Dingen. Der chilenische Staat wollte keinen Tourismus in der Gegend, und selbst die Strecken der Verkehrsfluglinien, so Beck, machten einen Bogen um diesen Teil der Wüste. (Wie es dazu gekommen war, konnte er sich lebhaft vorstellen. Sicher hatte die Hyperkolonie in bewährter Manier Telefonanrufe und Funknachrichten auf subtile Weise durch viele Eingriffe verändert, die einzeln betrachtet harmlos und unauffällig wirkten, um das gewünschte Ergebnis zu erzielen.) Die einzige Industrie in der Nähe war die Kupfermine von Chuquicamata im Nordwesten, die zusammen mit einigen kleineren Minen über den Bahnhof und die Lagerhallenkomplexe am Stadtrand versorgt wurden. Die Stadt selbst war ein Pueblo mit ungefähr fünfzehnhundert ständigen Einwohnern. Selbst wenn Becks Soldaten auf der Fahrt hierher unbemerkt blieben, war es völlig ausgeschlossen, sie hier unterzubringen, ohne Aufsehen zu erregen. Das einzige Hotel im Ort war ein dreistöckiger Lehmziegelbau mit einem Dutzend kleiner Zimmer, die einen Innenhof mit einem wasserlosen Betonbrunnen umgaben. Bei der Anmeldung erzählte Ethan dem Angestellten, dass er gekommen war, um das Valle de la Luna zu besichtigen.

»¿Es usted un geólogo?«

»Soy un geólogo por cuenta propia«, antwortete er und überließ es dem Angestellten, sich zurechtzulegen, was ein selbstständiger Geologe sein könnte. Er trug sich mit einem falschen Namen in das Gästebuch ein.

Er schlief länger als beabsichtigt und träumte von einer Passage in einem seiner Bücher über die Wespe Glyptapanteles. Diese Wespe legte ihre Eier in Raupen ab, und die frisch geschlüpften Larven fraßen das Insekt bei lebendigem Leib auf. Typisches Parasitenverhalten mit dem gemeinen Dreh, dass die Larven bei der Annäherung eines möglichen Feindes das Wirtstier zu wilden Zuckungen veranlassten. So wurde das Opfer zu einer marionettenhaften Aggression gezwungen, um seine Mörder zu schützen, während diese es verschlangen. In seinem Traum beobachtete er völlig teilnahmslos, wie sich dieses Drama wieder und wieder abspielte. Erst beim Erwachen spürte er einen Anflug von Grauen.

Unangebrachtes Grauen, mahnte er sich beim Duschen. Sein Mitgefühl war ein Anthropomorphismus, eine Projektion. Die Raupe war kaum mehr als ein Proteinmotor, der eine Abfolge von vorgegebenen Verhaltensweisen ausführte. Ein Fleischroboter. *So wie ich.* Bloß dass die Evolution im

Fall der menschlichen Gattung aus Chemie und Zufall ein bewusstes Selbst hervorgebracht hatte. *Ich fühle, also verabscheue ich.*

Ohne es zu wollen, hatte er fast den ganzen Tag im Bett vergeudet, und er hatte vor, die noch verbleibende Zeit besser zu nutzen. Im verblassenden Licht des Nachmittags fuhr er durch die Stadt und ihren Industriegürtel mit Lagerhallen, Tankstellen und einem Güterbahnhof, in dem Frachtcontainer und Propangastanks kauerten wie verlassene Jurten riesenhafter Nomaden. Im Vorbeifahren beobachtete er eine Gruppe Mechaniker, die unter Halogen-Metalldampflampen, so hell wie kleine Sonnen, eine Rangierlok warteten.

Er hatte Mühe, nicht die Hoffnung zu verlieren. Das Gewicht von Becks Vorhaben lastete schwer auf ihm – zu viel konnte schiefgehen. Sie hatten keine Ahnung, wie viele Agenten (Menschen oder Simulakra) die Hyperkolonie vielleicht in San Pedro de Atacama stationiert hatte, welche Teile von Becks Plan die Hyperkolonie bereits aufgedeckt oder sich erschlossen hatte. Andererseits, das erkannte er jetzt, waren diese Zweifel unter Umständen bloß die Folge einer Depression, die um ihn herumschlich wie ein Rudel Wölfe. Unwillkürlich dachte er an Nerissa. Zwischen ihnen hatte sich eine lang geschlossene Tür geöffnet, und er hatte sie wieder zufallen lassen. Und wofür? Für diesen verrückten Akt menschlicher Auflehnung?

Er fuhr ohne Ziel und hatte sich bereits viele Kilometer von der Stadt entfernt, bevor er feststellte, dass er der Straße folgte, die Beck ihm beschrieben hatte. Der Straße zur Brutstätte der Hyperkolonie. Diese lag bestimmt noch achtzig Kilometer tiefer in der Wüste, und Ethan hatte nicht die Absicht, ihr zu nahe zu kommen. Doch die Fahrbahn war leer, die Bewegung des Autos beruhigend. Wie ein wachsamer Gott stand der Halbmond über der Salzebene. In seinem Elend fühlte er sich unangreifbar, und so ließ er den Asphalt einfach unter sich dahinrollen.

Schließlich lenkte er den Wagen an den Straßenrand – der Tacho zeigte schon wieder zwanzig Kilometer mehr. Die Luft war kalt, und er stellte die Heizung an. Kein Wunder, schließlich war er hier auf der Puna de Atacama unterwegs und hatte nur eine dünne Haut von Atmosphäre zwischen sich und der Leere des Weltraums. Er studierte den Horizont, um vielleicht den Lichtstrahl zu erkennen, den Beck beschrieben hatte. Er sah nur die langsam wandernden Sterne.

Zitternd drehte er am Steuer, um zu wenden. Auf dem Weg hierher waren ihm fast keine Fahrzeuge begegnet, nur ein paar Kofferlastwagen und Tieflader in der Gegenrichtung. Als er nun vom Kiesbankett rollte, tauchten in seinem Rückspiegel Scheinwerfer auf. Zwei weiße Pick-ups ohne Kennzeichen, die nacheinander in hohem Tempo an ihm vorbeirasten. Erleichtert beobachtete Ethan, wie ihre Rücklichter in der Ferne verschwanden.

Sie hatten es nicht auf ihn abgesehen, Gott sei Dank. Trotzdem war es eine Mahnung, dass er sich viel zu weit vorgewagt hatte. Kurz wandte er den Blick von der Fahrbahn ab, um die geladene Pistole aus dem Handschuhfach zu nehmen, die Beck ihm mitgegeben hatte. Er legte sie auf den leeren Beifahrersitz, obwohl er nicht damit rechnete, sie zu benötigen. Es war einfach beruhigend, sie in greifbarer Nähe zu haben.

Wieder fiel ihm sein Traum von den Glyptapanteles-Larven ein, die ihren Wirt zu panischen Windungen zwangen. Eigentlich ein treffender Vergleich für das, was sich nach

Winston Bayliss' Beschreibungen gerade abspielte: Die Hyperkolonie, die in der nährenden Wärme der menschlichen Kultur ihre Nachkommen ausbrütete, war von einem konkurrierenden, ebenfalls außerirdischen Räuber angegriffen worden. Und nun versuchten sowohl Räuber als auch Opfer, die Menschen für ihren Kampf einzuspannen. Falls das stimmte, wessen Interessen diente dann Becks Krieg?

Nun, wenn man diese Frage ernst nahm, war man zur Tatenlosigkeit verurteilt. Und vielleicht war es genau diese Lähmung, die die Hyperkolonie bezweckte.

Nerissa hatte manchmal einen Spruch zitiert: *Wir sehen durch einen Spiegel in einem dunklen Wort.* Aus der Bibel. Aus dem Neuen Testament, wenn er sich richtig erinnerte. Korinther vielleicht? Nerissa hätte es sicher gewusst.

Was er nun in seinem Rückspiegel sah, war kein dunkles Wort, sondern gleißende Scheinwerfer, die sich schnell näherten. Er trat stärker aufs Gas, doch die Fahrzeuge holten immer noch auf.

Wir sehen durch einen Spiegel in einem dunklen Wort … Jetzt erkenne ich stückweise; dann aber werde ich erkennen, gleichwie ich erkannt bin. Da war etwas vor ihm auf der Straße, verdeckt vom Mondschatten eines aufrechten Granitfelsens. Er drosselte das Tempo, bis sich das Hindernis deutlicher abzeichnete: Die zwei Pick-ups, die ihn vorhin überholt hatten, blockierten nebeneinander die Fahrbahn. Beide standen reglos und dunkel mit der Schnauze in seine Richtung. Als er auf das Bankett ausweichen wollte, sprang ihr Fernlicht an und blendete ihn. Er hatte nur noch die Wahl, voll auf die Bremse zu steigen oder von der Straße zu fahren.

Schlitternd kam er zum Stehen. Die Pistole rutschte vom Beifahrersitz auf den Boden. Während er noch danach tastete, klopfte schon ein Mann mit dem Ende einer Taschenlampe an sein Fenster. »Dr. Iverson?«

Ethans Finger schlossen sich um den Pistolengriff, und er richtete sich auf. Der Mann vor dem Auto trug Jeans, Baseballmütze und ein Arbeitshemd. Sein Gesichtsausdruck war freundlich, und seine Augen glitzerten im Mondschein. Ethan schoss durch das Fenster auf ihn.

Das Sicherheitsglas zerbarst in einem Schauer von Scherben. Als Ethan die Augen wieder öffnete, war der Mann nicht mehr zu sehen. Offenbar war er zusammengebrochen. Schon mischte sich in den beißenden Schießpulvergeruch ein scharfes Aroma, das ihn an Chlorophyll, Essig, Brotschimmel und modriges Laub erinnerte.

Die Scheinwerfer, die ihm gefolgt waren, gehörten zu zwei weiteren baugleichen Pick-ups. Schlingernd stoppten sie hinter Ethan und versperrten ihm den Weg, ehe er den Rückwärtsgang einlegen konnte. Jetzt blieb nur noch die Flucht zu Fuß. Hals über Kopf stürzte er aus dem Wagen und atmete keuchend die dünne Luft ein.

Wieder stürmte eine menschliche Gestalt auf ihn zu. Ethan richtete die Waffe auf sie und feuerte. Er hörte das feuchte Geräusch, mit dem die Kugel in den Körper eindrang, ohne entscheidenden Schaden anzurichten. Das Sim packte Ethans rechten Arm über dem Handgelenk und entwand ihm die Waffe. Dann schälten sich zwei weitere Sims aus dem Dunkel und drückten ihn gegen das Auto. Er wehrte sich vergeblich und wartete auf den Todesschuss.

Der nicht kam. Das nächste Sim näherte sich in Gestalt einer schmächtigen, dunkelhäutigen Frau. Wie die Männer trug sie Jeans und Arbeitshemd und hatte das Haar unter die gleiche Mütze gesteckt. Achtsam trat sie über die Leiche ihres Kollegen.

»Dr. Iverson, ich muss mich für unser plötzliches Auftauchen entschuldigen. Wir wollen Sie nicht erschrecken und Ihnen auch nichts tun. Wir möchten bloß mit Ihnen reden.« Sie nahm Handschellen von ihrem Gürtel. »Auch dafür entschuldige ich mich. Bitte legen Sie die Hände auf den Rücken.«

26

Antofagasta

Cassie, Thomas und Beth kamen in die Küche und starrten die Spritze und die Einwegnadeln auf dem Tisch an. Auch Nerissa hätte sich das gern näher betrachtet, doch sie zwang sich, den Blick abzuwenden. »Was haben Sie damit vor?«

»Nur die Ruhe.« Becks Gesicht zeigte die für ihn typische, gebieterische Mixtur aus ungerührter Mimik und kühl taxierenden Augen. »Ich muss einen Test durchführen. Im Grunde eine ganz einfache Sache. Darf ich es kurz erklären?«

Das ist wohl das Mindeste! Stumm wartete sie darauf, dass er fortfuhr.

»Nach den Anschlägen von 2007 hatte ich die Gelegenheit, zwei Simulakra zu obduzieren. Ein Sim ist im Grunde nicht viel mehr als ein menschlicher Körper mit einer grünen Kernsubstanz, die sich in Schädel und Rumpf konzentriert und mit Ausläufern bis in die Extremitäten reicht. Mit einer Injektionsnadel im Wadenmuskel eines Sims kann man eine kleine Menge dieser grünen Substanz absaugen. Ein Mensch verliert bei so einem Einstich lediglich ein paar

Tropfen Blut, weniger als beim Arzt, wenn eine Probe genommen wird.«

»Sie werden weder mir noch einem der Kinder, für die ich verantwortlich bin, eine Nadel in den Körper bohren«, entgegnete Nerissa.

»Leider lässt sich das nicht vermeiden. Ethan und Leo sind bei dem Briefkasten in Mazatlán in einen Hinterhalt geraten, obwohl dieser Ort nur wenigen von uns bekannt war. Bevor wir in die Atacamawüste aufbrechen – und bevor Sie zurück in die Vereinigten Staaten fliegen –, muss ich mich vergewissern, dass niemand in diesem Zimmer unsere Pläne an die Hyperkolonie verraten hat.«

»Glauben Sie etwa, dass *ich* ein Sim bin? Oder Cassie? Oder Ihr eigener Sohn?«

»Nein, das glaube ich nicht, und ich erhebe auch keine Anschuldigungen gegen irgendjemanden. Ich will nur Sicherheit. Lohnt es sich nicht, dafür eine kleine Unannehmlichkeit in Kauf zu nehmen? Die Idee dazu habe ich übrigens von Ihnen, Mrs. Iverson.«

»Von *mir*?«

»Von Ihrem Bericht über das Gespräch mit der Mutter des Sims in Pennsylvania. Wenn Sims von menschlichen Wirten ausgetragen werden, hat die Tatsache, dass wir alle auf eine bekannte Familiengeschichte zurückblicken, keinerlei Aussagekraft mehr.«

»Auch unsere gemeinsame Geschichte in der Korrespondenzunion reicht weit zurück. Zählt das nicht?«

»Selbstverständlich zählt es, nur leider nicht in der von Ihnen angedeuteten Weise. Seit Ethan die antarktischen Proben isoliert hat, arbeiten Korrespondenzforscher mit Zellkolonien. Wir haben sie in größeren Mengen gezüchtet und dabei nur einfache Vorsichtsmaßnahmen angewandt, in der

Annahme, dass kein nennenswertes Infektionsrisiko besteht. Diese Annahme war falsch. Wir waren diesem Risiko also ausgesetzt. Jeder von uns kann infiziert worden sein und diese Keime auf unsere Nachkommen übertragen haben.«

»Ethan und ich haben keine Kinder.«

»Nein, aber Ihre Schwester hatte welche.«

Cassie machte große Augen, als sie begriff, was gemeint war. Thomas wirkte bloß verwirrt.

»Ich lasse das nicht zu.« Nerissa nahm ihre Nichte und ihren Neffen bei der Hand. »Cassie und Thomas, packt das Nötigste zusammen. Wir gehen.«

»Das kann ich nicht zulassen«, sagte Beck.

»Glauben Sie etwa, Sie können uns daran hindern?«

»Eugene«, rief Beck, »sichern Sie bitte die Tür.«

Mit einem dünnen Lächeln stellte sich Dowd vor den Durchgang. Dabei schob er sein Hemd zurück, und die Pistole in seinem Hosenbund wurde sichtbar.

Nerissa fand diese Geste zugleich lächerlich theatralisch und auf beklemmende Weise bedrohlich. »Soll er etwa auf uns schießen?«

»Das will ich nicht hoffen. Jedenfalls besteht überhaupt keine Notwendigkeit dazu. Aber wir sind im Krieg, ob Ihnen das passt oder nicht. Sie können Ihre Einwände vorbringen, ansonsten erwarte ich, dass Sie kooperieren. Schließlich geht es nur um eine kleine Widrigkeit. Ein kurzer Moment, dann haben Sie es hinter sich. Dann wird Eugene Sie und die Kinder zum Flughafen fahren, und Sie können das alles vergessen.«

»Haben Sie Ethan deswegen weggeschickt? Er hätte Ihnen das nie durchgehen lassen.«

»Wenn Sie möchten, können Sie zuschauen, wie ich den Test zuerst an mir durchführe.«

Nerissa überlegte fieberhaft. Nach allem, was sie von Dowds Verhalten gegenüber Beth gesehen und gehört hatte, war er abgestumpft und potenziell gewalttätig. Trotzdem konnte sie sich nicht vorstellen, dass er auf eine unbewaffnete Frau schießen würde. *Außer er meint, ich bin kein Mensch, weil ich den Test verweigere.* Wenn Becks Schilderungen zutrafen, hatte Dowd in der Wüste gleich mehrere Sims umgebracht. Und er wartete nur darauf, die nächsten zu töten. Sollte sie dieses Risiko wirklich eingehen?

Wenn sie nur mehr Zeit zum Nachdenken gehabt hätte! Beck griff bereits zu der Schachtel mit der Spritze.

»Tante Ris?«, sagte Cassie zittrig.

Leo trat vor seinen Vater. »Wenn du das unbedingt durchziehen musst, dann fang mit mir an.«

Beck trug die Spritze, die Wegwerfnadeln, ein Fläschchen Isopropylalkohol und eine Packung Heftpflaster hinüber in einen kleinen Raum im hinteren Teil des Hauses, der wahrscheinlich als Vorratskammer gedacht war. Jetzt stand dort ein Holzschreibtisch mit zwei Stühlen. Eine schmale, verschlossene Tür führte auf die Gasse hinter dem Haus. Es gab kein Fenster. Eine Neonröhre an der Decke verbreitete blasses, schwiemeliges Licht.

Beck setzte sich hinter den Schreibtisch und winkte seinen Sohn auf den Stuhl gegenüber. Eigentlich hätte er lieber mit dieser Iverson begonnen, weil sie der größte Hemmschuh war. Aber Leo hatte sich freiwillig gemeldet, also musste es eben Leo sein. Er nahm eine Pistole aus der obersten linken Schublade und vergewisserte sich, dass sie geladen und schussbereit war. Dann legte er sie neben die Spritze auf den Schreibtisch.

Leos Blick wanderte von der Pistole zu seinem Vater und wieder zurück. »Meinst du das ernst?«

»Bevor wir anfangen, möchte ich dir eine Frage stellen. Hast du mit Cassie Iverson geschlafen?«

Leo starrte ihn wortlos an.

»Du kannst mir ruhig sagen, dass mich das nichts angeht.«

»Es geht dich nichts an.«

»Ich frage, weil ich mir vorstellen kann, dass du in deiner Loyalität hin- und hergerissen bist. Du möchtest Cassie schützen, das ist ganz natürlich. Aber sie braucht deinen Schutz nicht. Das Ganze ist völlig harmlos. Ich zeige es dir, damit du siehst, wie es funktioniert. Vielleicht kannst du mir nachher bei den anderen helfen.«

Beck schob seinen Stuhl zurück und rollte ein Hosenbein hoch. Dann befeuchtete er ein Taschentuch mit Alkohol und betupfte eine Stelle an seiner bleichen linken Wade.

»Der Körper eines Sims muss völlig menschlich wirken, auch nach leichteren Verletzungen, Blutergüssen und Kratzern. Deswegen werden die größten Einlagerungen der grünen Substanz vom Schädelknochen und vom Rumpf geschützt. In den Extremitäten ist die grüne Substanz dünner verteilt. Bei den Beinen zum Beispiel bildet sie eine Art Beutel um die Knochen. Aus diesem Grund muss die Nadel ...« Er zog eine sterile Nadel aus der Packung, schraubte sie auf die Spritze und entfernte die Schutzkappe. »Die Nadel muss bis zum Knochen vorstoßen.«

Er bohrte sich die Nadel ins Bein. Es war schmerzhaft, aber nicht unerträglich. »Die grüne Substanz wird dort, wo sie mit menschlichem Muskel- und Fettgewebe verbunden ist, von einer Membran geschützt, deshalb muss sichergestellt sein, dass ich tatsächlich in den Beutel eingedrungen bin, falls er existiert. Das erfordert ein gewisses Maß an Druck.« Er presste, bis er das elektrische Scharren der Nadel an seinem Wadenbein spürte. »Wenn du sicher sein willst, dass ich dir nichts vorspiele, kannst du den Rest machen: den Kolben zurückziehen und ein wenig Blut absaugen …«

»Nein.« Leos Stimme klang belegt.

»Dann mache ich es selbst.« Er ließ mehrere Tropfen Blut in den Hohlraum der Spritze laufen. Rot und rein menschlich. Er zog die Nadel heraus. Aus dem Stichpunkt quoll eine rote Perle. Er tupfte die Stelle ab und klebte ein Pflaster darauf. »Das ist alles, siehst du? Wenn wir hier fertig sind, kannst du deiner Freundin und ihrer nervösen Tante berichten, wie leicht es ist.«

»Schon, bloß …«

»Jetzt bist du an der Reihe. Roll dein Hosenbein hoch.«

»Glaubst du tatsächlich … ich meine, hältst du es wirklich für möglich, dass ich einer von *denen* bin?«

Beck warf die gebrauchte Nadel in einen Papierkorb und zog eine frische aus ihrer Verpackung. »Ich mache das nicht, weil ich gegen irgendjemanden einen Verdacht hege. Und es wäre mir lieber, mich einfach auf meinen Instinkt zu verlassen. Aber wer so handelt, riskiert sein Leben. Und wenn Sims zur Welt kommen, indem sie sich im Mutterleib einer Frau einnisten …«

»Glaubst du, ich habe mich in meiner Mutter *eingenistet*?«

Beck verharrte mit der Spritze in der Hand und schaute seinen Sohn ruhig an. »Nein, natürlich nicht. Trotzdem brauchen wir Gewissheit.«

»Wenn sie noch am Leben wäre, würdest du so was nicht tun. Wenn sie noch am Leben wäre, wärst du vielleicht nicht so verrückt geworden.«

»Diese Antwort finde ich enttäuschend.«

So eine Beleidigung hätte sich Beck von niemandem sonst gefallen lassen. Außerdem war es eine groteske Verzerrung der Wahrheit. Einen derartigen Einfluss hatte Mina nie auf ihn ausgeübt. Beck hatte sie noch während des Studiums geheiratet, nicht lange nachdem er bei der Korrespondenzunion eingeführt worden war. Wenn er sie je geliebt hatte – was wohl zutraf –, war diese Liebe durch ihre Verachtung für seine Arbeit untergraben und zuletzt zerstört worden. Sie hatten über Scheidung geredet, aber bevor es dazu kam, hatte sie bei einem Verkehrsunfall das Leben verloren. Sie war auf einem Highway in Kalifornien mit dem Auto eine steile Böschung hinuntergerutscht, und der Ast einer stämmigen Fichte hatte die Windschutzscheibe und ihre rosige Kehle durchbohrt.

In letzter Zeit hatte Beck öfter an diesen Unfall denken müssen. Jahrelang hatte er versucht, ihn zu verdrängen, doch die jüngsten Ereignisse hatten ihm unwillkürlich Anlass zu Spekulationen gegeben. Leo war damals fünf gewesen. »Erinnerst du dich noch an den Tag, an dem deine Mutter starb?«

»Eigentlich nicht.«

»Du warst bei ihr.«

»Nicht im Auto.«

Nein, nicht im Auto, zumindest nicht zum Zeitpunkt des Unfalls. Aus Leos tränenreichem Bericht schloss die Polizei, dass Mina am Straßenrand gehalten hatte, weil der Junge pinkeln musste. (Bis zum nächsten Rastplatz waren es noch viele Kilometer, und Mina hätte Leo nie aufgefordert, es einfach zurückzuhalten; nach ihrer Auffassung mussten seine Bedürfnisse gestillt werden, sobald sie sich zeigten.) Leo sauste in die Büsche und fummelte wahrscheinlich gerade an seinem Hosenschlitz herum, als ein Sattelschlepper, der mit überhöhter Geschwindigkeit in die Kurve ging, seine Hupe betätigte.

Der Laster verfehlte das Auto auf dem Bankett um ein gutes Stück. Trotzdem erschrak die übernervöse Mina vermutlich und wollte den Wagen weiter von der Straße weglenken. Vielleicht trat sie zu stark aufs Gas, oder sie schaute über die Schulter, statt aufzupassen, wo sie hinfuhr. Jedenfalls kam der beschleunigende Wagen auf dem feuchten Sommergras ins Schlittern und schoss über die Böschung hinaus. Als die Polizei ankam, fanden sie Leo in den Büschen, die Jeans durchweicht vom Urin und mit tränennassem Gesicht. Erst nachdem man ihn auf Schock behandelt hatte, durfte ihn Beck mit nach Hause nehmen.

»Weißt du noch, wohin sie dich an diesem Tag bringen wollte?«

»Nein.«

»Zum Arzt.«

»Ich war doch nicht krank. Außerdem verstehe ich nicht, was dieses Gespräch soll.«

»Natürlich warst du nicht krank. Das habe ich auch Mina gesagt. Aber sie wollte mir nicht glauben.«

Leo war ein gesunder Junge. Trotzdem war er in Minas Augen zart und ständig bedroht. An diesem Julitag machte sie sich Sorgen wegen einer Beule am Bein, die sich Leo zugezogen hatte, als er im Garten eines Freundes über einen Zaun sprang. Ihr Hausarzt diagnostizierte ein schlichtes Hämatom und versicherte ihr, dass die Beule in wenigen Tagen verschwinden würde. Dennoch überredete sie ihn irgendwie, einen Röntgentermin im Krankenhaus zu vereinbaren. Dorthin war sie mit Leo unterwegs, als der Unfall passierte.

»Ich weiß, dass ich kein besonders guter Vater war.« Zwischen Minas Tod und den Anschlägen von 2007 hatte Beck seinen Sohn neun Jahre lang nach bestem Wissen und Gewissen betreut. Doch fürsorgliche Erziehungsarbeit entsprach einfach nicht seiner Natur. Stattdessen hatte er auf strenge pädagogische Methoden zurückgegriffen. »Ich habe dir immer vertraut. Das steht außer Frage. Trotzdem musst du den Test machen, Leo. Wie wir alle.«

»Glaubst du, ich habe meine Mutter umgebracht?«

Beck sah nicht, wie ein Fünfjähriger so etwas unter diesen Umständen fertigbringen sollte. Allerdings war Leo der einzige Zeuge, der das Geschehen beobachtet hatte. »Roll einfach dein Hosenbein hoch. Ich möchte einen Tropfen Blut sehen, das ist alles.«

Leos Blick glitt von seinem Vater zu der Spritze in seiner Hand und zur Pistole auf dem Schreibtisch. »Irgendwie habe ich das Gefühl, dass ich dich gar nicht mehr kenne. Vielleicht hab ich dich nie gekannt.«

Cassie unterhielt sich flüsternd mit Tante Ris auf dem Sofa gegenüber der Tür, vor der Eugene Dowd Wache hielt. Beth hockte im Schneidersitz auf dem Teppich und blätterte in einer spanischsprachigen Klatschzeitschrift. Neben ihr brütete Thomas vor sich hin.

Cassie musste Tante Ris unbedingt von ihren Gefühlen für Leo erzählen. Sie stand kurz vor einer Entscheidung, gegen die sich Tante Ris mit großer Wahrscheinlichkeit sperren würde, und Cassie wollte, dass ihre Tante es zumindest verstand, auch wenn sie dagegen war. Neben ihren vielen anderen Sorgen beschäftigte sie im Moment vor allem die Angst, undankbar und lieblos zu erscheinen. Schließlich war diese Frau viele tausend Kilometer weit gereist, um nach ihr zu suchen. »Dass er da freiwillig als Erster reingegangen ist«, sagte sie. »So was erwarte ich inzwischen von Leo.«

»Wir haben dadurch ein wenig Zeit gewonnen, eine echte Hilfe ist es nicht. Nicht, solange Eugene die Tür blockiert. Vielleicht könnten wir oben aus einem Fenster oder über den Balkon klettern. Obwohl, ich weiß nicht, ob Thomas das schaffen würde.«

»Das spielt keine Rolle. Ich mach den Test. Wenn Leo unverletzt ist, meine ich. Wenn er sagt, es ist okay.«

»Kann sein, dass Leo seinem Vater vertraut – ich tu es nicht. Und ich weiß auch nicht, ob ich Leo vertraue.«

»Ich kenne ihn besser als du.«

»Cassie, hör zu. Ich weiß, dass du Leo in den letzten Wochen nahegekommen bist. Trotzdem ist er der Sohn seines Vaters. Du musst auf deine eigenen Interessen achten.«

»Genau das mache ich ja.«

»Wenn wir wieder in den Staaten sind, kannst du vielleicht …«

»Ich kehre nicht in die Staaten zurück. Nicht ohne Leo. Nicht, wenn er dagegen ist.«

So, jetzt war es heraus. Zumindest die nackte, unzureichende Kurzfassung. Dabei gab es noch so viel mehr. All die zwingenden Argumente, die sich in ihrem Herzen angesammelt hatten.

Tante Ris sprach erst nach langem Schweigen wieder. »Cassie, was weißt du denn eigentlich über Leo Beck? *Ich* weiß nur, dass er loyal zu seinem Vater steht. Und dass er einen Unschuldigen getötet hat.«

Leo stand nicht loyal zu seinem Vater, zumindest nicht auf die von Tante Ris angedeutete sklavische Weise. Und wenn er diesen Mann getötet hatte, dann nur aus Angst und aufgrund der verzweifelten Umstände. Keinesfalls aus Leichtsinn oder Boshaftigkeit. Natürlich hatte Tante Ris nichts von Leos Trauer und Schuldgefühlen mitbekommen. Cassie war es, die eines Nachts in einem Motelzimmer in Panama Leos Kopf an ihre Schulter gedrückt und ihm übers Haar gestreichelt hatte, als er ihr gestand, wie sehr ihn der Tod des Unbekannten quälte. Cassie hatte seine Klagen gehört (»Es tut mir leid, es tut mir so wahnsinnig leid«) und seine Tränen auf ihrer Haut gespürt. »Ich weiß, dass er mir wichtig ist und dass ich ihm wichtig bin. Und ich weiß, was wir zusammen durchgemacht haben.«

Tante Ris wirkte eher traurig als wütend. »Cassie, ich …«

Sie wurde von einem Klopfen an der Tür unterbrochen. Eugene Dowd wirkte mit einem Schlag hellwach. Er legte die Hand auf die Pistole und bedeutete den anderen mit einer Geste, still zu sein. Es gab kein Guckloch in der Tür, und auch durch das Fenster daneben konnte er keinen Blick auf den Besucher erhaschen. Nach einigen Sekunden wiederholte sich das Klopfen mit etwas mehr Nachdruck.

»Also gut«, zischte Dowd und deutete nacheinander auf Beth, Thomas, Cassie und Tante Ris. »Alle sofort nach oben. Ich geb euch ein Zeichen, wenn es hier unten sicher ist. *Los!*«

Beth starrte ihn mit leerem Blick an. Tante Ris nahm Thomas an der Hand. Am Fuß der Treppe wandte sie sich nach hinten und sagte: »Komm schon, Cassie!«

»Nein.« Cassie steuerte bereits auf die Kammer zu, in der Leo und sein Vater den Test durchführten.

»Cassie, bitte.« Ohne noch länger zu warten, eilte Tante Ris die Treppe hinauf und zog den verwirrten und verängstigten Thomas hinter sich her.

»Ich komme von der Hafenbehörde«, verkündete eine Männerstimme mit chilenischem Akzent auf der anderen Seite der Tür. »Ich muss mit Werner Beck sprechen, es ist dringend.« Wieder ein heftiges Pochen.

Dowd öffnete die Tür einen Spalt und spähte hinaus, die Hand immer noch auf der Pistole. »Können Sie sich ausweisen?«

Die Tür krachte nach innen und stieß ihn zu Boden.

Beck dämmerte, dass er schlecht auf diese Pattsituation mit seinem Sohn vorbereitet war. Leo verharrte in reglosem Zorn, und Beck konnte ihn nur stumm mustern. »Du musst es machen.« Er erschrak über das hilflose Ächzen in seiner Stimme. »Sonst …« Was, sonst?

Plötzlich rissen ihn Geräusche aus dem Nebenzimmer aus seiner Erstarrung: ein Klopfen an der Tür, gedämpfte Stimmen. Dann ein lautes Krachen und Rufe. Beck ließ die Spritze fallen und griff nach der Pistole auf dem Schreibtisch. Doch Leo war bereits aufgesprungen und nahm die Waffe an sich.

Vorn im Wohnzimmer knallte ein Schuss, unmittelbar gefolgt von einem viel näheren Krachen, als die Tür der Kammer zur Gasse hinter dem Haus aufgebrochen wurde und aus den Angeln flog. Beck sah, wie Leo die Pistole auf einen Mann in Zivilkleidung richtete, der allem Anschein nach eine Schnellfeuerwaffe in der Hand hielt. Leo schoss, bevor der Eindringling anlegen konnte. Der Mann brach zusammen, und Beck roch den vertrauten Düngergestank. Leo jagte dem Sim eine zweite Kugel in den Kopf, und es hörte auf zu zucken. *Kein Zögern,* dachte Beck. Er bewunderte Leos Besonnenheit. Das war eine befriedigendere Bestätigung als jeder Test mit einer Nadel.

Erneut kam aus dem Wohnzimmer ein Schuss, gefolgt von einem dritten. »Gib mir die Pistole«, sagte Beck.

Mit der Waffe in der Hand wandte sich Leo ihm zu. Er wirkte fast unheimlich ruhig, weder zornig noch ängstlich. Beck streckte den Arm aus. Leo senkte den Lauf nicht.

Den ersten Schuss spürte Beck als Schlag gegen die Rippen, der ihn nach hinten riss. Dann lag er auf dem Boden. Atemlos und verwirrt. Leo stand über ihm, das Gesicht völlig ausdruckslos. Becks Hand fiel auf die Spritze, die er von sich geworfen hatte. Überrascht von sich selbst, holte er damit aus und bohrte die Nadel tief in Leos Oberschenkel.

Mit Leos zweitem Schuss erlosch jedes Bewusstsein.

Cassie bestand nur noch aus Angst. Sie sirrte in ihren Ohren wie das Kreischen einer elektrischen Säge. Ohne zu überlegen, hastete sie weiter, als hätte ein ungeschickter Puppenspieler die Kontrolle über ihre Gliedmaßen übernommen. Die Ereignisse gerannen zu einer Reihe von Standbildern, die hinter ihre Augenlider projiziert wurden.

Dowd auf dem Boden mit den Beinen vor der Tür, die ein Unbekannter aufzudrücken versuchte …

Cassie stolperte einen Schritt auf die Kammer zu, wo Leo war.

Tante Ris, die Cassies Namen schrie, während sie oben hinter dem Geländer verschwand, Thomas hinter ihr, Augen und Mund erschrocken aufgerissen …

Noch ein Schritt.

Dowd, der seine Pistole hob und schoss: splitterndes Holz und ein Geräusch wie ein Hieb an den Kopf. Der Fremde, der immer noch gegen die Tür stieß, während sich Dowd hochrappelte und erneut anlegte …

Schritt.

Beth, die sich endlich aufraffte und auf die Treppe zuwankte, das Gesicht verzerrt zu einer Maske des Schreckens …

Schritt.

Ein anderes Geräusch aus der Kammer, in der Leo war, Poltern und ein Schuss …

Das hieß, dass das Haus auch von hinten angegriffen wurde. Trotzdem hielt sie nicht an: Ihre Füße, ihre Beine, ihr unsichtbarer Puppenspieler, alle wollten sie zu Leo tragen.

Dowd, der erneut schoss, der Fremde, der rot und grün verschmiert zusammenbrach und dabei die Tür weit aufstieß. Dowds Ruf zu Cassie und Beth: »Auf den Boden!«

Cassie wankte weiter.

Dowd, der durch die Tür spähte und rief: »Scheiße, da ist noch einer!«

Noch zwei Schritte, und Cassie war an der Kammertür.

Dowd, der auf ein unsichtbares Ziel feuerte und dann zurücktaumelte, als eine Kugel von draußen die Tür und seinen Körper durchschlug. Ein weiterer Fremder, der über die Leiche des zusammengebrochenen Sims trat, ein normal aussehender Typ, der völlig ungerührt seinem tödlichen Geschäft nachging.

Beth, die sich getroffen von einer Kugel ans Treppengeländer klammerte und auf die Stufen stürzte, der Kopf aufgerissen wie eine Melone, aus der es rot heraussprudelte.

Dowd, sterbend und voller Zorn auf dem blutgetränkten Teppich, mit seinem letzten Schuss, der das Sim traf und zu Boden schleuderte.

Cassie betrat die Kammer, in die sich Leo und Werner Beck zurückgezogen hatten. Der Bluttest war anders verlaufen als geplant. Wie durch einen Nebel aus Lärm nahm Cassie Leo wahr (er lebte noch!), der vor seinem zusammengebrochenen Vater und der stinkenden Leiche eines Sims stand. Er wirkte schockiert, und in seinen Augen glitzerten Furcht oder Leid. Er streckte Cassie die freie Hand entgegen und gestikulierte mit der Pistole wild zur Hintertür. Obwohl ihre Ohren noch immer dröhnten von den Schüssen, verstand sie die Worte, die sein Mund formte: *Komm mit.*

Sie nahm seine Hand, und er zog sie hinaus auf die Gasse hinter dem Haus.

27

Atacamawüste

Vielleicht weil er jeden Moment mit seinem Tod rechnete, spürte Ethan, wie eine lähmende Leere über ihn hinwegschwappte. Die endlosen Vorsichtsmaßnahmen, die er ergriffen, und die an Irrsinn grenzenden Regeln, die er so viele Jahre lang gewissenhaft befolgt hatte – am Ende hatte ihm das alles nichts genützt. Jetzt war er trotzdem wehrlos der Entität ausgeliefert, die die Welt beherrschte. Sogar die Fähigkeit zu vernünftigem Denken war ihm abhandengekommen.

Sie steckten ihn in einen Wagen zu dem weiblichen Sim, das ihm die Handschellen angelegt hatte. Im Schimmer des Armaturenbretts konnte er das Wesen besser erkennen. Sein Haar war kurz und dunkel, die Haut kaffeebraun. Es bedachte ihn mit einem zerknirschten, besorgten Blick, dann lenkte es den Pick-up im Halbkreis zurück und folgte dem Konvoi von Fahrzeugen, der sich jetzt von San Pedro de Atacama entfernte und auf die Fortpflanzungsanlage tief in der Wüste zusteuerte. Dieser Gesichtsausdruck war natürlich wie die Worte und Gesten nur eine gezielte Lüge.

Ethan fragte sich, was es von ihm wollte. Warum man ihn am Leben gelassen hatte.

»Wir möchten bloß mit Ihnen reden«, bemerkte das Sim noch einmal.

Ethans Mund war so trocken wie die Salzflächen, durch die sie fuhren. Trotzdem schaffte er es, eine Frage zu stellen: »Wozu die Mühe?«

»Ich verstehe Ihre Vorbehalte und gebe Ihnen recht. Sie haben keinen Grund zu glauben, was wir Ihnen sagen. Doch wir bieten Ihnen mehr als Worte, Dr. Iverson. Wir können Ihnen zeigen, was wir sind, um unser Anliegen zu untermauern. Als Wissenschaftler sind Sie vielleicht in der Lage, das zu würdigen.«

Er schenkte sich die Antwort und wandte das Gesicht zum Fenster. Zur mondbeschienenen Wüste, zum gespenstischen Salar, zu seinem verbitterten Spiegelbild.

»Es hätte nichts gebracht«, fuhr das Sim fort. »Werner Becks Waffe. Es stimmt, dass er die zelluläre Signalübertragung in isolierten Kulturen der grünen Substanz unterdrücken kann. Aber unsere Körper sind robuster. Wir können lange Zeit ohne Kontakt zur Hyperkolonie in der Umlaufbahn durchhalten. Sein sogenannter Krieg wäre kaum mehr gewesen als eine vergebliche Geste. Und ich denke, das ist Ihnen auf einer bestimmten Ebene auch bewusst, Dr. Iverson.«

Alles nur Eröffnungsfloskeln, keine Fakten. Vielleicht stimmte es, dass er an Beck gezweifelt hatte. Und vielleicht war ihm eine eigentlich ohnmächtige Geste immer noch erstrebenswerter erschienen, als sich ein Leben lang zu verkriechen. Trotzdem: Warum sollte er sich auf dieses Spiel einlassen? »Wenn er keine Bedrohung darstellt, wovor haben Sie dann Angst?«

»Wie kommen Sie darauf, dass wir Angst haben?«

»Sie sind für den Tod vieler anständiger Menschen verantwortlich.«

»Nein, nicht wir sind verantwortlich. Erinnern Sie sich nicht mehr daran, was Ihnen Winston Bayliss erzählt hat? Es gibt zwei Entitäten, die um die Kontrolle der Hyperkolonie kämpfen. Wir sind nicht die Entität, die 2007 Ihre Freunde getötet hat. Wir haben eine andere Wesensart und verfolgen andere Ziele. Darf ich es Ihnen erklären?«

Ethan lehnte den Kopf an die Fensterscheibe. Obwohl es im Wagen warm war, spürte er, wie die Kälte der Nacht in ihn eindrang.

»Wir können auch später weiterreden. Aber ich möchte betonen, dass Sie nicht in Gefahr sind.« Das Simulakrum lächelte. »Selbst wenn Sie das vielleicht nicht glauben, Dr. Iverson.«

Gerade wie die Schnur eines Landvermessers durchschnitt die Straße den Horizont. Die letzte menschliche Siedlung, die Ethan sah, war eine Ansammlung von Lagerhallen und Geräteschuppen mit Blechdach – wahrscheinlich die Durchgangsstation, wo Becks Lakai Eugene Dowd gearbeitet hatte. Dann verschwand auch dieser kleine Makel in der Reinheit der Wüste.

Er setzte sich anders hin, um seine gefesselten Hände etwas zu entlasten. Er wollte nicht an die Handschellen denken müssen. Eine Bestandsaufnahme seiner Hilflosigkeit wäre nur eine Einladung zur Panik gewesen. Da war ihm diese leere Gleichgültigkeit lieber. Im Moment konnte er sich nichts Schrecklicheres vorstellen als die Möglichkeit einer Hoffnung.

Als ihr Ziel sich zum ersten Mal am bogenförmigen Horizont abzeichnete, wich er unwillkürlich in seinen Sitz zurück. Eine Art Hügel, der in der Dunkelheit und aus der Ferne wirklich schockierende Ähnlichkeit mit einem Ameisenhaufen oder einem Termitenbau hatte. Erst als sie sich allmählich näherten und der Konvoi langsamer wurde, entpuppte sich der Hügel als zehn Meter hohe Böschung aus ausgehobener Erde und Industriemüll, durch die am oberen Rand ein Durchbruch führte. Am westlichen Himmel wurde es inzwischen hell, und Ethan empfand den Schuttwall – Metallblech, Baustahl, isolierter Draht, Maschinenteile – zugleich als unglaublich banal und vollkommen fremdartig. Verschwenderisch im Umgang mit Baustoffen und zugleich sparsam durch die Wiederverwendung als Barriere gegen den Wind und andere Bedrohungen.

»Was wir hier tun, weckt doch bestimmt zumindest ein bisschen Ihre Neugier«, sagte das Sim. »Als Wissenschaftler, meine ich. Als Forscher.«

Vielleicht hatte er früher einmal die Fähigkeit zu dieser Art von Neugier besessen. Damit war es jetzt vorbei. Das Sim wollte ihn zu einer Interaktion bewegen, doch er biss nicht an. Den Blick auf die Straße gerichtet, bemühte er sich um die Gleichgültigkeit einer Kamera.

Nach einem kurzen Anstieg durchquerte der Wagen die Böschung, und er überblickte das Gelände zum ersten Mal ganz: eine riesige Industrieanlage, umschlossen von einem Krater aus Schutt. Ungeachtet seiner Ablehnung war er beeindruckt, vor allem von der Größe. Hier hätte eine ganze amerikanische Kleinstadt Platz gehabt. Zum Beispiel eines der Nester in Ohio, durch die er und Nerissa vor einigen Wochen gekommen waren. Bloß dass dies hier kein Ort war, an dem Menschen lebten. Über das Gelände zog sich ein beklemmend exaktes Netz von asphaltierten Fahrbahnen mit grell erleuchteten Kreuzungen, und die Straßen waren gesäumt von anonymen Bauten, die Flugzeughangars oder Bunkern glichen und zum Teil schwarze Rauchfahnen ausstießen. »Maschinenwerke«, erklärte das Sim, als es Ethans Blick bemerkte. »Wir fertigen unsere Geräte selbst an. Nicht alles, was wir benötigen, kann von außen herangeschafft werden.«

In der Mitte des Netzes stand eine riesige Glas- und Metallkonstruktion, in der sich der frühmorgendliche Himmelsschimmer spiegelte wie in der impressionistischen Skulptur einer Sonnenblume. Ethan verglich es mit Gestalten in der Nähe, um einen Blick für die Dimensionen zu bekommen. Der Bau war mindestens so groß wie ein olympisches Sportstadion. Den Zweck konnte er nicht erraten, und auch das Sim äußerte sich nicht dazu.

Als der Wagen tiefer in die Anlage vordrang, wunderte sich Ethan über die Betriebsamkeit auf den Straßen. Wenn all die Arbeiter zwischen den Gebäuden Sims waren, dann hatte Beck ihre weltweite Anzahl dramatisch unterschätzt. Und es gab auch Tiere. Im schwachen Licht waren sie schwer zu erkennen. Jedenfalls bewegten sie sich wie Krebse knapp über dem Boden.

»Keine Angst, Dr. Iverson.«

Trotzdem hatte er Angst, denn diese Tiere … waren keine Tiere. Als der Wagen ganz dicht an einem vorbeikam, sah Ethan eine pelzbesetzte Gestalt mit vier merkwürdig gegliederten Beinen und einem nach oben geschwungenen Rumpf, von dem zwei Arme mit kleinen, langfingrigen Händen ausgingen. Der Kopf wirkte wie die ledrige Karikatur eines Menschenhaupts mit ausdruckslosen Augen und einem grinsenden Schlitz als Mund …

Es huschte an dem Pick-up vorbei und zog einen Schatten hinter sich her, der einem Rorschachfleck glich.

»Sie sind keine Bedrohung für Sie«, bemerkte das Sim. »Möchten Sie wissen, was es damit auf sich hat?«

Sie fasste sein Schweigen als Zustimmung auf.

»In gewisser Hinsicht sind sie nichts als Erinnerungen. In dem Sinn, wie Sie den Begriff in Ihrem Buch *Der Fischer und die Spinne* verwenden. Wissen Sie noch, was Sie dort über afrikanische Termiten sagen? *Sie haben keine Gedächtnisfähigkeit, der Schwarm als Ganzes erinnert sich. Seine Erinnerungen sind durch die evolutionäre Vergangenheit in das Genom seiner Population eingeschrieben.* So ist es auch bei der Hyperkolonie, nur dass ihre Erinnerungen noch viel weiter zurückreichen. Sie hat mit vielen fühlenden Gattungen auf vielen Planeten interagiert. In einem Fall, vielleicht schon vor Millionen Jahren, hat sie gelernt, diese Lebewesen nachzuahmen. Jetzt kann sie sie nach Belieben erzeugen. Sie könnte auch völlig andere herstellen, aber nur bestimmte Formen sind für die Atmosphäre und Chemie dieses Planeten geeignet. Und sie sind nützlich. Sie können kleinere Gegenstände genauso effektiv handhaben wie Menschen, sie lassen sich mit leichten Modifikationen als Wachen einsetzen, und sie verstehen sich besonders gut aufs Klettern und auf Bauarbeiten.«

Eine andere Spezies von Sims, dachte Ethan. Nein, das stimmte nicht. Es war dieselbe Spezies: die Hyperkolonie, die einen anderen Wirt nachahmte. Unwillkürlich entschlüpfte ihm eine Frage: »Züchten Sie sie hier?«

»Ja.«

»Wie?«

»Wir gebären sie. So wie uns selbst. Sie haben ja bereits erschlossen, dass ein Sim durch einen infektionsähnlichen Prozess in einem menschlichen Mutterleib heranwachsen kann. So kam zum Beispiel Winston Bayliss auf die Welt. Die meisten weiblichen Sims verfügen ebenfalls über ein voll funktionsfähiges Fortpflanzungssystem. Ich wurde hier von einer

Frau wie mir geboren. Mein Körper könnte weitere Sims oder diese Lebewesen mit sechs Gliedmaßen gebären. Viele Sims widmen sich ausschließlich der Erzeugung von Arbeitern.«

»Das finde ich abstoßend.«

»Der Fischer findet die Spinne abstoßend, obwohl beide ihre Netze nach Nahrung auswerfen. Aber Sie besitzen die Fähigkeit zu einem tieferen Verständnis.«

»Wirklich?«

»Natürlich.«

Er hatte sich in ein sinnloses Gespräch verwickeln lassen. Sinnlos zumindest aus seiner Sicht. Noch immer begriff er nicht, warum man ihn am Leben ließ und ihm diese perversen Wahrheiten erzählte – wenn es denn Wahrheiten waren.

»Jetzt brauchen Sie erst mal Essen und Ruhe. Und sobald wir an einem sicheren Ort sind, nehme ich Ihnen auch die Handschellen ab. Sie sind bestimmt unbequem.«

Der Pick-up rollte auf einer Stahlgitterrampe durch einen Torbogen und in einen Tunnel unter die Erde. Von vorn fiel rein künstliches Licht auf graue, ungestrichene Betonwände. Seitengänge führten in helle, ausgedehnte Räume, in denen sich menschliche und sechsgliedrige Sims drängten. Ethan reckte den Hals und sah, wie hinter ihm der Morgenhimmel verschwand.

Sie führten ihn in eine Zelle mit einer Pritsche und Matratze, einer einfachen Toilette und einer Deckenlampe. Das weibliche Sim verschwand und brachte kurz darauf eine Schüssel mit einer fettigen Mischung aus Rindfleisch und Gemüse. Sim-Nahrung, wie Ethan vermutete, die sie wegen ihres menschenähnlichen Körpers essen mussten. Nach wenigen Bissen legte er sich auf die Pritsche. Das Essen war genießbar, doch er fragte sich kurz, ob es mit einer Droge versetzt war.

Oder waren es der Schock und die Müdigkeit, die den Schlaf so unwiderstehlich machten?

Als er die Augen wieder aufschlug, hatte er keine Ahnung, wie lang er geschlafen hatte. Die Luft in dem Raum war weder warm noch kühl. Vielleicht war es Nacht, vielleicht Tag. Die Reste des Eintopfs waren in der Schüssel erstarrt. Er leerte seine Blase und schloss gerade den Hosenschlitz, als das weibliche Sim die Zellentür aufschloss und eintrat.

Wieder betrachtete er diese junge und ausgesprochen freundliche Frau in Jeans und weißem Hemd. Anscheinend kleideten sich alle Sims in der Anlage so, bis auf die sechsgliedrigen natürlich. Unwillkürlich fragte er sich, wie das funktionierte. Gaben sie bei einem Händler in Santiago Großbestellungen auf? Fünfhundert weiße Baumwollhemden, die zu einem weißen Fleck auf der Landkarte geliefert wurden?

Bevor die Simfrau den Mund aufmachen konnte, ergriff er das Wort: »Sagen Sie mir einfach, was Sie wollen.« *Bringen wir es hinter uns.* Dic unvermeidliche Aufforderung. Die unvermeidliche Weigerung. Und was danach kam.

»Genau das hatte ich vor«, antwortete sie.

Antwortete *es*. Doch eigentlich hatte er keine Lust mehr, sich zu korrigieren. Das Wesen war zwar kein Mensch – und trotzdem der Funktion nach eine Frau. »Haben Sie einen Namen?«

Ihre Augen musterten ihn kurz. »Nein. Wäre Ihnen ein Name lieber?«

»Nein.«

Im Grunde war es wohl keine große Überraschung, dass sie aus *Der Fischer und die Spinne* zitiert hatte. Die Heuristik der menschlichen Sprache hatte die Hyperkolonie sicher von den ersten auf der Erde eingesetzten Sims und später aus der von ihr gesammelten und analysierten elektronischen Kommunikation erlernt. Vermutlich hatte also irgendein Sim sein Buch gelesen. Natürlich hatte es das Buch genauso wenig *verstanden* wie die Hyperkolonie. Denn das dafür erforderliche zentrale Selbst fehlte; es gab nur komplexe, unaufhaltsame Algorithmen.

Das bedeutete, dass die Hyperkolonie zugleich mehr und weniger Intelligenz besaß als ein Mensch. Das von ihr entsandte Sim war jung und sympathisch, weil die Hyperkolonie auf einen vertrauten Kontakt zielte. Sie zitierte aus seinem Buch, weil die Hyperkolonie darauf hoffte, so die Vertrautheit zu vertiefen. Und wenn sie sich entwaffnend ehrlich gab – und bekannte, keinen menschlichen Namen zu haben –, war auch das letztlich ein strategischer Schachzug.

Die Hyperkolonie konnte seine Körpersprache lesen, seine Denkgewohnheiten erkennen und seine wahrscheinlichen Reaktionen kalkulieren, doch es war ihr nicht möglich, seine nächste Handlung oder Bemerkung mit Gewissheit vorherzusagen. Im Grunde setzte sie auf seine Berechenbarkeit. Daher beschloss Ethan, erst einmal zu mauern. Er durfte sich nicht festlegen, keine Gefühle zeigen, keine Pläne fassen. Und sobald der richtige Zeitpunkt kam, musste er zuschlagen, ohne lang zu überlegen.

Das Sim führte ihn zu einem Fahrzeug in dem Betonkorridor außerhalb der Zelle. Der Gang war so breit, dass in beide Richtungen Verkehr mit Lieferwagen, kompakten Pickups und Golfmobilen für zwei Personen Platz hatte. An den Wänden drängten sich zusätzlich Fußgänger – ein Gemisch von menschlichen und sechsgliedrigen Sims. Erstere waren zumeist junge Erwachsene beider Geschlechter, dazwischen ganz vereinzelt Jugendliche und drahtige Senioren. Ethan vermutete, dass die ganz Jungen anderswo untergebracht waren. Die Älteren verrichteten wohl weniger schwere Arbeit und durften zuletzt sterben. (Unwillkürlich dachte er an den dünnen schwarzen Rauch, der sich oben aus manchen Bunkern kräuselte.) Beide Arten von Sims schenkten ihm keine Beachtung. Auch miteinander redeten sie nicht. Im Korridor hallte es vom Dröhnen der Motoren.

Heute trug er keine Handschellen und durfte sich ungefesselt in das Golfmobil setzen. Er hätte jederzeit weglaufen können. Weit gekommen wäre er allerdings nicht.

»Werner Beck nennt diesen Ort eine Fortpflanzungsanlage«, sagte das Sim. »Das ist nur zum Teil richtig. Die Hyperkolonie befindet sich schon seit vielen Jahrhunderten hier und hat sich in dieser Zeit ständig fortgepflanzt – wenn man darunter die Reproduktion einzelner Zellen oder das Gebären von Simulakra versteht. Um eine Metapher aus der Entomologie zu entlehnen, wäre es zutreffender, das Geschehen hier in der Atacamawüste als *Schwärmen* zu bezeichnen.«

Sie setzte das Golfmobil in Gang. Ihre Hände waren klein und sauber. Alle Sims hier machten einen sauberen Eindruck. Ethan malte sich Gemeinschaftsduschen mit Tausenden von gleichen Seifenstücken aus.

»Die Hyperkolonie hat in einem unendlich langen Zeitraum viele bewohnte Welten besiedelt. Wie viele Jahre und wie viele Welten, weiß ich nicht. Manche Teile ihrer Geschichte liegen im Dunkeln. Sie haben sie richtig beschrieben: Die Hyperkolonie hat kein Eigenbewusstsein, wie es Menschen besitzen. Doch sie verfügt über Beschreibungen von sich, die andere Gattungen formuliert haben. Nach einer dieser Beschreibungen hat sie sich aus selbstreplizierenden Organismen entwickelt, die sich an die Umwelt des interplanetaren Weltraums angepasst haben. Viele Beschreibungen sprechen davon, dass sie symbiotisch mit maschinenbauenden Zivilisationen zusammenwirkt. Vielleicht wurde sie sogar teilweise von so einer Zivilisation konstruiert. Anders ausgedrückt, wäre sie damit eine ausgewilderte Kultursorte. Und sie wird häufig als grundsätzlich gutartig beschrieben. Sie verhindert oder lindert die Probleme, mit denen die Partnerzivilisationen unweigerlich zu kämpfen haben: Krieg, unnötige Armut, lähmender Aberglaube.«

Sie lenkte das Golfmobil in den Verkehrsfluss. Wieder starrte Ethan auf das Heck eines weißen Ford-Pick-ups. Anstelle eines Nummernschilds gab es nur ein leeres Viereck. Die Deckenlüftung saugte die Auspuffgase ein. »Dann soll sie eben schwärmen. Damit wäre das Problem gelöst.«

»Genau das ist der Punkt, den Sie nicht begriffen haben. Die ursprüngliche Hyperkolonie *hat* bereits geschwärmt. Sie hat erfolgreich eine große Anzahl von fruchtbaren Replikatoren auf den Weg zu nahe gelegenen Sternen gesandt. Das war ihre letzte bedeutende Handlung. Der verbliebene Rest der Population ist schwach und todgeweiht. Er ist anfällig gegen eine Infektion durch andere Organismen, vergleichbar einem alternden Tier, das von Viren oder Bakterien angegriffen wird.«

Der Korridor stieg in einer leichten Neigung an. Ethan fragte sich, ob er vor seinem Tod noch einmal den Himmel sehen würde.

»Verstreut in der gesamten Galaxie existiert eine Vielzahl solcher Organismen, die von der Wärme und den Ressourcen junger Sterne angezogen werden. Die Hyperkolonie ist nur *ein* solcher Organismus, und sie ist erschöpft. Sie will sterben.«

»Dann soll sie sterben.«

»Sie verstehen noch immer nicht. Was Sie hier sehen – die von mir vertretene Entität –, ist nicht die Hyperkolonie, wie sie sich ursprünglich gebildet hat. Stellen Sie sich eine

Firma unter neuer Leitung vor. Wir haben vor drei Jahren die Kontrolle über die meisten wichtigen Funktionen der Hyperkolonie übernommen.«

»Als Parasit.«

»Ja, genau. Wir haben die sterbende Population befallen. Wir haben uns den Fortpflanzungsmechanismus angeeignet und benutzen ihn, um uns selbst zu vermehren. Wir bilden unsere eigenen Replikatoren und schicken sie dem Schwarm nach. Wir infizieren neue Kolonien, wo immer sie gedeihen. Das ist das Wesen *unseres* Fortpflanzungszyklus. Und wir brauchen mehr Zeit, um ihn zu vollenden.«

War das alles wahr? Möglich war es sicher. Ihm fielen zahllose ähnliche Modelle in der Welt der Wirbellosen ein.

»Ich weiß, dass Sie mir nicht vertrauen. Aber Sie können sich den Mechanismus selbst ansehen. Ich kann Ihnen zeigen, wie er funktioniert.«

»Wozu die Mühe?«

»Offen gestanden, weil wir Ihre Hilfe brauchen.«

»Ach.«

»Das meine ich ernst. Wir möchten Sie überzeugen, damit Sie uns helfen.«

»Wenn ich es richtig verstanden habe, wollen Sie das Leben der Kolonie verlängern, um sie für Ihre eigenen Zwecke einzusetzen. Warum sollte ich Ihnen dabei helfen?«

»Denken Sie ein wenig nach«, sagte das Sim. »Ich glaube, Sie kennen die Antwort auf diese Frage bereits.«

28

Antofagasta – Atacamawüste

Die Gasse war menschenleer. Die Nachmittagssonne wurde von einer Reihe von Geschäften verdeckt, deren schäbige Hintertüren und blätternde Wandfarbe im tiefer werdenden Schatten lagen. Nach einem Blick in beide Richtungen zog Leo Cassie nach links. Sie folgte ihm wortlos und umklammerte seine Hand so fest, dass es ihm wehtun musste. Alle Geräusche wie das Scharren ihrer Schuhe auf dem Asphalt oder das Klappern einer Mülltonne, die sie mit der Hüfte streifte, klangen zugleich gedämpft und viel zu laut, wie eine Explosion unter Wasser.

Sie war völlig verstört. Was war nur mit ihr los? Durch ihren Kopf zuckten blitzartig Bilder von den Ereignissen der letzten Minuten. Ihre Gedanken waren wie Vögel auf hoher See, verzweifelt und erschöpft, ohne Platz zum Landen.

Leo schlüpfte in das Gebäude gleich neben Werner Becks Haus, eine öffentliche Parkgarage. Trotz ihrer Benommenheit merkte Cassie, wie zielstrebig er sich bewegte und den Wald von Betonpfeilern erkundete, als er mit ihr zu einem Treppenhaus huschte. Die Pistole hielt er dicht am Oberschenkel, um sie zu verbergen. Sie sah Spritzer von Blut und der grünen Substanz des toten Sims an seiner Jeans. Er roch nach Schweiß, Schießpulver und zerriebenem Laub. Obwohl sie kaum noch Luft bekam, blieb sie dicht hinter ihm, als er die Wendeltreppe hinaufsprintete.

Oben im offenen zweiten Stock der Garage verließ er das Treppenhaus. Durch die Reihen der geparkten Autos wehte der Wind ein leises Aroma von Benzin. Die Sonne stand kurz vor dem Untergang, und der Himmel hatte einen fast surrealen Blauton. Noch immer hatte Leo seine Hand in ihrer oder umgekehrt, und er zog sie zu einem bestimmten Fahrzeug, einem weißen Transporter. Erst mit einer gewissen Verzögerung erkannte sie ihn als den Wagen, in dem Dowd Werner Becks Funkstörgerät hergeschafft hatte. Leo ließ sie los und kramte hastig einen Schlüssel aus der Tasche.

Schließlich schaffte es Cassie, eine Frage zu stellen: »Wo fahren wir hin?«

»Steig einfach ein.« Leo öffnete ihr die Beifahrertür.

»Nein, warte. *Warte!* Tante Ris und Thomas ...«

»Was ist mit ihnen?«

»Sie sind noch immer dort im Haus!« Zumindest waren sie es eben noch gewesen. Mühsam bahnte sie sich einen Weg durch die Collage hässlicher Bilder in ihrem Gedächtnis. Tante Ris und Thomas, die die Treppe hochflüchteten. Beth Vance, tot auf den Stufen. Genauso wie Eugene Dowd, der zwei Sims erschossen hatte. »Sie leben noch! Ich meine, gerade haben sie noch gelebt. Wir müssen ihnen helfen.«

»Nein«, sagte Leo.

»Aber ...«

»Nein, Cassie. Wenn sie noch leben, sind sie in Sicherheit. Hör doch.« Er hob den Kopf. »Hörst du das?«

Zuerst vernahm sie nichts als das Sirren, das ihre Ohren erfüllte wie das Klingeln eines kaputten Weckers. Dann konnte sie allmählich die wimmernde Sirene eines sich nähernden Einsatzfahrzeugs davon unterscheiden.

»Zwei, drei Minuten noch, und es wimmelt in dem Haus von Polizei. Deine Tante und dein Bruder kommen allein zurecht.«

»Man wird sie verhaften!«

»Vielleicht, jedenfalls sie sind außer Gefahr. Wenn wir zurückkehren, hilft ihnen das auch nicht weiter, und wenn wir nebenan einen Wagen voller Dynamit stehen lassen, tun wir ihnen garantiert keinen Gefallen. Also steig ein. Bitte, Cassie.«

Sie wollte seiner Aufforderung folgen und sich durch die offene Tür schieben. Doch ihre Beine ließen sie ganz plötzlich im Stich. Das war keine Feigheit, es war körperliche Schwäche. Sie rutschte fast bis zum Boden, dann rappelte sie sich mit wackligen Knien wieder hoch. Wie peinlich.

»Du hast einen Schock«, stellte Leo fest. »Komm, lass dir helfen.«

Weil sich alles um sie drehte, erlaubte sie ihm, den Arm um sie zu legen und sie auf den Beifahrersitz zu bugsieren. Er schnallte sie an. Als sich ihre Blicke trafen, sagte sie: »Ich hab keine Angst.«

»Das weiß ich. Und wie ich das weiß.«

Nein, Angst hatte sie nicht. Aber dafür ein alles verzehrendes mulmiges Gefühl, das sich nicht unterdrücken ließ.

Wie aus weiter Ferne registrierte sie, dass Leo aus der Garage hinein in die tiefer werdende Abenddämmerung fuhr. Ampeln erblühten wie nächtliche Blumen vor dem sich verdunkelnden Himmel. Sie kamen an drei Streifenwagen und einem Rettungsfahrzeug vorbei, die in die Gegenrichtung kreischten. Cassie legte den Kopf zurück und schloss die Augen, erfüllt von hilfloser, sinnloser Angst um ihre Tante und ihren Bruder. Lebten sie noch? Mussten sie damit rechnen, verhaftet zu werden? Hatten die Chilenen für Kinder wie Thomas und Frauen wie Tante Ris etwas Freundlicheres als eine Gefängniszelle?

Diese Gedanken wurden von bruchstückhaften Bildern verdrängt, die keine richtigen Träume waren. Als sie schließlich wieder die Augen öffnete, war an die Stelle der städtischen Straßen ein leerer Highway durch eine Felsenschlucht getreten. Im Transporter war es inzwischen kalt. Und es roch widerlich. Der Gestank der Gewalt war ihnen gefolgt. Der Gestank nach Blut, nach grüner Substanz, nach Schießpulver. Sie wünschte sich ein Bad. »Wohin fahren wir?«

Leo antwortete langsam, vielleicht widerstrebend: »In die Atacamawüste.«

Cassie setzte sich auf. »In die Wüste?«

»Ja.«

»Warum?«

Er starrte ruhig auf den Highway. »Wohin sollen wir sonst fahren? Was sollen wir sonst tun? Wir haben keine Pässe. Kein Geld. Wir können das Land nicht verlassen und nicht in der Stadt bleiben. Mein Vater hätte sicher was für uns tun können, aber er ist tot. Die einzige Waffe, die wir haben, liegt hinten im Transporter. Ungefähr eine halbe Tonne Dynamit, Sprengkapseln und ein Gerät, das uns vielleicht hilft. Außerdem ist dein Onkel in San Pedro.«

Cassie versuchte, das Gehörte zu verarbeiten. Was sie über Werner Becks Plan wusste, hatte sie von Tante Ris erfahren, und die hatte gleichzeitig auch ihre Skepsis zum Ausdruck gebracht. Sie erinnerte sich an Dowds Beschreibung der Brutstätte in der Wüste, an die spinnenbeinigen Wachen und die mysteriöse Lichtsäule. »Sie werden uns umbringen.«

»Vielleicht. Wahrscheinlich.«

»Ich hab Durst.«

Leo deutete auf die Tür, in deren Getränkehalter eine halb volle Flasche Fanta von einer früheren Fahrt stand. Sie schraubte den Deckel ab und nahm einen tiefen Schluck. Die Flüssigkeit schmeckte schal und war klebrig, doch sie befeuchtete ihren Mund.

»Ich muss das machen«, sagte Leo. »Und es könnte sogar klappen. Wenn es aussichtslos wäre, hätten sie keine Sims losgeschickt, um uns zu töten. Außerdem hab ich die Schnauze voll vom Davonlaufen, Cassie. Ich will nicht mehr davonlaufen.« Er warf ihr einen Blick zu. »Wenn du möchtest, kannst du aussteigen, sobald wir in San Pedro sind.«

»Und was mach ich dann dort?«

»Ich weiß nicht. Du kannst per Anhalter nach Antofagasta oder vielleicht nach Santiago fahren. Und danach … keine Ahnung.«

»Da sind wir schon zwei. Außerdem habe ich auch die Schnauze voll vom Davonlaufen.«

»Du hast wirklich Mut«, sagte er.

Falsch. Von Mut konnte keine Rede sein. Von Mut war sie *Lichtjahre* entfernt. Trotzdem gefiel es ihr, dass er sie so einschätzte.

Drei Fahrstunden nach Antofagasta wurde die Straße flacher. Die Erschöpfung hatte Cassie eingeholt. Sie driftete immer wieder in einen traumlosen, bleiernen Schlaf und öffnete dazwischen kurz die Augen, um auf kahle Hügel und Erzlastwagen zu starren, die wie mondbeschienene Ungetüme auf der Gegenfahrbahn vorbeirollten. Ihre Gedanken kreisten wie besessen um die grausigen Ereignisse des Tages: Eugene Dowd, Werner Beck, das auf der Treppe verspritzte Gehirn der armen Beth. Sie strengte sich an, diese Gedanken zu unterdrücken. Als ihre Bemühungen nichts halfen, wandte sie den Blick hinauf zu den Wüstensternen.

Der Geruch wurde immer schlimmer. »Können wir das Fenster einen Spalt öffnen?«

»Es ist frisch draußen.« Trotzdem tat ihr Leo den Gefallen und kurbelte das Fenster zwei Zentimeter nach unten. Er hatte recht, die Wüste hatte ihre Wärme an den Himmel abgegeben, und die hereinströmende Luft war beißend kalt.

»Das reicht.« Er rollte das Fenster wieder nach oben. Der Gestank kehrte zurück, unerträglich. Grüne Substanz. Simblut.

Leo nahm die rechte Hand vom Steuer und fasste sich an den Schenkel.

»Bist du verletzt?«

»Nein.«

Aber die Hand glänzte, als er sie wegzog.

»Doch, du bist verletzt.«

»Nein, Cassie.«

Dieser erstickende Mief. Wie Essig und Laubpampe. So hatten ihre Hände gerochen, wenn sie als Kind Blattläuse von den Rosensträuchern ihrer Mutter zupfte. In ihrem Hinterkopf keimte eine Idee auf, die so entsetzlich war, dass sie sich schlagartig krank fühlte.

»Leo.«

»Was ist?«

»Kannst du mal ranfahren? Ich muss pinkeln.«

»Jetzt gleich?«

»Halt bitte an. Es ist dringend.«

Sein Blick ruhte mit unverwandter Aufmerksamkeit auf ihr. »Klar, wenn du es sagst.«

Der Transporter wurde langsamer und schob sich nach rechts. Draußen waren nur zerklüftete, bleiche Hügel, sonst nichts. In beiden Richtungen kein Verkehr. Kalte Luft und der nackte Himmel. Ein aufgehender Mond.

Die Räder knirschten über den Kies am Straßenrand. Cassie wartete nicht erst, bis der Wagen stoppte. Sie zerrte am Griff und stieß die Tür auf, während sie gleichzeitig nach dem Gurtriegel tastete und sich für den Sprung anspannte.

Doch noch bevor sie aus dem Sitz schnellen konnte, spürte sie Leos Hand auf dem Arm. Sein Griff war so fest, dass es schmerzte. Innerlich völlig ausgehöhlt von ihrer furchtbaren Ahnung, wandte sie sich ihm zu, und in seinen Augen war nichts. Nichts, was sie als menschlich erkannt hätte.

29

Atacamawüste

Die Simfrau eskortierte Ethan zu dem Saal, in dem die erste Phase des Schwärmens stattfand. Für Ethan wirkte das Ganze wie eine x-beliebige Fabrik: eine große Halle mit niedriger Decke, erfüllt von Maschinenlärm und erleuchtet von summenden, gleichmäßig angeordneten Neonröhren.

Eigentlich hatte er etwas Fremdartigeres erwartet. Andererseits war das nüchterne Ambiente nachvollziehbar. Die Hyperkolonie beutete menschliche Technologie aus, und aus diesem Grund glich die Brutstätte einer Fabrik. Und das war sie im Grunde auch: eine Fabrik, die auf die Herstellung neuer Hyperkolonien spezialisiert war – oder auf die Herstellung der sie befallenden parasitären Organismen.

Wie ein Meer teilten sich die Reihen arbeitender Simulakra vor dem Golfmobil, und der Gestank der grünen Substanz brandete als konzentrierte Essenz der Hyperkolonie an Ethans Nase – ein übelkeiterregendes Gemisch aus frisch gemähtem Heu, Ammoniak und Essigsäure.

»In diesem Raum«, erklärte das Sim, »hat die Hyperkolonie eine Art Raumschiffe zusammengebaut, die allerdings so klein sind, dass man sie in der Hand halten kann: eine Kapsel, die den dichten Kern lebender Zellen darin vor Zerstreuung und Strahlung schützen und ihn auf seiner Reise von vielen Tausend Jahren zu einem Zielstern befördern soll. Nach der Ankunft in einem günstigen Sonnensystem werden die Zellen freigesetzt, damit sie entsprechend ihrer Natur kohlenstoffhaltige und vereiste Gesteinsbrocken in der Umlaufbahn als Ressource zur Erzeugung von Millionen und letztlich Milliarden Kopien ihrer selbst benutzen. Diese Tochterzellen sammeln sich dann in einer diffusen Schicht um wasser- und steinbedeckte Planeten mit dem Potenzial zur Entwicklung komplexen Lebens. Wenn eine geeignete Zivilisation entsteht, gehen sie eine Verbindung mit ihr ein und benutzen sie, um den Zyklus zu wiederholen.«

Ihm diese Dinge zu verraten, so überlegte Ethan, war eine subtile Machtdemonstration, als wollten sie sagen: *Wir haben nichts zu befürchten von dir. Selbst mit diesem Wissen kannst du uns nichts anhaben.* Zugleich war es jedoch auch eine Bitte um Verständnis und vielleicht sogar um mehr … um Sympathie etwa? Konnten diese Wesen tatsächlich *Sympathie* von ihm erwarten, nachdem ihr Lebenszyklus so vielen ihm nahestehenden Menschen den Tod gebracht hatte?

»Wir sind nicht die Kolonie«, wiederholte das Sim. »In *Der Fischer und die Spinne* schreiben Sie, dass ein Parasit immer ein einfacherer Organismus ist als sein Wirt, und sei es nur, weil er die usurpierte Funktion nicht reproduzieren muss. Das trifft voll und ganz auf uns zu. Die Zellen, die wir in diese Kapseln einsetzen, zielen nicht darauf, sich auf der Oberfläche von Asteroiden und Planetesimalen zu vermehren. Sie zielen darauf, sich an schon vorhandene Koloniezellen anzuschließen und ihre Funktion zu übernehmen.«

Wir sind nicht die Entität, die deine Freunde und Verwandten ermordet hat. Das hatte ja schon Winston Bayliss betont. Eine Behauptung, die Ethan weder beweisen noch widerlegen konnte. Vielleicht war sie wahr, vielleicht auch nicht.

»Wir stehen also in einer parasitären Beziehung zur Hyperkolonie. Aber wir erben auch ihre Symbiose mit Kulturen anderer Lebewesen und ihren Fortpflanzungsmechanismus. Deswegen müssen wir die Existenz dieser Kolonie noch um einige Jahre verlängern. Auch für Sie, für Ihre Familie und für die menschliche Zivilisation wäre das gut.«

Ethan konnte sich nicht vorstellen, dass ihr seine Skepsis entging.

»Sie haben einmal geschrieben, dass Symbiosen deshalb gelingen, weil sie energiesparend sind. Jeder Organismus in einer symbiotischen Beziehung ist für bestimmte Funktionen, die er nicht selbst beherrscht, auf den anderen angewiesen. Das ist absolut richtig. Die Kolonie selbst kann kein Erz abbauen und raffinieren und kann auch nicht die Instrumente konstruieren, die sie für ihre Fortpflanzung benötigt. Und die menschliche Spezies hat wie die meisten Gattungen dieser Art Mühe, ihre selbstzerstörerischen Tendenzen zu unterdrücken. Zusammen schaffen sie etwas, was sie alleine nicht können.«

Das Golfmobil gelangte aus dem Montagesaal in einen weiteren unscheinbaren Korridor, der steiler nach oben führte. Der erstickende Gestank nach grüner Substanz ließ nach. Ethan atmete einen Hauch frische Luft ein, in den sich ein feuchter Zug aus den Bauten unten mischte.

»Diese Anlage hier ist buchstäblich das Sine qua non der inzwischen von uns kontrollierten Hyperkolonie. Bei einem irreparablen Schaden kämen sämtliche Funktionen der Kolonie zum Erliegen. Nicht allmählich, sondern sofort und für immer. Überlegen Sie sich bitte, was das für Konsequenzen hätte.«

Der Wagen bog um eine Ecke, und als sie sich der Oberfläche näherten, erspähte Ethan ein Stück Himmel. Schon wieder Nacht. Er empfand eine irrationale Enttäuschung, weil er vor seinem Tod nicht noch einmal die Sonne im Gesicht spüren durfte. Denn natürlich musste er sterben. Er hatte zu viel erfahren. Man würde ihm nie erlauben, mit diesem Wissen in die Welt der Menschen zurückzukehren. Also musste er davon ausgehen, dass ihm die Kolonie das Leben nehmen würde, sobald er sich unzugänglich gegen alle Verlockungen und Drohungen zeigte, mit denen sie ihn zur Kooperation bewegen wollte.

Unweit der blumenförmigen Konstruktion, die das Herz der Anlage bildete, erreichten sie die Oberfläche. Ein Mittelpfeiler stützte ein Dutzend blank polierter Metallblüten: eine Tulpe aus Stahl und Glas, aus der Perspektive einer Ameise. Um den Sockel drängten sich menschliche Simulakra, und Ethan glaubte, auch einige sechsgliedrige Wesen im eisernen Flechtwerk bei den Blüten zu erkennen, die wie Matrosen in der Takelage eines Albtraumschiffs herumturnten.

Er erschauerte in der Nachtluft. Die Simfrau öffnete ein Fach unter dem Sitz und nahm zwei Windjacken aus Kunststoff heraus, eine für sie, eine für Ethan. Als Sim war sie eigentlich völlig unempfindlich gegen die Witterung – warum also die Jacke? Vielleicht war Zittern eine Verschwendung von körperlicher Energie, die sich durch Kleidung vermeiden ließ.

Sie fuhr hinauf zu einem Aussichtspunkt. Anscheinend stand ein Ereignis bevor, das er miterleben sollte. Sie parkte an einer flachen Stelle, die fast so hoch lag wie die Kante der umgebenden Böschung. Gleich daneben stand ein teilweise demontierter Bagger, dessen Arm und Schaufel wie zum Gruß erstarrt waren. Angestrahlt vom künstlichen Licht und vom Mond, ragte der Stahllotus in die Nacht.

Sie bedachte ihn mit einem Blick, der wohl forschend sein sollte. »Die Korrespondenzunion hat das Verhältnis zwischen Hyperkolonie und menschlicher Gesellschaft relativ zutreffend gedeutet. Allerdings haben Sie sich nie die Frage gestellt, was bei einem Zusammenbruch dieser Beziehung geschehen würde.«

Das stimmte nicht. Während seines siebenjährigen Aufenthalts in den Wäldern von Vermont hatte Ethan viel über diese Frage nachgedacht. Natürlich drohten schlimme Konsequenzen. Langfristig eine Rückkehr der erwiesenen menschlichen Neigung zu blutigen Kriegen. Kurzfristig ein flächendeckender Ausfall des Kommunikationsnetzes mit katastrophalen Auswirkungen auf lebenswichtige Funktionen aller Nationen.

»Natürlich wäre mit Krieg zu rechnen«, fuhr sie fort. »Sie haben die Vermutung geäußert, dass die Kolonie seit dem Großen Krieg in jeden sich anbahnenden Konflikt eingegriffen hat. Und das stimmt. Ohne genauere historische Erläuterungen kann ich nicht aufzeigen, wie viel für die Menschheit im letzten Jahrhundert hätte schiefgehen können. In diesem Augenblick kämpfen Russen und Japaner um Ölhäfen im Ochotskischen Meer. Keine der beiden Seiten kann in diesem Konflikt Boden gewinnen, weil wir die elektronische Kommunikation manipulieren, um deren Verschlüsselung sich die kriegführenden Parteien bemühen. Unser Daumen liegt auf der Waage, könnte man sagen. Angenommen, wir schalten uns ab jetzt nicht mehr ein. Dann könnten vereinzelte Artilleriegefechte leicht zu einem offiziellen Krieg eskalieren. Durch den Krieg wäre die Handelsschifffahrt bedroht. Benachbarte Nationen würden in die Auseinandersetzung hineingezogen. Letztlich würde eine von beiden Seiten die Oberhand behalten. Und um welchen Preis? Menschenleben, verausgabte Ressourcen und ein Erbe gegenseitigen Argwohns, das weitere, noch blutigere Kriege nach sich ziehen könnte. Gewalt ist für die menschliche Geschichte wie ein Magnet, Dr. Iverson. Eine Energie, die fast so unwiderstehlich ist wie die Schwerkraft. Falls der Einfluss der Kolonie auf sanfte Weise zurückgefahren würde, hätten Institutionen wie der Völkerbund vielleicht die Chance, die schlimmsten Folgen abzuwenden. Doch wenn die Kolonie heute Nacht stirbt, ist ein Blutvergießen in großem Maßstab unvermeidlich – sowohl auf kurze als auch auf lange Sicht.«

Möglich. Sogar wahrscheinlich. Wer konnte das schon wissen? Ethan war kurz davor, sie darauf hinzuweisen, dass sie in den Wind redete.

Dann lenkte ihn eine Vibration ab, die aus dem Boden zu kommen schien. Ein seismisches Grollen, ein hohes, metallisches Wimmern.

»Das sind die anlaufenden Stromgeneratoren. Was Sie gleich sehen werden, ist der Abschuss einer Samenkapsel. Dort im Zentrum des Richtstrahlers ist der Träger.« Sie deutete auf ein eichelförmiges Gehäuse in der Mitte der Blütenblätter. »Er wird von einer Säule aus quantenkohärentem Licht angetrieben. Das Licht trifft auf die Unterseite der Kapsel und erzeugt ein hoch erhitztes Gas, ein Plasma. Eine Rakete oder eine ähnlich plumpe Vorrichtung ist nicht nötig. Der Strahl kann nur eine relativ leichte Ladung befördern wie unsere Kapsel. Feuchtigkeit in der Atmosphäre könnte ihn zerstreuen. Das ist ein Grund, warum die Anlage in der dünnen, trockenen Atmosphäre der Atacamawüste gebaut wurde. Die müssen Sie aufsetzen, Dr. Iverson.«

Sie reichte ihm eine Schutzbrille mit beschichteten Gläsern wie zum Schweißen. Ehe er sie überstülpte, bemerkte er, wie Dutzende von Simulakra hastig den Bereich um den Richtstrahler räumten. Mit der Schutzbrille sah er gar nichts mehr, bis die künstliche Blume mit einem Mal erglühte und Töne von rauchigem Bernstein durch die Gläser sandte.

Es war wie ein Schock, als mit leichter Verzögerung ein heftiges, lang anhaltendes Donnern an seine Ohren brandete. Den Bruchteil einer Sekunde lang verharrte die Samenkapsel schwebend an ihrem Ort, dann schoss sie auf einer Säule aus gleißendem Licht in die Höhe.

Alles ging ganz schnell. Die Kapsel verglomm zu einem winzigen Funken und verschwand schließlich, als wäre sie in die dunkle Himmelsschale gestürzt. Flackernd erlosch der Strahl.

Ethan nahm die Brille ab. Trockener Wind blies durch das ungeschützte Golfmobil. Er zitterte.

»Ist Ihnen kalt?«

Nein, besonders kalt war ihm eigentlich nicht. Das Spektakel hatte ihn nur daran erinnert, mit wem er hier redete. Mit einer Gestalt, die ihr uraltes, ameisenhaftes, emotionsloses Wesen unter einem dünnen, menschlichen Lack verbarg. Unwillkürlich suchte sein Blick die ferne Böschung um die Anlage. Die andere Seite würde er nie mehr sehen. Er musste hier sterben, verscharrt zusammen mit der abgestreiften Haut von Monstern.

Kalt war ihm nicht. Er war bloß müde.

»Gehen wir nach unten«, sagte das Simulakrum. »Dort ist es wärmer.«

Sie fuhr zurück in die hell erleuchteten und belebten Korridore unter dem Richtstrahler. Dabei kam sie noch einmal auf die Folgen einer Zerstörung der Kolonie zu sprechen, doch Ethan hörte ihr kaum mehr zu. Dummerweise hatte er an Nerissa gedacht.

»Wenn die gesamte elektronische Kommunikation ausfällt, sind auch die Notdienste lahmgelegt. Unter den Stadtbewohnern wird Panik ausbrechen. Mithilfe von Übertragungsgeräten und Verstärkern, die am Boden stationiert sind, ist eine Wiederherstellung der Kommunikation sicher möglich. Allerdings kann das Jahre dauern. Bis es so weit ist, werden viele Menschen zugrunde gehen. Und dafür dürfen Sie nicht uns verantwortlich machen. Wir sind bereit, auch weiterhin den Frieden auf der Erde aufrechtzuerhalten.«

»*Ihren* Frieden.« Wie hatte Nerissa es genannt? Pax formicae.

»Unser Frieden, Ihr Frieden, ist der Unterschied so wichtig?«

»Ja.«

»Selbst auf Kosten von Menschenleben?«

Sieben Jahre lang hatte Ethan seine Ehe als abgeschlossenes Kapitel betrachtet. Es war grausam, dass ihm die letzten Wochen neue Hoffnung geschenkt hatten. Eine Hoffnung, die sich jetzt natürlich zerschlagen hatte. Eine vertane Chance.

»Auch Ihre Verwandten wären von den Folgen unmittelbar betroffen.«

Seine gleichgültige Maske fiel von ihm ab, er starrte sie an. »Was wollen Sie damit andeuten?«

»Sie stehen vor einer schwierigen Wahl. Und ich bitte Sie, nicht vorschnell zu handeln. Die falsche Entscheidung hätte tragische Konsequenzen für die Menschen, die Sie lieben.«

»Soll das eine Drohung sein?«

»In Ihrem Buch haben Sie den Unterschied zwischen dem Fischer und der Spinne hervorgehoben. Beide ernähren ihre Nachkommen, doch der Fischer liebt seine Kinder, die Spinne hingegen nicht. Ich ermahne Sie nicht zur Sympathie mit der Spinne. Ich ermahne Sie, den Weg des Fischers zu beschreiten.«

Gelassen und eindringlich sprach die Simfrau einige Minuten weiter. Dann schloss sie die Augen. Ihr Körper erschlaffte, die Beine knickten unter ihr ein, und sie sank zu Boden.

Vor Ethans Zelle wurde es plötzlich ruhig auf dem Korridor. Die Geräusche von Maschinen und Schritten in den Fluren verstummten. Die Ventilatoren flüsterten, die Neonröhren an der Decke summten. Ansonsten herrschte Stille.

30

Atacamawüste

Cassie trat nach seinen Beinen und schlug mit den Armen um sich. Gleichzeitig suchte sie irgendwo nach Halt, um sich aus der Wagentür werfen zu können. Sie traf Leo an der Nase, und das helle Blut aus seiner menschlichen Hülle triefte ihm über die Oberlippe. Durch die rot verschmierten Zähne ächzend, setzte er sich rittlings auf ihre Beine und drückte sie in den Sitz.

Sie kam nicht gegen ihn an. Er zog die Tür zu und verriegelte sie. Dann riss er das Handschuhfach auf. Dort warteten eine Rolle Klebeband und ein Jagdmesser in einer Lederscheide. Methodisch fesselte er sie an Hand- und Fußgelenken. Schließlich wickelte er auch noch den Gurt fest um sie und klebte die Schnalle fest, sodass sie ihn selbst mit freien Händen nicht hätte lösen können.

Die ganze Zeit schrie sie sich die Seele aus dem Leib. Vergeblich, denn sie befanden sich tief in der Wüste. Während sie noch immer kämpfte, kam in der Gegenrichtung ein Tanklaster vorbei – an der Seite bemerkte sie die Aufschrift COPEC in verblichenen orangefarbenen Lettern –, der nicht einmal sein Tempo verlangsamte.

Als sie sich nicht mehr bewegen konnte, setzte sich Leo wieder ans Steuer und lenkte den Wagen zurück auf die Straße. Cassie hörte auf zu schreien und beschränkte sich darauf, ihn leise zu beschimpfen. Er ignorierte sie einfach, und ihr wurde es bald zu viel. Ihre Kehle war ganz wund, der Mund unerträglich trocken. Angestrengt drehte sie die Hände gegen die Fesseln, obwohl es sich anfühlte, als würde sie sich die Haut herunterreißen.

»Hör auf«, sagte Leo. »Du tust dir bloß weh.«

Sie zwang sich zum Nachdenken. Um irgendeinen Ausweg zu finden. Um die erstickende Demütigung hinter sich zu lassen, die sie genauso heftig bedrängte wie der Gestank der grünen Substanz. Vermutlich hatte Leos Vater eine Nadel durch Leos verlogene Fassade gerammt – mitten hinein in die faulige Wahrheit.

Sie hätte es wissen müssen. Alles war ihre eigene Schuld. Jahrelang war sie sorgsam auf Distanz zu anderen, sogenannten normalen Menschen geblieben, die nie gesehen hatten, was sie gesehen hatte, und die so aufrichtig unschuldig waren, dass sie von solchen Dingen nicht einmal träumten. Sie hingegen wusste, was sich in den Schatten der Welt verbarg.

Und dann hatte sie sich aus der Reserve locken lassen. Sie hatte sich Leo hingegeben. Das Wesen, dem sie ihre Liebe geschenkt hatte, war ein Ungeheuer, buchstäblich ein Monster. Mühsam unterdrückte sie den schier unwiderstehlichen Drang, ihn anzugreifen oder vor ihm zu fliehen, und rang sich dazu durch, ihn anzuschauen. Leos Gesicht wirkte völlig ausdruckslos, während er die Straße im Auge behielt. Wenn Tante Ris' Theorie zutraf (und sie traf natürlich zu), dann war dieses Geschöpf in einem menschlichen Mutterleib herangereift (*ich bin nicht die erste Frau, die es vergewaltigt hat*) und hatte die nötigen Anpassungen vorgenommen, damit seine menschliche Hülle nicht zu einem parthenogenetischen Klon seines Wirts wurde. Ein Chromosom hier, ein Chromosom da … bis am Ende dieses scheinbar männliche Wesen mit der Architektur und Ausstattung dieses Schädels, den hohen Wangenknochen, der aknenarbigen Haut und den sanften Augen herauskam, hinter denen sich ein Sack voll widerlichem grünen Schleim verbarg, wo eigentlich ein Gehirn hätte sein müssen, ein Wesen, dessen Gesten, Worte und *Berührungen* allesamt von Signalen eines unsichtbaren Schwarms diktiert wurden.

»Ich muss kotzen«, brachte sie hervor.

»Du musst mir zuhören.« Seine Stimme klang jetzt anders. Kälter, leerer. Natürlich. Er hatte die Maske fallen lassen. Oder sie gegen eine andere ausgetauscht.

»Ich muss kotzen!«

»Tu dir keinen Zwang an. Du kannst zwischen deine Beine auf den Boden kotzen. Mach es lieber gleich, denn wenn du weiter diese nutzlosen Geräusche von dir gibst, klebe ich dir den Mund zu.«

Sie übergab sich auf den Boden, nicht weil er sie dazu aufgefordert hatte, sondern weil sie nicht anders konnte. Ihre letzte Mahlzeit lag lange zurück. Sie konnte nur eine saure, braune Flüssigkeit hochwürgen.

Immerhin half ihr das, wieder einen klaren Kopf zu bekommen. Sie fühlte sich, als würde sie ein Stück über ihrem Körper schweben.

»Du weißt, was ich bin«, sagte das Leo-Monster. »Und du erwartest natürlich, dass ich dich anlüge. Aber ich werde nicht versuchen, dich zu irgendwas zu überreden. Was ich will, spielt jetzt keine Rolle mehr.«

Leo war der Spion der Hyperkolonie innerhalb der Korrespondenzunion gewesen, der selbst in Werner Becks Geheimnisse eingeweiht war. Er hatte vielfach die Gelegenheit gehabt, sie alle zu töten. Cassie fragte sich, warum er es nicht getan hatte.

»Der Transporter ist vollgepackt mit Dynamit, wie es für Sprengarbeiten in Bergwerken benutzt wird. Die Erfindung meines Vaters …«

»Er ist nicht dein Vater. Du hattest nie einen Vater.«

»Die Erfindung meines Vaters ist ein sinnloses Hirngespinst, nur das Dynamit ist real. Du musst wissen, wie man es einsetzt. Hör mir genau zu. Ich erkläre dir jetzt, wie eine Sprengkapsel aussieht, wie man sie an einer Dynamitstange befestigt und wie man das Ganze zündet. Ich habe keine Zeit, dir das alles noch mal zu erzählen, also pass gut auf. Du musst es dir genau einprägen.«

»Du bist verrückt.«

Das Wesen redete trotzdem weiter.

Wie ein Magnet zog das Messer Cassies Blick an. Immer wieder schielte sie hin. Es war ein großes Messer, bestimmt fünfundzwanzig Zentimeter lang, und es steckte in einer Lederscheide. Das Leo-Monster hatte es zwischen dem linken Bein und dem Sitz festgeklemmt, wo sie es selbst mit freien Händen kaum hätte erreichen können.

Das Leo-Monster redete darüber, wie man eine Sprengkapsel festkniff und einen Brandsatz zündete. Sie hatte keine Ahnung, was das alles sollte.

»Das Sprengen allein reicht nicht«, sagte er. »Um wirklich Schaden anzurichten, musst du wissen, wo das Dynamit angebracht wird. Du musst dir überlegen, wo in der Umgebung sich weitere explosive Stoffe befinden, um den Verlauf des Brandes steuern zu können.«

Waren diese Erläuterungen Lügen? Denn die Simulakra waren Lügner, das hatte sie von der Union gelernt; und jede

Seite im Buch ihres Onkels ließ es durchblicken. Oder nein, eigentlich waren sie keine Lügner, sondern bloß gleichgültig gegenüber der Wahrheit. Sie hatten schlicht keinen Begriff davon. »Was soll ich denn deiner Meinung nach in die Luft sprengen?«

»Du bist intelligent, sonst wärst du jetzt nicht hier. Ich hätte auch Beth mitnehmen können. Aber du bist schlauer und mutiger als Beth. Wo fahren wir also hin? Was glaubst du?«

Heiß flammte der Zorn in ihr auf. »In die verdammte Scheißwüste!«

»Und wohin genau?«

»Woher soll ich das wissen?«

»Wir fahren zur Fortpflanzungsanlage.«

Der Ort, den Eugene Dowd beschrieben hatte. Diesen Gedanken hatte sie bis jetzt nicht zugelassen. Er war einfach zu beängstigend. Verzweifelt stemmte sie sich gegen den Gurt und versuchte, die Hände irgendwie zum Türgriff zu drehen.

»Hör auf, Cassie. Beruhige dich. Du weißt, was deine Tante über die zwei verschiedenen Arten von Sims erzählt hat. Zwei Entitäten, die um die Kontrolle der Hyperkolonie kämpfen.«

Sie atmete mehrmals tief ein. Schloss die Augen. Es hatte keinen Sinn, ihre Kräfte zu vergeuden. Ihre letzten Kräfte. Sie nickte.

»Ich will die Anlage zerstören. Warum, ist unwichtig. Und allein kann ich das nicht. Ich kann es überhaupt nicht. Ich kann nur dir die Chance dazu verschaffen.«

Sie wartete darauf, dass er fortfuhr. Lügen, doch vielleicht entdeckte sie in diesen Lügen etwas Nützliches. Irgendein Mittel, das ihr zur Flucht verhalf.

»Du weißt, was ich bin«, wiederholte das Leo-Monster. »Ich bin nicht nur dieser Körper, sondern etwas Größeres. Ich bin älter, als du dir vorstellen kannst, Cassie. Ich bin schwächer als früher, und ich zerfalle schon von innen her. Es ist höchste Zeit für mich zu sterben. Ich möchte sterben. Und ich will, dass du mir dabei hilfst. Willst du das nicht auch?«

Seine Stimme klang wie die Straße unter den Rädern oder die an den Fenstern vorbeipfeifende dünne Luft. Sie klang wie der aufgehende weiße Mond und die hohlen Becken der Salares. Sie klang wie die Sterne.

Wo der Highway in einem Gewirr von eingezäunten Depots und Güterwaggons auf den Endbahnhof stieß, folgte Leo einer zweispurigen Straße, die sich in einer Kurve von San Pedro de Atacama entfernte und dann schnurgerade durch die Wüste führte. Erneut redete er über Dynamit und Sprengkapseln. Cassie war nur halb bei der Sache. Durch ihren Kopf hallten Worte und Bruchstücke von Worten wie rasende Poesie.

Sie öffnete die schweren Lider und entdeckte, dass der Himmel noch immer dunkel war. Wie viel Zeit war wohl vergangen? Eine endlose Nacht. Ihre Hände waren taub und kribbelten. Der ganze Körper tat ihr weh. Hatte sie das alles geträumt? Nein. Sie *war* in einem Albtraum.

Sie schüttelte den Kopf, um zur Besinnung zu kommen. Der Gestank des Simbluts war inzwischen so intensiv, dass sie ihn nicht mehr roch, sondern eher spürte, wie ein Gewicht. Das Bein des Leo-Monsters war nass und dunkel.

Der Asphalt ging in Kies über, und vor ihnen erhob sich im Mondschein ein riesiger Wall aus Erde und Schutt, in dem Cassie, ganz benommen vor Grauen, die von Eugene Dowd beschriebene Brutstätte wiedererkannte. Auf dem Rand bewegten sich ferne Gestalten, die sich als schwarze Silhouetten vom blauschwarzen Himmel abhoben. Manche gingen auf zwei Beinen, andere auf vier.

»Nur noch wenige Minuten«, sagte das Leo-Monster.

Er zog das Messer aus der Scheide und beugte sich zu Cassie. Sie mied seinen Blick und konzentrierte sich auf die Klinge. Sie war hell und glatt und höllisch scharf. Wie der Stachel im Schwanz eines Skorpions zuckte sie im Einklang mit Leos Arm.

Mit der freien Hand fasste er nach ihren Fesseln. »Erinnerst du dich, was ich dir erklärt habe? Wach auf, Cassie, wach auf. Es ist wichtig!«

Ratlos schüttelte sie den Kopf.

»Ich kann ihnen nicht schaden«, fuhr Leo fort. »Ich bin kaum noch hier. Aber ich kann sie *abschalten*. Ich kann sie *in Schlaf versetzen*. Auch ich werde schlafen. Jedes Lebewesen, das nach den Vorgaben der Hyperkolonie agiert, wird seine Funktionen einstellen. Für eine Weile. Nur eine kurze Weile! Du wirst allein sein. Es liegt also bei dir. Du weißt, was du zu tun hast, richtig? Also dann los. Und beeil dich.«

War das derselbe Leo, der ihr auf der langen Reise über das Rückgrat Amerikas so oft das Haar gestreichelt hatte? Derselbe Leo, der sie geküsst und sie aufgefordert hatte, gut zu schlafen? *Schlaf gut, Cassie.*

Er setzte die Klinge an und durchtrennte das Klebeband um ihre Fußgelenke. Während er sich vorbeugte, musterte sie seinen Hinterkopf, das feine von Schweiß und Schmutz verklebte Haar, den verletzlichen Nacken. Sie spielte mit dem Gedanken, ihn zu treten, konnte aber die Kraft dazu nicht aufbringen.

Auf der fernen Böschung kletterten zwei- und vierbeinige Geschöpfe nach unten und steuerten auf den stehenden Transporter zu. Ihre Bewegungen waren geschmeidig, planvoll und unheimlich schnell. Als sie in den Mondschatten des Hügels gelangten, schienen sie vollkommen zu verschwinden.

Leo richtete sich wieder auf und schaute sie an. »Jetzt die Handfesseln. Halt still.«

Sie folgte seiner Anweisung. Er stützte ihre Arme und durchtrennte den Knoten mit einem einzigen Schnitt. Ihre Hände fingen an zu brennen, als das Blut zurückfloss. Sie war noch immer an den Sitz geschnallt.

Leo schielte kurz zu den Sims auf der Straße, die immer weiter in das Gleißen der Scheinwerfer vorrückten, als ritten sie auf einer Welle aus Licht. Die sechsgliedrigen Geschöpfe erinnerten sie an riesige Krebse, die mit ihren Scheren durch die Luft pflügten.

Leo drehte das Messer in der Hand und packte es an der Klinge. Cassie sah einen Blutfaden an der Haut zwischen Daumen und Zeigefinger austreten. Sie starrte auf den Griff, den er ihr hinhielt.

»Nimm es«, sagte er.

»Was?«

»Nimm es! Mach schon, Cassie, nimm es!«

Das Herz schlug ihr bis zum Hals, als sie den Griff mit beiden Händen umfasste und die Klinge auf ihn richtete.

»Schneid dich los.«

Ohne den Blick von ihm zu lösen, tastete sie nach dem festgezurrten Gurt. Sie hielt ihn von den Hüften weg und fing an zu sägen. Faden um Faden gab er unter dem Druck der Klinge nach.

»Denk daran, was ich dir gesagt habe«, mahnte das Leo-Monster.

Kaum hatte er diese Worte ausgesprochen, da erschlaffte sein Mund, und der Kopf sank ihm auf die Brust. Als sie die letzten Fasern des Gurts durchtrennte, sackte er gegen die Fahrertür.

Sie rutschte so weit von ihm weg wie möglich und zielte mit der Klinge auf Leos leblosen Körper. War das ein Trick?

Sein Blick ging ins Leere. Scheinbar hingerissen stierte er zur Wagendecke.

Schnell warf sie einen Blick auf die Straße. Die sich nähernden Sims waren ebenfalls zusammengebrochen – die vordersten nur wenige Meter vor dem Transporter. Reglos lagen sie im grellen Scheinwerferlicht.

Sie wandte sich wieder Leo zu. Atmete er noch? Sie beobachtete seine Brust. Sein verschmiertes blaues Arbeitshemd bewegte sich langsam und fast unmerklich. Anscheinend war er nur ohnmächtig.

Es ist höchste Zeit für mich zu sterben, hatte er gesagt.

Sicherheitshalber öffnete sie die Tür, um im Notfall fliehen zu können. Eine Windbö fuhr in den Wagen. Gierig sog sie die kalte Luft in die Lunge.

Sie beugte sich ganz nah an Leos bewusstlosen Körper und starrte in seine blicklosen Augen. Pupillen wie schwarze Knöpfe. In den Gestank von Simblut mischte sich das scharfe Aroma von menschlichem Schweiß. So hatte er gerochen, wenn er im Bett über ihr schwebte, die Arme abgestützt und den Rücken zu einer perfekt gespannten Wölbung durchgedrückt. Ein Duft wie von Gartenerde in der Sonne.

Dann setzte sie das Messer an seinen Hals, sodass die Klinge schräg vom Adamsapfel zu seinem V-förmigen Schlüsselbein reichte. Sie erkannte das Pochen eines schwachen Pulses. Die Messerspitze ritzte seine blasse Haut, und ein vollkommen runder Blutstropfen quoll heraus.

Schlaf gut.

Sie umklammerte den Griff mit beiden Händen und drückte mit aller Kraft.

Sie stieß Leos Leiche aus dem Transporter und setzte sich auf seinen Platz hinter dem Steuer. Die Blutlache auf dem

Kunststoffpolster durchnässte ihre Jeans, und der Kupfergeruch sickerte in den Mief im Wagen. Sie ließ den Motor an und fuhr langsam los. Vorsichtig wich sie den leblosen Sims auf der Straße aus. Die zweibeinigen wirkten wie Menschen, die in Ohnmacht gefallen oder eingeschlafen waren. Die sechsgliedrigen – manche mit scharfen Klauen am Ende der Unterarme, andere mit kleinen, zartfingrigen Händen – erinnerten an aus Wachs und Tierfell zusammengeflickte Zirkusmonstrositäten.

Als sie die Schneise am oberen Rand der Böschung erreichte und unter sich das Gelände mit den Bunkern, Schloten und der seltsamen, blumenartigen Konstruktion im Zentrum entdeckte, verließ sie der Mut. Wie sollte sie mit dem bisschen Sprengstoff hinten im Wagen eine derart riesige Anlage nennenswert beschädigen? Leo hatte ihr erklärt, wie sie das Dynamit präparieren und verteilen musste, aber sie hatte es gar nicht richtig mitbekommen, und obendrein traute sie ihm nicht. Das Ganze hatte keinen Sinn.

So war es nur die Dynamik des einmal eingeschlagenen Weges, der das Fahrzeug hinab in die Simstadt trug, während sie hin und wieder auf die Bremse trat. Präzise wie ein Raster zogen sich die Straßen über das Areal, und an jeder Kreuzung brannte grelles Kunstlicht. Überall lagen Sims, wo sie zusammengesackt waren – nicht tot, sondern nur ohnmächtig und nicht für immer, das durfte sie nicht vergessen. Sie konnten jeden Moment zu sich kommen. Manche von ihnen überfuhr sie, und sie platzten auf wie verfaultes Obst.

Schließlich steuerte sie auf die Metallblume im Zentrum der Anlage zu. Unter ihr, so Leo, befand sich eine ausgedehnte unterirdische Stadt. Noch immer konnte sie sich nicht vorstellen, in diese Stadt einzudringen.

Als sie sich einem unmarkierten Torbogen und einer nach unten führenden Rampe näherte, bemerkte sie im Lichtkegel ihrer Scheinwerfer eine Bewegung. Cassie trat mit aller Kraft auf die Bremse. Der Wagen setzte hinten auf und brach nach rechts aus. Angestrengt starrte sie nach vorn. Die undeutliche Bewegung verdichtete sich zu einem schattenhaften Umriss, der mit den Armen ruderte wie eine Marionette. Er kam noch näher und wurde schließlich zu einer menschlichen Gestalt. Ein Sim. Nein, *kein* Sim.

Sie kannte ihn von dem Foto, das sie jedes Mal sah, wenn sie *Der Fischer und die Spinne* aufschlug. Es war ihr Onkel Ethan.

Er wirkte gar nicht erstaunt, als sie auftauchte, und sie selbst war zu benommen, um sich über seine Anwesenheit zu wundern. Sie öffnete die Beifahrertür, und er stieg ein. Ob ihn der Gestank nach Blut und der grünen Substanz störte, war ihm nicht anzumerken. Am liebsten hätte sie ihn umarmt, doch ihre Kleider starrten vor Blut. Stotternd fing sie an, ihm von dem Überfall auf Becks Haus in Antofagasta zu erzählen.

Eigentlich hatte sie damit gerechnet, dass ihr Onkel sie unterbrechen, Fragen stellen und seinerseits Erklärungen vorbringen würde. Doch er schwieg, und irgendwann verstummte sie erschrocken. Diese eulenäugige Leere: War das Mitleid, Grauen oder etwas noch Schlimmeres? Zum ersten Mal fragte sie sich, was ihm in der unterirdischen Stadt der Simulakra zugestoßen war.

Anscheinend kostete es ihn große Mühe zu sprechen. »Cassie, wie bist du hierhergekommen?«

»Leo hat mich gefahren.« Sie hob eine blutverschmierte Handfläche hoch, als wäre damit alles erklärt.

»Du weißt, was das für ein Ort ist?«

»Ja.«

»Was willst du hier?«

»Die ganze Anlage niederbrennen. Willst du das nicht auch?«

Er brauchte seltsam lang für seine Antwort. »Alles hat seinen Preis.«

»Was meinst du damit?«

»Was wir hier tun, endet nicht hier. Was wir hier zerstören, ist nicht alles, das wir zerstören.«

Redete er überhaupt mit ihr? Ihre Freude über sein Auftauchen schrumpfte zu stiller Furcht. Sie nahm die linke Hand vom Lenkrad und legte sie auf den Griff des Messers, das noch von Leos Blut klebte. Konnte sie wirklich sicher sein, dass Onkel Ethan ein Mensch war? »Ich habe diesen Wagen voller Dynamit, und Leo hat mir eingeschärft, dass es wichtig ist, es richtig zu verwenden. Er hat mir gesagt, wo ich die Sprengladungen anbringen soll, aber ich kann mich gar nicht richtig erinnern. Außerdem weiß ich nicht, ob ich seinen Worten trauen kann.«

»Ich kann dir die Orte zeigen. Wo der Treibstoff ist, wo sie Elektrizität erzeugen, wo sie ihre Nachkommen züchten. Wir können alles verbrennen. Alles, was wichtig ist.«

»Du hilfst mir also?«

Er blickte durch das blutbespritzte Fenster des Transporters wie in weite Ferne. »Wir helfen uns gegenseitig.«

31

Antofagasta

Nerissa zerrte Thomas die Treppe in Becks Haus hinauf. Sie hielt seine Hand fest, weil er sich losreißen und sich in den Kampf unten stürzen wollte – entweder um seine Schwester zu beschützen oder um seine Furchtlosigkeit zu beweisen. So oder so hätte er sich damit in Lebensgefahr gebracht. Zum Glück war sie stark genug, ihn oben im ersten Stock in die Arme zu schließen und zu Boden zu drücken. Nur einmal beim Knall eines Schusses wandte sie den Kopf und beobachtete, wie Beth Vance auf die Stufen stürzte und ihr das Blut aus dem offenen Schädel strömte. Sosehr sie es bedauerte, sie musste davon ausgehen, dass auch Thomas etwas davon mitbekommen hatte, denn er war auf einmal ganz fügsam, als sie ihn in ein Schlafzimmer stieß und die Tür hinter sich zuwarf.

Zusammen mit Thomas kauerte sie sich in das angrenzende Bad und lauschte auf die Geräusche des Überfalls. Inzwischen hatte ihn jeder heldenhafte Instinkt verlassen. Er kroch in die schmale Lücke zwischen Toilette und Wanne und schlang die Hände um die Knie. Zitternd drückte sich Nerissa mit dem Körper an die Tür, obwohl ihr nur zu deutlich bewusst war, dass dieses Versteck kein Versteck war, sondern eine Sackgasse, die sich schnell in einen Sarg verwandeln konnte, wenn es den Sims gelang, das Haus zu stürmen.

Doch nach einem letzten Crescendo verstummten die Schüsse. Den Blick auf ihre Uhr gerichtet, versuchte sie, ruhig zu atmen. Sie mahnte Thomas, ganz leise zu sein, leise wie eine Maus. Angespannt beobachtete sie den längeren Uhrzeiger. Fünf Minuten verstrichen, und nichts war zu hören außer das Knarren der Balken und Sparren in der nachlassenden Nachmittagshitze. Sieben Minuten. Zehn. Dann hörte sie das ferne Heulen von Polizeisirenen.

Mit größter Vorsicht öffnete sie die Badtür. Das Tageslicht verblasste schon, und im Zimmer verdichteten sich die Schatten. »Bleib, wo du bist«, sagte sie zu Thomas. Trotzdem folgte er ihr hinaus in den Gang.

Aus dem Erdgeschoss drang kein Laut. Obwohl es ein absurdes Risiko war, rief sie Cassies Namen. Wenn sich nur das Geringste gerührt hätte, wäre sie sofort die blutbesudelte Treppe hinuntergerannt. Doch es kam keine Antwort. Cassie war entweder tot oder geflohen. Flucht – das war in der Tat das einzig Vernünftige. Inzwischen kreischten die Sirenen bereits deutlich lauter.

Die Eingangstür des Hauses war aufgebrochen worden, und bestimmt hatten die Schüsse draußen für einen Menschenauflauf gesorgt. Der Weg nach vorn zur Straße war also versperrt. Eine Sprossentür im Schlafzimmer führte auf einen winzigen Balkon zur Gasse hinter dem Haus. Nerissa spähte durch einen Spalt, um die Lage zu erkunden. Bis zum Asphalt hinunter war es ziemlich weit. Trotzdem, wenn sie über das schmiedeeiserne Geländer kletterte und sich an den Händen nach unten baumeln ließ, war es vielleicht nicht so schlimm. Und dann konnte sie Thomas helfen.

Sie erklärte ihm den Plan. Sein Gesicht war bleich wie Pergament, und er wirkte völlig benommen. Schließlich nickte er, als hätte er verstanden.

Im letzten Moment vergewisserte sie sich, dass sie ihre Brieftasche eingesteckt hatte, die echte und falsche Ausweispapiere sowie ein Bündel US-Dollars und chilenische Pesos enthielt. Unten auf der Gasse war noch immer alles leer. Das würde sich sicher bald ändern. Schnell stieg sie über die Brüstung und hangelte sich an den verzierten Eisenstreben nach unten. Bei der Landung auf der Gasse knickte sie mit dem Fußgelenk um. Obwohl ihr der Schmerz von der Wade hoch bis zur Hüfte schoss, zwang sie sich zum Aufstehen. »Jetzt du«, rief sie hinauf zu Thomas.

Das Gesicht von Angst und Zweifel verzerrt, spähte er nach unten.

»Ich fang dich auf. Du kannst mir vertrauen.«

Der Junge nickte.

»Also gut, dann los. Wir müssen uns beeilen.«

Als er in ihre Arme fiel, knickte sie erneut um, und sie stürzten beide auf den schmutzigen Asphalt. Aber sie waren draußen.

»Nimm meine Hand.« Sie rappelte sich hoch.

Thomas legte seine fiebrig heiße Hand in ihre. Als sie davonhumpelte, trat ein Aushilfskellner aus dem Restaurant drei Türen weiter und rief ihr nach: »¿Están bien? Necesitan ayuda?«

»Estamos bien«, antwortete sie. »Gracias.« Sie zog Thomas um eine Ecke.

Kurz darauf stiegen sie in einen Bus zum Geschäftsviertel von Antofagasta und verließen ihn, als Nerissa ein Holiday Inn entdeckte. Bei der Anmeldung zogen ihre zerschrammten Hände und die zerrissene Jeans verstohlene Blicke der Angestellten auf sich, doch mit Bargeld auf dem Tresen konnte sie allen peinlichen Fragen zuvorkommen.

Auf dem Zimmer wusch sie Thomas das Gesicht – er ließ die Prozedur teilnahmslos über sich ergehen – und forderte ihn auf, sich auszuruhen. Ohne ein Wort des Protests legte er sich aufs Bett.

Sie schaltete den Fernseher ein, drehte die Lautstärke herunter und zog einen Sessel dicht vor das Gerät. Auch wenn sie Fernsehen und Radio grundsätzlich misstraute, waren sie im Moment die einzigen ihr zugänglichen Nachrichtenquellen. Die Lokalstation TVN begann ihre Abendsendung mit einem Bericht von dem Überfall, der als mehrfacher Mord mit möglichem Drogenhintergrund dargestellt wurde. Zur Opferzahl gab es vonseiten der Polizei keine genauen Angaben, was sicher an der problematischen Beschaffenheit der Simleichen lag. »Bisher«, so der Sprecher, »wurden drei Tote bestätigt, zwei Männer und eine Frau.« Die Frau war wohl Beth Vance, und einer von den Männern musste Eugene Dowd sein. Der zweite war entweder Leo oder Werner Beck.

Das hieß, dass Cassie entkommen war. Zumindest war das die Hoffnung, an die sich Nerissa klammern konnte. Doch selbst wenn es stimmte, konnte es sein, dass sie Cassie nie wiedersah. Möglicherweise hatte ihre Nichte vor, sich in die Staaten durchzuschlagen, zurück zu dem Kreis von Überlebenden in Buffalo. Sicher war das allerdings nicht. Und vielleicht war es sogar besser, wenn sie es nicht versuchte.

Nerissa erhob sich, um etwas Essbares für sich und Thomas aus dem Barkühlschrank zu kramen: Schokolade, Cracker, Orangensaft. Sie tröstete ihn mit sanften Worten und brachte ihn schließlich ins Bett. Dann setzte sie sich wieder vor den Fernseher, um vielleicht noch etwas Neues zu erfahren. Sie wurde enttäuscht. Nach Mitternacht versiegten die Nachrichtensendungen, und es kam ein jahrzehntealter, synchronisierter Hollywoodfilm.

Allmählich zerbröckelten Nerissas Gedanken und scherten in merkwürdige Richtungen aus. Und das lag nicht nur an ihrer Erschöpfung und Verzweiflung: Es fühlte sich an wie eine Leere, die sich von ihrer Mitte immer weiter ausdehnte. Sie beschwor sich selbst, ins Bett zu gehen, doch das Aufstehen war zu anstrengend. Stattdessen versank sie noch tiefer im Sessel und ließ einfach die Augen zufallen. Der Klang hastiger und schwer verständlicher spanischer Stimmen wurde zu einförmigem Rauschen. *Schweigen ist tief wie die Ewigkeit, Reden so flach wie die Zeit.* Wer hatte das gesagt? Samuel Johnson? Oder doch Thomas Carlyle? Sie konnte sich nicht erinnern.

32

Atacamawüste

Cassie trat zur Seite, als ihr Onkel den Inhalt des Transporters inspizierte. Sie versuchte, nicht an die bewusstlosen, noch atmenden Sims zu denken, die überall herumlagen. Vor ihr ragte der Abschussturm auf wie eine nächtlich blühende Blume. Durch das Gelände fegte eine kalte Brise und ließ in den Straßen kleine Staubwirbel aufsteigen. Sie erschauerte.

Als Erstes zog Onkel Ethan Werner Becks Funkstörgerät aus dem Wagen und stellte es beiseite. Der Apparat war völlig nutzlos – reines Wunschdenken, wie er sagte. Bei einem Blick über seine Schulter bemerkte Cassie eine Art Bleibarren in rotem Wachspapier, die in Blöcken aufeinandergestapelt waren. »Das reicht auf jeden Fall, um Schaden anzurichten«, erklärte er. »Allerdings haben wir nur drei Zeitschaltuhren mit Batterien.«

»Ist das schlecht?«

»Damit können wird Ladungen in der Bruthalle, in den Generatorräumen und unter dem Abschussmechanismus platzieren.«

»Genügt das?«

»Hoffentlich.«

Ohne sich weiter um das Blut und die grüne Substanz auf dem Fahrersitz zu kümmern, setzte er sich hinters Steuer und winkte sie neben sich. *Nein,* dachte Cassie. Wieder in diesen stinkenden Wagen kriechen, wo das Leo-Monster verendet war? Unmöglich. Trotzdem trugen ihre Füße sie hin. Ein dumpfer Instinkt, der bestimmt kein Mut war, zwang sie dazu. Onkel Ethan ließ den Motor an, und sie unterdrückte den Drang, sich die Hände auf die Ohren zu pressen. Sorgfältig vermied sie jeden Blick zurück, als hinter ihr der Nachthimmel verschwand.

Was Onkel Ethan als »Bruthalle« bezeichnete, lag am Ende einer langen, abschüssigen Rampe in einem Gewirr ähnlicher Rampen und Korridore. An mehreren Stellen war der Weg blockiert von stehenden Fahrzeugen und übereinanderliegenden Körpern. Ihr Onkel musste immer wieder aussteigen und die Wagen zur Seite lenken. Zweimal half sie ihm, leblose Sims wegzuschleppen. Meistens menschliche, aber auch die anderen. Die unheimlichen. Das Fell an ihren Gliedmaßen war dicht und feucht, und sie verbreiteten einen chemischen Geruch nach Terpentin. Schon die mit den kleinen, sechsfingrigen Händen boten einen unangenehmen Anblick; die mit den teppichmesserartigen Klauen waren noch schlimmer.

Schließlich gelangten sie zur Bruthalle, die für Cassie wie eine überdimensionierte, grausam sterile Krankenstation wirkte. Endlos lange Reihen von Betten, viele besetzt mit offensichtlich schwangeren Simfrauen, daneben Zeilen von mechanischen Brutkästen. Die Glaswände dieser Brutkästen waren beschlagen mit Feuchtigkeit, durch die Cassie die Säuglinge darin nur in verzerrten Umrissen erkennen konnte. Die einen waren menschlich, die anderen nicht. Alle atmeten. Schlimmer noch, alle atmeten im gleichen Takt.

Onkel Ethan schichtete ungefähr ein Drittel der Brandsätze bei den Brutkästen aufeinander. Er befestigte Sprengkapseln und verlegte Drähte zum Zünder. Dann verharrte er zögernd vor der Zeitschaltuhr.

»Die Zeitschaltuhr ist mit dem elektrischen Auslöser verbunden«, sagte Cassie. »Von Leo weiß ich, wie man ihn bedient.«

Onkel Ethan warf ihr einen scharfen Blick zu. »Von Leo?«

»Er hat mir erklärt, dass er das will. Und dass er sterben möchte. Ich meine, dass *sie* sterben möchte. Die Hyperkolonie. Oder was davon noch übrig ist.«

Sie zählte das Wenige auf, das sie sich von Leos Ausführungen zu dem Sprengstoff im Wagen hatte merken können. »Er hat mir eingeschärft, dieser Ort soll zerstört werden, weil er von einer Art Parasit besetzt ist. Stimmt das?«

»Vielleicht.«

»Das heißt, Leo gehörte zur ursprünglichen Hyperkolonie.«

»Ja.«

»Der Teil der Hyperkolonie, der meine Eltern getötet hat.«

»Ja.«

»Und wir tun, was er will.«

»Aber aus unseren eigenen Gründen, Cassie.«

»Er benutzt uns, so wie die Hyperkolonie uns immer benutzt hat.«

Onkel Ethan fixierte einen Draht an einer Polklemme. »Das spielt keine Rolle. Wenn wir sie vernichten, vernichten wir alle. Beide Arten.« Er zeigte ihr die Zeitschaltuhr, die aussah, als wäre sie notdürftig aus Fertigteilen zusammengebastelt worden. »Eine Stunde«, sagte er. »Merk dir die Zeit und behalt deine Uhr im Auge. Ich mach es genauso.«

Falls uns noch eine Stunde bleibt.

Sie kehrten zurück zum Wagen.

Die Generatoren lagen noch tiefer unter der Erde. Die Luft hier war heiß und hatte einen metallischen Beigeschmack, den selbst die dröhnenden Ventilatoren nicht vertreiben konnten. Der zentrale Raum war eine umgedrehte Schüssel in der Größe eines Footballstadions, isoliert mit Schaumbeton und beherrscht von einer verwirrenden Ansammlung von Gerätekästen, Rohren, elektrischen Generatoren und Hydraulikpumpen. Onkel Ethan baute einen Haufen aus Dynamitblöcken neben einem riesigen weißen Tank, auf dem in orangefarbenen Buchstaben das Wort PROPANO stand. Er arbeitete methodisch, fast wie ein Roboter, und Cassie reichte ihm Sprengplatten aus dem Wagen, damit es schneller ging. An das Gewicht der Erde über ihrem Kopf und an die unaufhaltsam verrinnenden kostbaren Minuten wollte sie lieber nicht denken. Unwillkürlich fragte sie sich, was nach der Detonation passieren würde. Würden alle Sims auf der Welt gleichzeitig tot zusammenbrechen? Wie vielen Familien stand die Entdeckung bevor, dass ein Sohn oder eine Schwester, eine Mutter oder ein Großvater gar kein Mensch war, dass sie ihre Liebe einer abscheulichen Lüge geschenkt hatten?

Onkel Ethan mühte sich mit dem Auslöser ab. Von seiner Stirn tropfte der Schweiß auf den staubigen Betonboden. Endlich sprang das Licht der Zeitschaltuhr an. Er sah auf seine Uhr und bat Cassie, auf ihre zu schauen. Sie kamen überein, dass achtundzwanzig Minuten verstrichen waren, seit sie die Bruthalle verlassen hatten. Er stellte den Schaltmechanismus auf zweiunddreißig Minuten.

Der Weg nach oben war nicht blockiert von Fahrzeugen oder Sims, die weggeräumt werden mussten. Gut, dass Onkel Ethan so genau wusste, wo sich die anfälligen Stellen der Anlage befanden. Doch das warf eine andere Frage auf, die ihr aus

Angst fast nicht über die Lippen wollte. »Wie bist du eigentlich hergekommen?«

Er behielt den Korridor im Auge. »Was?«

»Bevor du mich gefunden hast. Bevor ich aufgetaucht bin. Wie bist du hergekommen? Warum bist du überhaupt hier?«

»Sie haben mich auf der Straße gestellt und gefangen genommen.«

»Warum haben sie dich nicht einfach umgebracht?«

»Sie wollten meine Hilfe.«

»*Was?* Du meinst, um sie zu beschützen?«

»Sie wollten, dass ich nicht mache, was wir gerade machen.«

»Und sie dachten, du lässt dich darauf ein?«

»Wahrscheinlich dachten sie, dass zumindest eine Chance besteht.«

»Warum? Haben sie dir gedroht? Oder dir was versprochen?«

Onkel Ethan fuhr weiter, ohne zu antworten. Und dann sah sie den Nachthimmel. Alles war wieder da: der blumenförmige Abschussmechanismus aus Stahl und Glas, der Kraterwall aus Industriemüll, die bewusstlosen Sims, der peitschende Wind.

Onkel Ethan parkte am Fuß des Abschussturms unter den riesigen überhängenden Spiegelblüten. Die letzten Dynamitplatten warteten hinten im Wagen.

»Bringen wir sie rein?« Von hier aus betrachtet, war der Turm eine massive Fläche. »Ich seh keine Tür.«

»Es bleibt sowieso keine Zeit mehr.«

Cassie hob das Handgelenk zum Deckenlicht des Transporters und blickte auf die Uhr. Er hatte recht. Noch zehn Minuten bis zur Detonation der unterirdischen Ladungen. Das reichte nicht, um die letzte Schaltuhr einzustellen und sich in Sicherheit zu bringen. »Was machen wir jetzt?«

»Wir suchen uns einen sauberen Wagen und verschwinden.«

Sie ließen den Transporter stehen. Wenige Meter entfernt parkte einer der allgegenwärtigen weißen Pick-ups. Onkel Ethan zerrte ein schlaffes Sim vom Fahrersitz und ließ den Motor an.

Cassie stieg auf der anderen Seite ein und wartete, während Onkel Ethan zum Transporter zurückkehrte und den Tankdeckel abschraubte. Er zog sein Hemd aus und verdrehte einen Ärmel, um damit Benzin aufzusaugen. Dann öffnete er die Kühlerhaube und stopfte das Hemd in den Motorraum. Nun begriff sie, dass er vorhatte, den Transporter in Brand zu stecken. Wenn die Flammen das Dynamit erreichten, war keine Sprengkapsel nötig. Doch auf einmal zögerte er.

Kein Streichholz, dachte Cassie. *Kein Feuerzeug.* Onkel Ethan rauchte nicht, genauso wenig wie sie. Eugene Dowd hätte ein Feuerzeug dabeigehabt. Aber Eugene Dowd war in Antofagasta erschossen worden.

Ihr Onkel riss ein Zündkabel heraus und ließ zweimal neben dem benzingetränkten Stoff Funken sprühen, bis eine hohe gelbe Flamme aus der Dunkelheit schoss. Hustend taumelte er zurück.

Hastig setzte er sich ans Steuer, und Cassie schielte auf ihre Uhr. Nur noch knapp fünf Minuten. Immer noch genug Zeit. Onkel Ethan ließ den Pick-up an und fuhr los. Als sie ungefähr die Hälfte der Strecke zwischen dem Abschussturm und dem Kraterwall zurückgelegt hatten, entstand Bewegung unter den am Boden liegenden Sims.

Gleichzeitig, als würden sie der einstudierten Choreografie zu einem Albtraumballett folgen, erhoben sie sich und rannten zum Abschussturm. Onkel Ethan musste das Steuer herumreißen, um einer Gruppe von ihnen auszuweichen. Der Wagen geriet ins Schlingern, und der Motor starb ab. Fluchend drehte er den Schlüssel in der Zündung. Ein sechsgliedriges Sim machte einen Satz über den Pick-up, der wild schaukelte, als es von der Ladefläche absprang. *Sie werden uns umbringen,* dachte Cassie.

Doch in ihrem Ansturm auf den Turm schenkten ihnen die Sims überhaupt keine Beachtung. Ihre Gesichter waren schlaff und ausdruckslos. *Sie geben sich nicht mehr als Menschen aus.* Cassie wandte den Blick nach hinten und bemerkte voller Entsetzen, dass sie sich um den Transporter sammelten, um das Feuer mit ihren Körpern zu ersticken. Doch das Fahrzeug brannte schon so heftig, dass die Sims, die sich darauf stürzten, mitsamt ihren Kleidern, ihren Gliedmaßen, der menschlichen Haut, dem Fell und der grünen Substanz sofort in Flammen aufgingen.

Endlich schaffte es Onkel Ethan, den Motor wieder zu starten. Cassie schaute auf die Uhr. »Es ist so weit.«

»Ich weiß.«

»Es tut sich nichts.«

Ihr Onkel antwortete nicht.

»Vielleicht haben sie die Zünder entschärft.«

»Kann sein, Cassie.«

»Dann …«

Sie spürte die Detonation, bevor sie sie hörte. Der Boden erzitterte und schleuderte eine Staubwolke in die Luft. Im nächsten Moment folgte ein lang anhaltendes, gedämpftes Grollen wie Donner. Im ganzen Areal heulten Sirenen auf und verstummten wieder. Flackernd erlosch die Straßenbeleuchtung. Die plötzliche Dunkelheit verschluckte alles bis auf die zuckenden Flammen, die aus dem Transporter schlugen. Dann fegte der Wind den Staub beiseite, und am östlichen Himmel glomm ein schwacher Schein auf.

Als sie die Böschung erreichten, entzündete das Feuer die letzten Sprengladungen. Cassie sah die Explosion: ein blendend weißer Strahlenkranz, gefolgt von einer Druckwelle, die den Pick-up ins Schaukeln brachte. Onkel Ethan bremste. »Kopf runter.«

»Warum?«

»Splitter.«

Metall- und Glasscherben prasselten auf das Dach nieder. Etwas Großes krachte auf die Windschutzscheibe und rollte rauchend über die Motorhaube. Cassie schloss die Augen und umklammerte die Hand ihres Onkels, bis der Schutthagel aufhörte.

Der Abschussturm hinter ihnen stand am Fuß einer sich verdichtenden Rauchsäule. Die Spiegelblüten waren verbogen, eine fehlte ganz, eine weitere zerbarst, während sie hinschaute. Und die Sims waren wieder zu Boden gesunken. Inzwischen war der Himmel so hell, dass Cassie erkennen konnte, dass sie sich unter dem Turm in einem massiven Haufen ballten wie zusammengewehtes Herbstlaub. Hier auf dem Böschungsrand waren nur wenige. Eines war ganz in der Nähe des Pick-ups zusammengebrochen. Staunend beobachtete sie Onkel Ethan, der ausstieg und die wenigen Meter Kies und Industriemüll bis zu dem leblosen Körper überquerte.

Auch sie rutschte von ihrem Sitz und stand hinter ihm, als er sich hinkauerte und dem Sim die Hand an den Hals hielt, um seinen Puls zu prüfen.

»Ist es tot?«

»Noch nicht.«

Noch nicht. Trotzdem war klar, dass es nicht mehr lang zu leben hatte. Ächzend drückte das Sim die Wirbelsäule durch, und Onkel Ethan stolperte einen Schritt zurück. Das Geschöpf holte dreimal tief und röchelnd Luft. Die Augen öffneten sich, die Pupillen waren reglos und riesig. Wieder ein Atemzug. Noch einer. Dann stieß es mit einem misstönenden Pfeifen durch zusammengebissene Zähne die Luft aus. Danach atmete es nicht mehr ein.

Inzwischen kündigte die Wüste bereits mit fahler Klarheit den unmittelbar bevorstehenden Morgen an. Salzbecken und ein von schwarzen Basalthügeln unterbrochener Horizont zeichneten sich ab. Der Wind zupfte am Grat der Müllböschung.

Jetzt sind wir allein, dachte Cassie.

Erneut beugte sich ihr Onkel über das Sim. Seine Berührung hatte beinahe etwas Zärtliches. Aus seinem Gesichtsausdruck schloss sie, dass das Geschöpf nun wirklich tot war. Der Hauch, der es belebt hatte, war für immer erloschen.

Ihr Onkel wirkte grimmig, fast bedrückt. »Es tut mir leid«, flüsterte er.

Cassie war schockiert. »Entschuldigst du dich bei ihnen?«

Er stand auf und wischte sich die Hände ab. »Es tut mir nicht leid um sie.« Er starrte sie an, oder nein, durch sie hindurch, wie auf etwas Furchtbares, das niemand sonst sehen konnte. »Es tut mir leid um uns alle.« Hinter ihm erhoben sich über dem brennenden Areal dicke Rauchfahnen. »Und jetzt lass uns hier verschwinden. Nur eins noch, Cassie. Du weißt, dass wir darüber nicht reden können. Niemand darf je erfahren, dass wir hier waren.«

Die letzte unaussprechliche Wahrheit, dachte sie.

33

Antofagasta

Nerissa schrak im Sessel aus dem Schlaf hoch. Es dämmerte gerade erst, und durch das Fenster des Hotelzimmers fiel schwaches Licht herein. Der Fernseher, den sie nicht ausgeschaltet hatte, zeigte grau-weißes Gegriesel. Sie hatte ein Geräusch gehört, hier im Zimmer, kein Zweifel, undeutlich und trotzdem laut genug, um sie zu wecken. »Thomas?«

Sie war sich nicht einmal sicher, ob das Geräusch von ihm gekommen war. Ein Husten, ein Ächzen? Immer noch benommen stand sie auf. Aus dem Korridor drang leises Stimmengewirr durch die Tür. Eine Frau, die ständig wiederholte: *Ich habe es versucht und versucht, aber ich komme nicht durch.* Nerissa machte einen vorsichtigen Schritt. Ihr linkes Bein fühlte sich taub an, und mit dem Fußgelenk, das umgeknickt war, konnte sie kaum auftreten. Sie humpelte zum Bett.

Dort entdeckte sie etwas völlig Unfassbares: Thomas lag auf dem Rücken und atmete nicht. Der Körper verkrümmt. Die kleinen Hände zu Fäusten geballt. Die Augen offen und starr. Die Pupillen groß wie schwarze Münzen.

Einen wahnsinnigen Moment lang erschien ihr dieser Anblick einfach *unwirklich*, als hätte jemand ihren Neffen entführt und ihn durch eine plumpe Fälschung ersetzt. Wie aus weiter Ferne hörte sie, dass sie seinen Namen aussprach. Sie legte ihm die Hand auf die Stirn – die Haut war kalt. Dann setzte die erste Welle des Begreifens ein, die ersten Ausläufer der Trauer und Wut, die sie von nun an umklammern sollten wie erbarmungslose Riesen. Irgendetwas in ihr wollte um Hilfe rufen – wollte das Telefon nehmen und einen Arzt verlangen. Doch ihr vernünftigeres Selbst wusste, dass dem Jungen von keinem Arzt mehr zu helfen war.

Die Beine gaben unter ihr nach, und sie sank neben dem Bett auf den Boden.

Dort lag sie, bis ein Sonnenstrahl zu ihrem Gesicht fand. Musste sie etwas tun? Ja. Zu einem klareren Gedanken war sie nicht fähig. Schließlich schaffte sie es, sich ohne einen Blick auf das Bett zu erheben. Sie wollte nicht sehen, was da auf dem Bett lag.

Auf einmal klopfte es leise an der Tür. Vielleicht das Zimmermädchen, obwohl Nerissa das Schild mit der Aufschrift BITTE NICHT STÖREN hingehängt hatte. Natürlich konnte sie niemanden hereinlassen. Ohne die Kette zu lösen, öffnete sie die Tür einen winzigen Spalt.

Draußen stand eine Frau, die sie nicht kannte. In mittleren Jahren, gut gekleidet, wahrscheinlich Amerikanerin. »Verzeihen Sie bitte. Haben Sie noch geschlafen?«

Nerissa schüttelte den Kopf.

»Ich wollte fragen, ob vielleicht Ihr Telefon funktioniert. Meins geht nicht, und ich muss dringend in Indiana anrufen.«

»Da sollten Sie sich an die Hotelangestellten wenden.«

»Das habe ich schon getan! Alle entschuldigen sich bloß. Kein Telefon, kein Radio, kein Fernsehen. *Nichts.* Weder hier noch anderswo. Sagen sie zumindest. Ich dachte, wir sind hier in einem zivilisierten Land!«

»Da kann ich Ihnen leider auch nicht helfen.« Vorsichtig drückte Nerissa die Tür zu und lehnte sich an den Rahmen. Sie überlegte fieberhaft, was diese neuesten Entwicklungen zu bedeuten hatten. Der Ausfall der Kommunikationssysteme. Der Tod ihres Neffen. Der Pflanzengeruch, den sie bemerkte, als sie sich wieder dem Zimmer zuwandte.

Thomas' Körper auf dem Bett war geschrumpft. Als hätte man aus einem Ballon die Luft herausgelassen. Unter dem hochgeschobenen T-Shirt, in dem er geschlafen hatte, ragte sein Brustkasten aus der sackartig eingesunkenen Haut. Aus seinen Körperöffnungen sickerte eine wässrig grüne Substanz. Das Bett war schon ganz feucht davon. Während sie hinsah, bildete sich in seinem linken Nasenloch ein smaragdfarbener Tropfen.

Das war nicht Thomas. Thomas existierte nicht mehr. Er hatte nie existiert.

»Ethan«, flüsterte sie. »Was hast du getan?«

Natürlich konnte sie nicht in dem Zimmer bleiben. Nicht eine Sekunde länger als unbedingt nötig. So viel stand auf jeden Fall fest.

Gepäck hatte sie nicht. Nur das, was in ihrer Handtasche war. Ohne einen Blick auf das Bett vergewisserte sie sich, dass sie auch wirklich nichts zurückließ. Zumindest nichts Menschliches.

Als sie aus dem Zimmer trat, nahm sie das Schild mit der Aufschrift BITTE NICHT STÖREN / SILENCIO POR FAVOR ab. Es ließ sich nicht vermeiden, dass die Hotelangestellten die Leiche des Sims entdeckten. Doch bis dahin war vielleicht nur noch ganz wenig von ihm übrig.

Die Pförtnerin – eine junge Frau in frisch gebügelter Hotellivree – trat auf Nerissa zu, als sie die Lobby durchquerte. »Gehen Sie aus?«

»Ja«, antwortete Nerissa.

»Seien Sie bitte vorsichtig. Die Lage ist sehr beunruhigend. Kein Radio, kein Fernsehen. Auch die Telefone funktionieren nicht. Wir können nicht mal ein Taxi rufen. Sie sind Amerikanerin, nicht wahr?«

»Ja.«

»Ich habe Sie gestern Abend bei der Ankunft gesehen. Verzeihen Sie bitte die Frage, ist alles in Ordnung bei Ihnen?«

»Alles bestens. Danke.«

»Und der kleine Junge? Ist er noch hier?«

»Nein, sein Onkel hat ihn mitgenommen.«

»Ach, Sie haben Familie in der Stadt?«

»Nein«, sagte Nerissa. »Ich habe keine Familie.«

EPILOG

DIE LETZTE UNAUSSPRECHLICHE WAHRHEIT

»Die biologische Mimikry verwischt den Unterschied zwischen einem Ungeheuer und einem Spiegel.«

Ethan Iverson:
Der Fischer und die Spinne

Auf der Fahrt zu ihrem Onkel hörte Cassie Radio. Die frühe Abenddämmerung und ein Januarschneesturm hatten die Straßen von Buffalo in ein Gewirr von Skipisten und Slalomstrecken verwandelt; die Sichtweite betrug ungefähr einen halben Block. »Wenn Sie nicht unbedingt raus müssen«, mahnte der Sprecher, »dann bleiben Sie lieber zu Hause und machen es sich gemütlich.« *Ein guter Rat,* dachte Cassie. Den sie leider nicht befolgen konnte. Nicht heute Abend. Auf jeden Fall hoffte sie, dass Tante Ris ihn nicht als Vorwand benutzen würde, um nicht zu erscheinen.

Seit fast zehn Jahren wohnte Cassies Onkel Ethan in einem Dreizimmerapartment an der Antioch Avenue im alten Viertel der Korrespondenzunion. Drei Jahre lang hatte Cassie bei ihm gelebt. Inzwischen hatte sie ein kleines Haus in Amherst gemietet, das nahe bei ihrer Arbeitsstelle in der Personalabteilung eines Großhändlers für Flugzeugteile und so weit von der Stadt entfernt lag, dass sie ihren Onkel auch bei gutem Wetter viel seltener sah, als es ihr lieb war.

Zum Glück fand sie unweit seiner Adresse einen Parkplatz. Der Nachrichtensprecher redete gerade über die weltweite Krise, als sie das Radio ausschaltete. Der Gipfel in Ceylon war ohne Zugeständnisse der Chinesen und der Atlantikmächte abgebrochen worden; Indien hatte sein Ultimatum nicht zurückgenommen; und es stand völlig in den Sternen, was von den Kanonenbooten zu erwarten war. Ihre Stiefel hinterließen bis zum Hauseingang Spuren im frischen Schnee.

Onkel Ethan empfing sie an der Tür seiner Wohnung. »Komm rein. Deine Tante ist noch nicht da.«

Wie müde er klingt, dachte Cassie. *Wie alt.*

Aufgrund des Zusammenbruchs der globalen Kommunikation hatten sie für die Rückkehr von Chile in die Vereinigten Staaten fast einen Monat gebraucht. In dieser Zeit waren weltweit Tausende von Menschen wegen unerreichbarer Notdienste gestorben; Tausende andere kamen bei Bränden in Städten um, die sich katastrophenartig ausbreiteten, ehe sie gemeldet oder eingedämmt werden konnten. Am schlimmsten waren der erschreckende Mangel an Informationen und die panische Ratlosigkeit angesichts scheinbar unerklärlicher Ereignisse.

Doch die praktischen Probleme wurden relativ schnell bewältigt, zumindest wirkte es im Rückblick so. Sobald geklärt war, dass die radioreflektive Schicht die Funksignale nicht mehr weitergab und verstärkte, fand man andere Lösungen: Kurz- und Langwellenübertragung, ein System von Sendetürmen, ein leitungsgebundenes Telefonnetz. Der Aufbau und die Einrichtung der neuen Infrastruktur waren zwar kostspielig, leisteten aber auch einen Beschäftigungsbeitrag während der Wirtschaftskrise.

Als weitaus gravierender erwies sich die Entdeckung der Wahrheit über die Hyperkolonie. Überlebende Korrespondenten übergaben ihre lang unterdrückten Forschungsergebnisse an den Völkerbund. Die Anlage in der Atacamawüste wurde ausfindig gemacht und gründlich analysiert. Die unaussprechlichen Wahrheiten der Union wurden zu Alltagswissen. Die Folge war eine Ära unvernünftiger Angst. Obwohl es auf der ganzen Welt keine Sims mehr gab, wurden Schulkinder und Stellenbewerber noch immer routinemäßig auf das Vorhandensein grüner Substanz getestet. Das US-Verteidigungsministerium finanzierte die Konstruktion astronomischer Observatorien. Friedlichkeit und Freundlichkeit galten zunehmend als ungesunde Impulse, im Gegensatz zu allen authentischen menschlichen Regungen, die die Hyperkolonie unterdrückt hatte: Kriegslust, Zynismus, Argwohn, Aggression. Und der Preis dafür wurde mit Blut bezahlt – zuerst in zahllosen kleineren Regionalkonflikten, jetzt sogar in einem drohenden größeren Krieg. Die Chinesen hatten Flugzeuge gebaut, die Bomben nach Amerika transportieren konnten, hieß es. Und die Bomben selbst waren, angetrieben vom Wettrüsten der mächtigen Nationen, immer tödlicher geworden. Manchmal beschlich Cassie die Frage, ob dies das Ergebnis war, das die Hyperkolonie von Beginn an vorhergesehen hatte. *Wir haben unseren Zweck erfüllt, und jetzt dürfen wir uns vernichten.*

Die Liebe zu Josh hatte ihre Einstellung in diesem Punkt verändert. Josh war ein warmherziger Mann, und diese Wärme war rein menschlich. Sie konnte über vieles hinweghelfen. Und genau deshalb musste er erfahren, wer sie war. Sie musste ihm endlich erzählen, was sie getan hatte.

Onkel Ethan hatte ein Tablett mit Crackern und Soße bereitgestellt.

Cassie lächelte. »Wie eine Party.«

»Ich weiß, dass es keine Party ist. Aber ich dachte, dass es zumindest ein *Anlass* ist, wenn ich Ris wiedersehe. Und wenn du ihr erzählst, dass du heiraten wirst.«

»Wenn ich sie um Erlaubnis frage«, fügte Cassie hinzu.

»Du brauchst keine Erlaubnis, um zu heiraten.«

Nicht um zu heiraten, sondern um die Wahrheit zu sagen, dachte Cassie.

Sie trat zum Fenster. Die Antioch Avenue war leer und schneebedeckt. Eine Buchseite ohne Worte.

»Siehst du sie?«

»Noch nicht.«

»Na ja. Sei nicht enttäuscht, wenn sie doch nicht auftaucht.«

»Danke, dass ich sie zu dir einladen durfte.«

»Soll ich ganz ehrlich sein?« Ihr Onkel runzelte leicht die Stirn. »Ich hätte nie damit gerechnet, dass sie zusagt.«

Es war schon neun, als ein Wagen um die Ecke bog und so nahe am Bordstein parkte, wie es die Schneehaufen zuließen. Vom Fenster aus beobachtete Cassie, wie ihre Tante ausstieg, sich die Mütze über die Ohren zog und auf das Haus zustapfte.

Cassie eilte zur Tür und öffnete. »Danke«, sagte sie außer Atem. »Danke, dass du gekommen bist.«

Tante Ris umarmte sie. Cassie drückte die Wange an die Mantelschulter ihrer Tante, die feucht vom schmelzenden Schnee war.

»Hallo, Ethan.« Tante Ris' Ton blieb betont neutral.

»Hallo, Ris. Möchtest du was trinken?«

»Nein. Ich will bloß hören, was Cassie mir zu sagen hat. Ich kann nicht lange bleiben.«

»Verstehe.« Seine Miene verdüsterte sich.

Cassie und ihr Onkel hatten wochenlang Antofagasta durchkämmt, ehe sie in die USA zurückkehrten, und danach stellte Cassie ein halbes Jahr lang verzweifelt Nachforschungen bei Unionsüberlebenden an. Schließlich kam ein Brief von ihrer Tante.

Ich möchte mich entschuldigen. So begann er. *Ich habe mit Beths Vater gesprochen, weil ich ihn verständigen wollte, und er hat mir erzählt, dass du schon mit ihm Kontakt aufgenommen hast. Von ihm habe ich deine Adresse. Leider habe ich keine guten Nachrichten.* Der Brief beschrieb, wie Thomas gestorben war. Oder das Wesen, das sie Thomas genannt hatten. Eine weitere, verspätete Schreckensmeldung aus einer Ära, die für Cassie fast nur aus Schrecken bestanden hatte.

Später – als sie den Brief wieder lesen konnte, ohne ihn zerreißen zu wollen – fiel Cassie auf, wie oft sich ihre Tante entschuldigt hatte. Siebenmal auf zwei handgeschriebenen Seiten. Und ihr wurde klar, dass auf dem Umschlag kein Absender vermerkt war.

Das hinderte sie nicht daran, nach ihr zu fahnden. Nach einem weiteren halben Jahr erhielt sie einen Brief mit der Bitte, die Suche aufzugeben. *Ein Treffen wäre für uns beide nicht gut, glaube ich.* Cassie ignorierte die Bitte. Und im folgenden Sommer erklärte sich Tante Ris endlich dazu bereit, sie zu sehen.

Sie trafen sich zum Mittagessen in einer Cafeteria im Delaware Park. Cassie war auf die Traurigkeit ihrer Tante gefasst, nicht aber auf die damit einhergehende Kälte – als wäre jede Güte aus ihr herausgeflossen wie aus einem löchrigen Eimer. »Entschuldige«, sagte Tante Ris am Ende erneut. »Ich kann nicht. Mit euch zusammen sein, meine ich. Bestimmte Teile meines Lebens sind einfach abgeschlossen. Ich will sie nicht wiederhaben. Im Gegenteil, ich möchte sie vergessen. Und du machst es mir bloß schwerer.«

Trotzdem gab Cassie nicht auf. Tante Ris erlaubte ihr, hin und wieder einen Brief zu schreiben. »Wenn es unbedingt sein muss.« Und daran hielt sich Cassie. Sie verfasste kurze, betont unpersönliche Mitteilungen und schickte sie in unregelmäßigen Abständen, in der Hoffnung, dass ihre Tante sich verpflichtet fühlte, sie zu lesen, wenn auch vielleicht nicht zu antworten.

In jüngster Zeit hatte sie ihrer Tante von Josh geschrieben. Cassie hatte ihn über ihre Mitgliedschaft in der Albright-Knox Art Gallery kennengelernt. Aus einer spontanen Unterhaltung über französischen Impressionismus hatte sich eine erste Verabredung ergeben: vielen Dank, Monsieur Matisse. Der dreißigjährige Josh war ledig und arbeitete als Ingenieur bei einem Werkzeughersteller, der die Kommunikationskrise überlebt hatte. Er hatte keine Verbindung zur Korrespondenzunion.

Letzte Woche hatte Josh ihr einen Heiratsantrag gemacht. Und Cassie hatte eingewilligt. Doch sie wollte keine Lüge in die Ehe mitbringen. Deswegen musste sie mit ihrem Onkel und ihrer Tante reden.

Cassie erzählte ein wenig von Josh und wie viel er ihr bedeutete. Es war ihr wichtig, ihn nicht zu belügen, auch und vor allem nicht im Hinblick auf die Ereignisse in der Atacamawüste. Allerdings hatte sie ihrem Onkel versprochen, dieses Geheimnis nie zu verraten. Aus diesem Grund wollte sie seine Erlaubnis und auch die ihrer Tante einholen, weil Tante Ris ein wesentlicher Teil der Geschichte war.

Selbstverständlich hatte Cassie nicht vor, in der Öffentlichkeit über diese Dinge zu sprechen. Niemand wusste, welche Rolle Cassies Familie gespielt hatte, auch wenn die Korrespondenzunion inzwischen allgemein bekannt war. Daran sollte sich auch nichts ändern. Sie wollte nur offen mit Josh darüber reden können.

»Und wie wird er deiner Meinung nach reagieren«, fragte Tante Ris, »wenn du ihm erzählst, dass du für den aktuellen Zustand der Welt verantwortlich bist?«

»Das ist unfair«, entgegnete Onkel Ethan. »Cassie ist nicht dafür verantwortlich, was in der Wüste passiert ist und was danach kam. Wenn, dann trage ich die Verantwortung. Ich habe abgedrückt.«

»Und du hast vorher die Pistole geladen. Stimmt!« Tante Ris wandte sich an Cassie. »Was genau willst du Josh denn sagen? Möchtest du ihm die Wahrheit über Thomas erzählen? Die Wahrheit über Leo? Wie sie uns ausgenutzt haben? Wie sie *dich* ausgenutzt haben?«

Das war tatsächlich eine heikle Frage. Cassie hatte gründlich über die Gründe von Leos und Thomas' Handeln nachgedacht. Beide waren Agenten der Hyperkolonie gewesen und hatten das Ziel verfolgt, die von Parasiten befallene Brutstätte zu zerstören. Sicher war ihnen klar, dass sie einen menschlichen Helfer brauchten. Zuerst hatte sich Leo Beth für diese Rolle ausgesucht, die entsprechend motiviert war und auch nicht vor Gewalt zurückschreckte. Doch dann hatte Leo in Cassie ein besseres Instrument entdeckt. Zuverlässiger. Vielseitiger. Und genauso leicht manipulierbar.

Thomas hatte sie auf andere Weise beeinflusst. Er hatte sie dazu ermuntert, Leos Urteil zu vertrauen und zu ihm zu halten. Darüber hinaus hatte er ihr durch sein Verhalten die Aufgabe gestellt, ihn zu beschützen und seinem Mut nachzueifern. Hatte sie die Absicht, Josh von diesen Dingen zu erzählen? Selbstverständlich. Das war schließlich der entscheidende Punkt. Würde sich dadurch zwischen ihnen etwas ändern? Sie musste es riskieren. »Ich werde ihm alles sagen.«

»Und das wirst du dir von mir auch nicht ausreden lassen.« Tante Ris nickte. »Also gut. Meinen Segen hast du. Ich hoffe, es klappt. Ich hoffe, er versteht es.«

»Bestimmt.«

»Bist du dir sicher?«

»Ich vertraue ihm.«

»Wirklich? Ich kann mir nicht vorstellen, wie das ist. Ganz ehrlich, ich erinnere mich nicht mehr daran. Wahrscheinlich bin ich neidisch.« Tante Ris erhob sich. Nicht einmal den Mantel hatte sie ausgezogen. »Ich wünsche dir ein gutes Leben, Cassie. Das meine ich ganz aufrichtig. Nur das Beste für dich. Trotzdem will ich dich nie wiedersehen. Und ich bin dir böse, weil du mich hierherbestellt hast, um eine Angelegenheit zu besprechen, die wir auch brieflich hätten regeln können.«

»Ich wollte mit euch beiden reden.«

»Von wegen. Du hast dir ausgemalt, dass wir uns vielleicht versöhnen. Daraus wird nichts. Alles, was zwischen uns war, hat dein Onkel zerstört.«

»Das ist nicht wahr!«

»Doch.«

»Onkel Ethan hatte sicher keine Ahnung …«

Von Thomas. Ehe sie es aussprechen konnte, räusperte er sich und unterbrach sie. »Cassie, hör auf. Sie hat recht.« Das Fenster auf die Antioch Avenue umgab ihn wie ein Bilderrahmen. Rieselnder Schnee, Frost an der Scheibe. Er hatte die Schultern hochgezogen, sein Kopf war gesenkt. »Sie haben mir beschrieben, was passieren wird. Sehr genau und ausführlich.«

»*Wer* hat dir das beschrieben?«

»Die Sims in der Brutstätte. Sie haben mir von Thomas erzählt und mir erklärt, dass sie ihn bald unter ihre Kontrolle bringen würden, weil die ursprüngliche Hyperkolonie so geschwächt war. Sie haben mir versprochen, ihn weiter in jeder Hinsicht als normales Kind agieren zu lassen. Nur ich sollte die Wahrheit kennen. Wenn hingegen das Areal zerstört wurde, musste er sterben. Daran haben sie keinen Zweifel gelassen.«

Er hob den Kopf und schaute Tante Ris direkt in die Augen. »Sie haben deutlich gemacht, dass du dein ganzes Leben lang trauern wirst. Dass du mich verachten wirst. Dass Cassies Leben zerstört sein wird. Dass sie sich wegen Thomas Vorwürfe machen wird, egal, was ich sage.«

Tante Ris starrte ihn mit großen Augen an. »Und? Hast du ihnen geglaubt?«

»Am Ende schon.«

»Trotzdem hast du die Brutstätte zerstört.«

»War das falsch?«

»O nein, diese Frage darfst du mir nicht stellen. Ich kann dich nicht freisprechen, Ethan. Selbst wenn du richtig gehandelt hast, es war unmenschlich.«

»Natürlich. Das war der Fehler der Sims. Sie wollten meine Menschlichkeit ausnutzen. Deshalb war unmenschliches Handeln die einzige Möglichkeit des Widerstands. Es war die einzige Waffe, die ich noch hatte.«

»Was für ein wunderbar jesuitisches Argument.« Tante Nerissa öffnete die Tür und trat hinaus in den Gang.

Cassie tat einen Schritt in ihre Richtung. »Bitte, Tante Ris. Ich wollte dich nicht unglücklich machen.«

»Ich bin froh, dass du einen Weg gefunden hast, um der Vergangenheit den Rücken zu kehren. Genau das muss ich auch, verstehst du? Und es fällt mir bestimmt leichter, wenn du mir nicht mehr schreibst.«

»Bitte sag das nicht!«

»Es ist die Wahrheit. Lieber die Wahrheit kennen, als in einer Traumwelt leben. Ist das nicht deine Überzeugung?« Kurz darauf verhallten ihre Schritte auf der Treppe.

»Sie hat schon recht«, sagte Onkel Ethan. »Zumindest zum größten Teil.«

»Du hättest es mir sagen müssen.«

»Nach der Zerstörung der Anlage dachte ich, es spielt sowieso keine Rolle mehr.«

Cassie versuchte, sich vorzustellen, wie es wohl für Onkel Ethan gewesen war, während dieser schrecklichen Stunden in der Atacamawüste zu wissen, dass die Vernichtung der Brutstätte seiner Familie das Herz herausreißen würde. »Ich hätte es auf jeden Fall niedergebrannt, auch ohne deine Hilfe.«

»Das war mir klar, Cassie.«

Vielleicht war es ihm tatsächlich klar gewesen. Vielleicht hatte er es geahnt, nachdem sie ihm von Leo erzählt hatte. Vielleicht hatte er nicht gewollt, dass sie die Last dieser Entscheidung alleine trug. Und vielleicht hatte er deswegen darauf bestanden, die Sprengsätze selbst anzubringen.

»Also, ich sehe das Ganze so«, fasste ihr Onkel zusammen. »Du könntest jetzt wütend werden und hier rausmarschieren, und ich würde dir daraus genauso wenig einen Vorwurf machen wie deiner Tante. Oder du bleibst und trinkst noch eine Tasse Kaffee mit mir, bevor du dich auf den Heimweg machst.«

»Ich muss auf jeden Fall weg, bevor die Straßen noch viel schlechter werden. Aber ich bin nicht wütend. Und Kaffee klingt gut. Vielleicht mit was Stärkerem drin?«

Sie rief Josh an, um ihm mitzuteilen, dass bei ihr alles in Ordnung war und dass sie bald aufbrechen würde. Er erwähnte, dass er im Fernsehen gerade die Kriegsnachrichten verfolgte. An die Stelle von Drohungen und Verhandlungen war eine unheilvolle Stille getreten. »Fahr vorsichtig.« Er war heiser, weil er gerade eine Erkältung hinter sich hatte. Trotzdem wärmte sie der Klang seiner Stimme.

Als sie sich die Jacke zuknöpfte, fragte sie Onkel Ethan, ob er mit einem Krieg rechnete.

»Ich weiß es nicht. Ohne die Hyperkolonie gibt es nichts mehr, was ihn verhindern kann.«

»Außer die Vernunft.«

»Mit der wir nicht besonders reich gesegnet sind.«

»Die Hyperkolonie hat von der Menschheit nur genommen, was sie gebraucht hat. Das habe ich von dir gelernt. Wenn sie unsere Technologie benutzt hat, dann nur, weil wir ein Talent zum Herstellen von Dingen haben. Wenn sie unsere Wirtschaft benutzt hat, dann nur, weil wir ein Talent zur Zusammenarbeit haben. Wer weiß, vielleicht haben wir auch ein Talent zum Frieden.«

»Auf jeden Fall haben wir ein Talent zum Krieg. Die Beweise dafür sehe ich jeden Tag.«

»Und ein Talent zum Hass. Sicher. Aber auch ein Talent zur Liebe.«

»Unser Talent zur Liebe hätte uns fast das Leben gekostet, Cassie.«

Sie stopfte sich das Haar unter die Wollmütze. »Es hat uns verwundbar gemacht. Trotzdem ist das keine Schwäche, sondern eine Stärke.«

»Wirklich?« Er schenkte ihr ein vorsichtiges Lächeln. »Hoffentlich hast du recht.«

Als sie zum Auto kam, war die Temperatur um fünf Grad gesunken. Die Straßen waren schwer befahrbar. Immerhin hatte der Schneefall aufgehört, und der Wind hatte sich gelegt. Der Himmel war klar und der Weg deutlich zu erkennen.

DANKSAGUNG

Zwanglose Unterhaltungen mit Freunden und Verwandten waren unerlässlich für die Niederschrift dieses Romans. Es ist unmöglich, ihnen allen in diesem Rahmen gerecht zu werden, daher möchte ich hier nur zwei alte Freunde hervorheben: John S. Barker (für eine Diskussion über den philosophischen Begriff *Qualia*, die einen wichtigen Beitrag zu meiner Konzeption der Hyperkolonie geleistet hat) und Taral Wayne (für zahllose Gespräche über Kosmologie, Evolution und das Wesen des Empfindens).

Für die Leser interessant ist vielleicht, dass die Laserabschusstechnologie, die ich der parasitenbefallenen Brutstätte zugeschrieben habe, einen realen und potenziell praktizierbaren Ansatz darstellt, kleine Nutzlasten in die Erdumlaufbahn zu befördern, der derzeit von mehreren Behörden und Raumfahrtunternehmen geprüft wird. Als möglicher Standort für die Abschussbasis wurde die Atacamawüste vorgeschlagen.

Nützliche Informationsquellen zum Verhalten von Insekten und zum Konzept dezentraler Intelligenz waren Edward O. Wilsons Bücher *Die soziale Eroberung der Erde* und *Der Superorganismus*. Für die schwierige Aufgabe, sich ein weitgehend friedliches Europa im zwanzigsten Jahrhundert auszumalen, erwies sich Tony Judts *Geschichte Europas von 1945 bis zur Gegenwart* als unerschöpfliche Fundgrube. Unter den zahlreichen Werken über die Atacamawüste möchte ich Lake Sagaris' *Bone and Dream* als besonders tiefgründiges und wunderbar atmosphärisches Beispiel erwähnen.